U0526342

青岛大学通识教育课教材

中国现代文学经典赏读

主 编 周海波
编著者 张晓文 闫晓昀 陈 晔
　　　 姜岩岩 王沛然 杨青胜

中国社会科学出版社

图书在版编目(CIP)数据

中国现代文学经典赏读/周海波主编. —北京：中国社会科学出版社，2013.12

ISBN 978 - 7 - 5161 - 3618 - 8

Ⅰ.①中… Ⅱ.①周… Ⅲ.①中国文学—现代文学—文学欣赏 Ⅳ.①I206.6

中国版本图书馆 CIP 数据核字（2013）第 271346 号

出 版 人	赵剑英	
责任编辑	周晓慧	
责任校对	林福国	
责任印制	李　建	

出　　版	中国社会科学出版社	
社　　址	北京鼓楼西大街甲 158 号（邮编100720）	
网　　址	http://www.csspw.cn	
	中文域名：中国社科网　010 - 64070619	
发 行 部	010 - 84083685	
门 市 部	010 - 84029450	
经　　销	新华书店及其他书店	
印　　刷	北京市大兴区新魏印刷厂	
装　　订	廊坊市广阳区广增装订厂	
版　　次	2013 年 12 月第 1 版	
印　　次	2013 年 12 月第 1 次印刷	
开　　本	710×1000　1/16	
印　　张	19.75	
字　　数	322 千字	
定　　价	55.00 元	

凡购买中国社会科学出版社图书，如有质量问题请与本社联系调换
电话：010 - 64009791
版权所有　侵权必究

目　　录

导论　中国现代文学经典的生成及其特征 …………………………（1）

第一单元　文学之社会人生

第一讲　生命与生存的探求：《药》 ………………………………（19）
第二讲　男人的生命之歌：《女神》 ………………………………（33）
第三讲　哭穷与病的隐喻：《春风沉醉的晚上》 …………………（42）
第四讲　命运的悲情书写：《月牙儿》 ……………………………（57）

第二单元　文学之世态风物

第五讲　生活的艺术：《雨天的书》 ………………………………（87）
第六讲　牧歌中的人生咏叹调：《边城》 …………………………（100）
第七讲　女性身体及其生存经验：《生死场》 ……………………（114）
第八讲　生活琐事中的人生智慧：《雅舍小品》 …………………（133）

第三单元　文学之爱情家庭

第九讲　命运与人性世界：《雷雨》 ………………………………（147）
第十讲　多重奴隶身份的书写：《为奴隶的母亲》 ………………（189）
第十一讲　自由与秩序：《志摩的诗》 ……………………………（211）
第十二讲　唯美与象征：《画梦录》 ………………………………（219）

· 1 ·

第四单元　文学之哲学心理

第十三讲　现代人生的分析：《梅雨之夕》……………………（233）
第十四讲　一段尴尬无奈的人生际遇：《封锁》………………（248）
第十五讲　人生哲学的荒诞呈现：《围城》……………………（264）
第十六讲　个人生活与民族命运的表现：《寒夜》……………（298）

后记 ……………………………………………………………（311）

导 论

中国现代文学经典的生成及其特征

一 中国现代文学经典及其生成

所谓中国现代文学经典，是指诞生于中国现代文学阶段的文学经典。

《辞源》中"经典"有两个意思：第一，"经典，旧指作为典范的经书"；第二，"佛教经典"。现在一般取其延伸意义，即指经过时间的淘洗被社会所公认的具有一定典范意义的著作。古代的"四书五经"、《离骚》、《史记》、"唐诗宋词"、《西游记》、《红楼梦》、《三国演义》、《水浒传》等，其他如《千字文》、《百家姓》、《弟子规》等启蒙读物，也得到时间的检验，文学的发展历史以及读者阅读的过程中，都已经作为经典文本得到读者的认可，它们不断被阐释，也不断以各种方式进行传播。

经典一旦产生并被社会认可，往往就成为千古流传的影响一代又一代读者的伟大作品。但在不同时代，对经典的认可也有所不同。如在中国古典文学中不能登大雅之堂的小说，如《三国演义》、《水浒传》、《西游记》、《红楼梦》、《金瓶梅》等，随着时间的流逝，随着文学的发展，随着人们审美观念的变化，都已经成为流传后世的文学经典。

中国现代文学从形成到现在已经有一百多年的历史，诸多文学作品已经作为文学经典被文学史书写，被读者认可，如鲁迅的《呐喊》、《彷徨》、《野草》等，郭沫若的《女神》等，郁达夫的《沉沦》，冰心的《繁星》，叶圣陶的《倪焕之》，王统照的《山雨》，周作人的《雨天的书》，老舍的《骆驼祥子》，巴金的《家》，柔石的《二月》，曹禺的《雷雨》、《日出》，夏衍的《上海屋檐下》，张爱玲的《传奇》，无名氏的

· 1 ·

《海艳》，徐訏的《风萧萧》，赵树理的《小二黑结婚》等，以及众多被读者广泛传诵的文学作品，都已经成为流传甚广、影响巨大、深入人心的文学经典。

那么，中国现代文学经典是如何生成的呢？

中国现代文学经典是在中国现代生成和发展过程中诞生的，是中国现代文学发生和发展过程中的独特现象。因此，这里有必要首先讨论中国现代文学发生的问题。

讨论中国现代文学的发生问题，需要回到中国现代文学的运行轨道和文化环境中来，发现现代文学的独特性以及所形成的审美价值体系。我们认为，中国现代文学的发生并不是中国文学内在的要求，而是由于多种外力的作用而出现的。

第一，中国现代文学是晚清社会革命的一次战略性转移。

如果梳理鸦片战争以来的中国社会发展历程，我们可以发现，近代以来的中国社会走过了一条从物质文明到制度文明再到精神文明的发展道路。鸦片战争后，中国文人意识到一个问题，即我们之所以失败，主要是因为物质文明远远落后于外国人。当我们以大刀长矛对攻于外国人的坚船利炮时，失败就是不可避免的。于是，近代洋务运动以及"师夷长技以制夷"的观点，成为人们普遍的共识。洋务运动主要解决的是中国社会物质文明的问题，试图通过物质文明的快速发展，"迎头赶上"西方帝国主义。在他们看来，只要物质文明发达了，中国社会的一切问题就迎刃而解了。但是，洋务运动的结果并没有使中国真正的崛起，内忧外困的现实逼迫觉醒了的文人们继续思考。这时，人们又将问题归结到政治体制上，认为只有通过政治体制的改良或者革命，才能够使中国具有发展的机会。康有为、梁启超的维新变法以及随后孙中山领导的资产阶级革命，都试图解决中国社会的政治体制问题。不过，康梁变法的失败，辛亥革命的失败，中国的政治改革遭受了极大的挫折。而正是体制改革的失败，才促使从事社会革命的知识分子不得不实行战略转移，将重点从社会革命转移到文学上来。从这个意义上说，中国现代文学的发生不是因为社会革命的成功，而是因为社会革命的失败。

康有为、梁启超维新变法失败后相继创办了《新民丛报》、《新小说》等报刊，提倡"诗界革命"、"小说界革命"，试图以文学的手段解决政治手段所无法解决的社会问题。梁启超将精力转移到文学上来，其目的不在于文学，而主要在于如何通过文学进行"新民"，启发民智，使国民都能够参与或支持他们的社会革命。陈独秀之所以对文学感兴趣，同样也是因为他发现了文学可以改变国民精神，促进国民参加革命活动。可以看到，社会革命作为中国现代文学发生时期的强大动力，将中国文学引向社会化、政治化，倡导文学的大多是一些社会革命家，他们的注意力不在文学上，而主要在文学之外，甚至他们并不特别懂得文学。这也就决定了中国现代文学审美特征的缺失，也决定了中国现代文学批评往往不以美的标准而是以社会性政治性标准要求文学的倾向。

第二，中国现代文学是西方文化影响的结果。

西方文化随着鸦片战争而进入中国，既带给国人以新的人生观念和民族国家意识，又促进了现代传播媒体的发展；清末资产阶级所发动的一次次社会革命，一方面加速了人们对西方文化更迫切的深入了解，以西方的社会文化观念和制度文化改造中国的企图也越来越彰显；另一方面资产阶级社会改良家和革命家们进一步认识到报刊传媒在社会革命中的意义，借报刊鼓吹改良、革命成为他们的主要手段。

西方文化是随着外国人的军事侵略一起进来的。当外国文化以强势者的姿态进入中国时，就显示出对中国文化的强烈影响力和制约力。而且，尤其当中国进行物质文明建设时，西方的强势角色则更为突出，宗教文化、商业文化等的大量涌入，为人们塑造了一个想象中的西方形象，这是一个高度"现代化"的文明的先进的国家形象，是一个遥远的被国人追逐的形象，这个形象逐步渗透进人们的日常生活中，影响着人们的思想观念。

在西方文化传入中国的过程中，文学只是伴随着其他各种文化一起进入的一个方面，西方宗教、历史、天文、地理以及其他一些文化知识，是较早传入中国的文化。19世纪末，在维新变法运动中，为适应社会政治的需要以及国家强盛的现实需求，外国文学作品被逐渐翻译介绍进来。如果看看早期那些翻译介绍的作品，大多都与民族富强、国家崛起的思想主题相关，如《鲁滨逊漂流记》、《黑奴吁天录》、《斯巴达之魂》、《毒蛇圈》等。毫无疑问，这些作品与英雄气质、革命精神、大众参与革命等话语联系在一起，是发动民众的有效宣传材料。正是这样，我们在早期的文学翻译中，很少读到《哈姆莱特》、《红与黑》、《悲惨世界》、《堂·吉诃德》、《浮士德》等伟大的文学作品。社会意义强于文学意义的作品成为早期影响中国作家的最重要的作品。这也就决定了西方影响主要是社会政治影响，人们更多地考虑的是文学的社会价值。正如梁启超所说："今特采外国名儒所撰述，而有关切于今日中国时局者，次第译之，附于报末，爱国志士，或庶览焉。"① 可见，人们需要的不是文学，而是文学中所包含的思想、革命，是社会革命家们到文学中寻找到的与革命相关或者他们想象中的与革命相关的话语。

第三，中国现代文学是现代传媒文化精神的艺术呈现。

李欧梵指出："清末文学的出现，特别是小说、乃是报刊的副产生，这些报刊是一连串日益深重的政治危机引发的一种社会反应。"尤其是"他们要求变革的愿望却以1898年那次失败的改良运动而告终。自上而下进行改革的希望破灭了，意在革新的知识界人士从无所作为的状态中振奋起来，成为中国社会的激进的代言人。他们的努力集中在制造'舆论'，向中央政府施加压力。于是他们发现通商口岸的报纸杂志是实现这种目的的一个很有用的媒体"。② 晚清报刊的发展的确是当时政治危机的结果，资产阶级改良家们在维新变法失败后，进行了一次战略转移，试图通过文化、文学的改革以解决他们无法通过政治手段解决的社会问题。变法失败后，梁启超于1902年创办了《新民丛报》、《新小说》等报刊，并进而提倡"小说界革命"、"诗界革命"、"文界革命"。这一年，《大公报》创刊，而这张报纸的创刊带有明显的社会革命的色彩："中国之衰，极于甲午，至庚子而濒于亡。海内志士，用中发愤呼号，期自强以救国；其工具为日报与丛刊，其在北方最着名之日报，这大公报。盖创办人英君敛之，目击庚子之祸，痛国亡之无日，纠资办报，名大公报。"③ 随后，《绣像小说》、《新新小说》、《时报》、《月月小说》等报刊纷纷创刊，成为20世纪初期中国文化界的一大奇观。一个时期如此集中地出现大量报刊，一方

---

① 任公：《译印政治小说序》，陈平原、夏晓虹编：《二十世纪中国小说理论资料（第一卷）1897—1916》，北京大学出版社1997年版，第38页。
② 李欧梵：《现代性的追求》，三联书店2000年版，第179页。
③ 张季鸾：《大公报一万号纪念辞》，王芝琛、刘自立编：《1949年以前的大公报》，山东画报出版社2002年版，第1页。

面是市场需要，读者购买并能够接受这些现代报刊；另一方面则是资产阶级从事社会革命受挫之后的一次战略转移。从这个意义上说，在资产阶级革命失败之后将精力转移到文学上来，其目的并不在文学，而主要在于借文学去完成其未完成的改良社会的任务，文学只是他们实现其社会理想的一个工具而已。也就是在这一年，"诗界革命"、"小说界革命"等与中国现代文学的发生以及中国现代文学批评的发生密切联系在一起的事件发生了，这为中国带来了一种新的文学形态，注入了一种新的文学特质。

但是，仅仅看到中国现代文化史上所出现的这些报刊是不够的，因为这些报刊不仅带来了文学载体，更重要的是这些报刊所带来的新的文学价值尺度。麦克卢汉在《理解媒介》中提出一切媒介都是"人的延伸"，从人的角度理解媒介，突出了人在传媒中的作用和意义。"所谓媒介即是讯息只不过是说：任何媒介（即人的任何延伸）对个人和社会的任何影响都是由于新的尺度产生的；我们的任何一种延伸（或曰任何一种新的技术），都要在我们的事务中引进一种新的尺度。"比如说，"铁路的作用，并不是把运动、运输、轮子或道路引入人类社会，而是加速并扩大人们过去的功能，创造新型的城市、新型的工作、新型的闲暇"。[①] 麦克卢汉的理论告诉我们，传媒的意义在于它以一种价值尺度改变了人与人、人与物、人与社会的关系。以此来看中国现代文学，现代传媒带来的不仅仅是报刊和图书出版这些新的文学承载的空间，而且是现代传媒对文学的价值尺度的改变，是媒体所形成的传播强势对文学机制和规则的改变。报纸杂志和图书出版为文学的发表提供了物质条件，使作家的创作能够以物质的方式呈现给读者，并成为商品供读者购买。但传媒又不仅是物质形式的，而且它的出现和存在也是一种文化的形态和方式，体现着以现代传媒为基础的现代文化精神，体现出面向大众和面向市场的平民文化特征。正是现代传媒的出现以及它对文学的影响，改变了文学的价值尺度。它改变了人们的感觉，也改变了人与文学的关系。在现代传媒出现之前，文学是少数人的事情，文学是象牙之塔里贵族社会的奢侈品。现代传媒将文学从象牙之塔拉回到平民世界，人人都可以参与文学，文学因现代传媒而重新排列秩序，文学的审美价值尺度发生了根本性的变化。正是这样，研究中国现

---

① ［加］马歇尔·麦克卢汉：《理解媒介》，商务印书馆2001年版，第33—34页。

代文学就不能简单地采取中国古代文学或者西方文学的审美标准和批评方法，而应当回到产生中国现代文学的现场，即现代报刊图书出版的现场，考察这些物质文化载体所形成的文化精神，以及这种文化精神所形成的新的机制和规划。麦克卢汉说："媒体会改变一切，不管你是否愿意，它会消失一种文化，引进另一种文化。"[1] 现代传媒出现以来，它带来的是哪一些文化的消失，引进的又是哪一些文化，这是需要现代文学研究者们回答的问题。

中国现代文学经典正是在这样的文学环境中诞生的，因此中国现代文学经典不同于中国古代文学经典，也不同于外国文学经典。中国现代文学经典属于中国现代文学，是现代文学的表现形态，具有现代文学的独特性和价值。

二　中国现代文学经典的特征

中国现代文学与中国古典文学有着质的区别，中国现代经典是现代中国人用现代文体创造出来的表现现代中国人思想与情感的文学作品，具有鲜明的现代特征，与中国古代文学经典同样具有质的区别。

（一）社会性

社会性是中国现代文学以及文学批评的最重要的特征，甚至我们可以说，中国现代文学就是一种社会文学。王富仁认为："中国现代文学就其性质来说是中国现代的社会文学，亦即它是在中国现代社会联系中发生和发展着的文学，但在实际的传播范围和影响力上，它却不具有西方文学和中国古代文学那样广泛的社会性。"[2] 中国现代文学产生于现代社会是不可否认的，但这个社会不是一个空洞的概念，而是具体的可指的社会，这个社会是一个被现代传媒塑造的被人们想象的现代性的社会。没有现代传媒就很难有我们所了解的社会，一个社会正是依靠传媒的传播才为我们提供了一个"社会"，那么，这个"社会"就是一个被

---

[1] ［加］马歇尔·麦克卢汉：《麦克卢汉精粹》，南京大学出版社2001年版，第248页。
[2] 王富仁：《传播学与中国现代文学研究》，《读书》2004年第5期。

想象的社会，是由传媒所提供的一些具体可感的材料，再由阅读者想象完成的一个社会。在这样的社会基础上产生的中国现代文学，既具有鲜明的社会特征，也是社会文化的组成部分。作为一种社会文学，现代文学主要由于它所承担的社会革命的任务所决定的，当知识分子们从事社会革命遭受挫折时，进行了一次战略性转移，谋略通过文学或者以文学的方式解决社会问题。陈独秀在《文学革命论》中将山林文学作为批判否定的对象，认为"山林文学，深晦艰涩，自以为名山着述，于其群之大多数无所裨益也"。这种文学与贵族文学、古典文学一样，"其形体则陈陈相因，有肉无骨，有形无神，乃装饰品而非实用品。其内容则目光不越帝王权贵，神仙鬼怪，及其个人之穷通利达。所谓宇宙，所谓人生，所谓社会，举非其构思所及"。[1] 所以山林文学与贵族文学、古典文学一样，都已经不能适应社会的要求而被批判。适应现代社会革命的要求，建设社会文学，使文学成为社会生活的一个部分，因此，社会文学与平民文学、写实文学一样，是现代传媒时代文学发展的基本特征，并在其历史发展过程中成为中国现代文学的传统之一。可以说，现代文学的诗学建构，是在现代传媒发生重大变化的基础上进行的，现代传媒的社会属性决定了文学的社会特征。从这个意义上说，中国现代文学要回到"纯文学"时代几乎是不可能的，它的基础以及功能特征，已经决定了中国现代文学作为社会文学的性质。

近百年来，中国文学批评与社会革命有着密切的关系。一方面，现代文学批评在方法论上，往往以社会学批评方法为主，甚至以社会学批评方法为唯一。周平远认为，文艺社会学就是"中国20世纪文艺学主流形态"："从20世纪初的'文化启蒙'，到20世纪末的'文化转向'，一部中国近现代文论史，就是一部文艺社会学学科思想史。离开了百年中国的社会变迁，我们将无法描述也无法解读。"[2] 周平远认为，20世纪中国文艺社会学是在"社会革命语境中的社会批评"，而这种社会批评"不仅因为它直接传承于启蒙主义的文化理念与策略，而且缘于它对20年代风起

---

[1] 陈独秀：《文学革命论》，《新青年》第2卷第6号，1917年2月。
[2] 周平远：《文艺社会学史纲》，中国大百科全书出版社2005年版，第5页。

云涌的国民革命、工农革命、社会革命的积极应答"。① 现代文学批评是否积极应答这些革命暂且不用讨论,但笔者觉得现代文学批评与社会革命的密切关系是不容否认的。从梁启超的"三界革命"到胡适、陈独秀的"文学革命",从鲁迅、茅盾、成仿吾到周扬、冯雪峰、胡风等,他们的社会批评构成了中国现代文学批评最动人的风景。另一方面,文学批评作为一种文化呈现方式,某些时候往往直接参与了社会活动。从文学批评参与"新民"、"新青年",到文学批评可以"立人",甚至文学为工农兵服务,文学批评在许多时候却充当了社会活动家的角色。

(二) 先锋性

现代文学是先锋的,现代文学批评是追逐先锋的,中国现代文学一直是一种社会的文化时尚,追逐着时尚性的社会潮流。美国学者马泰·卡林内斯库说:"在十九世纪的前半期乃至稍后的时期,先锋派的概念——既反映政治上的也指文化上的——只是现代性的一种激进化和高度乌托邦化了的说法。"并且认为:"先锋派起源于浪漫乌托邦主义及其救世主式的狂热,它所遵循的发展路线本质上类似比它更早也更广泛的现代性概念。这种相似肯定源于一个事实,即,两者从起源上说都有赖于线性不可逆的时间概念,其结果是,它们也都得面对这样一种时间概念所涉及到的所有无法克服的困境与矛盾。"② 先锋派对传统的决绝的态度以及对未来的追求,体现着现代性这一命题的时代性和进化论的特征。

在中国,这种先锋性主要是通过现代传媒而获得实现的。任何传媒都是先锋性的,代表了那个时代最前沿的思潮,它追逐潮流的同时,也对传统形成了叛逆。因而,在思想文化界,在文学界,形成了一个"新"与"旧"、"今"与"古"的对立关系,人们追求新的,左右为难旧的,不断出现新文学、新思潮、新方法。现代传媒则通过对"新闻"、"新社会"的不断报道为人们叙述了一个"日新月异"的新社会现实,社会中的人们也会在历史发展中不断的变新。这种思路从梁启超的"新民"、"新小

---

① 周平远:《文艺社会学史纲》,中国大百科全书出版社2005年版,第17页。
② [美]马泰·卡林内斯库:《现代性的五副面孔》,商务印书馆2002年版,第103—104页。

说"到陈独秀的"新青年"、"新文化",再到后来的"新时代"、"新女性"、"新生活",等等,都是令人激动和富有想象的"高度乌托邦化了"的观点。从《新小说》到《新青年》,两个刊物分别是改良派失败后和辛亥革命失败后的产物,它们虽然没有直接打出反传统的旗号,但其"新"就足以表明它们的文化立场。"新"是相对于"旧"而言的,"新"代表革命的、前进的方向,"旧"则代表了反动的、落后的方向;"新"代表了现代的,"旧"代表了传统的。对于生活在现代传媒语境中的人来说,任何人都想成为一个"新"人,生活在"新"社会,看着"新"报刊,读着"新"小说,"新"是一个巨大的诱惑。当年梁启超创办《新小说》,一连串"新"表明了一个极端性的态度,将《新小说》与新政治、新社会、新民密切联系起来,使"新"成为一个时代的先锋性代名词。陈独秀创办《新青年》同样也是排比式的句式,表达了青年一代对"新"的强烈愿望。

在中国,由于这种"新"与"旧"的对立意识,文学及其传媒的先锋性往往就是对新潮的追逐,媒体要把握最新的社会思潮动向,不仅要引导社会的发展动向,还要以最新的新闻或者社会发展动向引起读者的兴趣,以获得更大的社会影响力,得到更多的经济利益;文学需要把握最新的发展潮流,不断推出新人新作,以新鲜感获得读者的阅读兴趣。因而,这是一个市民被不断出现的"新闻"所激动,被不断出现的时尚生活所推动的时代,这也是一个新人辈出、新作频现、新潮涌动的时代。各种思潮一浪接着一浪,大量的畅销书满足着市民的审美趣味,影响着市民的文化消费和文化生活,报刊、图书的发行量影响着文学作品的生产,并成为评价文学的一个标准。因此,市民很容易把新的事物作为现代性的标志,以现在否定过去,以新潮否定传统。

(三) 世俗性

现代文化是一种通过现代传媒技术与文化层面不断被大众所接受的文化,现代文学也是一种通过现代传媒不断被大众所接受的文学。从这个意义上说,现代化就是文化及其文学被不断世俗化的过程,现代性就是文化的世俗性,而中国现代文学也就是一种世俗化的文学。卡林内斯库在讨论现代性的特征时认为:"现代性的本质被具体地指认为媚俗艺术,同时,媚俗艺术又被视为一种广泛的历史风格，被视为现代之时代精神的鲜明体现。""无论在技术上还是在美学上，媚俗艺术都是现代性的典型产品之一。"① 现代文学从出现的那天开始，几乎就是以一种世俗的面目面对无数读者的，以世俗的方式生产着无数的文化产品。现代文学的世俗化，是一种现代文化精神的体现，也是现代传媒将象牙之塔里的文学艺术拖入了世俗社会，使本来是少数人的文学成为大众日常生活中的消费品。现代传媒在催生大量作家的同时，也使文学逐渐成为社会实用性的文体。梁实秋是坚持文学的贵族立场的一位批评家，他认为："诗是贵族的，决不能令人人了解，人人感动。更不能人人会写。"因为"特殊的幻想神思，不是一般人所能了解的；不但诗如此，一切艺术作品，无论怎样的完美，总是很难博得大多数人的赏鉴。反转过来说，大多数人所赏鉴的必非最完美高尚的作品"。② 但在现代传媒阶段，不但大众都可以阅读文学作品，而且人人都可以创作文学作品，文学随着每天出产的报刊被装进了购买鸡蛋、蔬菜的篮子里。

现代世俗文学追求时尚新潮，以不断的新奇刺激着人们的耳目，也刺激着人们的欲望，媒体每天报道大量"新闻"，创造着平民英雄神话。同时媒体每天都推出大量的文学新作，不时推出文学新人，制造着一个又一个文学新星，包装着文学英雄。所以，我们看到的中国现代文学少有经典性的巨著，少有重量级的大师，而总是以"革命"的方式推动着一次次的文学运动，"小说界革命"、"文学革命"、"革命文学"、"抗战文学"等，都是可以"划时代"的文学运动；新的创作方法、新的文学思潮不断冲击着文坛，"新浪漫主义"、"新现实主义"都可以是文学的最高要求。传媒是以时尚为荣的，但文学却不一定是时尚的，传媒是以与读者"零距离"为准则的，而文学却是有距离的。在现代传媒语境中，无论媒体还是文学都在现代性的蛊惑下，追逐时尚，追求发行量和读者评价，以读者的评价和购买作为文学的标准，以市场的评价作为创作的动力。

感情的浪漫主义是世俗文学的重要特征。现代文学为了吸引更多读者

---

① ［美］马泰·卡林内斯库：《现代性的五副面孔》，商务印书馆2002年版，第241、242页。

② 梁实秋：《读〈诗底进化的还原论〉》，唐金海等主编：《新文学里程碑》（评论卷），文汇出版社1997年版，第249页。

的关注，往往打着以情动人的旗号，不断推出哀怨的故事或者能够引起读者激愤共鸣的事件。文学越来越关注社会现实，越来越煽情。如果从世俗文学的角度来看，这正是中国现代文学成功的地方，文学的情感化是其寻找并能够打动读者的方式，而从纯文学的角度来看，这种世俗文学"总是隐含着美学不充分的概念"，[1] 或者说，世俗文学讲究情感抒发，而不是艺术创造，情感抒发与艺术创造之间还存在着较大的差距。用梁实秋的话说，就是情不在多，而在有无节制。世俗文学中的感情主义倾向主要表现在高举人道主义的同情心上，所谓"为人生"的艺术，实际上已经悄悄改变了"人的文学"的本意，"对人生诸问题，加以记录研究的文字"，[2] 已经变成为表现"血和泪"的文学。表现"血和泪"本身并没有什么问题，但是，"血和泪"却不是文学的本质，与文学并无直接关系。这种文学是现代传媒时代的文学，是一种世俗化的文学。文学研究会反对的"娱乐派的文学"是一种世俗文学，他们所提倡的"为人生"的文学同样也是一种世俗的，两者只是形态不同，其实质是一样的，都必须在传媒基础上面对更大多数的读者。

现代世俗文学还追求文学的现实性。面向现实、表现现实是现代文学艺术精神，这一精神同样是在现代传媒的作用下形成的。传媒不仅要面对每天发生的大量新闻事件，而且还要发挥其耳目喉舌的作用，就像《大公报》的主张那样："本报循泰西报馆公例，知无不言。以大公之心，发折中之论。献可替否，扬正抑邪，非以挟私嫌为事。知我罪我，在所不计。"[3] 传媒的舆论功能及其对社会现实的批判，是其赢得读者的重要原因之一。现代传媒基础上的文学同样以批判现实作为自己的一大功能，当传媒逐渐转移其文化功能时，文学自觉承担了这一本来并不属于自己的任务。《新小说》从第 8 号开始连载吴趼人的《二十年目睹之怪现状》，随后谴责社会黑暗现象的小说成为晚清以至五四以后文学的一大景观，从鲁迅到赵树理，随着现代传媒的发展，文学的批判功能不断地被放大，以至当人们提起现实主义创作时，总是突出强调其批判性特征，而以批判为主

---

[1] ［美］马泰·卡林内斯库：《现代性的五副面孔》，商务印书馆 2002 年版，第 254 页。
[2] 周作人：《人的文学》，《新青年》第 5 卷第 6 号，1918 年 12 月。
[3] 《大公报出版弁言》，《大公报》1902 年 6 月 18 日。

的现实主义也成为中国现代文学的主潮。现实批判功能更应该是传媒的任务，传媒所承担的关注现实的责任是巨大的。文学的批判功能只是其一个方面而不能是其全部，文学是审美的，为读者提供美的享受应该是其最重要的功能。正因为社会还有诸多黑暗，人生还有不可补偿的缺陷，所以文学更应该为人们提供美的东西，使人们摆脱丑恶的东西，获得精神上的陶冶。

这里我并不是作为贬义词使用世俗文学这一概念的，而是对现代传媒语境中中国现代文学形态的一种概括。世俗文学是中国文学现代进程中不可逆转的趋势，它是现代传媒时代文学平民化的表现形态，文学从此从象牙之塔里走出来通过传媒而成为社会生活的内容之一。在这里，世俗有较低级的世俗，也有比较高级的豪华的世俗文学。郑振铎批评有些文学"只是供人娱乐的"，这种文学"在文人自身由以雕斫文词，吟风弄月之诗赋，为自娱之具。在一般读者，则以谈神说怪，空诞无稽之小说，为消遣暇晷的东西"①。这种批评有一定的道理，却也未免失之偏颇，因为文学的娱乐功能是不能否认也不能否定的，文人可以自娱自乐，一般读者当然也可以寻找娱乐，市民百姓可以有自己的娱乐，富豪官僚也可以有自己的娱乐。在现代社会，能够阅读报纸杂志的读者，大多还是有一定学历、修养的人物，如学生、老师、机关工作人员、商人、军官、富豪以及有一定阅读能力的市民等，现代传媒面对这样的读者群体，应该"以普通的文体，写普遍的思想与事实"，"以真挚的文体，记真挚的思想与事实"。②世俗文学同样可以真实、真挚，表情达意，成为一种值得怀念的艺术风格，具有较高的艺术力量。

（四）科学性

卡林内斯库在论述"作为西方文明史一个阶段的现代性"和"作为美学概念的现代性"的关系与区别时说："作为文明史阶段的现代性是科学技术进步、工业革命和资本主义带来的全面经济社会变化的产物。"③

---

① 西谛：《新文学的建设》，《文学旬刊》第37期，1922年5月11日。
② 仲密：《平民文学》，《每周评论》第5号1918年12月。
③ ［美］马泰·卡林内斯库：《现代性的五副面孔》，商务印书馆2002年版，第48页。

现代文学作为现代文化的一个组成部分，体现着对科学理性精神的追求，也表现出受传媒影响而生成的文化特点。现代传媒所体现的科学进步的物质和文化属性，是近代以来物质文化、市民文化、印刷技术发展到一定程度的产物，同时又是现代工业化社会形成和发展的推动因素。现代传媒主要通过最先进的科学技术和手段实现传播的现代化，从某些方面体现了现代科学技术发展的潮流，呈现了现代科学的理性精神。传媒的物质属性对于现代文化的意义在于，使中国近现代社会走在本来就已经发展起来的科学主义道路上，崇拜科学、崇拜物质，相信科学的发展一定会促进社会的发展，也一定可以带动文化的进步。这种科学主义的倾向体现在文学观念与文学创作中，就带来了创作中对科学的赞颂以及科学小说和创作方法中的科学主义倾向。早期科学小说虽然只是一种小说类型，但它体现的却是当时知识分子对科学的崇拜，后来科学小品文大量介绍科学知识，构成现代散文文体的独特一类。

现代文学的科学精神，主要体现在对科学理性精神的张扬上。《新青年》创刊后以"科学"与"民主"为旗帜，以科学作为文学的主要精神特征。茅盾在《文学与人生》中说："近代的时代精神是科学的。科学的精神重在求真，故文艺亦以求真为唯一目的。"[1] 作为现代科学和机械工业文明代表的印刷媒体，从物质文化和语言文化，到传媒的基本形态和消费方式，都体现了现代科学中强大的理性精神。在文化传播媒体中，理性"一向意味着'同一性、连续性和序列性'。换言之，我们把理性和文墨、理性主义和某种特定的技术联系起来了"[2]。与古代物质文化条件下的理性相比，现代传播媒体支持下的理性是以技术理性或曰工具理性为主的现代科学理性。新的传播媒体和传播方式打开了人们的视野，使人们从封闭的保守的狭小圈子中走出来，获得了与"世界"进行直接对话的可能性。这里的矛盾在于，现代工业社会瓦解了人类已经形成的理性精神，"虚无主义作为科技理性的逻辑发展"，"作为一种要打倒所有传统习俗的文化冲动力"[3]，从根本上动摇了理性主义的地位。现代物质文明激发的人们

---

[1] 茅盾：《文学与人生》，《茅盾文艺杂论集》（上集），上海文艺出版社1981年版，第113页。
[2] ［加］马歇尔·麦克卢汉：《理解媒体》，商务印书馆2000年版，第42页。
[3] ［美］丹尼尔·贝尔：《资本主义文化矛盾》，三联书店1989年版，第53页。

的欲望极大地冲击着人文精神，但新的理性在科学主义旗帜下崛起，人类在科学上的理性精神使人类发现"上帝死了"，发现了人类生存、生命的自身价值。在麦克卢汉看来，包括现代传媒在内的"一切技术"，"它们全都是我们人体的延伸（包括城市）"。① 例如电灯的出现，其意义不在于它所带来的光明，而是作为一种"媒介"导致了传统时空观念的转换，"对人的组合与行动的尺度和形态，媒介正是发挥着塑造和控制的作用"，② 通俗地说，电灯在给人们带来光明的同时，也延长了人的生活和工作时间。在印刷媒介中，报刊媒体所带来的信息使世界变小了，人们在极短的时间里就可以通过报刊了解到另一空间所发生的事情，人们足不出户就可以知道天下事，这一现象再次向人们提出一个问题："传播媒介的发展在当代社会里已怎样重塑了对时间和空间的感知？"③ 现代传媒使人获得了解放，使人能够更理性地生活着，更清楚地认识到人生的意义与价值。

三　现代文学经典的美学特征

现代传媒语境中的现代文学作品，表现出了有机整体的现代特征。卡林内斯库引用斯蒂芬·斯彭德在《现代的斗争》中的观点说，现代人"倾向于把生活视为一个整体，从而在现代状况下把它作为一个整体加以诅咒"。④ 当现代传媒使人们生活的世界越来越小，人与人之间的距离越来越近时，世界也逐渐成为一个有机的整体。在现代传媒语境中，读者对文学的阅读要求，使作家在创作中不能不考虑创作文体既适合于读者阅读要求，适应于报刊发表的体制要求，又适合于表现现代人的思想感情、社会生活，适应于现代理性和思维方式对文体的审美要求。古典文学也讲究文本的整体性特征，但古典文学落后的传播方式只能带来文本的朴素整体特征。所谓"朴素整体"是指文本自身是由相对独立的各个部分所构成的，每一个独立的部分也是一个整体，整体与整体通过一定的技巧相加构成为文本整体。因此，"朴素整体"是可以分解的，分解后的文本的思想

---

① ［加］马歇尔·麦克卢汉：《理解媒介》，商务印书馆2000年版，第93页。
② 同上书，第34页。
③ ［英］尼克·史蒂文森：《认识媒介文化》，商务印书馆2001年版，第199页。
④ ［美］马泰·卡林内斯库：《现代性的五副面孔》，商务印书馆2002年版，第99页。

意义和审美特征不发生本质性的变化。例如，古典诗词是由某些单位意象组合为诗行，一些诗行组合为一首诗或词，这些诗行从整体中剥离出来，其在原文中的诗意仍然完整。"天生我才必有用"（李白《将进酒》），"犹抱琵琶半遮面"（白居易《琵琶行》），"两情若是久长时，又岂在朝朝暮暮"（秦观《鹊桥仙》），这些诗行之所以能够千古传诵，不仅是因为腴润的诗情画意、深刻的人生内蕴，还由于它们都可以从原诗中抽取分离出来，独立为具有相对完整诗意的"整体"。古代小说也是如此，一章一回或者一个人物都可以从文本中独立出来，构成诸如"孙悟空三打白骨精"，"鲁智深拳打镇关西"等具有相对独立意义的故事，而且这些人物或故事的意义不因此发生任何变化。相对于古典文学，现代传媒中的现代文学则呈现为有机整体的特征。所谓"有机整体"是指文本自身是一个自足的封闭的并且最终完成的整体，这个整体不可分割也不可改编，一旦分割，其审美意义就会发生质的变化甚至失去其文学意义。同样写丁香，李璟《浣溪沙》中的"丁香空结雨中愁"是如此的诗意朦胧，具有独立的审美意义，"丁香"、"雨"两个意象传导出来的，是读者挥之不去的"愁"绪。在现代诗人戴望舒的笔下，"丁香"同样是美的。"雨巷"、"丁香"所构成的诗人的落寞情怀无法让人释然。但只有把《雨巷》作为一个有机整体来理解，作为诗歌意象的丁香才是美的。一旦把"丁香"从诗体中分离出来，无论哪一行都不可能构成一种具有浓郁诗意的相对完整的整体。所以，现代新诗的现代性是从有机整体的文本中表现出来的，现代意识、情思、现代审美观念等，也都是从这个有机整体中表现出来的。对于现代小说、现代散文等文体的解读，也需要从有机整体的角度才可能接近文本的本意，理解现代文学的"现代"性特征，并重塑现代文学的基本概念。钱锺书的《围城》是40年代一部卓越的长篇小说，但如果以朴素的整体观阅读时，往往会脱离人物的生存环境和人与人之间的联系，滑向"讽刺小说"[①]的文体评价。讽刺性只能说是《围城》表层的

[①] 钱理群等在《中国现代文学三十年》中认为，《围城》"以《儒林外史》的描写气魄，揭露抗战期间中上层知识界的众生相"，显示出"钱锺书成为现代文学又一位优秀的讽刺小说家"。夏志清也在他的《中国现代小说史》中认为《围城》是一部讽刺小说，"比任何中国古典讽刺小说优美"。孔庆茂在《钱锺书传》中也指出，"《围城》是一部具有很深的悲剧意味的讽刺小说"。

主题呈现，如果从现代传播媒体的有机整体性特征来看，《围城》则表现了一种尴尬与无奈的人生经验，一种轮回的人生怪圈。方鸿渐从人生经历的原点出发，经历了留学、回国、恋爱、三闾大学任教，最后又回到了他原来的人生起点。这个无法摆脱的人生怪圈，就像"西西弗斯的神话"一样荒诞。《围城》以方鸿渐的人生历程，构造了一个有机整体，在这个有机整体的理论框架中，我们可以发现方鸿渐及其人的生存困境，一个无法逃避的人生"怪圈"。

　　以有机整体性作为中国现代文学的"现代性"特征，并不是有意抹杀中国现代文学的现代意识、现代观念，而是更加突出其现代性特征，也突出其作为现代传媒的文学本体的现代精神。一般说来，文学的现代性特质是与人类的文明发展水平联系在一起的，当现代传媒作为现代文明的方式被人类所掌握时，媒体自身与媒体文化就一起成为现代社会的重要表征，并影响着人类的生活方式和观念。人类现代文明的感受不仅在于现代化的机械工业，而且在于现代化的文化形态，在于由此而产生的人的思想观念。从这个意义上说，建立在现代传媒基础上的中国现代文学，其现代性正是中国现代社会发展的结果，是中国现代作家立足于现代传媒和现代社会基础上的生命、生存的哲学思考与艺术呈现。或者说，中国现代文学的现代性是现代作家在现代传媒基础上的现代性，而不是西方文化的简单的东方移植，是现代作家对现代人生的深切感受的哲学升华，而不是对西方现代哲学思想的简单借用，中国现代文学只能是属于中国的"现代"文学。

第一单元

文学之社会人生

第一讲　生命与生存的探求:《药》
第二讲　男人的生命之歌:《女神》
第三讲　哭穷与病的隐喻:《春风沉醉的晚上》
第四讲　命运的悲情书写:《月牙儿》

第一讲

生命与生存的探求：《药》

第一部分 作家简介

鲁迅（1881—1936），浙江绍兴人。名樟寿，字豫才，17岁时改名为树人。"鲁迅"是他在《新青年》上发表小说《狂人日记》时用的笔名。鲁迅的少年时代是在绍兴度过的，在这里，他开始接受中国传统的诗书经传教育，也开始接触民间艺术。1898年到南京水师学堂，后来又改入南京路矿学堂求学，开始接受进化论思想的影响。1902年考取留日官费生，赴日本东京的弘文学院学习。1904年，入仙台医科专门学校学医，随后中止学习，希望以文艺改造国民的精神。这时期发表了《摩罗诗力说》、《文化偏至论》等论文。1909年，与其弟周作人一起合译《域外小说集》，介绍外国文学。同年回国，先后在杭州、绍兴任教。辛亥革命后，鲁迅曾任南京临时政府和北京政府教育部部员、佥事等职，兼在北京大学、北京女子师范大学等校授课。

1918年5月，在《新青年》上发表小说《狂人日记》，此后便"一发而不可收"，创作了大量小说、散文等。1918—1926年，陆续创作出版了小说集《呐喊》、《彷徨》，散文集《野草》、《朝花夕拾》，杂文集《坟》、《热风》、《华盖集》、《华盖集续编》等专集。1926年8月，南下厦门，任厦门大学教授。1927年1月，到广州，在中山大学任教务主任。1927年10月到达上海，开始了在上海的最后十年的生活。从1930年起，鲁迅先后参加中国自由运动大同盟、中国左翼作家联盟和中国民权保障同盟，成为中国左翼文化的旗手。1927—1936年，创作并出版了小说集

· 19 ·

《故事新编》中的大部分作品，尤其是杂文创作取得了重大成就，主要有《而已集》、《三闲集》、《二心集》、《南腔北调集》、《伪自由书》、《准风月谈》、《花边文学》、《且介亭杂文》、《且介亭杂文二编》、《且介亭杂文末编》、《集外集》和《集外集拾遗》等杂文集。

鲁迅对中国现代文化事业也做出了巨大贡献，支持"未名社"、"朝花社"等文学团体，主编《莽原》、《语丝》、《奔流》、《萌芽》、《译文》等文艺期刊，关怀和培养了如萧军、萧红、叶紫等大批青年作家。他还翻译介绍外国文学作品，介绍国内外著名的绘画、木刻；搜集、研究、整理大量的古典文学，著有《中国小说史略》、《汉文学史纲要》，整理《嵇康集》，辑录《会稽郡故书杂录》、《古小说钩沉》、《唐宋传奇录》、《小说旧闻钞》等。

鲁迅逝世后，他的作品得到广泛传播，1938年出版了第一部《鲁迅全集》（20卷）。新中国成立后，鲁迅著译已分别编为《鲁迅全集》（10卷）、《鲁迅译文集》（10卷），并重印鲁迅编校的古籍多种。1981年出版了《鲁迅全集》（16卷）。2005年，出版了新版《鲁迅全集》（18卷）。

第二部分 作品赏读

《药》写于1919年4月25日，发表于1919年5月《新青年》第6卷第5号，收入1923年8月北京新潮社出版的《呐喊》。

《药》在鲁迅小说创作中不是最重要的一篇，但却是鲁迅小说整体思想结构和艺术创造风格的代表性作品，因此，它不仅是研究鲁迅小说思想艺术的重要材料，而且也是多年来中学语文教材的经典篇目。但是，重新发现《药》的思想形态和叙事艺术，发掘鲁迅小说丰富的思想文化资源，探求其小说叙事的现代艺术特征，仍然是值得思考的事情。

读《药》还需要从解"药"开始。

"药"，是《药》的主体意象，它既是鲁迅写作《药》的现实体验，又是文本世界中人物间相互关系的连接点。作为文学意象，"药"也是一种隐喻，一个象征。从《药》的叙事层面上来看，买药、吃药、药效，构成了完整而连贯的故事情节，而作品中的每一个人物又与药或多或少的都发生过关联。华老栓买药，华大妈烧制药，华小栓吃药，康大叔们议论药，夏瑜则是药源。可以说，小说文本是围绕"药"这个主体意象构筑的。小说中出现的其他意象，如夜、月亮、路、红白的花、坟、乌鸦等，都是围绕"药"这一主体意象而出现的，"药"是结构的中心，也是叙事的动力。

《现代汉语词典》中关于"药"有以下解释：①药物。②某些有化学作用的物质。③用药治疗。④用药毒死。药在《药》的小说文本中有两层意思：一是能治疾病的物品，即那块鲜红的人血馒头。二是用药治疗。华小栓患有痨病，华老栓花费钱财买得一块可以做药的人血馒头，用于治疗华小栓的痨病。买药、吃药就是《药》最基本的内容，"药"成为推动叙事发展的最重要的意象。对作品的解读需要从药出发，从鲁迅对药的感受出发进一步勘查药及其药的故事所蕴含的文化意义。

鲁迅对药的感受源于他的少年时代："我有四年多，曾经常常，——几乎是每天，出入于质铺和药店里，年纪可是忘却了，总之是药店的柜台正和我一样高，质铺的是比我高一倍，我从一倍高的柜台外送上衣服或首饰去，在侮蔑里接了钱，再到一样高的柜台上给我久病的父亲去买药。回家之后，又须忙别的事了，因为开方的医生是最最有名的，以此所用的药引也奇特：冬天的芦根，经霜三年的甘蔗，蟋蟀要原对的，结子的平地木，……多不是容易办到的东西。"① 1926年，鲁迅又在《父亲的病》中详细叙述了父亲的病及其对药的感受。在鲁迅的人生体验中，药是与父亲的生命联系在一起的，买药治病，这是现实的事情。在上面详细引述的鲁迅有关药的感受的文字中，买药的过程伴随了他人生成长中的关键时段，这种感受对鲁迅的生命观念、社会意识都具有决定性的意义。这种影响由两个方面所构成：第一，药与生命的密切关系，鲁迅通过为父亲买药，深切认识到药对于人的生命的意义，他从父亲的病认识到人的生命的脆弱性，从而对生命产生了最直接的感受。第二，通过买药的过程亲身感受了人们对生命的漠然态度，鲁迅买药所受到的冷漠，是他认识社会最初的人生体验，也是他对生命的最初的印象。这种体验对一个人的生命感受及其创作影响，显然已经构成了《药》的主要思想内涵。在《药》中，药首先是与华小栓和夏瑜的生命联系在一起的，华小栓得了痨病，需要药来治

---

① 鲁迅：《〈呐喊〉自序》，《鲁迅全集》第1卷，人民文学出版社1981年版，第415页。

疗，夏瑜被杀了头，鲜血做了人血馒头，成为华小栓治病的药。在华老栓的心目中，人血馒头就是他儿子的命，所以华老栓买药的过程充满了神秘感和神圣感。华老栓买药路途中的感受是："天气比屋子里冷得多了；老栓倒觉得爽快，仿佛一旦变了少年，得了神通，有给人生命的本领似的，跨步格外高远。"这种爽快和兴奋，来自于华老栓对药的基本理解，来自于他对生命的感性认识，买到了药就买到了生命的希望。尤其在华老栓得到人血馒头之后，更增加了他对生命的敬畏和憧憬："他的精神，现在只在一个包上，仿佛抱着一个十世单传的婴儿，别的事情，都已置之度外了。他现在要将这包里的新的生命，移植到他家里，收获许多幸福。"这在华老栓一家是非常美好的事情。作为小说家的鲁迅，其伟大之处，不在于他发现了华老栓如何不理解革命，而在于准确把握了华老栓真实而具体的生命感受，以极为平常的笔墨写出了药与生命的直接的也是内在的关系。

　　但鲁迅对生命的把握并没有停留在这里，他极为敏感地发现了人类生命中的荒谬现象，深入发掘了人的生存与生命中的哲学命题：华老栓为儿子治病的药——人血馒头，需要用另一个人的生命鲜血蘸成。鲁迅在普通国民的普通生活中发现了生命与生存的荒诞哲学，在极其生活化的叙事中蕴含了丰富的哲学意蕴。荒诞派哲学是建立在西方工业化社会基础上的现代哲学思想之一。西方工业化社会以来，人被极大的异化，现代文明与人类生存形成了不可调解的内在矛盾。建立在西方工业文明基础上的现代主义哲学、文学，发现了人的生存的荒诞哲学。人的生命的怪圈、生存的危机使西方哲学家、文学家更关注人的存在本身。鲁迅时代的中国，显然还没有西方那样发达的工业文明，鲁迅尽管受到尼采、郭尔凯廓尔等人的影响，在鲁迅那里还不可能建立起西方式的存在主义哲学思想。但是，在鲁迅小说中又的确呈现出鲁迅式的生存哲学，这种生存哲学是建立在中国社会、文化环境中的鲁迅哲学，鲁迅笔下的荒诞是鲁迅所感受并提炼出的思想精华。华老栓买药是正常的、天经地义的，其本身并无值得批判的内容，更没有发生与革命的关联。华老栓买药的过程作为一个具象化的故事已经在作者的叙事中象征化，超越了买药的现实意义，具有了某种象征意义。华老栓买用哪一位被杀者的鲜血蘸成的"药"都是一样的，革命者的、不革命者的、反革命者的鲜血蘸的馒头，对华老栓来说都具有一样的意义，都是用于救治他儿子的病的。但是，一旦将夏瑜的被杀和华小栓的吃药治病联系起来，生命的荒诞性就突出到哲学的层面上来，生命—死亡、存在—虚空，对立的两个方面是如此完整地统一在人的身上，也如此凄美地表现出人的无奈。有意思的是，当华小栓在华老栓和华大妈的注目——"他的旁边，一面立着他的父亲，一面立着他的母亲，两人的眼光，都仿佛要在他身里注进什么又要取出什么似的"——下，吃掉了两半个白面馒头后，并没有发生华老栓所期望的奇迹，"面前只剩下一张空盘"，华小栓的生命在希望中重归于虚空，生命的荒诞再次通过故事升华起来，填充着小说文本中各类人物无所事事的现实世界。

讨论《药》的思想内涵，还必须分析华老栓的茶店里以康大叔为首的众茶客对待生命的态度，回答夏瑜形象与文本世界的关系。

康大叔的出现将茶馆的气氛带入了高潮，因为他是消息灵通人物，是茶馆里的权威。康大叔是在"包好，包好"的喊叫中出场的，他的喊叫肆无忌惮、目空一切，他在茶馆里喊叫的内容包括两个方面：一是药；二是药源。关于药，康大叔明显带有炫耀的色彩。康大叔胡乱喊叫中的关键词是：包好、我信息灵，这是与众不同的，这几个词串联起来的，是康大叔夸耀自己的本事，夸大药的功效，至于这药能否治好小栓的病以及小栓病情如何，康大叔全然不顾。康大叔的喧嚣与华老栓的肃穆，形成了鲜明的对比，华老栓对儿子病情的关注与康大叔专注于"趁热的拿来，趁热的吃下"以及"包好，包好"构成了华小栓生命环境中的两极：一极是极度关心；一极是极度冷漠。这是一个具有反讽意义的叙事结构，在这个反讽结构中，小栓的生命退居于末席，而"药"这个主体意象被突出到重要位置，人们关心的是药，而不是吃药的人。人们关心的是药的来源，而不是吃药的结果，或者说，在一个荒漠又虚空的生存环境中，生命是无关大体的，生命在人们的热闹中是可有可无的，甚至是被漠视的。

因此，茶馆的人们关心药源更甚于药。康大叔的"包好"与花白胡子不痛不痒的一句话，正好完成了关于药的叙事。康大叔关于夏瑜被杀的议论，既满足了无聊茶客们的无聊心理，又准确地传达了康大叔们对夏瑜的态度，对另外一个生命的麻木不仁。

从这种理解出发，夏瑜的形象在《药》的文本世界中并不处在中心位置，作为艺术形象的夏瑜没有出现在小说叙事之中，或者说，他并没有作为一个独立生命的符号，这个符号因为华小栓的出现而存在，因为华老栓买药而具有叙事的价值。夏瑜"关在牢里，还要劝牢头造反"的行为，在康大叔的叙述中是为了衬托"榨不出一点油水"。倘若牢卒可以在夏瑜身上榨出一点油水的话，劝人造反也就可以被康大叔们理解。红眼睛阿义不能从一个即将赴死的犯人身上榨取点什么，夏瑜"还要老虎头上搔痒"，这就是"疯了"。由此可见，夏瑜既成为华小栓的对称物，鲜血染红了的一块馒头，成为华小栓生命的希望，又成为康大叔们无聊生活中的故事，从而映出了空虚苍白的生命世界。在康大叔叙事的过程中，华小栓不失时机地出现了两次，这两次出现都没有引起康大叔们的足够重视。小栓第一次出现，康大叔瞥了小栓一眼，仍陶醉于他的叙述之中。小栓第二次出场，康大叔拍着他的肩膀说："包好！小栓——你不要这么咳。包好！"康大叔两次言行，都表现出他的极度冷漠，他的冷漠不仅是对于还活着的小栓，也包括对于已经被杀的夏瑜。已经服过"药"的小栓，成为隐喻夏瑜生命的符号，而当他出现在茶客中间时，作为生命世界里一个可有可无的物体，构成了对生命的极大反讽。

因此，已经死去的华小栓和已经被杀的夏瑜，他们的生命归宿都一样，他们的象征意义相同。这是两个相互说明又互为因果的形象，从不同的侧面表现出生命的荒诞感。在这里，有必要对华大妈和夏大妈上坟的故事，尤其夏瑜坟上的花环以及乌鸦进行讨论。

鲁迅在《呐喊·自序》中说，他的小说创作"既然是呐喊，则当然须听将令的了，所以我往往不恤用了曲笔，在《药》的瑜儿的坟上平空添上一个花环"。人们从鲁迅的自叙中联想到《药》中的花环，特意理解为"革命"的象征。实际上，对作品中的花环的理解，还需要回到作品本身。花环的亮色与乌鸦的鸣叫，应当与华大妈、夏大妈上坟的心境联系起来。倘若说鲁迅试图通过花环表现一种自己"也并不愿将自以为苦的寂寞，再来传染给也如我那年轻时候似的正做着好梦的青年"，试图写出人们对夏瑜这位年轻可爱的生命的尊重，那么，在华大妈和夏大妈心中，花环却恰恰形成了心理反差，映照出两位母亲对各自儿子生命的追思。华大妈因为儿子的坟头没有花环，"心里忽然感到一种不足和空虚，不愿意根究"，她以希望得到的某种安慰，或者是她能够告慰儿子在天之灵的寄托，由于花环的衬托而显得空空荡荡。在夏大妈这边，因为儿子是被杀而死，本能地认为"他们都冤枉了你"，把花环看作是夏瑜生命的"显灵"。无论是华大妈的落寞，还是夏大妈的冤枉，她们在吃惊之余，都产生了对生命的另样的感受。这时，乌鸦的出现又从另一方面映衬了墓地上两位母亲的生命感受。如果说花环象征着生命的某种期待，那么，乌鸦则又带走了这种期望。作为自然动物的乌鸦已经超越了自然的形态，具有了意象的象征意义。乌鸦是生命的象征，但却与夏大妈的生命观念联系着；"瑜儿，可怜他们坑了你，……你如果真在这里，听到我的话，——便教这乌鸦飞上你的坟顶，给我看罢。"乌鸦在夏大妈的生命感受中已经转化为一个象征，一个可以感知生命的，满足人们欲望的象征物。鲁迅对人生体验的深刻之处在于，他将人的生命的荒诞感和无望的救赎极为准确而又极为残酷地表现出来，从而将生命体验升华为一种生命哲学，最终还原为生命的真实。

《药》实际上并不太复杂，明线与暗线双情节线索，只是人们为了证明《药》与革命的关系而强行加在《药》的文本上的。只要回到文本上来就会发现，《药》的叙事结构不同于一般的时间叙事，既不同于中国古代说书场上的"说故事"，也不同于西方小说以时间为线索的叙事方式，而是在中西小说叙事基础上所创造的现代小说叙事。买药、吃药的故事是一个时间故事，但作为小说中的艺术呈现，主要不是表现为时间形式，而主要是在时间框架下的空间形式。

第一，场景与空间化形式。小说是在三个场景中完成的，刑场、茶馆、墓场，三个场景并不是一般意义上的背景，而是构成了小说叙事的骨骼，是小说重要叙事的重要内容。在这里，场景取代了时间，空间参与了叙事，成为故事赖以存在的形式。因此，《药》主要是写故事发生的过程，不是在时间层面上展开故事的各个进程，而是在一定的空间纬度上展开故事，是在特定的场景中展开生命的现象。在刑场，作者主要写华老栓买药时的心理感受，杀人场景的阴森恐怖与华老栓拯救儿子生命的神圣感，成为空旷的空间环境中孤立无援的存在。这里既是一个生命结束的地方，又被赋予另一个生命获救的期望。在墓场，由坟墓和小路构成了另一死寂的空间，这里体现的是生命的象征意义，无论坟墓里面的逝者，还是凭吊逝者的人们，只是生命的符号，在叙事的格局中呈现出故事的意义。从刑场到墓场，连接两端的是茶馆。茶馆应该是人生命流程中最为活跃、生动的地方，时间意识也应该是鲜明突出的，但是，茶馆的空间是狭促的、空虚的，茶馆里熙熙攘攘、热闹非凡的背后是空洞、委顿，茶馆里华老栓为儿子吃药所作的仪式般事情，是那样无助、无力。从叙事学的角度来看，华小栓吃药与康大叔的"包好"构成了一个反讽的结构，即珍视生命与漠视生命的结构，这个结构被作者纳入同一空间之中，而且时时交叉出现，更加强了故事的反讽意义。

第二，意象与空间化的艺术形式。意象是中国古典诗词中重要的审美概念，是一个核心范畴。刘勰《文心雕龙·神思》说："然后使玄解之宰，寻声律而定墨，独照之象，窥意象而运行。"意象与声律相对应，是指能够传达一定思想情感的，具有一定的象征意义的物象，是情感化、空间化的物象，将古典诗词中的审美手段运用于小说叙事中，这是鲁迅的创造。古典小说如《金瓶梅》、《红楼梦》中也出现了意象，但这些作品中的意象还没有完全摆脱诗词的意味，不能从整体上影响小说的叙事。在鲁迅这里，意象已经完全化入叙事之中，成为叙事的手段，将叙事的时间空间化。因此，鲁迅小说的叙事功能不再是情节的连接，而主要是意象以及场景对空间的组合。人血馒头毫无疑问是串联作品的主体意象，药与华老栓买药、华小栓吃药、康大叔说药以及夏瑜的被杀、华小栓的病密切联系在一起，构成了一个一个的空间关系。但仅仅药这一个意象还不能完成空间化叙事，秋夜、月亮、丁字街、坟地小路、枯树、花环、乌鸦等，鲁迅对众多意象的叠构，突出了意象与空间的关系，上述意象既是自然物体，又与人物的内心世界相关联，映现出生命世界的空了。可以看到，鲁迅采用空间化叙事艺术，主要立意不是表现人的生命流程，而是写出了空间环境中人的生命的滞重与困顿，传达了生命的荒诞哲学。

第三部分　原文：《药》

一

秋天的后半夜，月亮下去了，太阳还没有出，只剩下一片乌蓝的天；除了夜游的东西，什么都睡着。华老栓忽然坐起身，擦着火柴，点上遍身油腻的灯盏，茶馆的两间屋子里，便弥漫了青白的光。

"小栓的爹，你就去么？"是一个老女人的声音。里边的小屋子里，

第一讲 生命与生存的探求:《药》

也发出一阵咳嗽。

"唔。"老栓一面听,一面应,一面扣上衣服;伸手过去说,"你给我罢。"

华大妈在枕头底下掏了半天,掏出一包洋钱,交给老栓,老栓接了,抖抖的装入衣袋,又在外面按了两下;便点上灯笼,吹熄灯盏,走向里屋子去了。那屋子里面,正在窸窸窣窣的响,接着便是一通咳嗽。老栓候他平静下去,才低低的叫道,"小栓……你不要起来。……店么?你娘会安排的。"

老栓听得儿子不再说话,料他安心睡了;便出了门,走到街上。街上黑沉沉的一无所有,只有一条灰白的路,看得分明。灯光照着他的两脚,一前一后的走。有时也遇到几只狗,可是一只也没有叫。天气比屋子里冷多了;老栓倒觉爽快,仿佛一旦变了少年,得了神通,有给人生命的本领似的,跨步格外高远。而且路也愈走愈分明,天也愈走愈亮了。

老栓正在专心走路,忽然吃了一惊,远远里看见一条丁字街,明明白白横着。他便退了几步,寻到一家关着门的铺子,蹩进檐下,靠门立住了。好一会,身上觉得有些发冷。

"哼,老头子"。

"倒高兴……"

老栓又吃一惊,睁眼看时,几个人从他面前过去了。一个还回头看他,样子不甚分明,但很像久饿的人见了食物一般,眼里闪出一种攫取的光。老栓看看灯笼,已经熄了。按一按衣袋,硬硬的还在。仰起头两面一望,只见许多古怪的人,三三两两,鬼似的在那里徘徊;定睛再看,却也看不出什么别的奇怪。

没有多久,又见几个兵,在那边走动;衣服前后的一个大白圆圈,远地里也看得清楚,走过面前的,并且看出号衣上暗红的镶边。——一阵脚步声响,一眨眼,已经拥过了一大簇人。那三三两两的人,也忽然合作一堆,潮一般向前进;将到丁字街口,便突然立住,簇成一个半圆。

老栓也向那边看,却只见一堆人的后背;颈项都伸得很长,仿佛许多鸭,被无形的手捏住了的,向上提着。静了一会,似乎有点声音,便又动摇起来,轰的一声,都向后退;一直散到老栓立着的地方,几乎将他挤倒了。

"喂！一手交钱，一手交货！"一个浑身黑色的人，站在老栓面前，眼光正像两把刀，刺得老栓缩小了一半。那人一只大手，向他摊着；一只手却撮着一个鲜红的馒头，那红的还是一点一点的往下滴。

老栓慌忙摸出洋钱，抖抖的想交给他，却又不敢去接他的东西。那人便焦急起来，嚷道，"怕什么？怎的不拿！"老栓还踌躇着；黑的人便抢过灯笼，一把扯下纸罩，裹了馒头，塞与老栓；一手抓过洋钱，捏一捏，转身去了。嘴里哼着说，"这老东西……"

"这给谁治病的呀？"老栓也似乎听得有人问他，但他并不答应；他的精神，现在只在一个包上，仿佛抱着一个十世单传的婴儿，别的事情，都已置之度外了。他现在要将这包里的新的生命，移植到他家里，收获许多幸福。太阳也出来了；在他面前，显出一条大道，直到他家中，后面也照见丁字街头破匾上"古□亭口"这四个黯淡的金字。

二

老栓走到家，店面早经收拾干净，一排一排的茶桌，滑溜溜的发光。但是没有客人；只有小栓坐在里排的桌前吃饭，大粒的汗，从额上滚下，夹袄也帖住了脊心，两块肩胛骨高高凸出，印成一个阳文的"八"字。老栓见这样子，不免皱一皱展开的眉心。他的女人，从灶下急急走出，睁着眼睛，嘴唇有些发抖。

"得了么？"

"得了。"

两个人一齐走进灶下，商量了一会；华大妈便出去了，不多时，拿着一片老荷叶回来，摊在桌上。老栓也打开灯笼罩，用荷叶重新包了那红的馒头。小栓也吃完饭，他的母亲慌忙说：

"小栓——你坐着，不要到这里来。"

一面整顿了灶火，老栓便把一个碧绿的包，一个红红白白的破灯笼，一同塞在灶里；一阵红黑的火焰过去时，店屋里散满了一种奇怪的香味。

"好香！你们吃什么点心呀？"这是驼背五少爷到了。这人每天总在茶馆里过日，来得最早，去得最迟，此时恰恰蹩到临街的壁角的桌边，便坐下问话，然而没有人答应他。"炒米粥么？"仍然没有人应。老栓匆匆走出，给他泡上茶。

"小栓进来罢!"华大妈叫小栓进了里面的屋子,中间放好一条凳,小栓坐了。他的母亲端过一碟乌黑的圆东西,轻轻说:

"吃下去罢,——病便好了。"

小栓撮起这黑东西,看了一会,似乎拿着自己的性命一般,心里说不出的奇怪。十分小心的拗开了,焦皮里面窜出一道白气,白气散了,是两半个白面的馒头。——不多工夫,已经全在肚里了,却全忘了什么味;面前只剩下一张空盘。他的旁边,一面立着他的父亲,一面立着他的母亲,两人的眼光,都仿佛要在他身上注进什么又要取出什么似的;便禁不住心跳起来,按着胸膛,又是一阵咳嗽。

"睡一会罢,——便好了。"

小栓依他母亲的话,咳着睡了。华大妈候他喘气平静,才轻轻的给他盖上了满幅补钉的夹被。

三

店里坐着许多人,老栓也忙了,提着大铜壶,一趟一趟的给客人冲茶;两个眼眶,都围着一圈黑线。

"老栓,你有些不舒服么?——你生病么?"一个花白胡子的人说。

"没有。"

"没有?——我想笑嘻嘻的,原也不像……"花白胡子便取消了自己的话。

"老栓只是忙。要是他的儿子……"驼背五少爷话还未完,突然闯进了一个满脸横肉的人,披一件玄色布衫,散着纽扣,用很宽的玄色腰带,胡乱捆在腰间。刚进门,便对老栓嚷道:

"吃了么?好了么?老栓,就是运气了你!你运气,要不是我信息灵……"

老栓一手提了茶壶,一手恭恭敬敬的垂着;笑嘻嘻的听。满座的人,也都恭恭敬敬的听。华大妈也黑着眼眶,笑嘻嘻的送出茶碗茶叶来,加上一个橄榄,老栓便去冲了水。

"这是包好!这是与众不同的。你想,趁热的拿来,趁热的吃下。"横肉的人只是嚷。

"真的呢,要没有康大叔照顾,怎么会这样……"华大妈也很感激的谢他。

"包好，包好！这样的趁热吃下。这样的人血馒头，什么痨病都包好！"

华大妈听到"痨病"这两个字，变了一点脸色，似乎有些不高兴；但又立刻堆上笑，搭讪着走开了。这康大叔却没有觉察，仍然提高了喉咙只是嚷，嚷得里面睡着的小栓也合伙咳嗽起来。

"原来你家小栓碰到了这样的好运气了。这病自然一定全好；怪不得老栓整天的笑着呢。"花白胡子一面说，一面走到康大叔面前，低声下气的问道，"康大叔——听说今天结果的一个犯人，便是夏家的孩子，那是谁的孩子？究竟是什么事？"

"谁的？不就是夏四奶奶的儿子么？那个小家伙！"康大叔见众人都耸起耳朵听他，便格外高兴，横肉块块饱绽，越发大声说，"这小东西不要命，不要就是了。我可是这一回一点没有得到好处；连剥下来的衣服，都给管牢的红眼睛阿义拿去了。——第一要算我们栓叔运气；第二是夏三爷赏了二十五两雪白的银子，独自落腰包，一文不花。"

小栓慢慢的从小屋子里走出，两手按了胸口，不住的咳嗽；走到灶下，盛出一碗冷饭，泡上热水，坐下便吃。华大妈跟着他走，轻轻的问道，"小栓，你好些么？——你仍旧只是肚饿？……"

"包好，包好！"康大叔瞥了小栓一眼，仍然回过脸，对众人说，"夏三爷真是乖角儿，要是他不先告官，连他满门抄斩。现在怎样？银子！——这小东西也真不成东西！关在牢里，还要劝牢头造反。"

"阿呀，那还了得。"坐在后排的一个二十多岁的人，很现出气愤模样。

"你要晓得红眼睛阿义是去盘盘底细的，他却和他攀谈了。他说：这大清的天下是我们大家的。你想：这是人话么？红眼睛原知道他家里只有一个老娘，可是没有料到他竟会这么穷，榨不出一点油水，已经气破肚皮了。他还要老虎头上搔痒，便给他两个嘴巴！"

"义哥是一手好拳棒，这两下，一定够他受用了。"壁角的驼背忽然高兴起来。

"他这贱骨头打不怕，还要说可怜可怜哩。"

花白胡子的人说，"打了这种东西，有什么可怜呢？"

康大叔显出看他不上的样子，冷笑着说，"你没有听清我的话；看他神气，是说阿义可怜哩！"

听着的人的眼光，忽然有些板滞；话也停顿了。小栓已经吃完饭，吃得满头流汗，头上都冒出蒸气来。

"阿义可怜——疯话，简直是发了疯了。"花白胡子恍然大悟似的说。

"发了疯了。"二十多岁的人也恍然大悟的说。

店里的坐客，便又现出活气，谈笑起来。小栓也趁着热闹，拼命咳嗽；康大叔走上前，拍他肩膀说：

"包好！小栓——你不要这么咳。包好！"

"疯了！"驼背五少爷点着头说。

四

西关外靠着城根的地面，本是一块官地；中间歪歪斜斜一条细路，是贪走便道的人，用鞋底造成的，但却成了自然的界限。路的左边，都埋着死刑和瘐毙的人，右边是穷人的丛冢。两面都已埋到层层叠叠，宛然阔人家里祝寿时的馒头。

这一年的清明，分外寒冷；杨柳才吐出半粒米大的新芽。天明未久，华大妈已在右边的一坐新坟前面，排出四碟菜，一碗饭，哭了一场。化过纸，呆呆的坐在地上；仿佛等候什么似的，但自己也说不出等候什么。微风起来，吹动他短发，确乎比去年白得多了。

小路上又来了一个女人，也是半白头发，褴褛的衣裙；提一个破旧的朱漆圆篮，外挂一串纸锭，三步一歇的走。忽然见华大妈坐在地上看她，便有些踌躇，惨白的脸上，现出些羞愧的颜色；但终于硬着头皮，走到左边的一坐坟前，放下了篮子。

那坟与小栓的坟，一字儿排着，中间只隔一条小路。华大妈看他排好四碟菜，一碗饭，立着哭了一通，化过纸锭；心里暗暗地想，"这坟里的也是儿子了。"那老女人徘徊观望了一回，忽然手脚有些发抖，跄跄踉踉退下几步，瞪着眼只是发怔。

华大妈见这样子，生怕他伤心到快要发狂了；便忍不住立起身，跨过小路，低声对他说，"你这位老奶奶不要伤心了，——我们还是回去罢。"

那人点一点头，眼睛仍然向上瞪着；也低声吃吃的说道，"你看，——看这是什么呢？"

华大妈跟了他指头看去，眼光便到了前面的坟，这坟上草根还没有全合，露出一块一块的黄土，煞是难看。再往上仔细看时，却不觉也吃一惊；——分明有一圈红白的花，围着那尖圆的坟顶。

他们的眼睛都已老花多年了，但望这红白的花，却还能明白看见。花也不很多，圆圆的排成一个圈，不很精神，倒也整齐。华大妈忙看他儿子和别人的坟，却只有不怕冷的几点青白小花，零星开着；便觉得心里忽然感到一种不足和空虚，不愿意根究。那老女人又走近几步，细看了一遍，自言自语的说，"这没有根，不像自己开的。——这地方有谁来呢？孩子不会来玩；——亲戚本家早不来了。——这是怎么一回事呢？"他想了又想，忽又流下泪来，大声说道：

"瑜儿，他们都冤枉了你，你还是忘不了，伤心不过，今天特意显点灵，要我知道么？"他四面一看，只见一只乌鸦，站在一株没有叶的树上，便接着说，"我知道了。——瑜儿，可怜他们坑了你，他们将来总有报应，天都知道；你闭了眼睛就是了。——你如果真在这里，听到我的话，——便教这乌鸦飞上你的坟顶，给我看罢。"

微风早经停息了；枯草支支直立，有如铜丝。一丝发抖的声音，在空气中愈颤愈细，细到没有，周围便都是死一般静。两人站在枯草丛里，仰面看那乌鸦；那乌鸦也在笔直的树枝间，缩着头，铁铸一般站着。

许多的工夫过去了；上坟的人渐渐增多，几个老的小的，在土坟间出没。

华大妈不知怎的，似乎卸下了一挑重担，便想到要走；一面劝着说，"我们还是回去罢。"

那老女人叹一口气，无精打采的收起饭菜；又迟疑了一刻，终于慢慢地走了。嘴里自言自语的说，"这是怎么一回事呢？……"

他们走不上二三十步远，忽听得背后"哑——"的一声大叫；两个人都竦然的回过头，只见那乌鸦张开两翅，一挫身，直向着远处的天空，箭也似的飞去了。

一九一九年四月。

第二讲

男人的生命之歌：《女神》

第一部分　作家简介

郭沫若，原名郭开贞，字鼎堂，1892年11月16日出生在四川省乐山沙湾。父亲是个商人，母亲是一个没落官宦人家的女儿，资质聪颖，喜好文学。在郭沫若小时候，母亲常给他吟诵一些简单的唐宋诗词，正是从母亲那里，郭沫若获得了最早的文学启蒙。他天资聪慧，四岁时就开始接受家塾教育，十二岁入乐山县高等小学堂，十四岁入嘉定府中学堂，十七岁入成都高等学堂分设的中学读书。1914年初，抵达日本留学，最开始学习医术，后来弃医从文，1918年开始从事新诗创作，"沫若"这个笔名就是他首次发表新诗时所使用的。这一名字源自他故乡的两条河流沫水和若水，以此为名，有不忘故土之意。除此之外，他也曾使用过郭鼎堂、石沱、高汝鸿、羊易之等名字，但相比较而言，郭沫若这个名字使用最多，也更为人们所熟知。

郭沫若一生建树颇多，在中国现代历史上，很少有像他一样在各个领域都取得不凡成绩的学者：他是现代著名的文学家、思想家、历史学家、考古学家、古文字学家、书法家和著名的革命家、社会活动家。1921年，他与郁达夫、成仿吾、张资平等人发起组织了20年代最重要的文学团体之一创造社，积极从事新文学创作。他的代表作《女神》具有浓厚的浪漫主义色彩，对中国的新诗发展产生了极为重要的影响。1926年，他参加了北伐战争，任国民党革命军政治部副主任，1927年参加领导了南昌起义，同年加入中国共产党。在此期间，郭沫若创作了《王昭君》、《聂嫈》和《卓文君》三部历史剧。1928年大革命失败后，他被国民党政府通缉，流亡日本。在此期间，潜心研究中国古代史，写出了《中国古代社会研究》、《甲骨文字研究》、《两周金文辞大系》、《卜辞通纂》十几种专著，为中国史学、文字学做出了贡献。抗日战争爆发后，他毅然回国，任国民政府军事委员会政治部第三厅厅长，后改任文化工作委员会主任，期间组织了声势浩大的武汉抗战文化运动，发动歌咏、话剧、电影等各界一同宣传抗战。抗战时期，他又创作了一系列历史剧，如《虎符》、《屈原》、《棠棣之花》、《孔雀胆》、《南冠草》、《高渐离》等。1949年7月，他被选为全国文联主席。新中国成立后，他主要从事文化科学方面的组织领导工作，参加一些政治社会活动和进行对外文化交流。在工作之余，坚持文学创作，发表了大量作品，如历史剧《蔡文姬》、《武则天》，史学论著《奴隶制时代》，文艺论著《李白与杜甫》以及诗集《新华颂》、《东风集》等。1978年，在北京逝世。

郭沫若带着他特有的激情与热忱，一生坚持在文化事业的各个领域进行探索，对我国科学文化事业做出了巨大贡献。他在文学、历史学、古文字学、考古学等领域都产生了极为深远的影响，因此，郭沫若是一个"百科全书"式的文化巨人。

第二部分　作品赏读

《女神》出版于1921年，收入1916年到1921年之间的主要诗作。连同序诗共57篇。多为诗人留学日本时所作。《女神》共分三辑。除《序诗》外，第一辑包括《女神之再生》、《湘累》、《棠棣之花》。第二辑分为三个部分。自《凤凰涅槃》至《立在地球边上放号》共十篇为《凤凰涅槃之什》，自《三个泛神论者》至《我是个偶像崇拜者》共十篇为《泛神论者之什》，自《太阳礼赞》至《死》共十篇为《太阳礼赞之什》。第三辑分为三个部分，自《Venus》至《晚步》共十篇为《爱神之什》，自《春蚕》至《日暮的婚筵》（其中《岸上》为三篇）共十篇为《春蚕之什》，自《新生》至《西湖纪游》（其中《西湖纪游》为六篇）共十篇为《归国吟》。

《女神》表现了诗人郭沫若对人生、社会、自然的思考，深刻揭示了

第二讲 男人的生命之歌:《女神》

富有现代气息的生命意识和生存观念。

诗人对五四的感受是深层的,它主要表现出郭沫若对生命本身的"生命力"的体悟。如果说闻一多所阐述的《女神》的时代精神首先是"动"的精神的话,那么,这种动首先是生命的动,是一种生命的运动形态:"二十世纪是个动的世纪。这种的精神映射于《女神》中最为明显。"闻一多认为,"动的本能是近代文明一切的事业之母,他是近代文明之细胞核"。他引述了《笔立山头展望》的诗行说,"恐怕没有别的东西比火车底飞跑同轮船底鼓进",更能叫出郭沫若"心里那种压不平的活动之欲"。① 《女神》洋溢着生命的运动形式,"我飞奔,／我狂叫,／我燃烧。／我如烈火一样地燃烧！／我如大海一样的狂叫！／我如电气一样的飞跑！"(《天狗》) 郭沫若生命的律动与20世纪的时代律动是一致的,燃烧是生命的燃烧,狂叫是生命的狂叫。在这里,郭沫若是从个体生命体验出发,《女神》主要传达出诗人郭沫若对生命的感受与认同,是郭沫若生命意识的审美呈现。读《女神》,我们会被诗作中那种无所不在的能量所激动,郭沫若对"力"的歌赞,既是自我个性的体现,也是生命能量的爆发。在《天狗》中,郭沫若一反中国诗歌的常规,大胆运用现代科学常识,有效地进行了诗歌的现代转化,并且将个体生命的能量与时代精神结合在一起,真正写出了生命的歌:"我是月底光,／我是日底光,／我是一切星球底光,／我是X光线底光,／我是全宇宙底Energy底总量！"从生存生命的认识出发,《女神》在以下两个方面表现了它的价值所在。

第一,对人的生存方式和生命存在的思考。郭沫若是站在一个新的高度关注民族、思考人生的,也可以说,他是从自我个体体验出发对人类的生存问题进行了必要的深刻的思考。《凤凰涅槃》"象征着中国的再生"②的同时,是对人类生命的追问与理解,或者说,诗人是从思考人的生存与生命哲学的高度来关注中国的再生问题的。有关《女神》的哲学问题,宗白华早在《三叶集》的通信中就已经指出过:《天狗》"这首诗的内容深意",是用"泛神论的名目来表写"的,而《凤凰涅槃》等诗篇"是

---

① 闻一多:《〈女神〉之时代精神》,《创造周报》第4号,1923年6月3日。
② 郭沫若:《创造十年》,《郭沫若全集》(文学编)第十二卷,人民文学出版社1992年版,第73页。

以哲理做骨子,所以意味浓深"①。在《凤凰涅槃》中,郭沫若借凤凰的歌唱,唱出的是生命的歌,是对人类生存现实中生命世界的追问:"宇宙呀,宇宙,/你为什么存在?/你自从哪儿来?/你坐在哪儿在?/你是个有限大的空球?/还是无限大的整块?/你若是有限大的空球,/那拥抱着你的空间/他从哪儿来?/你的外边还有些什么存在?/你若是无限大的整块,/这被你拥抱着的空间,他从哪儿来?/你的当中为什么又有生命存在?/你到底是个有生命的交流?/你到底是个无生命的机械?"这一连串的追问,让我们感受到诗的激动之余,对人生、社会产生深深的反思,会联想到西方现代主义哲学所提出的问题:"我是谁?我从哪里来?我要到哪里去?"五四时代,能够进行这种思考的作家并不多见,而郭沫若无疑走在时代前列,从一个更深的层面提出了中国知识分子必须要回答也是必须要思考的问题。

  第二,男性生命的审美呈现。作为五四时代的男性形象,郭沫若在《女神》中表现了一种典型的男性力量,这是一个时代觉醒的男性,是生命觉醒的男性,是大胆表现自我的男性。诗的主体是男性,诗的精神向度是男性,诗的美学构成是男性的力量和雄性的美。

  《女神》作为男性的歌唱主要体现在两个方面:一是诗作中男性的力量向度;二是女性美的审美向度。这两个向度是相辅相成的,构成了《女神》以男性为中心的世界。这两个向度呈现出诗作对男性的雄壮力量的歌赞,展示了时代男性应有的力度。在这个世界中,聂政、凤、大海、太阳等都是男性的象征性形象,他们是男性力量的象征,也是一种社会化的象征。男性形象体现着诗人的情感特征,也体现出郭沫若的性格追求。在《女神》的审美世界里,男性的形象和女性的形象是相和谐的,男性形象是对女性形象的提高,而女性则又是男性的映衬。凤和凰是和谐的,他们的共鸣演奏了诗人动人的心曲,写出了男性世界和女性世界对人生的不同理解,也写出了凤和凰不同的性格世界。在《湘累》中,屈原与女须也是和谐的,是相互说明的。如果说在《女神之再生》中郭沫若直接赞美了女性,而在这部诗剧中,诗人则主要通过屈原进一步阐释了"永恒之女性,引导我们走"这一命题。比较于太阳、大海等男性,屈原是

---

① 宗白华:《致郭沫若》,《三叶集》,上海亚东图书局1920年版,第24—25页。

另类男性的代表，在他身上，既有雄壮的风格，又有优美的个性，他在不受理解的环境中歌唱道："你怎见得我只是些湘沅小流？我的力量只能汇成个小小的洞庭，我的力量便不能汇成个无边的大海吗？"作为男人的海，屈原的心胸是博大无边的。但《湘累》不在于表现屈原的心胸，而主要在于表现引导诗人前行的"水中歌声"，以及由这歌声所激发出来的生命的律动："好悲切的歌词！唱得我也流起泪来了。流吧！我生命底泉水呀！你一流出来，好象把我全身底烈火都浇息了的一样。"或者说，正是水中优美的女性歌声打动了诗人屈原，让他从这"能够使人流泪的诗"中感受到了人生的价值，也发现了男性自身所需要精神。

中国古典诗词极为讲究意象的选择与营造。春花秋月、晨钟暮鼓、春雨清风，都有可能成为诗人笔下的审美意象。任何审美意象都是诗人生命感受的诗意把写，所谓文以意为主即是如此。综观古典诗词中的意象，主要表现了古典诗人的中年心态以及文人化精神。而在郭沫若笔下，他承继了古典诗词营造意象的艺术传统，但《女神》中的审美意象则是具有创造性意义的，郭沫若更愿意选择那些具有男性特征的现代意义的意象，传达出郭沫若特有的精神气质。在《女神》中，大体是由几类相互关联的意象构成艺术的王国。大海、太阳中两个主体意象，这两个主体意象是男性的，呈现出诗作的美学指向，成为诗人精神的外化。《凤凰涅槃》、《心灯》、《日出》、《晨安》、《浴海》、《立在地球边上放号》、《光海》、《夜步十里松原》、《太阳礼赞》、《沙上的脚印》、《新阳关三叠》等诗篇中使用了太阳或海的意象。在《女神》中，太阳、海都是男性的象征，"无限的太平洋鼓奏着男性的音调"（《浴海》），"无限的太平洋提起他全身的力量来要把地球推倒"（《立在地球边上放号》），"太阳哟！你请把我全部的生命照成道鲜红的血流！太阳哟！你请把我全部的诗歌照成些金色的浮沤！"（《太阳礼赞》）。这些意象都已经超越了古典文学意象的美学范畴，成功将古典文学意象进行了现代性转化。围绕太阳和海这两个意象，诗作中出现了"天狗"、"凤凰"等意象，这些意象不仅古典文学中没有或很少出现过，而且诗人所赋予的现代意义，使这些意象很好地传达出诗人的情感世界。而夜也是诗作的主要意象，这个意象完全不同于古典诗词中的月亮意象，它已经具有了现代诗的"幻想神思"境界。"女神"是郭沫若精心营造的一个意象，这个意象是诗人男性情感的诗意表达。"永恒之女性，引导我们走"，既是郭沫若作为男性对女性的理解，又巧妙地将古典人物意象化地进行了现代转化。

《女神》在形式上的追求同样体现出男性化的特征。我们都注意到了《女神》的自由体式和汪洋恣肆的抒情特点，也注意到了《女神》中那个抒情主人公的形象，但是，如果我们不注意这些形象是作为男性形象出现的，那么，也就难以理解郭沫若创作过程中的主体思维及其情感特征。梁实秋借《女神》的评论，认为"第一流的诗人"，应有"特殊的神思幻想，心境的光怪陆离"。郭沫若虽然不是梁实秋所希望的那种"永远站在社会边上的"① 诗人，但郭沫若也不是执着于现实而忘记诗人职责的，《女神》既在体式上做到了自由，又保持了应有的节制。郭沫若不像新月诗人那样具有良好的绅士风度，因为《女神》时期的郭沫若还是穷学生，他所要做的就是为了争取生存的权利而像"天狗"一样狂叫。不过，这种狂叫并不是无节制的。那么，郭沫若是如何进行艺术节制的？郭沫若说过："诗之精神在其内在的韵律，内在的韵律并不是什么平上去入，高下抑扬，强弱长短，宫商徵羽；也不是什么双声叠韵，什么压在问中的韵文！这些都是外在的韵律或有形律。内在的韵律便是'情绪的自然消涨'。"

那么，什么又是郭沫若所说的"内在律"呢？看《雪朝》一诗所写的："楼头的檐霤……/那可不是我全身的血液？/我全身的血液点滴出律吕的幽音，/同那海涛相和，松涛相和，雪涛相和。"《女神》的内在律便是用生命的血液书写出的诗的旋律。郭沫若说，"内在的韵律便是'情绪的自然消涨'"，诗人的情绪是生命的一种形式，是生命能量的外化。郭沫若认识到，纯粹的感情是不能成为诗的，诗人的感情必须是生命的爆发，是诗人生命向外扩张时的律动形式。"无限的大自然，/成了一个光海了。/到处都是生命的光波，/到处都是新鲜的情调，/到处都是诗，/到处都是笑：/海也在笑，山也在笑，/太阳也在笑，地球也在笑，/我同阿和，我的嫩苗，/同在笑中笑。"（《光海》）这就是一种生命律动的形式，在大自然的环境中，诗人的生命与自然融为一体，从而感受到了生命

---

① 梁实秋：《读〈诗底进化的还原论〉》，《新文学里程碑》（评论卷），文汇出版社1997年版，第250页。

自然形态的美好与欢快,这时,诗人的情绪自然放松,呈现快乐状态,因而,其诗行是欢快的、明晰的。

第三部分 《女神》选录

天　狗

我是一条天狗呀!
我把月来吞了,
我把日来吞了,
我把一切的星球来吞了,
我把全宇宙来吞了。
我便是我了!
我是月底光,
我是日底光,
我是一切星球底光,
我是 X 光线底光,
我是全宇宙底 Energy 底总量!
我飞奔,
我狂叫,
我燃烧。
我如烈火一样地燃烧!
我如大海一样地狂叫!
我如电气一样地飞跑!
我飞跑,
我飞跑,
我飞跑,
我剥我的皮,
我食我的肉,
我吸我的血,
我啮我的心肝,
我在我神经上飞跑,

我在我脊髓上飞跑,
我在我脑筋上飞跑。
我便是我呀!
我的我要爆了!

1920 年 2 月初作

心 灯

连日不住的狂风,
吹灭了空中的太阳,
吹熄了胸中的灯亮。
炭坑中的炭块呀,凄凉!
空中的太阳,胸中的灯亮,
同是一座公司底电灯一样:
太阳万烛光,我是五烛光,
烛光虽有多少,亮时同时亮。
放学回来我睡在这海岸边的草场上,
海碧天青,浮云灿烂,衰草金黄。
是潮里的声音?是草里的声音?
一声声道:快向光明处伸长!
有几个小巧的纸鸢正在空中飞放,
纸鸢们也好象欢喜太阳:
一个个恐后争先,争先恐后,
不断地努力、飞扬、向上。
更有只雄壮的飞鹰在我头上飞航,
他在闪闪翅儿,又在停停桨,
他从光明中飞来,又向光明中飞往,
我想到我心地里翱翔着的凤凰。

1920 年 2 月初作

浴 海

太阳当顶了!

无限的太平洋鼓奏着男性的音调！
万象森罗，一个圆形舞蹈！
我在这舞蹈场中戏弄波涛！
我的血和海浪同潮，
我的心和日火同烧，
我有生以来的尘垢、秕糠
早已被全盘洗掉！
我如今变了个脱了壳的蝉虫，
正在这烈日光中放声叫：
太阳的光威
要把这全宇宙来熔化了！
弟兄们！快快！
快也来戏弄波涛！
趁着我们的血浪还在潮，
趁着我们的心火还在烧，
快把那陈腐了的旧皮囊
全盘洗掉！
新社会的改造
全赖吾曹！

夜步十里松原

海已安眠了。
远望去，只见得白茫茫一片幽光，
听不出丝毫的涛声波语。
哦，太空！怎么那样的高超，自由，雄浑，清寥！
无数的明星正圆睁着他们的眼儿，
在眺望这美丽的夜景。
十里松原中无数的古松，
都高擎着他们的手儿沉默着在赞美天宇。
他们一枝枝的手儿在空中战栗。
我的一枝枝的神经纤维在身中战栗。

第三讲

哭穷与病的隐喻：《春风沉醉的晚上》

第一部分　作家简介

　　郁达夫（1896—1945），浙江富阳人。1908 年就读于富阳县立高等小学，1910 年考入杭州府中学堂（与徐志摩同学），1911 年起开始创作旧体诗，并向报刊投稿。1914 年入东京第一高等学校预科后开始尝试小说创作，1919 年入东京帝国大学经济学部。1921 年 6 月，与郭沫若、成仿吾等人在日本东京成立了文学社团创造社，7 月，短篇小说集《沉沦》问世。1922 年 3 月，自东京帝国大学毕业后归国。1923 年至 1926 年间先后在北京大学、武昌师大、广东大学任教，期间短篇小说《春风沉醉的晚上》发表于《创造季刊》。1926 年底返沪后主持创造社出版部工作，主编《创造月刊》、《洪水》半月刊。1928 年 6 月与鲁迅合编《奔流》月刊，9 月在鲁迅支持下，主编《大众文艺》。1930 年 3 月，中国左翼作家联盟成立，为发起人之一。1933 年 4 月移居杭州后，写了大量山水游记和诗词。1936 年任福建省府参议。1938 年，赴武汉参加军委会政治部第三厅的抗日宣传工作，并在中华全国文艺界抗敌协会成立大会上当选为常务理事。1938 年 12 月至新加坡，主编《星洲日报》等报刊副刊，写了大量政论、短评和诗词。1942 年，日军进逼新加坡，与胡愈之、王任叔等人撤退至苏门答腊的巴爷公务，化名赵廉。1945 年在苏门答腊失踪。

　　郁达夫为人温雅恬静，平易可亲，坦白率真，处处显示出传统名士的浪漫主义情怀，同时他又是一个自觉的爱国者，始终心怀家国，感伤时事，爱国意识始终是他文学创作的内在支撑。作为早期浪漫派的最主要代表作家，他主张文学作品都是作家的自叙传。他的作品就深刻地表现了一个脱离了传统社会的，作为多余人的士大夫式的现代知识分子的孤独体验和感伤情绪。在浪漫主义情怀与爱国主义精神的双重作用下，他的文学世界被塑造成了一个传统与现代交织的世界，那里既充满了传统的伤春悲秋、才子佳人、怀才不遇，又有着现代社会动乱的时代、感伤忧愤和内心苦闷。

第二部分　作品赏读

关于郁达夫的《春风沉醉的晚上》，历来有不同的读法，或将其读为表现工人阶级优秀品德的小说，或将其读为表现"同是天涯沦落人"的情感小说，或将郁达夫的小说读为"抒情小说"，或读为"散文化小说"，无论哪种读法，都有其道理和合理性，但又往往游离于作品之外，成为"自说自话"式的作品解读。

郁达夫认为，任何文学作品都是作家的自叙传，他的小说创作，只是想"赤裸裸地把我的心境写出来"，以求"世人能够了解的内心的苦闷就对了"。[①] 所谓"自叙传"不仅仅是取材于自我，更是将笔触深入到自我的灵魂深处，写自我的人生体验，写自我的心理与情绪，并以情绪作为构造作品的主要线索。《春风沉醉的晚上》就是一篇带有"自叙传"色彩，艺术上具有突出特点的小说。

小说的故事情节很简单。为生活所迫，"我"这个贫穷的文人住进了贫民窟中一个窄小破旧的阁楼里。在那里，"我"遇到了一个同样被生活压迫的烟厂女工。由于有着共同的生活处境，认识了烟厂女工陈二妹，两人"同病相怜"，尤其是"我"，有"同是天涯沦落人"之感。但他在暮春天气，因为无钱更换身上的破棉袍子，不好意思外出，只能晚间到街上散步，引起了陈二妹的怀疑，最后从邮局送来的稿费通知单，知道"我"是一位作家，从而冰释前嫌。当陈二妹发现自己误会了"我"而坦诚地道歉时，"我"也由此认识到陈二妹纯洁、善良的内心。小说主要通过书

---

① 郁达夫：《写完了〈茑萝集〉的最后一篇》，《郁达夫文集》第 7 卷，花城出版社 1983 年版，第 155—156 页。

写穷酸文人的不幸生活，揭示知识者的困境，揭示了那个时代的社会不公与黑暗。

人们一般将郁达夫小说称为"散文化小说"、"抒情小说"或者"诗化小说"，从郁达夫小说所表现出来的某些艺术特性来说，这种概括无可非议。但是，这种将形态各异的艺术作品纳入一种模式中进行评述的方法，无法真正揭示郁达夫小说的叙事美学。郁达夫的小说在叙事上有抒情，但却不是抒情；有散文的特征，缺少鲜明的故事线索，但却不是散文；有诗的成分，但却不是诗。郁达夫的小说是典型的小说，是对现代小说叙事的艺术创造。

第一，病的隐喻。郁达夫的小说把疾病作为不可或缺的组成部分，始终伴随着作品中的人物，伴随着叙事过程，伴随着小说的感情基调。《春风沉醉的晚上》把"我"的病作为叙述的主要内容之一。由于生活的窘迫，"我"的身体严重营养不良，成为病的状态。每年到了春夏之交，神经衰弱的症状就会更加严重，让"我"处于极度的痛苦与精神委顿之中。郁达夫小说中病的隐喻，既是时代、社会、民族的象征，也是个人生活经历、个性气质的艺术表现，还有外国文学中世纪末思潮以及人道主义思想的影响。从叙事学的角度来看，病是郁达夫选取的重要意象，并将这一意象作为推动故事发展的动力。在作品中，病作为与人物生活、情感密切相关的意象，拓展了人物的心理空间，而且人物的病与作品结构中的情绪流动结合在一起，形成了内在的张力。一方面是人物极度压抑的情绪，一方面则是人物内心努力的挣扎，这种矛盾的交织促动了叙事的发展。病的意象使小说更趋向于人物自身，叙事更加集中，使人物在整个叙事结构中更加局促，空间更加畏缩。但是，由于病的意象在叙事中占有重要的地位，意象构成了小说必要的艺术空间，病所引起的人物内心世界的变化，与外在社会环境的冲突，从而拓展了小说叙事的空间，使小说结构具有了开放性的艺术张力。从审美的角度看，病具有颓废的美，是一种忧郁感伤的艺术呈现。

第二，哭穷模式。"哭穷"是中国文人的突出倾向，也是郁达夫小说中的重要叙事模式。《春风沉醉的晚上》中的"我"是一个已经失业的以卖文为生的知识青年，"因为失业的结果，我的寓所迁移了三处，最初我住在静安寺路南的一间同鸟笼似的永也没有太阳晒着的自由的监房里"，

第三讲 哭穷与病的隐喻：《春风沉醉的晚上》

而现在则搬到一处更加矮小的房子里，"若站在楼板上伸一伸懒腰，两只手就要把灰黑的屋顶穿通的"。暮春天气，使本来就身体不好的"我"更加痛苦，神经衰弱的症状使他不能正常的写作，因而不能赚得必要的生活费用。所以，"囊中羞涩的我"也不能把身上的破棉袍子换下来，这件衣服厚重和破旧只能让人产生自惭形秽的感觉，不仅让他自己大汗淋漓，还在无轨电车上遭到辱骂，所以，白天不敢外出，只有晚上才能出来散散步。正是这样，"我"与烟厂的青年女工陈二妹才能发生身世、情感上的共鸣。"哭穷"是中国知识分子的传统，也是他们生存现状的真实书写。作为一种对社会反抗的方式，"哭穷"是文人社会地位的表征，同时也是文人自我保护的心理机制。而作为小说叙事模式的"哭穷"，与人物内心的痛苦、变态以及病的意象联系在一起，能够从一个独特的方面宣泄出心理的压抑，打破了古代文人羞于谈钱的清高，呈现出了一个赤裸裸的自我的形象。

第三，情绪与叙事方式。如果说意识流、生活流是现代小说的重要叙事方式，那么，郁达夫小说则是一种情绪流叙事。所谓情绪流叙事就是以人物的情绪变化作为结构作品的主要方式，作品不以构造完整的故事为主要任务，情绪的变化与流动决定了叙事的方向。郁达夫小说中所叙述的人物或者事件，本身往往并不具有叙事学的意义，这些人物或事件零乱而无章法，难以构成系统的故事，小说结构也主要不是通过人物与事件的叙述来完成的。同样，郁达夫在小说叙事中也不讲究时间或者空间，而是以情绪的流动作为结构的主线。叙事学认为，叙事就是讲故事，"从这个意义上讲，叙述内容的基本成分就是故事"，这样的故事"有行动中的人物、因果线索完整的情节，具体明确的场景等，由这诸种因素组合成一个个社会生活中的事件"，[1] 这个故事"指的是作品叙述的按实际时间、因果关系排列的所有事件，而'情节'则指对这些素材进行艺术处理或在形式上的加工，尤指在时间上对故事事件的重新安排"。[2] 这说明时间与故事的关系是非常重要的。但在郁达夫的小说中，故事中的时间并不是重要的，事件与事件之间也不处在因果关系的结构状态中，作者对人物以及故

---

[1] 格非：《小说叙事研究》，清华大学出版社2002年版，第37页。
[2] 申丹：《叙事学与小说文体学研究》，北京大学出版社1998年版，第34页。

事的处理缺少必要的逻辑关系。相反,人物和事件都带上了色彩鲜明的情绪特征,人物性格的发展以及故事的发展脉络是沿着情绪的状态而发展的。"雪后的东京,比平时更添了几分生气"(《银灰色的死》),这样的故事开头,强调的不是"雪后"的时间性,而是因为雪后而增添的"生气",或者说是人物对自然的感受以及由这种感受而生成的情绪,在《春风沉醉的晚上》中,小说叙事一直是沿着"我"的情绪流动向前发展的,以"我"的情绪发展而构成小说的结构,在情绪变化中完成小说叙事。

第三部分　原文:《春风沉醉的晚上》

一

　　在沪上闲居了半年,因为失业的结果,我的寓所迁移了三处。最初我住在静安寺路南的一间同鸟笼似的永也没有太阳晒着的自由的监房里。这些自由的监房的住民,除了几个同强盗小窃一样的凶恶裁缝之外,都是些可怜的无名文士,我当时所以送了那地方一个 Yellow Grub Street 的称号。在这 Grub Street 里住了一个月,房租忽涨了价,我就不得不拖了几本破书,搬上跑马厅附近一家相识的栈房里去。后来在这栈房里又受了种种逼迫,不得不搬了,我便在外白渡桥北岸的邓脱路中间,日新里对面的贫民窟里,寻了一间小小的房间,迁移了过去。

　　邓脱路的这几排房子,从地上量到屋顶,只有一丈几尺高。我住的楼上的那间房间,更是矮小得不堪。若站在楼板上伸一伸懒腰,两只手就要把灰黑的屋顶穿通的。从前面的街里踱进了那房子的门,便是房主的住房。在破布,洋铁罐,玻璃瓶,旧铁器堆满的中间,侧着身子走进两步,就有一张中间有几根横档跌落的梯子靠墙摆在那里。用了这张梯子往上面的黑黝黝的一个二尺宽的洞里一接,即能走上楼去。黑沉沉的这层楼上,本来只有猫额那样大,房主人却把它隔成了两间小房,外面一间是一个 N 烟公司的工女住在那里,我所租的是梯子口头的那间小房,因为外间的住者要从我的房里出入,所以我的每月房租要比外间的便宜几角小洋。

　　我的房主,是一个五十来岁的弯腰老人。他的脸上的青黄色里,映射着一层暗黑的油光。两只眼睛是一只大一只小,颧骨很高,额上颊上的几

第三讲 哭穷与病的隐喻：《春风沉醉的晚上》

条皱纹里满砌着煤灰，好像每天早晨洗也洗不掉的样子。他每日于八九点钟的时候起来，咳嗽一阵，便挑了一双竹篮出去，到午后的三四点钟总仍旧是挑了一双空篮回来的，有时挑了满担回来的时候，他的竹篮里便是那些破布，破铁器，玻璃瓶之类。像这样的晚上，他必要去买些酒来喝喝，一个人坐在床沿上瞎骂出许多不可捉摸的话来。

　　我与间壁的同寓者的第一次相遇，是在搬来的那天午后。春天的急景已经快晚了的五点钟的时候，我点了一枝蜡烛，在那里安放几本刚从栈房里搬过来的破书。先把它们叠成了两方堆，一堆小些，一堆大些，然后把两个二尺长的装画的画架覆在大一点的那堆书上。因为我的器具都卖完了，这一堆书和画架白天要当写字台，晚上可当床睡的。摆好了画架的板，我就朝着了这张由书叠成的桌子，坐在小一点的那堆书上吸烟，我的背系朝着梯子的接口的。我一边吸烟，一边在那里呆看放在桌上的蜡烛火，忽而听见梯子口上起了响动。回头一看，我只见了一个自家的扩大的投射影子，此外什么也辨不出来，但我的听觉分明告诉我说："有人上来了。"我向暗中凝视了几秒钟，一个圆形灰白的面貌，半截纤细的女人的身体，方才映到我的眼帘上来。一见了她的容貌，我就知道她是我的间壁的同居者了。因为我来找房子的时候，那房主的老人便告诉我说，这屋里除了他一个人外，楼上只住着一个工女。我一则喜欢房价的便宜，二则喜欢这屋里没有别的女人小孩，所以立刻就租定了的。等她走上了梯子，我才站起来对她点了点头说：

　　"对不起，我是今朝才搬来的，以后要请你照应。"

　　她听了我这话，也并不回答，放了一双漆黑的大眼，对我深深的看了一眼，就走上她的门口去开了锁，进房去了。我与她不过这样的见了一面，不晓是什么原因，我只觉得她是一个可怜的女子。她的高高的鼻梁，灰白长圆的面貌，清瘦不高的身体，好像都是表明她是可怜的特征。但是当时正为了生活问题在那里操心的我，也无暇去怜惜这还未曾失业的女工，过了几分钟我又动也不动的坐在那一小堆书上看蜡烛光了。

　　在这贫民窟里过了一个多礼拜，她每天早晨七点钟去上工和午后六点多钟下工回来，总只见我呆呆的对着了蜡烛或油灯坐在那堆书上。大约她的好奇心被我那痴不痴呆不呆的态度挑动了罢。有一天她下了工走上楼来的时候，我依旧和第一天一样的站起来让她过去。她走到了我的身边忽而停住了脚。看了我一眼，吞吞吐吐好像怕什么似的问我说：

"你天天在这里看的是什么书？"

（她操的是柔和的苏州音，听了这一种声音以后的感觉，是怎么也写不出来的，所以我只能把她的言语译成普通的白话。）

我听了她的话，反而脸上涨红了。因为我天天呆坐在那里，面前虽则有几本外国书摊着，其实我的脑筋昏乱得很，就是一行一句也看不进去。有时候我只用了想像在书的上一行与下一行中间的空白里，填些奇异的模型进去。有时候我只把书里边的插画翻开来看看，就了那些插画演绎些不近人情的幻想出来。我那时候的身体因为失眠与营养不良的结果，实际上已经成了病的状态了。况且又因为我的唯一的财产的一件棉袍子已经破得不堪，白天不能走出外面去散步和房里全没有光线进来，不论白天晚上，都要点着油灯或蜡烛的缘故，非但我的全部健康不如常人，就是我的眼睛和脚力，也局部的非常萎缩了。在这样状态下的我，听了她这一问，如何能够不红起脸来呢？所以我只是含含糊糊的回答说：

"我并不在看书，不过什么也不做呆坐在这里，样子一定不好看，所以把这几本书摊放着。"她听了这话，又深深的看了我一眼，作了一种不了解的形容，依旧的走到她的房里去了。

那几天里，若说我完全什么事情也不去找，什么事情也不曾干，却是假的。有时候，我的脑筋稍微清新一点下来，也会译过几首英法的小诗，和几篇不满四千字的德国的短篇小说，于晚上大家睡熟的时候，不声不响的出去投邮，在寄投给各新开的书局。因为当时我的各方面就职的希望，早已经完全断绝了，只有这一方面，还能靠了我的枯燥的脑筋，想想法子看。万一中了他们编辑先生的意，把我译的东西登了出来，也不难得着几块钱的酬报。所以我自迁移到邓脱路以后，当她第一次同我讲话的时候，这样的译稿已经发出了三四次了。

二

在乱昏昏的上海租界里住着，四季的变迁和日子的过去是不容易觉得的。我搬到了邓脱路的贫民窟之后，只觉得身上穿在那里的那件破棉袍子一天一天的重了起来，热了起来，所以我心里想：

"大约春光也已经老透了罢！"

第三讲　哭穷与病的隐喻：《春风沉醉的晚上》

但是囊中很羞涩的我，也不能上什么地方去旅行一次，日夜只是在那暗室的灯光下呆坐。有一天，大约是午后了，我也是这样的坐在那里，间壁的同住者忽而手里拿了两包用纸包好的物件走了上来，我站起来让她走的时候，她把手里的纸包放了一包在我的书桌上说：

"这一包是葡萄浆的面包，请你收藏着，明天好吃的。另外我还有一包香蕉买在这里，请你到我房里来一道吃罢！"

我替她拿住了纸包，她就开了门邀我进她的房里去，共住了这十几天，她好像已经信用我是一个忠厚的人的样子。我见她初见我的时候脸上流露出来的那一种疑惧的形容完全没有了。我进了她的房里，才知道天还未暗，因为她的房里有一扇朝南的窗，太阳返射的光线从这窗里投射进来，照见了小小的一间房，由二条板铺成的一张床，一张黑漆的半桌，一只板箱，和一条圆凳。床上虽则没有帐子，但堆着有二条洁净的青布被褥。半桌上有一只小洋铁箱摆在那里，大约是她的梳头器具，洋铁箱上已经有许多油污的点子了。她一边把堆在圆凳上的几件半旧的洋布棉袄，粗布裤等收在床上，一边就让我坐下。我看了她那殷勤待我的样子，心里倒不好意思起来，所以就对她说：

"我们本来住在一处，何必这样的客气。"

"我并不客气，但是你每天当我回来的时候，总站起来让路，我却觉得对不起得很。"

这样的说着，她就把一包香蕉打开来让我吃。她自家也拿了一只，在床上坐下，一边吃一边问我说：

"你何以只住在家里，不出去找点事情做做？"

"我原是这样的想，但是找来找去总找不着事情。"

"你有朋友么？"

"朋友是有的，但是到了这样的时候，他们都不和我来往了。"

"你进过学堂么？"

"我在外国的学堂里曾经念过几年书。"

"你家在什么地方？何以不回家去？"

她问到了这里，我忽而感觉到我自己的现状了。因为自去年以来，我只是一日一日的萎靡下去，差不多把"我是什么人"，"我现在所处的是怎么一种境遇"，"我的心里还是悲还是喜"这些观念都忘掉了。经她这一问，我重新把半年来困苦的情形一层一层的想了出来。所以听她的问话以后，我只是呆呆的看她，半晌说不出话来。她看了我这个样子，以为我也是一个无家可归的流浪人。脸上就立时起了一种孤寂的表情，微微的叹着说：

"唉！你也是同我一样的么？"

微微的叹了一声之后，她就不说话了。我看她的眼圈上有些潮红起来，所以就想了一个另外的问题问她说：

"你在工厂里做的是什么工作？"

"是包纸烟的。"

"一天作几个钟头工？"

"早晨七点钟起，晚上六点钟止，中午休息一个钟头，每天一共要作十个钟头的工。少作一点钟就要扣钱的。"

"扣多少钱？"

"每月九块钱，所以是三块钱十天，三分大洋一个钟头。"

"饭钱多少？"

"四块钱一月。"

"这样算起来，每月一个钟点也不休息，除了饭钱，可省下五块钱来。够你付房钱买衣服的么？"

"哪里够呢！并且那管理人要……啊啊！……我……我所以非常恨工厂的。你吸烟的么？"

"吸的。"

"我劝你顶好还是不吸。就吸也不要去吸我们工厂的烟。我真恨死它在这里。"

我看看她那一种切齿怨恨的样子，就不愿意再说下去。把手里捏着的半个吃剩的香蕉咬了几口，向四边一看，觉得她的房里也有些灰黑了，我站起来道了谢，就走回到了我自己的房里。她大约作工倦了的缘故，每天回来大概是马上就入睡的，只有这一晚上，她在房里好像是直到半夜还没有就寝。从这一回之后，她每天回来，总和我说几句话。我从她自家的口里听得，知道她姓陈，名叫二妹，是苏州东乡人，从小系在上海乡下长大的。她父亲也是纸烟工厂的工人，但是去年秋天死了。她本来和她父亲同住在那间房里，每天同上工厂去的，现在却只剩了她一个人了。她父亲死

第三讲　哭穷与病的隐喻：《春风沉醉的晚上》

后的一个多月，她早晨上工厂去也一路哭了去，晚上回来也一路哭了回来的。她今年十七岁，也无兄弟姊妹，也无近亲的亲戚。她父亲死后的葬殓等事，是他于未死之前把十五块钱交给楼下的老人，托这老人包办的。她说：

"楼下的老人倒是一个好人，对我从来没有起过坏心，所以我得同父亲在日一样的去作工；不过工厂的一个姓李的管理人却坏得很，知道我父亲死了，就天天的想戏弄我。"

她自家和她父亲的身世，我差不多全知道了，但她母亲是如何的一个人，死了呢还是活在哪里，假使还活着，住在什么地方等等，她却从来还没有说及过。

三

天气好像变了。几日来我那独有的世界，黑暗的小房里的腐浊的空气，同蒸笼里的蒸气一样，蒸得人头昏欲晕。我每年在春夏之交要发的神经衰弱的重症，遇了这样的气候，就要使我变成半狂。所以我这几天来，到了晚上，等马路上人静之后，也常常想出去散步去。一个人在马路上从狭隘的深蓝天空里看看群星，慢慢的向前行走，一边作些漫无涯涘的空想，倒是于我的身体很有利益。当这样的无可奈何，春风沉醉的晚上，我每要在各处乱走，走到天将明的时候才回家里。我这样的走倦了回去就睡，一睡直可睡到第二天的日中，有几次竟要睡到二妹下工回来的前后方才起来。睡眠一足，我的健康状态也渐渐的回复起来了。平时只能消化半磅面包的我的胃部，自从我的深夜游行的练习开始之后，进步得几乎能容纳面包一磅了。这事在经济上虽则是一大打击，但我的脑筋，受了这些滋养，似乎比从前稍能统一。我于游行回来之后，就睡之前，却做成了几篇Allan Poe式的短篇小说，自家看看，也不很坏。我改了几次，抄了几次，一一投邮寄出之后，心里虽然起了些微细的希望，但是想想前几回的译稿的绝无消息，过了几天，也便把它们忘了。

邻住者的二妹，这几天来，当她早晨出去上工的时候，我总在那里酣睡，只有午后下工回来的时候，有几次有见面的机会，但是不晓是什么原因，我觉得她对我的态度，又回到从前初见面的时候的疑惧状态去了。有时候她深深的看我一眼，她的黑晶晶，水汪汪的眼睛里，似乎是满含着责备我规劝我的意思。

我搬到这贫民窟里住后,约莫已经有二十多天的样子,一天午后我正点上蜡烛,在那里看一本从旧书铺里买来的小说的时候,二妹却急急忙忙的走上楼来对我说:

"楼下有一个送信的在那里,要你拿了印子去拿信。"

她对我讲这话的时候,她的疑惧我的态度更表示得明显,她好像在那里说:"呵呵!你的事件是发觉了啊!"我对她这种态度,心里非常痛恨,所以就气急了一点,回答她说:

"我有什么信?不是我的!"

她听了我这气愤愤的回答,更好像是得了胜利似的,脸上忽涌出了一种冷笑说:

"你自家去看罢!你的事情,只有你自家知道的!"

同时我听见楼低下门口果真有一个邮差似的人在催着说:

"挂号信!"

我把信取来一看,心里就突突的跳了几跳,原来我前回寄去的一篇德文短篇的译稿,已经在某杂志上发表了,信中寄来的是五元钱的一张汇票。我囊里正是将空的时候,有了这五元钱,非但月底要预付的来月的房金可以无忧,并且付过房金以后,还可以维持几天食料。当时这五元钱对我的效用的扩大,是谁也不能推想得出来的。

第二天午后,我上邮局去取了钱,在太阳晒着的大街上走了一会,忽而觉得身上就淋出了许多汗来。我向我前后左右的行人一看,复向我自家的身上一看,就不知不觉的把头低俯了下去。我颈上头上的汗珠,更同盛雨似的,一颗一颗的钻出来了。因为当我在深夜游行的时候,天上并没有太阳,并且料峭的春寒,于东方微白的残夜,老在静寂的街巷中留着,所以我穿的那件破棉袍子,还觉得不十分与节季违异。如今到了阳和的春日晒着的这日中,我还不能自觉,依旧穿了这件夜游的敝袍,在大街上阔步,与前后左右的和节季同时进行的我的同类一比,我哪得不自惭形秽呢?我一时竟忘了几日后不得不付的房金,忘了囊中本来将尽的些微的积聚,便慢慢的走上了闸路的估衣铺去。好久不在天日之下行走的我,看看街上来往的汽车人力车,车中坐着的华美的少年男女,和马路两边的绸缎铺金银铺窗里的丰丽的陈设,听听四面的同蜂衙似的嘈杂的人声,脚步

第三讲　哭穷与病的隐喻:《春风沉醉的晚上》

声,车铃声,一时倒也觉得是身到了大罗天上的样子。我忘记了我自家的存在,也想和我的同胞一样的欢歌欣舞起来,我的嘴里便不知不觉的唱起几句久忘的京调来了。这一时的涅槃幻境,当我想横越过马路,转入闸路去的时候,忽而被一阵铃声惊破了。我抬起头来一看,我的面前正冲来了一乘无轨电车,车头上站着的那肥胖的机器手,伏出了半身,怒目的大声骂我说:

"猪头三!侬(你)艾(眼)睛勿散(生)咯!跌杀时,叫旺(黄)够(狗)来抵侬(你)命噢!"我呆呆的站住了脚,目送那无轨电车尾后卷起了一道灰尘,向北过去之后,不知是从何处发出来的感情,忽而竟禁不住哈哈哈哈的笑了几声。等得四面的人注视我的时候,我才红了脸慢慢的走向了闸路里去。

我在几家估衣铺里,问了些夹衫的价钱,还了他们一个我所能出的数目,几个估衣铺的店员,好像是一个师父教出的样子,都摆下了脸面,嘲弄着说:

"侬(你)寻萨咯(什么)凯(开心)!马(买)勿起好勿要马(买)咯!"

一直问到五马路边上的一家小铺子里,我看看夹衫是怎么也买不成了,才买定了一件竹布单衫,马上就把它换上。手里拿了一包换下的棉袍子,默默的走回家来。一边我心里却在打算:

"横竖是不够用了,我索性来痛快的用它一下罢。"同时我又想起了那天二妹送我的面包香蕉等物。不等第二次的回想我就寻着了一家卖糖食的店,进去买了一块钱巧格力香蕉糖鸡蛋糕等杂食。站在那店里,等店员在那里替我包好来的时候,我忽而想起我有一月多不洗澡了,今天不如顺便也去洗一个澡罢。

洗好了澡,拿了一包棉袍子和一包糖食,回到邓脱路的时候,马路两旁的店家,已经上电灯了。街上来往的行人也很稀少,一阵从黄浦江上吹来的日暮的凉风,吹得我打了几个冷痉。我回到了我的房里,把蜡烛点上。向二妹的房门一照,知道她还没有回来。那时候我腹中虽则饥饿得很,但我刚买来的那包糖食怎么也不愿意打开来。因为我想等二妹回来同她一道吃。我一边拿出书来看,一边口里尽在咽唾液下去。等了许多时候,二妹终不回来,我的疲倦不知什么时候出来战胜了我,就靠在书堆上睡着了。

四

二妹回来的响动把我惊醒的时候,我见我面前的一枝十二盎司一包的洋蜡烛已经点去了二寸的样子,我问她是什么时候了?她说:

"十点的汽笛刚刚放过。"

"你何以今天回来得这样迟?"

"厂里因为销路大了,要我们作夜工。工钱是增加的,不过人太累了。"

"那你可以不去做的。"

"但是工人不够,不做是不行的。"

她讲到这里,忽而滚了两粒眼泪出来,我以为她是作工作得倦了,故而动了伤感,一边心里虽在可怜她,但一边看她这同小孩似的脾气,却也感着了些儿快乐。把糖食包打开,请她吃了几颗之后,我就劝她说:

"初作夜工的时候不惯,所以觉得困倦,作惯了以后,也没有什么的。"

她默默的坐在我的半高的由书叠成的桌上,吃了几颗巧格力,对我看了几眼,好像是有话说不出来的样子。我就催她说:

"你有什么话说?"

她又沉默了一会,便断断续续的问我说:

"我……我……早想问你了,这几天晚上,你每晚在外边,可在与坏人作伙友么?"

我听了她这话,倒吃了一惊,她好像在疑我天天晚上在外面与小窃恶棍混在一块。她看我呆了不答,便以为我的行为真的被她看破了,所以就柔柔和和的连续着说:

"你何苦要吃这样好的东西,要穿这样好的衣服?你可知道这事情是靠不住的。万一被人家捉了去,你还有什么面目做人。过去的事情不必去说它,以后我请你改过了罢。……"

我尽是张大了眼睛,张大了嘴,呆呆的在看她,因为她的思想太奇突了,使我无从辩解起。她沉默了数秒钟,又接着说:

"就以你吸的烟而论,每天若戒绝了不吸,岂不可省几个铜子。我早

第三讲　哭穷与病的隐喻:《春风沉醉的晚上》

就劝你不要吸烟,尤其是不要吸那我所痛恨的 N 工厂的烟,你总是不听。"

她讲到了这里,又忽而落了几滴眼泪。我知道这是她为怨恨 N 工厂而滴的眼泪,但我的心里,怎么也不许我这样的想,我总要把它们当作因规劝我而洒的。我静静儿的想了一回,等她的神经镇静下去之后,就把昨天的那封挂号信的来由说给她听,又把今天的取钱买物的事情说了一遍。最后更将我的神经衰弱症和每晚何以必要出去散步的原因说了。她听了我这一番辩解,就信用了我,等我说完之后,她颊上忽而起了两点红晕,把眼睛低下去看看桌上,好像是怕羞似的说:

"噢,我错怪你了,我错怪你了。请你不要多心,我本来是没有歹意的。因为你的行为太奇怪了,所以我想到了邪路里去。你若能好好儿的用功,岂不是很好么?你刚才说的那——叫什么的——东西,能够卖五块钱,要是每天能做一个,多么好呢?"

我看了她这种单纯的态度,心里忽而起了一种不可思议的感情,我想把两只手伸出去拥抱她一回,但是我的理性却命令我说:

"你莫再作孽了!你可知道你现在处的是什么境遇,你想把这纯洁的处女毒杀了么?恶魔,恶魔,你现在是没有爱人的资格的呀!"

我当那种感情起来的时候,曾把眼睛闭上了几秒钟,等听了理性的命令以后,才把眼睛开了开来,我觉得我的周围,忽而比前几秒钟更光明了。对她微微的笑了一笑,我就催她说:

"夜也深了,你该去睡了吧!明天你还要上工去的呢!我从今天起,就答应你把纸烟戒下来吧。"

她听了我这话,就站了起来,很喜欢的回到她的房里去睡了。

她去之后,我又换上一枝洋蜡烛,静静儿的想了许多事情:

"我的劳动的结果,第一次得来的这五块钱已经用去了三块了。连我原有的一块多钱合起来,付房钱之后,只能省下二三角小洋来,如何是好呢!

"就把这破棉袍子去当吧!但是当铺里恐怕不要。

"这女孩子真是可怜,但我现在的境遇,可是还赶她不上,她是不想做工而工作要强迫她做,我是想找一点工作,终于找不到。

"就去作筋肉的劳动吧!啊啊,但是我这一双弱腕,怕吃不下一部黄

· 55 ·

包车的重力。

"自杀！我有勇气，早就干了。现在还能想到这两个字，足证我的志气还没有完全消磨尽哩！

"哈哈哈哈！今天的那个轨电车的机器手！他骂我什么来？

"黄狗，黄狗倒是一个好名词，

"………"

我想了许多零乱断续的思想，终究没有一个好法子，可以救我出目下的穷状来。听见工厂的汽笛，好像在报十二点钟了，我就站了起来，换上了白天脱下的那件破棉袍子，仍复吹熄了蜡烛，走出外面去散步去。

贫民窟里的人已经睡眠静了。对面日新里的一排临邓脱路的洋楼里，还有几家点着了红绿的电灯，在那里弹罢拉拉衣加。一声二声清脆的歌音，带着哀调，从静寂的深夜的冷空气里传到我的耳膜上来，这大约是俄国的飘泊的少女，在那里卖钱的歌唱。天上罩满了灰白的薄云，同腐烂的尸体似的沉沉的盖在那里。云层破处也能看得出一点两点星来，但星的近处，黝黝看得出来的天色，好像有无限的哀愁蕴藏着的样子。

一九二三年七月十五日

第四讲

命运的悲情书写:《月牙儿》

第一部分　作家简介

　　老舍,原名舒庆春,字舍予,中国现代杰出的作家,一生笔耕不辍,发表了大量有影响力的作品,被誉为"人民艺术家"。

　　1899年2月3日,老舍出生在北京西城小羊圈胡同里的一户贫穷的人家。他是地道的北京人,天子脚下的这片土地不仅哺育他长大,而且给他提供了丰富的文学养分。他被人们称作是杰出的风俗作家、文化大师,正是因为他把北京的风土人情浓缩在了自己的创作中,自成一个有声有色、生动活泼、完整丰满、京味儿十足的世界。

　　老舍是满族人,属八旗里的正红旗,父亲是京城的一名护军,在八国联军入侵时惨遭杀害,那时候老舍还不到两岁。父亲死后,母亲以惊人的毅力独自挑起了全家的生活重担。看似柔弱的母亲所富含的这种隐忍和坚强的性格深深影响了老舍,他曾用"软而硬"来评价自己的性格,既有温和柔弱的一面,也有坚强不屈的一面。过早的体验生活的艰辛,再加上末世旗人的境遇、给老舍的性格打上了深深的烙印,影响了他以后的创作。

　　老舍十四岁考入北京师范大学,1918年毕业后任职小学、中学教师多年。1924年,老舍赴伦敦大学东方学院任华语教员,成为他人生的重要转折点之一。在英期间老舍接触了但丁、狄更斯,接触了西方式幽默,开始走上文学创作的道路。1926年7月第一部长篇小说《老张的哲学》开始在《小说月报》上连载,1927年和1929年《赵子曰》和《二马》

也分别开始连载，这三部作品都是以市民为题材的讽刺性小说，对西式幽默的接受和模仿，加上老北京人特有的京味儿，奠定了他作品幽默的基调。

1930年老舍回国，任齐鲁大学教授，编辑《齐鲁月刊》，1931年至1936年间接连发表长篇小说《大明湖》、《猫城记》、《离婚》、《牛天赐传》、《骆驼祥子》，短篇小说集《赶集》、《樱海集》，短篇小说《月牙儿》。其中《骆驼祥子》和《月牙儿》等都是标志着老舍创作进入新阶段的典型作品，它们以严肃、抒情的笔调，展现了城市贫民的生活和命运，描写他们在民族矛盾和阶级矛盾的双重作用下，所受的肉体的摧残和精神的戕害。

抗日战争爆发后，老舍的创作中断。1938年中华全国文艺界抗敌协会成立，老舍任总务部主任，抗战期间多写作话剧以鼓舞人心，如《残雾》、《张自忠》、《国家至上》等。1946年受美国国务院之邀，与曹禺共赴美国讲学，结束后留美创作，期间长篇小说《四世同堂》问世，这部反映抗日战争的史诗般巨著享有很高的声誉。新中国成立后应周恩来的召请老舍回到中国，担任全国文联、作协的副主席等，以饱满的热情创作了《龙须沟》、《春华秋实》、《茶馆》等优秀剧作。"文化大革命"期间受到迫害，于1966年跳湖自杀。

在中国现代作家中以民族意识的强烈而言，除了鲁迅，则当推老舍。鲁迅通过挖掘历史上汉民族不断遭受异族或本族统治者的奴役，来揭示国民的奴隶根性；老舍则在清王朝灭亡和旗人败落的历史巨变中思考着满民族在现代的命运。他伴随着清王朝的覆灭而成长，见证了近现代中国的社会动荡，又接触了世界发达国家的文明，让他始终有一种"时代的弃儿"的悲剧感。这种境遇令他的作品中充满了新旧更迭的哀歌色彩，新旧文明的选择，民族情感与现代理性的冲突，使作品有了一种崇高的悲剧美感。

第二部分　作品赏读

《月牙儿》是老舍为数不多的中短篇小说创作中的经典之作，作品以哀婉抒情的笔调，描写了母女二人被迫为娼的凄苦人生，透射着现实主义的冷峻光芒，将批判的矛头直指故事背后黑暗的畸形社会。

《月牙儿》充分体现了老舍的悲剧艺术观。老舍向来注重文学的教育意义，而且认为悲剧具有尤其强大的教育力量，在其悲剧创作理念中，他强调由感动渐次地宣传主义，主张先让读者体味到情感的震动，继而在对悲剧的感叹中领会蕴藏其后的教育意义，这就要求作品当具有"极大的情绪感诉能力"，能与读者产生悲戚的情感共鸣，能引发读者对悲剧的深刻反思，而《月牙儿》正是这样一部"饱满而有分量"的悲剧著作。《月牙儿》具有震人心魄的悲剧意蕴，格调是悲情的，故事是凄惨的，心境是荒凉的，人物总是"含着泪"，"抽抽搭搭"，"心底下的泪翻上来"，就连那弯月牙儿也是"带着寒气"，"像冰似的"。作者并不着意于以直露的笔调对社会黑暗发起血泪控诉，而是苦心孤诣地制造了沉闷、压抑、绝望的阅读体验，引导读者在悲伤之余，主动地思考造成悲剧的根源。《月牙儿》如此成功地实践了老舍的悲剧理念，也无怪乎连作者本人也对这部作品评价颇高了。在《我怎样写短篇小说》里，老舍说此作是一篇"成功"的作品，并给出了"没有什么生硬勉强的地方"，"一下笔就是地方，准确产出调匀之美"的评价，喜爱之情跃跃可见。

为完美地制造出《月牙儿》的悲情体验，老舍积极调用了多种创作手法来打磨这部篇幅不长的作品。

首先，老舍以富于象征性的意象为贯穿情节的主线，赋予作品以浓郁的诗意。《月牙儿》中最至关重要的意象即是那弯清冷的月牙儿，作品以月牙儿名篇，是因为这月是主人公悲惨命运的见证，同时，月牙儿的无依无靠也像极了主人公的孤独飘零。自古以来月亮便是文人墨客抒发情怀的凭借，月圆为合，月缺为离，一钩纤弱的残月，尤能引发凄楚的遐思与悲叹。在母女悲剧的推进中，月牙儿始终与故事难解难分，每个主人公命运转折之处都有这弯月牙儿的存在，与其心情互为映照。如父亲去世那天的月，极尽悲凉；母亲再嫁那天的月，极尽忧惧；母女离别时的月，极尽凄楚；与体面的青年恋爱时的月，极尽温柔；沦为暗娼时的月，极尽绝望。每个不同的月牙儿，都勾勒出一个不同的情感世界，诗意地反衬出主人公每一个细微的情感波动。此外，月牙儿还是主人公思想变化的晴雨表。当幼小的主人公往来于当铺时，像极了父亲墓地上空的那个月牙儿，意味着女孩初尝了人世凄苦；当主人公决意寻找工作以自强自立时，月牙清亮而温柔，象征着对未来的期冀；当得知被爱人欺骗时，主人公就如同那被一点云便能遮住的月，放弃了对爱情的幻想；在被投入狱中后，那个久违的月牙儿仿佛一个命运的封印，宣告了主人公对人生的彻底绝望。作品以月亮这一古典文学中经常选用的意象，作为穿针引线的道具展开叙事，不仅赋予作品以浓厚的抒情意蕴，也为其带来了节制、内敛的叙述。在避免了直抒胸臆所带来的情绪泛滥的同时，不动声色地将浓郁的抒情色彩铺设在叙事底层，构建出一部古韵丰盈的悲剧作品，触扣着文学审美与情感共鸣的心弦。

其次，细腻的心理刻画也是《月牙儿》的悲剧如此深入人心的缘由之一。老舍善于紧紧围绕主人公对人情、世态的认识逐步深化的过程，以人物际遇为依据捕捉人物情感的波动，刻绘其性格演变，借由主人公内心世界的自我呈现，细致地表达出人物从天真纯洁到奋力挣扎再到朽败堕落的心理过程，深化了悲剧体验，使读者在与人物零距离接触中感同身受地领会到地狱的黑暗和主人公身处其中的无助与无奈。如当主人公明白母亲成为一个暗娼时，心灵深处激起了波澜。作者抓住人物天真、纯洁，还不知世态炎凉，有很强的自尊心和耻辱感的性格特点，对心理活动进行了充分渲染，表现出她对母亲既想骂又想抱，既想质问又想央告的两种截然不同的态度，恰到好处地把人物的矛盾心情凸显而出，让读者真切体会到她在爱与恨的矛盾中挣扎的痛苦。又如在主人公重复上演了母亲的命运沦落风尘后与母亲重逢时，作者虽未将相聚场景付诸浓墨重彩，却也在寥寥数语中深入主人公内心，真实地再现了其心中的百般滋味，既悲伤于母亲的坎坷苍老，又痛心于自己的暗娼身份，同时也对女性在这个畸形社会中无可避免的悲剧结局发出了血泪控诉，在痛哭和发狂似的笑中，将一个行将堕落女孩的无可奈何和绝望的内心刻画得入木三分，催人叹息，引人同情。

再次，《月牙儿》在文字上可谓下足了工夫。在描写景物时，作者注重营造抒情氛围，追求清新隽永、含蓄哀婉的阅读体验。最典型的例子莫过于在开篇伊始的那句"它唤醒了我的记忆，像一阵晚风吹破一朵欲睡的花"，在叙述之前即宣告读者，无论故事是悲是喜，它定将在诗韵盎然的背景中进行。在描写人物时，作者讲究精确凝练，生动传神。如在描写与母亲重逢后，仅用"劈手就抢客人的皮夹"和偷偷留下他们的帽子或手套这两个细节行动的展示，就把这个视财如命的母亲塑造得饱满真实。

在描写心理活动时，作者偏爱情感浓烈饱满的字眼，如在"爱死在我心里，象被霜打了的春花"，"春在我心里是个凉的死东西"等语句中，正是因为"死"、"凉"、"霜打了的春花"等情感倾向鲜明的字词和短语的使用，才使得主人公的内心世界更为具体可感，引发出读者感同身受的阅读体会。经过这番精心锤炼，《月牙儿》获得了近乎完美的叙述语言，自然流畅、清浅朴实、简练深沉、短促有力，有极强的情绪感染力，兼具了散文的质朴流畅和诗的感性精致。正如老舍在谈及《月牙儿》的创作时曾说到的那样——他是"大胆的试用近似散文诗的笔法写《月牙儿》的"，"有些故意修饰的地方"，不过他"把修饰看成怎样能从最通俗的浅近的词汇去写，而不是找些漂亮文雅的字来漆饰"，这也就无怪乎《月牙儿》在形式上如此出色了。老舍同时将美的形式与悲的内蕴赋予了《月牙儿》，使《月牙儿》在两者的错落对比中凭借美的存在来极大地强化悲的力度——如此抒情流畅的笔调却用来表述这样一个悲伤的故事，禁不住让人发出万紫千红赋予断壁颓垣的叹息，使《月牙儿》的内容与形式获得了惊人的一致，将故事之凄美凸显得淋漓尽致。

由此可见，老舍为打造《月牙儿》这一动人心魄的悲剧真可谓煞费苦心。鲁迅认为，悲剧即是"将人生的有价值的东西毁灭给人看"。在此我们不妨循着这句深刻的话语来体悟一下《月牙儿》的悲剧，被毁灭的是什么？谁毁灭了它？这场毁灭应当带给我们怎样的思索？《月牙儿》中所蕴含的美是毋庸置疑的，主人公曾有美丽的容颜和纯洁的心灵，曾追求独立的人格，也曾执著地坚守着仅存的尊严，然而这些"有价值的东西"最终为现实所吞噬。作者把主人公美的容貌及心灵一一毁灭，细致地再现了其在人性泯灭过程中所承受的痛苦和煎熬，纯洁的心灵怎样被现实扭曲，底层民众怎样在"生命"与"尊严"无法调和的社会矛盾中冲突挣扎，最终陨落于黑暗之中。外表上，她如花似玉的容貌变成一副"皮肤粗糙、嘴唇发焦，眼睛里老灰不溜的带着血丝的"面孔；性格上，她从一个理智、温柔、害羞的少女变成一个"管不住自己脾气、老爱胡说、张嘴就骂"、喜怒无常、暴躁疯狂的泼妇；她从朴实、勤俭、纯真、善良变得贪吃喝、爱打扮、抽烟、酗酒、虚假冷漠；她从对爱情充满美好的幻想的纯情女孩，变成嘲讽许多女人"相信神圣的爱情"的风尘女子；她曾为实现自食其力、不受侮辱的生活愿望而顽强抗争，如今却玩世不恭、苟延残喘。美好的逝去令人痛惜，痛惜过后禁不住跟随着老舍的笔触深入故事背后，查寻摧毁美好的罪魁，考量这场悲剧应当留给我们怎样的沉思。因此这部悲剧不仅意在向人们陈述一个悲伤的故事，它还要震颤人们的灵魂，引发出更为深刻的思考，实现作者孜孜以求的"教育意义"。

思考的方向首先应当指向故事发生的背景，那里深埋着悲剧的根源。作者虽以母女二人的悲剧命运为叙事的主要内容，然而其笔墨却延伸到更为广泛的社会现实当中，甚至可以说，这两代女子的命运只是充当了作者带领读者观察世界的窗口，窗外的风景才是作者关注的重心。作者以现实主义手法再现了人性泯灭的过程，将控诉的矛头指向了黑夜般的社会万象。在作者写作《月牙儿》的20世纪30年代，中国社会正处于混乱动荡的历史时段中，政局复杂，战事不绝，民不聊生，封建势力远未根除，仅萌生出幼芽的现代思想还不足以强壮到在新旧抗衡中取得胜利。这一病态的社会及其相应的文化背景是激发人性之恶的催化剂，自由、尊严与个性在还未完全开蒙的旧时代得不到应有的尊重，而传统文化中诸如仁义、忠孝、廉耻等优根性成分也在价值失范的动荡年代失落，因此，社会在混乱的秩序中走向行将腐朽的边缘。道貌岸然的"文明人"满腹荒淫，金银满贯的富人为富不仁，"维持治安"的警察恃强凌弱，就连处于社会底层的劳动者对待同类也是冷酷无情，这在母亲的后两任丈夫对其始乱终弃中即可窥见一斑。更令人心寒的是在道德和价值观念扭曲的时代中金钱轻而易举地超越了亲情，使主人公的母亲对她仅存的一丝母爱也最终被现实转化成赤裸裸的利益关系，在主人公"我爱活着，而不应当这样活着"的呼告声中，人性的压抑及毁灭被凸显到极致。在《月牙儿》中，老舍不单表达了对旧时代女性悲剧命运的同情，更是借助最弱势的妇女群体来强烈地凸显腐旧时代中的人情冷漠和金钱至上，母女两代人的命运正是其时生活在社会底层的劳苦人民的共同命运，他们挣扎在生存线的边缘，在黑暗中呼唤人文关怀的光亮。这是老舍作品中重要的主旨之一，也是社会及与之相应的思想意识不得不进行彻底变革的理由，隐含着有力的现代诉求——若不经受现代思想与体制的洗礼，社会终将在"赶尽杀绝"的冷酷中走向毁灭。

然而，需值得注意的是，虽然《月牙儿》对"现代"表现出深切的渴望，但作品仍掩饰不了对这一新生事物的犹豫和矛盾，这也许是每个身处过渡状态社会中的现代作家们不得不面对的困惑。作者渴求女性的自由独立,却仍旧安排了一个"小磁人"来委婉地表达作者对"现代进程"的疑虑,"小磁人"是诱骗了主人公的"文明青年"的妻子,她显然曾沐浴过现代思想的光芒,与丈夫经由自由恋爱结婚,然而当婚姻出现危机时,却并不从根源上考量并解决丈夫的背叛,而是被动地哀求爱情竞争者以确保不被抛弃,实现对"从一而终"的渴望。这是一个充满矛盾的形象,虽摆脱了父母之命、媒妁之言的封建礼教的羁绊,迈出了走向自由的第一步,然而意识深处仍最终被"夫纲"所俘获,主动认同了封建社会对女性地位和命运的预设,即使终为丈夫所弃,也没能逃脱封建传统对女性自由的裹挟,只能在对父母公婆尽孝的过程中获得温饱的满足,真实演绎了鲁迅对出走的娜拉的预计——要么堕落,要么回来。特殊的历史语境并未给现代思想留下足够的生存空间,具有开明教育背景和物质基础作为"出走"保障的社会中层女性犹如此,自幼便深感生存危机、无处可回的底层人民又何堪?因此,少女最终不可避免地陷于堕落的深渊,恰如主人公对月牙儿的感慨,"只能亮那么一会儿,而黑暗是无限的"。这一思想上的矛盾与迷茫,是强大的封建文化压力所造成的必然,《月牙儿》真实地反映了过渡时代萌生现代意识的人物的尴尬处境,同时,主人公命运的悲剧收场也像振聋发聩的呼喊声,促使着转型期的中国社会从根源上扫除现代性进程的障碍。不过尽管存在疑虑,老舍还是尽己所能地对"现代"做出了回应,突出地体现在其对女性立场的选择上。《月牙儿》充满了女性意识,以女性的视角观摩世界,对女性话语权给予了充分尊重,具体表现在文本的情绪化结构、女性话语表达、男性缺席结构以及性心理描写等诸多方面。虽然女主人公最终走上了堕落的道路,但她已经不再是男权社会的物性附属,而是具备了独立的个性和思想,能够发出自己的声音——哪怕只有短暂的一瞬。女性意识的萌生是现代精神的组成部分,自五四时代起便是呼唤平等自由的重要角度,也是《月牙儿》在思想层面不可被忽视的缘由之一。

  在中国现代文学史上,老舍先生可谓是悲剧艺术的大师,创作了一系列璀璨不朽的悲剧作品,而《月牙儿》是其中尤为引人注目的一例,如同盛宴中一道虽精小却别样的珍馐。在《二马》、《老张的哲学》及《赵子曰》等长篇小说中,老舍多以幽默温情的笔调摹绘人性的悲剧和社会的失范，在"微笑"中流下悲情的眼泪。与这些作品相比，《月牙儿》少了些微笑的温情，多了些流泪的哀伤，那苦涩的泪水贯穿作品始末，一直蜿蜒到读者的思维深处。这是《月牙儿》这篇简短的悲剧之于老舍的独特之处，也是它如此震慑人心的原因所在。它恰像一钩纤弱的月牙儿悬挂夜空，释放着清冷的辉光，引发出无尽的思索。

第三部分　原文：《月牙儿》

一

是的，我又看见月牙儿了，带着点寒气的一钩儿浅金。多少次了，我看见跟现在这个月牙儿一样的月牙儿；多少次了。它带着种种不同的感情，种种不同的景物，当我坐定了看它，它一次一次的在我记忆中的碧云上斜挂着。它唤醒了我的记忆，像一阵晚风吹破一朵欲睡的花。

二

那第一次，带着寒气的月牙儿确是带着寒气。它第一次在我的云中是酸苦，它那一点点微弱的浅金光儿照着我的泪。那时候我也不过是七岁吧，一个穿着短红棉袄的小姑娘。戴着妈妈给我缝的一顶小帽儿，蓝布的，上面印着小小的花，我记得。我倚着那间小屋的门垛，看着月牙儿。屋里是药味，烟味，妈妈的眼泪，爸爸的病；我独自在台阶上看着月牙，没人招呼我，没人顾得给我做晚饭。我晓得屋里的惨凄，因为大家说爸爸的病……可是我更感觉自己的悲惨，我冷，饿，没人理我。一直的我立到月牙儿落下去。什么也没有了，我不能不哭。可是我的哭声被妈妈的压下去；爸，不出声了，面上蒙了块白布。我要掀开白布，再看看爸，可是我不敢。屋里只是那么点点地方，都被爸占了去。妈妈穿上白衣，我的红袄上也罩了个没缝襟边的白袍，我记得，因为不断地撕扯襟边上的白丝儿。大家都很忙，嚷嚷的声儿很高，哭得很恸，可是事情并不多，也似乎值不得嚷：爸爸就装入那么一个四块薄板的棺材里，到处都是缝子。然后，五六个人把他抬了走。妈和我在后边哭。我记得爸，记得爸的木匣。那个木匣结束了爸的一切：每逢我想起爸来，我就想到非打开那个木匣不能见着他。但是，那木匣是深深地埋在地里，我明知在城外哪个地方埋着它，可又象落在地上的一个雨点，似乎永难找到。

三

妈和我还穿着白袍，我又看见了月牙儿。那是个冷天，妈妈带我出城去看爸的坟。妈拿着很薄很薄的一罗儿纸。妈那天对我特别的好，我走不动便背我一程，到城门上还给我买了一些炒栗子。什么都是凉的，只有这些栗子是热的；我舍不得吃，用它们热我的手。走了多远，我记不清了，总该是很远很远吧。在爸出殡的那天，我似乎没觉得这么远，或者是因为那天人多；这次只是我们娘儿俩，妈不说话，我也懒得出声，什么都是静寂的；那些黄土路静寂得没有头儿。天是短的，我记得那个坟：小小的一堆儿土，远处有一些高土岗儿，太阳在黄土岗儿上头斜着。妈妈似乎顾不得我了，把我放在一旁，抱着坟头儿去哭。我坐在坟头的旁边，弄着手里那几个栗子。妈哭了一阵，把那点纸焚化了，一些纸灰在我眼前卷成一两个旋儿，而后懒懒地落在地上；风很小，可是很够冷的。妈妈又哭起来。我也想爸，可是我不想哭他；我倒是为妈妈哭得可怜而也落了泪。过去拉住妈妈的手："妈不哭！不哭！"妈妈哭得更恸了。她把我搂在怀里。眼看太阳就落下去，四外没有一个人，只有我们娘儿俩。妈似乎也有点怕了，含着泪，扯起我就走，走出老远，她回头看了看，我也转过身去：爸的坟已经辨不清了；土岗的这边都是坟头，一小堆一小堆，一直摆到土岗底下。妈妈叹了口气。我们紧走慢走，还没有走到城门，我看见了月牙儿。四外漆黑，没有声音，只有月牙儿放出一道儿冷光。我乏了，妈妈抱起我来。怎样进的城，我就不知道了，只记得迷迷糊糊的天上有个月牙儿。

四

刚八岁，我已经学会了去当东西。我知道，若是当不来钱，我们娘儿俩就不要吃晚饭；因为妈妈但分有点主意，也不肯叫我去。我准知道她每逢交给我个小包，锅里必是连一点粥底儿也看不见了。我们的锅有时干净得像个体面的寡妇。这一天，我拿的是一面镜子。只有这件东西似乎是不必要的，虽然妈妈天天得用它。这是个春天，我们的棉衣都刚脱下来就入了当铺。我拿着这面镜子，我知道怎样小心，小心而且要走得快，当铺是老早就上门的。我怕当铺的那个大红门，那个大高长柜台。一看见那个门，我就心跳。可是我必须进去，似乎是爬进去，那个高门坎儿是那么高。我得用尽了力量，递上我的东西，还得喊："当当！"得了钱和当票，我知道怎样小心的拿着，快快回家，晓得妈妈不放心。可是这一次，当铺不要这面镜子，告诉我再添一号来。我懂得什么叫"一号"。把镜子搂在胸前，我拚命的往家跑。妈妈哭了；她找不到第二件东西。我在那间小屋住惯了，总以为东西不少；及至帮着妈妈一找可当的衣物，我的小心里才明白过来，我们的东西很少，很少。妈妈不叫我去了。可是"妈妈咱们吃什么呢？"妈妈哭着递给我她头上的银簪——只有这一件东西是银的。我知道，她拔下来过几回，都没肯交给我去当。这是妈妈出门子时，姥姥家给的一件首饰。现在，她把这末一件银器给了我，叫我把镜子放下。我尽了我的力量赶回当铺，那可怕的大门已经严严地关好了。我坐在那门墩上，握着那根银簪。不敢高声地哭，我看着天，啊，又是月牙儿照着我的眼泪！哭了好久，妈妈在黑影中来了，她拉住了我的手，呕，多么热的手，我忘了一切的苦处，连饿也忘了，只要有妈妈这只热手拉着我就好。我抽抽搭搭地说："妈！咱们回家睡觉吧。明儿早上再来！"妈一声没出。又走了一会儿："妈！你看这个月牙；爸死的那天，它就是这么歪歪着。为什么她老这么斜着呢？"妈还是一声没出，她的手有点颤。

五

妈妈整天地给人家洗衣裳。我老想帮助妈妈，可是插不上手。我只好等着妈妈，非到她完了事，我不去睡。有时月牙儿已经上来，她还哼哧哼哧地洗。那些臭袜子，硬牛皮似的，都是铺子里的伙计们送来的。妈妈洗完这些"牛皮"就吃不下饭去。我坐在她旁边，看着月牙，蝙蝠专会在那条光儿底下穿过来穿过去，像银线上穿着个大菱角，极快的又掉到暗处去。我越可怜妈妈，便越爱这个月牙，因为看着它，使我心中痛快一点。它在夏天更可爱，它老有那么点凉气，像一条冰似的。我爱它给地上的那点小影子，一会儿就没了；迷迷糊糊的不甚清楚，及至影子没了，地上就特别的黑，星也特别的亮，花也特别的香——我们的邻居有许多花木，那棵高高的洋槐总把花儿落到我们这边来，象一层雪似的。

六

妈妈的手起了层鳞，叫她给搓搓背顶解痒痒了。可是我不敢常劳动她，她的手是洗粗了的。她瘦，被臭袜子熏的常不吃饭。我知道妈妈要想主意了，我知道。她常把衣裳推到一边，愣着。她和自己说话。她想什么主意呢？我可是猜不着。

七

妈妈嘱咐我不叫我别扭，要乖乖地叫"爸"：她又给我找到一个爸。这是另一个爸，我知道，因为坟里已经埋好一个爸了。妈嘱咐我的时候，眼睛看着别处。她含着泪说："不能叫你饿死！"呕，是因为不饿死我，妈才另给我找了个爸！我不明白多少事，我有点怕，又有点希望——果然不再挨饿的话。多么凑巧呢，离开我们那间小屋的时候，天上又挂着月牙。这次的月牙比哪一回都清楚，都可怕；我是要离开这住惯了的小屋了。妈坐了一乘红轿，前面还有几个鼓手，吹打得一点也不好听。轿在前边走，我和一个男人在后边跟着，他拉着我的手。那可怕的月牙放着一点光，仿佛在凉风里颤动。街上没有什么人，只有些野狗追着鼓手们咬；轿子走得很快。上哪去呢？是不是把妈抬到城外去，抬到坟地去？那个男人扯着我走，我喘不过气来，要哭都哭不出来。那男人的手心出了汗，凉得像个鱼似的，我要喊"妈"，可是不敢。一会儿，月牙像个要闭上的一道大眼缝，轿子进了个小巷。

八

我在三四年里似乎没再看见月牙。新爸对我们很好，他有两间屋子，他和妈住在里间，我在外间睡铺板。我起初还想跟妈妈睡，可是几天之后，我反倒爱"我的"小屋了。屋里有白白的墙，还有条长桌，一把椅子。这似乎都是我的。我的被子也比从前的厚实暖和了。妈妈也渐渐胖了点，脸上有了红色，手上的那层鳞也慢慢掉净。我好久没去当铺了。新爸叫我去上学。有时候他还跟我玩一会儿。我不知道为什么不爱叫他"爸"，虽然我知道他很可爱。他似乎也知道这个，他常常对我那么一笑；笑的时候他有很好看的眼睛。可是妈妈偷告诉我叫爸，我也不愿十分的别扭。我心中明白，妈和我现在是有吃有喝的，都因为有这个爸，我明白。是的，在这三四年里我想不起曾经看见过月牙儿；也许是看见过而不大记得了。爸死时那个月牙，妈轿子前面那个月牙，我永远忘不了。那一点点光，那一点寒气，老在我心中，比什么都亮，都清凉，像块玉似的，有时候想起来仿佛能用手摸到似的。

九

我很爱上学。我老觉得学校里有不少的花，其实并没有；只是一想起学校就想到花罢了，正像一想起爸的坟就想起城外的月牙儿——在野外的小风里歪歪着。妈妈是很爱花的，虽然买不起，可是有人送给她一朵，她就顶喜欢地戴在头上。我有机会便给她折一两朵来；戴上朵鲜花，妈的后影还很年轻似的。妈喜欢，我也喜欢。在学校里我也很喜欢。也许因为这个，我想起学校便想起花来？

十

当我要在小学毕业那年，妈又叫我去当铺了。我不知道为什么新爸忽然走了。他上了哪儿，妈似乎也不晓得。妈妈还叫我上学，她想爸不久就会回来的。他许多日子没回来，连封信也没有。我想妈又该洗臭袜子了，这使我极难受。可是妈妈并没这么打算。她还打扮着，还爱戴花；奇怪！她不落泪，反倒好笑；为什么呢？我不明白！好几次，我下学来，看她在门口儿立着。又隔了不久，我在路上走，有人"嗨"我了："嗨！给你妈捎个信儿去！""嗨！你卖不卖呀？小嫩的！"我的脸红得冒出火来，把头低得无可再低。我明白，只是没办法。我不能问妈妈，不能。她对我很好，而且有时候极郑重地说我："念书！念书！"妈是不识字的，为什么这样催我念书呢？我疑心；又常由疑心而想到妈是为我才作那样的事。妈是没有更好的办法。疑心的时候，我恨不能骂妈妈一顿。再一想，我要抱住她，央告她不要再作那个事。我恨自己不能帮助妈妈。所以我也想到：我在小学毕业后又有什么用呢？我和同学们打听过了，有的告诉我，去年毕业的有好几个作姨太太的。有的告诉我，谁当了暗门子。我不大懂这些事，可是由她们的说法，我猜到这不是好事。她们似乎什么都知道，也爱偷偷地谈论她们明知是不正当的事——这些事叫她们的脸红红的而显出得意。我更疑心妈妈了，是不是等我毕业好去作……这么一想，有时候我不敢回家，我怕见妈妈。妈妈有时候给我点心钱，我不肯花，饿着肚子去上体操，常常要晕过去。看着别人吃点心，多么香甜呢！可是我得省着钱，万一妈妈叫我去……我可以跑，假如我手中有钱。我最阔的时候，手中有一毛多钱！在这些时候，即使在白天，我也有时望一望天上，找我的月牙儿呢。我心中的苦处假若可以用个形状比喻起来，必是个月牙儿形的。它无倚无靠的在灰蓝的天上挂着，光儿微弱，不大会儿便被黑暗包住。

十一

叫我最难过的是我慢慢地学会了恨妈妈。可是每当我恨她的时候，我不知不觉地便想起她背着我上坟的光景。想到了这个，我不能恨她了。我又非恨她不可。我的心像——还是像那个月牙儿，只能亮那么一会儿，而黑暗是无限的。妈妈的屋里常有男人来了，她不再躲避着我。他们的眼像狗似地看着我，舌头吐着，垂着涎。我在他们的眼中是更解馋的，我看出来。在很短的期间，我忽然明白了许多的事。我知道我得保护自己，我觉出我身上好像有什么可贵的地方，我闻得出我已有一种什么味道，使我自己害羞，多感。我身上有了些力量，可以保护自己，也可以毁了自己。我有时很硬气，有时候很软。我不知怎样好。我愿爱妈妈，这时候我有好些必要问妈妈的事，需要妈妈的安慰；可是正在这个时候，我得躲着她，我得恨她；要不然我自己便不存在了。当我睡不着的时节，我很冷静地思索，妈妈是可原谅的。她得顾我们俩的嘴。可是这个又使我要拒绝再吃她给我的饭菜。我的心就这么忽冷忽热，像冬天的风，休息一会儿，刮得更要猛；我静候着我的怒气冲来，没法儿止住。

十二

事情不容我想好方法就变得更坏了。妈妈问我，"怎样？"假若我真爱她呢，妈妈说，我应该帮助她，不然呢，她不能再管我了。这不像妈妈能说得出的话，但是她确是这么说了。她说得很清楚："我已经快老了，再过二年，想白叫人要也没人要了！"这是对的，妈妈近来擦许多的粉，脸上还露出摺子来。她要再走一步，去专伺候一个男人。她的精神来不及伺候许多男人了。为她自己想，这时候能有人要她——是个馒头铺掌柜的愿要她——她该马上就走。可是我已经是个大姑娘了，不像小时候那样容易跟在妈妈轿后走过去了。我得打主意安置自己。假若我愿意"帮助"妈妈呢，她可以不再走这一步，而由我代替她挣钱。代她挣钱，我真愿意；可是那个挣钱方法叫我哆嗦。我知道什么呢，叫我像个半老的妇人那样去挣钱?! 妈妈的心是狠的，可是钱更狠。妈妈不逼着我走哪条路，她叫我自己挑选——帮助她，或是我们娘儿俩各走各的。妈妈的眼没有泪，早就干了。我怎么办呢？

十三

我对校长说了。校长是个四十多岁的妇人，胖胖的，不很精明，可是心热。我是真没了主意，要不然我怎会开口述说妈妈的……我并没和校长亲近过。当我对她说的时候，每个字都像烧红了的煤球烫着我的喉，我哑了，半天才能吐出一个字。校长愿意帮助我。她不能给我钱，只能供给我两顿饭和住处——就住在学校和个老女仆作伴儿。她叫我帮助文书写写字，可是不必马上就这么办，因为我的字还需要练习。两顿饭，一个住处，解决了天大的问题。我可以不连累妈妈了。妈妈这回连轿也没坐，只坐了辆洋车，摸着黑走了。我的铺盖，她给了我。临走的时候，妈妈挣扎着不哭，可是心底下的泪到底翻上来了。她知道我不能再找她去，她的亲女儿。我呢，我连哭都忘了怎么哭了，我只咧着嘴抽搭，泪蒙住了我的脸。我是她的女儿、朋友、安慰。但是我帮助不了她，除非我得作那种我决不肯作的事。在事后一想，我们娘儿俩就像两个没人管的狗，为我们的嘴，我们得受着一切的苦处，好像我们身上没有别的，只有一张嘴。为这张嘴，我们得把其余一切的东西都卖了。我不恨妈妈了，我明白了。不是妈妈的毛病，也不是不该长那张嘴，是粮食的毛病，凭什么没有我们的吃食呢？这个别离，把过去一切的苦楚都压过去了。那最明白我的眼泪怎流的月牙这回会没出来，这回只有黑暗，连点萤火的光也没有。妈妈就在暗中像个活鬼似的走了，连个影子也没有。即使她马上死了，恐怕也不会和爸埋在一处了，我连她将来的坟在哪里都不会知道。我只有这么个妈妈，朋友。我的世界里剩下我自己。

十四

妈妈永不能相见了,爱死在我心里,像被霜打了的春花。我用心地练字,为是能帮助校长抄抄写写些不要紧的东西。我必须有用,我是吃着别人的饭。我不像那些女同学,她们一天到晚注意别人,别人吃了什么,穿了什么,说了什么;我老注意我自己,我的影子是我的朋友。"我"老在我的心上,因为没人爱我。我爱我自己,可怜我自己,鼓励我自己,责备我自己;我知道我自己,仿佛我是另一个人似的。我身上有一点变化都使我害怕,使我欢喜,使我莫名其妙。我在我自己手中拿着,像捧着一朵娇嫩的花。我只能顾目前,没有将来,也不敢深想。嚼着人家的饭,我知道那是晌午或晚上了,要不然我简直想不起时间来;没有希望,就没有时间。我好像钉在个没有日月的地方。想起妈妈,我晓得我曾经活了十几年。对将来,我不像同学们那样盼望放假,过节,过年;假期,节,年,跟我有什么关系呢?可是我的身体是往大了长呢,我觉得出。觉出我又长大了一些,我更渺茫,我不放心我自己。我越往大了长,我越觉得自己好看,这是一点安慰;美使我抬高了自己的身份。可是我根本没身份,安慰是先甜后苦的,苦到末了又使我自傲。穷,可是好看呢!这又使我怕:妈妈也是不难看的。

十五

我又老没看月牙了,不敢去看,虽然想看。我已毕了业,还在学校里住着。晚上,学校里只有两个老仆人,一男一女。他们不知怎样对待我好,我既不是学生,也不是先生,又不是仆人,可有点像仆人。晚上,我一个人在院中走,常被月牙给赶进屋来,我没有胆子去看它。可是在屋里,我会想象它是什么样,特别是在有点小风的时候。微风仿佛会给那点微光吹到我的心上来,使我想起过去,更加重了眼前的悲哀。我的心就好像在月光下的蝙蝠,虽然是在光的下面,可是自己是黑的;黑的东西,即使会飞,也还是黑的,我没有希望。我可是不哭,我只常皱着眉。

十六

我有了点进款:给学生织些东西,她们给我点工钱。校长允许我这么办。可是进不了许多,因为她们也会织。不过她们自己急于要用,而赶不来,或是给家中人打双手套或袜子,才来照顾我。虽然是这样,我的心似乎活了一点,我甚至想到:假若妈妈不走那一步,我是可以养活她的。一数我那点钱,我就知道这是梦想,可是这么想使我舒服一点。我很想看看妈妈。假若她看见我,她必能跟我来,我们能有方法活着,我想——可是不十分相信。我想妈妈,她常到我的梦中来。有一天,我跟着学生们去到城外旅行,回来的时候已经是下午四点多了。为是快点回来,我们抄了个小道。我看见了妈妈!在个小胡同里有一家卖馒头的,门口放着个元宝筐,筐上插着个顶大的白木头馒头。顺着墙坐着妈妈,身儿一仰一弯地拉风箱呢。从老远我就看见了那个大木馒头与妈妈,我认识她的后影。我要过去抱住她。可是我不敢,我怕学生们笑话我,她们不许我有这样的妈妈。越走越近了,我的头低下去,从泪中看了她一眼,她没看见我。我们一群人擦着她的身子走过去,她好像是什么也没看见,专心地拉她的风箱。走出老远,我回头看了看,她还在那儿拉呢。我看不清她的脸,只看到她的头发在额上披散着点。我记住这个小胡同的名儿。

十七

像有个小虫在心中咬我似的,我想去看妈妈,非看见她我心中不能安静。正在这个时候,学校换了校长。胖校长告诉我得打主意,她在这儿一天便有我一天的饭食与住处,可是她不能保险新校长也这么办。我数了数我的钱,一共是两块七毛零几个铜子。这几个钱不会叫我在最近的几天中挨饿,可是我上哪儿呢?我不敢坐在那儿呆呆地发愁,我得想主意。找妈妈去是第一个念头。可是她能收留我吗?假若她不能收留我,而我找了她去,即使不能引起她与那个卖馒头的吵闹,她也必定很难过。我得为她想,她是我的妈妈,又不是我的妈妈,我们母女之间隔着一层用穷作成的障碍。想来想去,我不肯找她去了。我应当自己担着自己的苦处。可是怎么担着自己的苦处呢?我想不起。我觉得世界很小,没有安置我与我的小铺盖卷的地方。我还不如一条狗,狗有个地方便可以躺下睡;街上不准我躺着。是的,我是人,人可以不如狗。假若我扯着脸不走,焉知新校长不往外撵我呢?我不能等着人家往外推。这是个春天。我只看见花儿开了,叶儿绿了,而觉不到一点暖气。红的花只是红的花,绿的叶只是绿的叶,我看见些不同的颜色,只是一点颜色;这些颜色没有任何意义,春在我的心中是个凉的死的东西。我不肯哭,可是泪自己往下流。

十八

我出去找事了。不找妈妈,不依赖任何人,我要自己挣饭吃。走了整整两天,抱着希望出去,带着尘土与眼泪回来。没有事情给我作。我这才真明白了妈妈,真原谅了妈妈。妈妈还洗过臭袜子,我连这个都作不上。妈妈所走的路是唯一的。学校里教给我的本事与道德都是笑话,都是吃饱了没事时的玩艺。同学们不准我有那样的妈妈,她们笑话暗门子;是的,她们得这样看,她们有饭吃。我差不多要决定了:只要有人给我饭吃,什么我也肯干;妈妈是可佩服的。我才不去死,虽然想到过;不,我要活着。我年轻,我好看,我要活着。羞耻不是我造出来的。

十九

这么一想,我好像已经找到了事似的。我敢在院中走了,一个春天的月牙在天上挂着。我看出它的美来。天是暗蓝的,没有一点云。那个月牙清亮而温柔,把一些软光儿轻轻送到柳枝上。院中有点小风,带着南边的花香,把柳条的影子吹到墙角有光的地方来,又吹到无光的地方去;光不强,影儿不重,风微微地吹,都是温柔,什么都有点睡意,可又要轻软地活动着。月牙下边,柳梢上面,有一对星儿好像微笑的仙女的眼,逗着那歪歪的月牙和那轻摆的柳枝。墙那边有棵什么树,开满了白花,月的微光把这团雪照成一半儿白亮,一半儿略带点灰影,显出难以想到的纯净。这个月牙是希望的开始,我心里说。

二十

我又找了胖校长去,她没在家。一个青年把我让进去。他很体面,也很和气。我平素很怕男人,但是这个青年不叫我怕他。他叫我说什么,我便不好意思不说;他那么一笑,我心里就软了。我把找校长的意思对他说了,他很热心,答应帮助我。当天晚上,他给我送了两块钱来,我不肯收,他说这是他婶母——胖校长——给我的。他并且说他的婶母已经给我找好了地方住,第二天就可以搬过去。我要怀疑,可是不敢。他的笑脸好像笑到我的心里去。我觉得我要疑心便对不起人，他是那么温和可爱。

二十一

他的笑唇在我的脸上，从他的头发上我看着那也在微笑的月牙。春风像醉了，吹破了春云，露出月牙与一两对儿春星。河岸上的柳枝轻摆，春蛙唱着恋歌，嫩蒲的香味散在春晚的暖气里。我听着水流，像给嫩蒲一些生力，我想象着蒲梗轻快地往高里长。小蒲公英在潮暖的地上生长。什么都在溶化着春的力量，然后放出一些香味来。我忘了自己，我没了自己，像化在了那点春风与月的微光中。月儿忽然被云掩住，我想起来自己。我失去那个月牙儿，也失去了自己，我和妈妈一样了！

二十二

我后悔，我自慰，我要哭，我喜欢，我不知道怎样好。我要跑开，永不再见他；我又想他，我寂寞。两间小屋，只有我一个人，他每天晚上来。他永远俊美，老那么温和。他供给我吃喝，还给我作了几件新衣。穿上新衣，我自己看出我的美。可是我也恨这些衣服，又舍不得脱去。我不敢思想，也懒得思想，我迷迷糊糊的，腮上老有那么两块红。我懒得打扮，又不能不打扮，太闲在了，总得找点事作。打扮的时候，我怜爱自己；打扮完了，我恨自己。我的泪很容易下来，可是我设法不哭，眼终日老那么湿润润的，可爱。我有时候疯了似的吻他，然后把他推开，甚至于破口骂他；他老笑。

二十三

我早知道，我没希望；一点云便能把月牙遮住，我的将来是黑暗。果然，没有多久，春便变成了夏，我的春梦作到了头儿。有一天，也就是刚晌午吧，来了一个少妇。她很美，可是美得不玲珑，像个磁人儿似的。她进到屋中就哭了。不用问，我已明白了。看她那个样儿，她不想跟我吵闹，我更没预备着跟她冲突。她是个老实人。她哭，可是拉住我的手："他骗了咱们俩！"她说。我以为她也只是个"爱人"。不，她是他的妻。她不跟我闹，只口口声声的说："你放了他吧！"我不知怎么才好，我可怜这个少妇。我答应了她。她笑了。看她这个样儿，我以为她是缺个心眼,她似乎什么也不懂,只知道要她的丈夫。

二十四

我在街上走了半天。很容易答应那个少妇呀,可是我怎么办呢?他给我的那些东西,我不愿意要;既然要离开他,便一刀两断。可是,放下那点东西,我还有什么呢?我上哪儿呢?我怎么能当天就有饭吃呢?好吧,我得要那些东西,无法。我偷偷的搬了走。我不后悔,只觉得空虚,像一片云那样的无倚无靠。搬到一间小屋里,我睡了一天。

二十五

我知道怎样俭省,自幼就晓得钱是好的。凑合着手里还有那点钱,我想马上去找个事。这样,我虽然不希望什么,或者也不会有危险了。事情可是并不因我长了一两岁而容易找到。我很坚决,这并无济于事,只觉得应当如此罢了。妇女挣钱怎这么不容易呢!妈妈是对的,妇人只有一条路走,就是妈妈所走的路。我不肯马上就往那边走,可是知道它在不很远的地方等着我呢。我越挣扎,心中越害怕。我的希望是初月的光,一会儿就要消失。一两个星期过去了,希望越来越小。最后,我去和一排年轻的姑娘们在小饭馆受选阅。很小的一个饭馆,很大的一个老板;我们这群都不难看,都是高小毕业的少女们,等皇赏似的,等着那个破塔似的老板挑选。他选了我。我不感谢他,可是当时确有点痛快。那群女孩子们似乎很羡慕我,有的竟自含着泪走去,有的骂声"妈的!"女人够多么不值钱呢!

二十六

我成了小饭馆的第二号女招待。摆菜、端菜、算账、报菜名,我都不在行。我有点害怕。可是"第一号"告诉我不用着急,她也都不会。她说,小顺管一切的事;我们当招待的只要给客人倒茶,递手巾把,和拿账条;别的不用管。奇怪!"第一号"的袖口卷起来很高,袖口的白里子上连一个污点也没有。腕上放着一块白丝手绢,绣着"妹妹我爱你"。她一天到晚往脸上拍粉,嘴唇抹得血瓢似的。给客人点烟的时候,她的膝往人家腿上倚;还给客人斟酒,有时候她自己也喝了一口。对于客人,有的她伺候得非常的周到；有的她连理也不理，她会把眼皮一搭拉，假装没看见。她不招待的，我只好去。我怕男人。我那点经验叫我明白了些，什么爱不爱的，反正男人可怕。特别是在饭馆吃饭的男人们，他们假装义气，打架似的让座让账；他们拚命的猜拳，喝酒；他们野兽似的吞吃，他们不必要而故意的挑剔毛病，骂人。我低头递茶递手巾，我的脸发烧。客人们故意的和我说东说西，招我笑；我没心思说笑。晚上九点多钟完了事，我非常的疲乏了。到了我的小屋，连衣裳没脱，我一直地睡到天亮。醒来，我心中高兴了一些，我现在是自食其力，用我的劳力自己挣饭吃。我很早的就去上工。

二十七

"第一号"九点多才来，我已经去了两点多钟。她看不起我，可也并非完全恶意地教训我："不用那么早来，谁八点来吃饭？告诉你，丧气鬼，把脸别搭拉得那么长；你是女跑堂的，没让你在这儿送殡玩。低着头，没人多给酒钱；你干什么来了？不为挣子儿吗？你的领子太矮，咱这行全得弄高领子，绸子手绢，人家认这个！"我知道她是好意，我也知道设若我不肯笑，她也得吃亏，少分酒钱；小账是大家平分的。我也并非看不起她，从一方面看，我实在佩服她，她是为挣钱。妇女挣钱就得这么着，没第二条路。但是，我不肯学她。我仿佛看得很清楚：有朝一日，我得比她还开通，才能挣上饭吃。可是那得到了山穷水尽的时候；"万不得已"老在那儿等我们女人，我只能叫它多等几天。这叫我咬牙切齿，叫我心中冒火，可是妇女的命运不在自己手里。又干了三天，那个大掌柜的下了警告：再试我两天，我要是愿意往长了干呢，得照"第一号"那么办。"第一号"一半嘲弄，一半劝告的说："已经有人打听你，干吗藏着乖的卖傻的呢？咱们谁不知道谁是怎着？女招待嫁银行经理的，有的是；你当是咱们低贱呢？闯开脸儿干呀，咱们也他妈的坐几天汽车！"这个，逼上我的气来，我问她："你什么时候坐汽车？"她把红嘴唇撇得要掉下去："不用你耍嘴皮子，干什么说什么；天生下来的香屁股，还不会干这个呢！"我干不了，拿了一块另五分钱，我回了家。

二十八

最后的黑影又向我迈了一步。为躲它，就更走近了它。我不后悔丢了那个事，可我也真怕那个黑影。把自己卖给一个人，我会。自从那回事儿，我很明白了些男女之间的关系。女人把自己放松一些，男人闻着味儿就来了。他所要的是肉，他发散了兽力，你便暂时有吃有穿；然后他也许打你骂你，或者停止了你的供给。女人就这么卖了自己，有时候还很得意，我曾经觉到得意。在得意的时候说的净是一些天上的话；过了会儿，你觉得身上的疼痛与丧气。不过，卖给一个男人，还可以说些天上的话；卖给大家，连这些也没法说了，妈妈就没说过这样的话。怕的程度不同，我没法接受"第一号"的劝告；"一个"男人到底使我少怕一点。可是，我并不想卖我自己。我并不需要男人，我还不到二十岁。我当初以为跟男人在一块儿必定有趣，谁知道到了一块他就要求那个我所害怕的事。是的，那时候我像把自己交给了春风，任凭人家摆布；过后一想，他是利用我的无知，畅快他自己。他的甜言蜜语使我走入梦里；醒过来，不过是一个梦，一些空虚；我得到的是两顿饭，几件衣服。我不想再这样挣饭吃，饭是实在的，实在地去挣好了。可是，若真挣不上饭吃，女人得承认自己是女人，得卖肉！一个多月，我找不到事作。

二十九

我遇见几个同学，有的升入了中学，有的在家里作姑娘。我不愿理她们，可是一说起话儿来，我觉得我比她们精明。原先，在学校的时候，我比她们傻；现在，"她们"显着呆傻了。她们似乎还都作梦呢。她们都打扮得很好，像铺子里的货物。她们的眼溜着年轻的男人，心里好像作着爱情的诗。我笑她们。是的，我必定得原谅她们，她们有饭吃，吃饱了当然只好想爱情，男女彼此织成了网，互相捕捉；有钱的，网大一些，捉住几个，然后从容地选择一个。我没有钱，我连个结网的屋角都找不到。我得直接地捉人，或是被捉，我比她们明白一些，实际一些。

三十

有一天，我碰见那个小媳妇，像磁人似的那个。她拉住了我，倒好像我是她的亲人似的。她有点颠三倒四的样儿。"你是好人！你是好人！我后悔了，"她很诚恳地说，"我后悔了！我叫你放了他，哼，还不如在你手里呢！他又弄了别人，更好了，一去不回头了！"由探问中，我知道她和他也是由恋爱而结的婚，她似乎还很爱他。他又跑了。我可怜这个小妇人，她也是还作着梦，还相信恋爱神圣。我问她现在的情形，她说她得找到他，她得从一而终。要是找不到他呢？我问。她咬上了嘴唇，她有公婆，娘家还有父母，她没有自由，她甚至于羡慕我，我没有人管着。还有人羡慕我，我真要笑了！我有自由，笑话！她有饭吃，我有自由；她没自由，我没饭吃，我俩都是女人。

三十一

自从遇上那个小磁人，我不想把自己专卖给一个男人了，我决定玩玩了；换句话说，我要"浪漫"地挣饭吃了。我不再为谁负着什么道德责任，我饿。浪漫足以治饿，正如同吃饱了才浪漫，这是个圆圈，从哪儿走都可以。那些女同学与小磁人都跟我差不多，她们比我多着一点梦想，我比她们更直爽，肚子饿是最大的真理。是的，我开始卖了。把我所有的一点东西都拆卖了，作了一身新行头，我的确不难看。我上了市。

三十二

我想我要玩玩，浪漫。啊，我错了。我还是不大明白世故。男人并不像我想的那么容易勾引。我要勾引文明一些的人，要至多只赔上一两个吻。哈哈，人家不上那个当，人家要初次见面便得到便宜。还有呢，人家只请我看电影，或逛逛大街，吃杯冰激凌；我还是饿着肚子回家。所谓文明人，懂得问我在哪儿毕业，家里作什么事。那个态度使我看明白，他若是要你，你得给他相当的好处；你若是没好处可贡献呢，人家只用一角钱的冰激凌换你一个吻。要卖，得痛痛快快地。我明白了这个。小磁人们不明白这个。我和妈妈明白，我很想妈了。

三十三

据说有些女人是可以浪漫地挣饭吃，我缺乏资本；也就不必再这样想了。我有了买卖。可是我的房东不许我再住下去，他是讲体面的人。我连瞧他也没瞧，就搬了家，又搬回我妈妈和新爸爸曾经住过的那两间房。这里的人不讲体面，可也更真诚可爱。搬了家以后，我的买卖很不错。连文明人也来了。文明人知道了我是卖，他们是买，就肯来了；这样，他们不吃亏，也不丢身份。初干的时候，我很害怕，因为我还不到二十岁。及至作过了几天，我也就不怕了。多咱他们像了一滩泥，他们才觉得上了算，他们满意，还替我作义务的宣传。干过了几个月，我明白的事情更多了，差不多每一见面，我就能断定他是怎样的人。有的很有钱，这样的人一开口总是问我的身价，表示他买得起我。他也很嫉妒，总想包了我；逛暗娼他也想独占，因为他有钱。对这样的人，我不大招待。他闹脾气，我不怕，我告诉他，我可以找上他的门去，报告给他的太太。在小学里念了几年书，到底是没白念，他唬不住我。"教育"是有用的，我相信了。有的人呢，来的时候，手里就窿着一块钱，唯恐上了当。对这种人，我跟他细讲条件，他就乖乖地回家去拿钱，很有意思。最可恨的是那些油子，不但不肯花钱，反倒要占点便宜走，什么半盒烟卷呀，什么一小瓶雪花膏呀，他们随手拿去。这种人还是得罪不的，他们在地面上很熟，得罪了他们，他们会叫巡警跟我捣乱。我不得罪他们，我喂着他们；乃至我认识了警官，才一个个的收拾他们。世界就是狼吞虎咽的世界，谁坏谁就占便宜。顶可怜的是那像学生样儿的，袋里装着一块钱，和几十铜子，叮当地直响，鼻子上出着汗。我可怜他们，可是也照常卖给他们。我有什么办法呢！还有老头子呢，都是些规矩人，或者家中已然儿孙成群。对他们，我不知道怎样好；但是我知道他们有钱，想在死前买些快乐，我只好供给他们所需要的。这些经验叫我认识了"钱"与"人"。钱比人更厉害一些，人若是兽，钱就是兽的胆子。

三十四

我发现了我身上有了病。这叫我非常的苦痛，我觉得已经不必活下去了。我休息了，我到街上去走；无目的，乱走。我想去看看妈，她必能给我一些安慰，我想象着自己已是快死的人了。我绕到那个小巷，希望见着妈妈；我想起她在门外拉风箱的样子。馒头铺已经关了门。打听，没人知道搬到哪里去。这使我更坚决了，我非找到妈妈不可。在街上丧胆游魂地走了几天，没有一点用。我疑心她是死了，或是和馒头铺的掌柜的搬到别处去，也许在千里以外。这么一想，我哭起来。我穿好了衣裳，擦上了脂粉，在床上躺着，等死。我相信我会不久就死去的。可是我没死。门外又敲门了，找我的。好吧，我伺候他，我把病尽力地传给他。我不觉得这对不起人，这根本不是我的过错。我又痛快了些，我吸烟，我喝酒，我好像已是三四十岁的人了。我的眼圈发青，手心发热，我不再管；有钱才能活着，先吃饱再说别的吧。我吃得并不错，谁肯吃坏的呢！我必须给自己一点好吃食，一些好衣裳，这样才稍微对得起自己一点。

三十五

一天早晨，大概有十点来钟吧，我正披着件长袍在屋中坐着，我听见院中有点脚步声。我十点来钟起来，有时候到十二点才想穿好衣裳，我近来非常的懒，能披着件衣服呆坐一两个钟头。我想不起什么，也不愿想什么，就那么独自呆坐。那点脚步声，向我的门外来了，很轻很慢。不久，我看见一对眼睛，从门上那块小玻璃向里面看呢。看了一会儿，躲开了；我懒得动，还在那儿坐着。待了一会儿，那对眼睛又来了。我再也坐不住，我轻轻的开了门。"妈！"

三十六

我们母女怎么进了屋，我说不上来。哭了多久，也不大记得。妈妈已老得不像样儿了。她的掌柜的回了老家，没告诉她，偷偷地走了，没给她留下一个钱。她把那点东西变卖了，辞退了房，搬到一个大杂院里去。她已找了我半个多月。最后，她想到上这儿来，并没希望找到我，只是碰碰看，可是竟自找到了我。她不敢认我了，要不是我叫她，她也许就又走了。哭完了，我发狂似的笑起来：她找到了女儿，女儿已是个暗娼！她养着我的时候，她得那样；现在轮到我养着她了，我得那样！女人的职业是世袭的，是专门的！

三十七

我希望妈妈给我点安慰。我知道安慰不过是点空话，可是我还希望来自妈妈的口中。妈妈都往往会骗人，我们把妈妈的诓骗叫作安慰。我的妈妈连这个都忘了。她是饿怕了，我不怪她。她开始检点我的东西，问我的进项与花费,似乎一点也不以这种生意为奇怪。我告诉她,我有了病,希望她劝我休息几天。没有;她只说出去给我买药。"我们老干这个吗?"我问她。她没言语。可是从另一方面看,她确是想保护我,心疼我。她给我做饭,问我身上怎样,还常常偷看我,像妈妈看睡着了的小孩那样。只是有一层她不肯说,就是叫我不用再干这行了。我心中很明白——虽然有一点不满意她——除了干这个,还想不到第二个事情作。我们母女得吃得穿——这个决定了一切。什么母女不母女,什么体面不体面,钱是无情的。

三十八

妈妈想照应我,可是她得听着看着人家蹂躏我。我想好好对待她,可是我觉得她有时候讨厌。她什么都要管管,特别是对于钱。她的眼已失去年轻时的光泽,不过看见了钱还能发点光。对于客人,她就自居为仆人,可是当客人给少了钱的时候,她张嘴就骂。这有时候使我很为难。不错,既干这个还不是为钱吗?可是干这个的也似乎不必骂人。我有时候也会慢待人,可是我有我的办法,使客人急不得恼不得。妈妈的方法太笨了,很容易得罪人。看在钱的面上,我们不应当得罪人。我的方法或者出于我还年轻,还幼稚;妈妈便不顾一切的单单站在钱上了,她应当如此,她比我大着好些岁。恐怕再过几年我也就这样了,人老心也跟着老,渐渐老得和钱一样的硬。是的,妈妈不客气。她有时候劈手就抢客人的皮夹,有时候留下人家的帽子或值钱一点的手套与手杖。我很怕闹出事来,可是妈妈说的好:"能多弄一个是一个,咱们是拿十年当作一年活着的,等七老八十还有人要咱们吗?"有时候,客人喝醉了,她便把他架出去,找个僻静地方叫他坐下,连他的鞋都拿回来。说也奇怪,这种人倒没有来找账的,想是已人事不知,说不定也许病一大场。或者事过之后,想过滋味,也就不便再来闹了,我们不怕丢人,他们怕。

三十九

妈妈是说对了:我们是拿十年当一年活着。干了二三年,我觉出自己是变了。我的皮肤粗糙了,我的嘴唇老是焦的,我的眼睛里老灰渌渌的带着血丝。我起来的很晚,还觉得精神不够。我觉出这个来,客人们更不是瞎子，熟客渐渐少起来。对于生客，我更努力的伺候，可是也更厌恶他们，有时候我管不住自己的脾气。我暴躁，我胡说，我已经不是我自己了。我的嘴不由的老胡说，似乎是惯了。这样，那些文明人已不多照顾我，因为我丢了那点"小鸟依人"——他们唯一的诗句——的身段与气味。我得和野鸡学了。我打扮得简直不像个人，这才招得动那不文明的人。我的嘴擦得像个红血瓢，我用力咬他们，他们觉得痛快。有时候我似乎已看见我的死，接进一块钱，我仿佛死了一点。钱是延长生命的，我的挣法适得其反。我看着自己死，等着自己死。这么一想，便把别的思想全止住了。不必想了，一天一天地活下去就是了，我的妈妈是我的影子，我至好不过将来变成她那样，卖了一辈子肉，剩下的只是一些白头发与抽皱的黑皮。这就是生命。

四十

我勉强地笑，勉强地疯狂，我的痛苦不是落几个泪所能减除的。我这样的生命是没什么可惜的，可是它到底是个生命，我不愿撒手。况且我所作的并不是我自己的过错。死假如可怕，那只因为活着是可爱的。我决不是怕死的痛苦，我的痛苦久已胜过了死。我爱活着，而不应当这样活着。我想象着一种理想的生活，像作着梦似的；这个梦一会儿就过去了，实际的生活使我更觉得难过。这个世界不是个梦，是真的地狱。妈妈看出我的难过来，她劝我嫁人。嫁人，我有了饭吃，她可以弄一笔养老金。我是她的希望。我嫁谁呢？

四十一

因为接触的男子很多了，我根本已忘了什么是爱。我爱的是我自己，及至我已爱不了自己，我爱别人干什么呢？但是打算出嫁，我得假装说我爱，说我愿意跟他一辈子。我对好几个人都这样说了，还起了誓；没人接受。在钱的管领下，人都很精明。嫖不如偷，对，偷省钱。我要是不要钱，管保人人说爱我。

四十二

正在这个期间，巡警把我抓了去。我们城里的新官儿非常地讲道德，要扫清了暗门子。正式的妓女倒还照旧作生意，因为她们纳捐；纳捐的便是名正言顺的，道德的。抓了去，他们把我放在了感化院，有人教给我作工。洗、做、烹调、编织，我都会；要是这些本事能挣饭吃，我早就不干那个苦事了。我跟他们这样讲，他们不信，他们说我没出息，没道德。他们教给我工作，还告诉我必须爱我的工作。假如我爱工作，将来必定能自食其力，或是嫁个人。他们很乐观。我可没这个信心。他们最好的成绩，是已经有十几多个女的，经过他们感化而嫁了人。到这儿来领女人的，只须花两块钱的手续费和找一个妥实的铺保就够了。这是个便宜。从男人方面看；据我想，这是个笑话。我干脆就不受这个感化。当一个大官儿来检阅我们的时候，我唾了他一脸唾沫。他们还不肯放了我，我是带危险性的东西。可是他们也不肯再感化我。我换了地方，到了狱中。

四十三

狱里是个好地方，它使人坚信人类的没有起色；在我作梦的时候都见不到这样丑恶的玩艺。自从我一进来，我就不再想出去，在我的经验中，世界比这儿并强不了许多。我不愿死，假若从这儿出去而能有个较好的地方；事实上既不这样，死在哪儿不一样呢。在这里，在这里，我又看见了我的好朋友，月牙儿！多久没见着它了！妈妈干什么呢？我想起来一切。

第二单元

文学之世态风物

第五讲　生活的艺术：《雨天的书》

第六讲　牧歌中的人生咏叹调：《边城》

第七讲　女性身体及其生存经验：《生死场》

第八讲　生活琐事中的人生智慧：《雅舍小品》

第五讲

生活的艺术：《雨天的书》

第一部分　作家简介

周作人，1885年1月16日，生于浙江绍兴城内东昌坊口周家新台门里。周作人这一名字来自其叔祖周椒生，采用《论语》中"周王寿考，遐不作人"的典故。为他取名"作人"，号"朴士"，从此他以"作人"之名行世。在文学史上，他既颇负盛名又备受争议。一直以来人们对他的评价褒贬不一，但是作为一名文人，他对中国现代文学的发展却有着不可磨灭的价值和贡献。

周作人出生时，周家已经是逐渐衰败的封建士大夫家庭，但还有四五十亩的水田，生活较为宽裕。1893年因其祖父周介孚考试行贿案发生，使得家境迅速衰落。周作人从小热爱读书，有很强的学习能力，1901年在大哥鲁迅的安排下，来到南京并考入了江南水师学堂的管轮科。在南京求学的日子里，他著译了人生的第一部书《侠女奴》，并随后开始了翻译和小说的创作。1906年，周作人跟随鲁迅前往日本留学，在这里遇到了人生中的另一半——羽太信子，并于1909年同羽太信子结婚，不久便回国发展。1917年到北京大学附属国史编纂处做编纂，半年后的1918年出任北京大学文科教授，担任希腊罗马文学史、欧洲文学史、近代散文等课程的教学工作，并创办北京大学东方语言文学系，出任首任系主任。1923年彻底同鲁迅决裂，从此以后兄弟之间再无往来。周作人一生追求平静的生活和平静的文字，但是现实却并不总是尽如人意。卢沟桥事变的发生改变了周作人的命运，周作人从一名留平教授变成了文化汉奸，出任各种伪职。周作人在 1939 年 1 月接受北京大学图书馆馆长的聘书，3 月应聘兼任北京大学文学院筹办员，开学后兼任文学院院长。1945 年日本投降后，周作人被捕入狱。出狱后的周作人开始了自己的晚年小品文等的创作。而"文化大革命"的到来让这一位老人的晚年并不平静，反而遭受了巨大的屈辱，1967 年 5 月 6 日猝然发病去世。

第二部分　作品赏读

《雨天的书》1925 年 12 月由北京新潮社初版印行。1925 年 7 月 5 日周作人日记有云："编理旧稿 51 篇，为《雨天的书》一卷，拟出板，今日完了，唯序文未写。"该书初版正文实为 53 篇，其中 1921 年 2 篇，1922 年 5 篇，1923 年 4 篇，1924 年 26 篇，1925 年 1—6 月 16 篇。这些作品的风格及其文体特征，用周作人自己的话说就是："这些大都是杂感随笔之类，不是什么批评或论文。"[①] 这其实是在强调这些作品不同于此前的《自己的园地》的风格和文体。

1921 年 6 月 8 日，周作人在《晨报副刊》上发表《美文》，提倡美文写作。周作人的这篇文章往往被人们看作是中国现代文学对散文文体的第一次命名。是否第一次并不重要，重要的是周作人在这篇文章中将"美文"作为一种文学文体看待，厘定了现代散文的基本样式。周作人说："外国文学里有一种所谓论文，其中大约可以分作两类。一批评的，是学术性的。二记述的，是艺术性的，又称作美文，这里边又可以分出叙事与抒情，但也很多两者来夹杂的。这种美文似乎在英语国民里最为发达，如中国所熟知的爱迭生，阑姆，欧文，霍桑诸人都做有很好的美文，近时高尔斯威西，吉欣，契斯透顿也是美文的好手。读好的论文，如读散文诗，因为他实在是诗与散文中间的桥。中国古文里的序，记与说等，也可以说是美文一类。"从周作人的文体分类中，可以看到所谓的"美文"首先是指一种带有一定文学性的论文，或者说是"好的论文"。《雨天的书》中的《日记与尺牍》、《托尔斯泰的事情》、《蔼里斯的话》、《生活之艺术》、《与友论性道德书》、《与友人论怀乡书》、《神话的辩护》、《科学小说》

[①] 周作人：《自序二》，《雨天的书》，河北教育出版社 2002 年版，第 2 页。

等，都属于"好的论文"，或者说，是周作人以文学的方式写作批评文章，以批评的态度讨论有关学术问题。《雨天的书》中的《苦雨》、《若子的病》、《怀旧》、《初恋》、《娱园》、《故乡的野菜》、《北京的茶食》、《喝茶》、《山中杂信》、《济南道中》、《学校生活的一页》等，则属于周作人所说的"记述的，是艺术性的"美文，这里有以叙事为主的作品，也有以抒情为主的作品。

从周作人的散文创作来看，《雨天的书》中的作品是最被文学史家们看好的周作人的散文作品。"在他的创作中，别启'闲适小品'一路，单以文章而论，此前此后所作，除路数相近者如《乌篷船》、《谈酒》外，似乎都不及这批作品名声来得更大。"①

周作人是在借鉴了英国随笔并继承了古代小品文的基础上，发展了"美文"文体。他的文章所表现出的独特"风致"和"趣味"，为他的美文体批评提供了足够的条件。作为"好的论文"，周作人在其创作实践中已经有了很好的回答，为"美文"进行了必要的注解。其风格特征主要表现在以下几方面。

（一）自然

自然作为一个美学的概念，在这里使用时，既用以说明周作人文章的基本风格，也可以概括周作人文学批评操作中的运作方式和文体特征，这就是随意而谈，平常说话。周作人曾在《风雨谈·本色》一文中对此解释说："其实平常说话原也不容易，盖因其中即有文字。大抵说话如华绮便可以稍容易，这只要用点脂粉功夫就行了，正与文字一样道理，若本色凡是难。为什么呢？本色可以拿得出去，必须本来的质地形色站得住脚，其次是人情总缺少自信，想依赖修饰，必须洗去前此所涂脂粉，才会露出本色来，此所以为难也。"随意而谈才能做到平常说话，才有可能保持"本色"。《雨天的书》无论是选材及其风格，还是作品所表现的人生态度，都追求自然的境地，他并不刻意搜集组织材料，往往是信手拈来，随性而发，谈茶、喝酒、说雨、忆故乡的野菜，即使是读书笔记一类的文章，也大多谈一些"闲书"，如蔼里斯的《性的心理研究》、《新精神》，斯谛尔的《仪礼》等。

---

① 止庵：《周作人传》，山东画报出版社2009年版，第125页。

周作人散文中写故乡人情风物的篇章并不多见，即使提及故乡，也往往是三言两语，个中原因，在于周作人对故乡的认同感并不特别强烈，"凡我住过的地方都是故乡"，这种情感认同的态度说明了他是一个很散淡而又洒脱的人。《故乡的野菜》、《乌篷船》等少数篇章笔下出现的故乡风物，就成为我们认识周作人乡土意识的主要材料。

　　《故乡的野菜》主要不是叙写"故乡的野菜"荠菜和紫云英的，也并非全是写故乡的，也不是为了抒写思乡情结的，而是借荠菜而引出对"故乡的野菜"的念想，从而在野菜的书写中向读者传达出一种自然的情怀。

　　文章开篇就写"我的故乡不止一个"，目的在于强调文章并非突出故乡的意义，也不强调故乡的乡土性，而是突现故乡的文化属性，同时又呈现出故乡的自然属性。荠菜和紫云英与故乡的关系也正是自然与文化的关系。荠菜是自然的，但它又是文化的，当它作为"浙东人春天常吃的野菜"出现时，它是自然的，呈现着自然的特点，带给人们春天的自然气息；当它作为回忆中的故乡风物出现时，它又与浙东人的生活方式联系在一起，成为文化的具体体现。所以，荠菜可以与浙东的民谣联系在一起，也会出现在《西湖游览志》或者顾禄的《清嘉录》中。由此可见，在周作人的创作中，自然是创作的一种风格，也是一种文化情感的表现，正如荠菜和紫云英一样，并无特别之处，却寄寓着人们的生活情趣。

　　自然也是一种写作倾向的追求。周作人的散文不追求辞藻的华丽，也不特意地组织文章的结构，而是如同聊天那样，无所不谈，也无所不能谈，既不讲究谈话的方式，也不追求聊天的语言，所谓水到渠成，自然天成，也许正是周作人散文创作所追求的一种境界。

　　（二）简单

　　简单是一种写作风格。关于"简单"，梁实秋曾说过，"简单就是经过选择删芟以后的完美的状态"，是文章的"最高理想"。[①] 周作人在《瓜豆集·题记》中说他"平常写文章喜简略或隐约其词"。他在为俞平伯《燕知集》所做的《跋》中说："有人称他为'絮语'过的那种散文上的，我想必须有涩味和简单味，这才耐读，所以他的文词还得变化一

[①] 梁实秋：《论散文》，《新月》第1卷第8期。

点。"周作人以简单为审美标准要求散文写作,同样也要求评论写作,认为简单是文章的最高标准。简单要求文章简短、真实、简炼,而在意态上则要简静。简单不仅是语言上的简洁明了,更是指一个有着成熟心态的人的娓娓而谈,是一种艺术风格的美学呈现,是那种纯净的思想情感,练达的人生态度的语言表达。

《初恋》是周作人散文中写的非常具有情感色彩的一篇,甚至较之《若子的病》、《若子的死》还让人感到那种浓郁的情感色彩,感受到一种来自于心底的积蓄已久的东西,一种醇香而飘散着清香的气息。也许,《若子的病》和《若子的死》只是突然的,那种痛苦虽然剧烈,但却是短暂的。而周作人心目中的"三姑娘"却已然成为他积蓄于内心的情感质素,已经过去了二十年的"三姑娘"成为他的一个"心事",让他久久不能放下,——尽管他在作品的最后说"仿佛心里有一块大石头已经放下了"。

《初恋》叙述的是作者所经历过的一段十四五岁时情窦初开的少年的"初恋"故事,朦胧的性意识,对女孩子的说不出的喜欢而又不敢看一眼的心理,使读者在阅读作品的过程中,与人物的内心情感产生共鸣,同时也显示着人与人之间本应该存在着的纯洁无瑕、浪漫优美的感情联系。姚姓和宋家虽然"感情很坏,彼此都不交口",但是,对于还处于天真烂漫时期的三姑娘来说,并不是什么过不去的事情,她仍然可以抱着花猫到宋家来,"看我映写陆润庠的木刻的字帖"。"我"和三姑娘之间的交流方式,也许只有这种"看与被看",只有内心的喜欢,因为"我不曾和她说过一句话,也不曾仔细的看过她的面貌与姿态"。这不仅在于他的眼睛近视,而更是少年情窦初开时的心理表现,越想看越不敢看,朦胧的性意识使他对女孩子的喜欢只是深藏在心里,所以,每当三姑娘抱着猫来看他写字时,"我便不自觉的振作起来,用了平常所无的努力去映写",以此表达对一个女孩子的爱慕。也许,小孩子的这种似懂未懂的朦胧状态是最真实的,最美好的。作者正是把握了人生中这一难忘的记忆,从内心的感受写起,从细节写起,为读者呈现出了人世间一种美好的情感。作品最后写听说阿三得霍乱死了,"仿佛心里有一块大石头已经放下了",这件事情是放下了,"初恋"的故事已经结束,可是,周作人对这位"初恋"过的阿三却并没有放下,几十年后周作人再次记述这个故事,虽然已经可以平静地叙述，而其中蕴含的感情却更加醇厚，内敛中透着深刻，回忆中带着情感。

周作人并不善于描写人物，对于三姑娘这个形象，周作人并无太多的描写，也少有详细的叙述，而主要是写自己对三姑娘的感受，写自己感受到的三姑娘。《初恋》一如既往地体现着周作人散文的简单、质朴的风格。无论是写人还是写事，周作人不雕琢、不渲染，如同对一位老友讲述自己的故事，砍去枝枝蔓蔓的东西，只拣拾了故事中的精华、主干，在三两细节中叙述出故事中所蕴含的感情世界。

（三）趣味

趣味是周作人文学批评中常常出现的一个概念，这是一个具有美学意义和创作实践性的概念。关于"趣味"，周作人在《笠翁与随园》一文中，曾经谈到过他对于趣味的观点："我很看重趣味，以为这是美也是善，而没趣味乃是一件大坏事。这所谓趣味里包含着好些东西，如雅，拙，朴，涩，重厚，清明，通达，中庸，有别择等，反是者都是没趣味。没趣味并不就是无趣味，除非这人真是救死唯恐不赡，平常没有人对于生活不取有一种特殊的态度，或淡泊若不经意，犹如人各异面，只要保存其本来面目，不问其妍媸如何，总都自有其生气也。"趣味包括风趣或者幽默但是不等于风趣或者幽默，而主要是指文章的一种境界。所以，周作人认为，美文是有趣味的，"写得好时也可以成为一篇美文，别有一种价值"。这种价值即如艺术品一样，是可以欣赏的。读周作人的作品，无论纯理论阐述，还是作品批评，抑或是叙事写人记物的散文，都如同沏一碗清茶，握一卷文章，品味着文章中散出的清香，淡淡的苦涩中，是关于人生、艺术的美，清醇，淡雅，芬芳。

《喝茶》是《雨天的书》中具有代表性的篇章。这不仅在写法上具有叙事抒情美文的特征，而且更在于文章体现着周作人"生活的艺术"。周作人对茶、水、茶具以及喝茶环境的选择与讲究，体现着一个带有浓重的传统文人特点的现代知识分子的人文情怀。对于周作人这样的文人来说，喝茶不是解渴，吃点心不求饱腹，看日出日落不求健身，而在于"忙里偷闲，苦中作乐"，在于追求一种"在不完全的现世享乐一点美与和谐，在刹那间体会永久"。因此，喝茶是一种生活方式，既是一种生活，更是一种艺术，一种包含着人生态度、人生方式、人生情趣的艺术。

第五讲　生活的艺术:《雨天的书》

　　对茶的选择体现着周作人的生活情趣。周作人强调他所写的,"只是我个人的很平常的喝茶",或者说,作者并不特别突出喝茶的艺术性和特别性,喝茶只是生活方式的一种。但他又特别讲究茶的品种,"喝茶以绿茶为正宗",绿茶之与红茶不同,不仅在于这是两种不同风格、不同品质的茶,而且还在于红茶和绿茶所带来的不同的情趣,以及喝茶所获得的不同境界。周作人认为,喝绿茶意在其色与香与味,茶色清绿,茶香清醇,茶味苦涩,唯其清绿,才能感觉到茶的意趣,未喝到茶,观其茶色,已经感觉到了清凉与通透,如同回归到自然的境地,沉浸于茶的叶的绿色之中;唯其清醇,才能品味到自然的境地,才能在茶的世界里感受到人生的滋味;唯其苦涩,才是周作人的人生追求。作为具有传统文人特征的周作人,能够品尝的了那种略带苦涩的味道,他也不是那种吃的了大苦的人,也不是那种能够吃的了太甜蜜的人,茶中的苦涩正符合周作人的理想。

　　喝茶不仅在于喝什么茶,更在于茶道。对茶具、喝茶的环境的讲究中,周作人更看重喝茶可以胜却尘世的种种,"可抵十年的尘梦",既是一种情感上的满足,也是生命世界里的境界。在这里,喝茶的境界并不在于茶的本身,而在于喝茶过程中对人生的体验,茶中的苦涩也许正是人生苦涩味的象征。当然周作人也不否认现实生活中的人都会有自己的"胜业",都有俗世的欲望,他只是强调在这些欲望之外,在俗世的生活之外,也应该有一种逃离"尘梦"的片刻,以精神上的享受使人暂时脱离世俗的纠缠。

　　《喝茶》是《雨天的书》中比较有代表性的作品,比较符合他的"美文"的文体理想。读《喝茶》,如同夏天坐在树荫之下或者如冬天围着火炉,沏一壶绿茶,听一位智者慢慢地意味悠长的聊天。既然是聊天,就是以聊的方式去说茶,不紧不慢,娓娓道来;既然是聊,往往是以广义为主,以"聊"的方式说茶。《喝茶》虽然说的内容是茶,全篇围绕着茶字做文章,但又不局限于茶字,这里有徐志摩如何讲"吃茶",有葛辛的《草堂随笔》如何谈茶饮茶,有冈仓觉三《茶之书》的"自然主义的茶",也有茶食并以此说及故乡三脚桥的茶干,说的是与茶相关的内容,但又并不是喝茶本身,这也就是聊天式的文章风格,无所不谈,无所不能谈,谈的方式以自然、简单、有趣味为好,在传情达意的同时,蕴含着人生的哲理。在这里,也许聊天的内容并不是唯一的目的,聊天本身就是目的之一，有时可能是更重要的目的。

周作人散文的趣味主要体现在三个方面：一是文章的写作方式。他的散文大多从某一具体事物、人物或书谈起，而旁及其他各个领域，就批评对象所涉及的问题，如聊天一样引申开去，看似漫无边际，或是妙趣横生的议论，或是真诚的抒情，或是切中肯綮的剖析，或是旁征博引，都体现着文章自身的趣味。二是文字。周作人对文字的讲究还来一种文字的趣味，虽然这里没有堆砌辞藻，但字里行间却透着一种韵味。三是幽默。幽默（humor）的本意并非是搞笑，而是对人生的深刻认识与通达的艺术呈现。

第三部分　原文：《雨天的书》选录

初　恋

那时我十四岁，她大约是十三岁罢。我跟着祖父的妾宋姨太太寄寓在杭州的花牌楼，间壁住着一家姚姓，她便是那家的女儿。她本姓杨，住在清波门头，大约因为行三，人家都称她作三姑娘。姚家老夫妇没有子女，便认她做干女儿，一个月里有二十多天住在他们家里，宋姨太太和远邻的羊肉店石家的媳妇虽然很说得来，与姚宅的老妇却感情很坏，彼此都不交口，但是三姑娘并不管这些事，仍旧推进门来游嬉。她大抵先到楼上去，同宋姨太太搭赸一回，随后走下楼来，站在我同仆人阮升公用的一张板棹旁边，抱着名叫"三花"的一只大猫，看我映写陆润庠的木刻的字帖。

我不曾和她谈过一句话，也不曾仔细的看过她的面貌与姿态。大约我在那时已经很是近视，但是还有一层缘故，虽然非意识的对于她很是感到亲近，一面却似乎为她的光辉所掩，开不起眼来去端详她了。在此刻回想起来，仿佛是一个尖面庞，乌眼睛，瘦小身材，而且有尖小的脚的少女，并没有什么殊胜的地方，但在我的性的生活里总是第一个人，使我于自己以外感到对于别人的爱着，引起我没有明了的性的概念的，对于异性的恋慕的第一个人了。

我在那时候当然是"丑小鸭"，自己也是知道的，但是终不以此而减灭我的热情。每逢她抱着猫来看我写字，我便不自觉的振作起来，用了平常所无的努力去映写，感着一种无所希求迷朦的喜乐。并不问她是否爱我，或者也还不知道自己是爱着她，总之对于她的存在感到亲近喜悦，并且愿为她有所尽力,这是当时实在的心情,也是她所给我的赐物了。在她是怎样不能知道,自己的情绪大约只是淡淡的一种恋慕,始终没有想到男女夫妇的问题。有一天晚上,宋姨太太忽然又发表对于姚姓的憎恨,未了说道,

"阿三那小东西,也不是好货,将来总要流落到拱辰桥去做婊子的。"

我不很明白做婊子这些是什么事情,但当时听了心里想道,

"她如果真是流落做了婊子,我必定去救她出来。"

大半年的光阴这样的消费过了。到了七八月里因为母亲生病,我便离开杭州回家去了。一个月以后,阮升告假回去,顺便到我家里,说起花牌楼的事情,说道,

"杨家的三姑娘患霍乱死了。"

我那时也很觉得不快,想象她的悲惨的死相,但同时却又似乎很是安静,仿佛心里有一块大石头已经放下了。

(十一年九月)

北京的茶食

在东安市场的旧书摊上买到一本日本文章家五十岚力的《我的书翰》,中间说起东京的茶食店的点心都不好吃了,只有几家如上野山下的空也,还做得好点心,吃起来馅和糖及果实浑然融合,在舌头上分不出各自的味来。想起德川时代江户的二百五十年的繁华,当然有这一种享乐的流风余韵留传到今日,虽然比起京都来自然有点不及。北京建都已有五百余年之久,论理于衣食住方面应有多少精微的造就,但实际似乎并不如此,即以茶食而论,就不曾知道什么特殊的有滋味的东西。固然我们对于北京情形不甚熟悉,只是随便撞进一家饽饽铺里去买一点来吃,但是就撞过的经验来说,总没有很好吃的点心买到过。难道北京竟是没有好的茶食,还是有而我们不知道呢?这也未必全是为贪口腹之欲,总觉得住在古老的京城里吃不到包含历史的精炼的或颓废的点心是一个很大的缺陷。北京的朋友们,能够告诉我两三家做得上好点心的饽饽铺么?

我对于二十世纪的中国货色,有点不大喜欢,粗恶的模仿品,美其名曰国货,要卖得比外国货更贵些。新房子里卖的东西,便不免都有点怀疑,虽然这样说好像遗老的口吻,但总之关于风流享乐的事我是颇迷信传

统的。我在西四牌楼以南走过,望着异馥斋的丈许高的独木招牌,不禁神往,因为这不但表示他是义和团以前的老店,那模糊阴暗的字迹又引起我一种焚香静坐的安闲而丰腴的生活的幻想。我不曾焚过什么香,却对于这件事很有趣味,然而终于不敢进香店去,因为怕他们在香盒上已放着花露水与日光皂了。我们于日用必需的东西以外,必须还有一点无用的游戏与享乐,生活才觉得有意思。我们看夕阳,看秋河,看花,听雨,闻香,喝不求解渴的酒,吃不求饱的点心,都是生活上必要的——虽然是无用的装点,而且是愈精炼愈好。可怜现在的中国生活,却是极端地干燥粗鄙,别的不说,我在北京彷徨了十年,终未曾吃到好点心。

(十三年二月)

喝 茶

前回徐志摩先生在平民中学讲"吃茶",——并不是胡适之先生所说的"吃讲茶",——我没有工夫去听,又可惜没有见到他精心结构的讲稿,但我推想他是在讲日本的"茶道"(英文译作 Teaism),而且一定说的很好,茶道的意思,用平凡的话来说,可以称作"忙里偷闲,苦中作乐",在不完全的现世享乐一点美与和谐,在刹那间体会永久,在日本之"象征的文化"里的一种代表艺术。关于这一件事,徐先生一定已有透彻巧妙的解说,不必再来多嘴,我现在所想说的,只是我个人的很平常的喝茶罢了。

喝茶以绿茶为正宗,红茶已经没有什么意味,何况又加糖——与牛奶?葛辛(George Gissing)的《草堂随笔》(*Private Papers of Henry Ryecroft*)确是很有趣味的书,但冬之卷里说及饮茶,以为英国家庭里下午的红茶与黄油面包是一日中最大的乐事,支那饮茶已历千百年,未必能领略此种乐趣与实益的万分之一,则我殊不以为然,红茶带"土斯"未始不可吃,但这只是当饭,在肚饥时食之而已;我的所谓喝茶,却是在喝清茶,在赏鉴其色与香与味,意未必在止渴,自然更不在果腹了。中国古昔曾吃过煎茶及抹茶,现在所用的都是泡茶,冈仓觉三在《茶之书》(*Book of Tea* 1919)里很巧妙的称之曰"自然主义的茶",所以我们所重的即在这自然之妙味。中国人上茶馆去,左一碗右一碗的喝了半天,好像是刚从沙漠里回来的样子,颇合于我的喝茶的意思,(听说闽粤有所谓吃功夫茶者自然也有道理,）只可惜近来太是洋场化，失了本意，其结果成为饭馆子之流，只在乡村间还保存一点古风，惟是屋宇器具简陋万分，或者但可称为颇有喝茶之意，而未可许为已得喝茶之道也。

喝茶当于瓦屋纸窗之下，清泉绿茶，用素雅的陶瓷茶具，同二三人共饮，得半日之闲，可抵十年的尘梦。喝茶之后，再去继续修各人的胜业，无论为名为利，都无不可，但偶然的片刻优游乃断不可少。中国喝茶时多吃瓜子，我觉得不很适宜，喝茶时所吃的东西应当是轻淡的"茶食"。中国的茶食却变了"满汉饽饽"，其性质与"阿阿兜"相差无几；不是喝茶时所吃的东西了。日本的点心虽是豆米的成品，但那优雅的形色，相素的味道，很合于茶食的资格，如各色"羊羹"（据上田恭辅氏考据，说是出于中国唐时的羊肝饼），尤有特殊的风味。江南茶馆中有一种"干丝"，用豆腐干切成细丝，加姜丝酱油，重汤炖热，上浇麻油，出以供客，其利益为"堂倌"所独有。豆腐干中本有一种"茶干"，今变而为丝，亦颇与茶相宜。在南京时常食此品，据云有某寺方丈所制为最，虽也曾尝试，却已忘记，所记得者乃只是下关的江天阁而已。学生们的习惯，平常"干丝"既出，大抵不即食，等到麻油再加，开水重换之后，始行举箸，最为合式，因为一到即罄，次碗继至，不遑应酬，否则麻油三浇，旋即撤去，怒形于色，未免使客不欢而散，茶意都消了。

吾乡昌安门外有一处地方，名三脚桥（实在并无三脚，乃是三出，因以一桥而跨三汊的河上也），其地有豆腐店曰周德和者，制茶干最有名。寻常的豆腐干方约寸半，厚三分，值钱二文，周德和的价值相同，小而且薄，几及一半，黝黑坚实，如紫檀片。我家距三脚桥有步行两小时的路程，故殊不易得，但能吃到油炸者而已。每天有人挑担设炉镬，沿街叫卖，其词曰，

"辣酱辣，

麻油炸，

红酱搽，辣酱拓：

周德和格五香油炸豆腐干。"

其制法如上所述，以竹丝插其末端，每枚值三文。豆腐干大小如周德和，而甚柔软，大约系常品，惟经过这样烹调，虽然不是茶食之一，却也不失为一种好豆食。——豆腐的确也是极乐的佳妙的食品，可以有种种的

变化，唯在西洋不会被领解，正如茶一般。

日本用茶淘饭，名曰"茶渍"，以腌菜及"择庵"（即福建的黄土萝卜，日本泽庵法师始传此法，盖从中国传去）等为佐，很有清淡而甘香的风味。中国人未尝不这样吃，唯其原因，非由穷困即为节省，殆少有故意往清茶淡饭中寻其固有之味者，此所以为可惜也。

（十三年十二月）

生活之艺术

契诃夫（Tchekhow）书简集中有一节道，（那时他在爱珲附近旅行，）"我请一个中国人到酒店里喝烧酒，他在未饮之前举杯向着我和酒店主人及伙计们，说道'请。'这是中国的礼节。他并不像我们那样的一饮而尽，却是一口一口的啜，每啜一口，吃一点东西；随后给我几个中国铜钱，表示感谢之意。这是一种怪有礼的民族。……"

一口一口的啜，这的确是中国仅存的饮酒的艺术：干杯者不能知酒味，泥醉者不能知微醺之味。中国人对于饮食还知道一点享用之术，但是一般的生活之艺术却早已失传了。中国生活的方式现在只是两个极端，非禁欲即是纵欲，非连酒字都不准说即是浸身在酒槽里，二者互相反动，各益增长，而其结果则是同样的污糟。动物的生活本有自然的调节，中国在千年以前文化发达，一时颇有臻于灵肉一致之象，后来为禁欲思想所战胜，变成现在这样的生活，无自由、无节制，一切在礼教的面具底下实行迫压与放恣，实在所谓礼者早已消灭无存了。

生活不是很容易的事。动物那样的，自然地简易地生活，是其一法；把生活当作一种艺术，微妙地美地生活，又是一法：二者之外别无道路，有之则是禽兽之下的乱调的生活了。生活之艺术只在禁欲与纵欲的调和。蔼理斯对于这个问题很有精到的意见，他排斥宗教的禁欲主义，但以为禁欲亦是人性的一面，欢乐与节制二者并存，且不相反而实相成。人有禁欲的倾向，即所以防欢乐的过量，并即以增欢乐的程度。他在《圣芳济与其他》一篇论文中曾说道，"有人以此二者（即禁欲与耽溺）之一为其生活之唯一目的者，其人将在尚未生活之前早已死了。有人先将其一（耽溺）推至极端，再转而之他，其人才真能了解人生是什么，日后将被记念为模范的高僧。但是始终尊重这二重理想者，那才是知生活法的明智的

第五讲 生活的艺术：《雨天的书》

大师。……一切生活是一个建设与破坏，一个取进与付出，一个永远的构成作用与分解作用的循环。要正当地生活，我们须得模仿大自然的豪华与严肃。"他又说过，"生活之艺术，其方法只在于微妙地混和取与舍二者而已，"更是简明的说出这个意思来了。

生活之艺术这个名词，用中国固有的字来说便是所谓礼。斯谛耳博士在《仪礼》序上说，"礼节并不单是一套仪式，空虚无用，如后世所沿袭者。这是用以养成自制与整饬的动作之习惯，唯有能领解万物感受一切之心的人才有这样安详的容止。"从前听说辜鸿铭先生批评英文"礼记"译名的不妥当，以为"礼"不是 Rite 而是 Art，当时觉得有点乖僻，其实却是对的，不过这是指本来的礼，后来的礼仪礼教都是堕落了的东西，不足当这个称呼了。中国的礼早已丧失，只有如上文所说，还略存于茶酒之间而已。去年有西人反对上海禁娼，以为妓院是中国文化所在的地方，这句话的确难免有点荒谬，但仔细想来也不无若干理由。我们不必拉扯唐代的官妓，希腊的"女友"（Hetaira）的韵事来作辩护，只想起某外人的警句，"中国挟妓如西洋的求婚，中国娶妻如西洋的宿娼"，或者不能不感到"爱之术"（Ars Amatoria）的真是只存在草野之间了。我们并不同某西人那样要保存妓院，只觉得在有些怪论里边，也常有真实存在罢了。

中国现在所切要的是一种新的自由与新的节制，去建造中国的新文明，也就是复兴千年前的旧文明，也就是与西方文化的基础之希腊文明相合一了。这些话或者说的太大太高了，但据我想舍此中国别无得救之道，宋以来的道学家的禁欲主义总是无用的了，因为这只足以助成纵欲而不能收调节之功。其实这生活的艺术在有礼节重中庸的中国本来不是什么新奇的事物，如《中庸》的起头说，"天命之谓性，率性之谓道，修道之谓教，"照我的解说即是很明白的这种主张。不过后代的人都只拿去讲章旨节旨，没有人实行罢了。我不是说半部《中庸》可以济世，但以表示中国可以了解这个思想。日本虽然也很受到宋学的影响，生活上却可以说是承受平安朝的系统，还有许多唐代的流风余韵，因此了解生活之艺术也更是容易。在许多风俗上日本的确保存这艺术的色彩，为我们中国人所不及，但由道学家看来，或者这正是他们的缺点也未可知罢。

（十三年十一月）

第六讲

牧歌中的人生咏叹调:《边城》

第一部分　作家简介

　　沈从文,原名沈岳焕,笔名休芸芸、甲辰、上官碧等,现代著名作家、历史文物研究家、京派小说代表人物。1902 年出生于湖南凤凰县,沈从文正规教育仅是小学,其文学素养和精神感悟均来自于此后较为坎坷的生活经历。

　　童年时期,与小伙伴游玩于凤凰城外清澈河流的沈从文,对水有着特殊的情感。这不仅是因为游水嬉戏是他童年美好的回忆,目睹河滩之上血腥处决犯人的场景也深深地烙在了沈从文幼小的脑海中。发生在水边的"美"与"丑",对沈从文后来的文学创作产生了深远的影响。15 岁离家当兵,5 年行旅生涯,辗转于湘西沅水流域,滋育了沈从文的性情。所以无论他的小说还是散文,大都与水有关。可以说,对水的生命体验,培养了沈从文特殊的审美心理,转化成他小说优美的诗意。

　　1922 年沈从文到北京求学,但并不顺利,由于受教育水平有限,经济拮据只能在北京大学旁听,后来在郁达夫、徐志摩等鼓励下自学写作。1924 年,沈从文的努力与付出得到回报,他的作品陆续在《晨报》、《语丝》、《京报副刊》上发表。至 1928 年,主要作品有短篇集《鸭子》、《蜜柑》、《好管闲事的人》、《入伍后》等,内容主要涉及湘西生活和军队生活。4 年后,当他迁居上海,与丁玲、胡也频一起创办《红黑》杂志时,已是一位小有名气的青年作家了。随着创作的渐入佳境,他在社会上也渐渐有了令人羡慕的地位。

1929—1938 年，沈从文先后在吴淞中国公学、武汉大学、国立青岛大学任教，1933 年秋由青岛去北京，编辑《大公报》文艺副刊。沈从文一生创作的结集约有 80 多部，是现代作家中成书最多的一位。至抗战爆发前的十年间，创作最为丰富，出版了短篇小说集《龙朱》、《虎雏》、《旅店及其他》、《月下小景》、《新与旧》、《八骏图》等，传记文学《记胡也频》、《从文自传》，散文集《湘行散记》，论文集《废邮存底》，中长篇小说《边城》等。

抗战期间在昆明西南联大任教，出版散文集《湘西》，短篇小说《春灯集》、《黑凤集》，论文集《云南看云集》等。抗战胜利后，在北京大学任教，并编《大公报》、《益世报》、《平明日报》等文学副刊。1948 年长篇小说《长河》出版。

沈从文早期的小说集《蜜柑》、《雨后及其他》、《神巫之爱》等，虽然基本主题已见端倪，但城乡两条线索尚不清晰，两性关系的描写较浅，文学的纯净度也差些，这与他刚刚开始写作尚无形成一个固定的文风有关。30 年代后，他的创作显著成熟，其小说作品中对湘西的描绘，对都市、乡村的探索，都闪烁着人生哲学的思考。

1948 年开始因受到郭沫若的猛烈批判，以及北京大学学生大字报的影响，精神一度趋于崩溃，沈从文的工作重心开始转移到文物研究上，在中国历史博物馆、故宫博物馆等单位从事研究活动，主要著作有《中国丝绸图案》、《唐宋铜镜》、《中国服装史》等。新中国成立之后在中国历史博物馆和中国社会科学院历史研究所工作，主要从事中国古代历史的研究。1988 年病逝于北京。

第二部分　作品赏读

发表于 1934 年的《边城》是沈从文小说创作的代表之作，它以少女翠翠的恋爱故事为主线，构建出茶峒边城这一恬淡辽远的纸上桃源，弹奏了一曲清透隽永却又哀婉忧绵的边地恋歌。

以散文的笔法打造诗性阅读体验是《边城》最引人注目的特点，沈从文也因其对现代小说文体种类的丰富而获得了"文体作家"的称号。《边城》没有小说创作中着力表现的激烈的矛盾冲突，情节在叙事过程中被刻意虚化，取而代之的是一种传递生活体验的情调模式。作品的人物设置简单明了，戏剧性矛盾冲突极少，数万字《边城》，只围绕老船夫、翠翠、天保及傩送这四个主要人物展开。作为叙事线索的恋爱故事波澜不惊，不以跌宕激烈的情节取悦读者；故事与时代背景关联甚浅，不以反映复杂历史进程为目的，可以说是以极简单的人物和极简单的情节架构而成的极简单的故事。在刻画人物形象时，即便是位于作品中心的主要人物，作者也绝少对其进行性格特征塑造，而是经常用"沉默了一个夜晚"，"忽然哭起来"等模棱两可的语言将其内心活动一笔带过。人物特征的趋同性及性格的扁平单一使其缺失了作为"人"的复杂多重性，从而"物化"为这幅山水人文画卷中的一部分，同自然景观和谐交融在一起。《边城》的人物性格纯粹，情节扁平舒缓，叙事节奏缓慢，无论是人物还是故事，都在美妙的自然背景与人文景观中退居次要位置，成为作品浓郁的牧歌情调的点缀。这就不难解释为何读者阅读《边城》时极易为它本真美好的边地风情所打动，而翠翠与天保、傩送之间充满悲剧意味的爱情纠葛反而被"买椟还珠"了。沈从文对弱情节化叙事方略的采用淡化了作品的小说元素，削弱了故事的线性时间形式，强化了小说的写意功能，使抒情特质凌驾于叙事之上，成为作品最为基本的魅力之源。与此同时，作者以细腻恬淡的散文语言入文，强调对湘西的自然风光和风俗习惯的描绘，使《边城》在沈从文笔下成为一种景观写照，其优美清丽的画面与弥漫其中的桃源情致相映成章，强化了小说的抒情意味。《边城》注重审美体验，这使它特别善于描绘地域性的乡野风俗之美：别致诱人的水乡吊脚楼，多情粗野的妓女和水手；苗寨山乡缕缕炊烟，质朴淳真的老者和少年；神秘静穆的乡野山林，健美妩媚的苗族女子……就连鸡鸣、狗吠、牛叫的声音都无不浓浓地涂上了牧歌情致和生趣。在提笔落字时，作者注重调动视觉经验再现客观事物，这在小说开篇对湘西自然风土景观的那段浓墨重彩的描述中即可见一斑——"那条河水便是历史上知名酉水，新名字叫做白河……若朔流而上，则三丈五丈深潭可清澈见底。深潭中为白日所映照，河底小小白石子，有花纹的玛瑙石子，全看得明明白白。水中游鱼来去，全如浮在空气里，两岸多高山，近水人家多在桃杏花里，春天只需注意，凡有桃花处必有人家，凡有人家处必可沽酒。夏天则晒晾在日光下耀目紫花布衣裤，可以作为人家所在的旗帜。秋冬来时，酉水中游如王

第六讲 牧歌中的人生咏叹调：《边城》

村，保靖，里耶和许多无名山村，人家房屋在悬崖上的，滨水的，无不朗然入目。黄泥墙，乌黑瓦，位置却永远那么妥帖，且与四围环境极其调和，使人迎面得到印象，实在非常愉快。"白日，白石子，玛瑙石子，粉红粉白的花朵，紫花布衣裤，黄泥墙，乌黑瓦，这些明丽的色彩及简洁的散文行文方式还原出一幅酉水流域的四季风光图，给人以清新真切、心旷神怡的阅读感受，边城风韵尽收于此。这种绘画式笔调的采用拓宽了小说的空间形式，将美术因素深植于叙事之中，体现出超然于故事之外的"中国山水画的结构"，无须冗长的赞美与描述，只需轻轻几笔，湘西的化外气质便在不动声色中显现，就连作者本人都情不自禁地对自己塑造的景致赞美道"一个对诗歌图画稍有兴味的旅客"必定会对湘西这幅美妙的风情画"神往倾心"。沈从文以新颖的叙事手法来结构小说，使得《边城》读来不像是一篇以叙事为旨的小说，倒像一副情景相融的水墨画卷朗然入目，洋溢着浓郁的浪漫主义色彩和抒情气韵。

　　《边城》的浪漫与抒情有其深远的根基。故事发生的茶峒小城位于湖南西部，狭僻封闭，开化迟缓，直到雍正九年才被清室收入版图，故少为社会历史的激荡进退所影响。因茶峒偏僻辽远，与世隔绝，传统生活形态得以在此世代流传，文化也始终保持着相对独立的状态。边城自古便是个极富浪漫品格的地方，春秋战国时期，楚国曾将湘西作为它的边陲战略要地，楚文化因此深深的浸染流布在这座偏僻的边城，楚俗文明好歌喜舞，湘西成为歌舞之乡，先天性地具有了迥异于中原内陆的浪漫情韵。可以想象，在这样一个几近封闭、充满诗性且未受历史变迁影响的空间里产生"世外桃源"是必然的事情。事实上，无论是自然景观还是风土人情，边城的确颇具化外风韵，独特的地理及历史原因形成了边城独特的地域和人文风貌，这里虽然有城，人与人之间的社会关系却极为简单，虽然有兵，却长年不见兵荒马乱，"一切莫不极有秩序，人民莫不安分乐生"，"中国其他地方正在如何不幸挣扎中的情形，似乎永远不会为边城人民所感到"。这也使得边城茶峒具备了"桃花源"的特质：不知有汉，无论魏晋，黄发垂髫，并怡然自乐。在这方湘西小镇，沈从文以人性的善良、淳朴、自然为核心，以社会秩序的和谐自由为目的，构筑起了一个充满人伦诗意、美妙绝伦的"现代桃源"。巧合的是，在中国文学史上第一篇描绘理想社会的《桃花源记》中，陶渊明也将"乐土"放置到了湘西，他设

· 103 ·

想的桃花源在武陵境内,即现今湘西常德地区,与茶峒同属一地域范围。边城这一地缘背景的选取至少具有两方面的暗示:其一,边城必将以另一个独树一帜的"桃花源"形象出现于现代文学史;其二,《边城》体现了中国现代作家向传统文化寻根的愿望,以及在现代文明激流中淘洗古老中华民族形象的努力,隐喻着民族寓言的现代书写。

在沈从文绘制的中国形象中,天人合一式的生命形式以及由此催生的自然人性是其最为重要的侧面。在《边城》中,"景"已经上升为凌驾于"情"之上的独立存在,每处自然景观,每个生命个体,都被赋予了丰厚意蕴。作者不遗余力地营构出人与自然和谐相处的世界,在展示其"自然情欲"的同时充分挥泼出对天人合一式理想生命形式的渴求——"生命谐合于自然,形成自然一部分",在对自然的观照中表现人,在对人的描写中发现自然的品格。这一创作理想在少女翠翠这一形象上体现得最为充分。翠翠俨然是"自然人"的代表,美好的大自然是少女生长、生活的大背景,缺乏同龄玩伴的少女却与自然结成了深厚友谊,把玩花草虫物是她打发寂寥的下意识动作和快乐的体验,黄狗如同是翠翠与老船夫的家人,她犹如山头黄麂,乖巧机灵,充满善意,就连其爱情的生发与进展也是"自然"的:翠翠因在黄昏时分捉住一只游向她的鸭子而认识了傩送二老,颇有些天命使然的意味,附以少女在语言上的娇嗔与防备,一派"郎骑竹马来,绕床弄青梅"的烂漫情趣,不经意间喻示出少女情爱纯洁无瑕、浑然天成的本质。为与这一清介本质契合,自然元素在情爱发展中也承担起举足轻重的传情功效,"鱼"、"鸭子"等动物意象俨然具有暗示两性关系的隐喻作用,而虎耳草等植物意象的出现,则表征着翠翠相思之情的外显,使少女的情爱在充斥着天然之美的同时洋溢出浓郁的古典审美色彩。正是在人与自然的和谐交融中,天然、活泼、野性、健康的"人性"得以形成。当这一抽象的"人性"投射到人物性情和品德上时,作为其显形式的淳美性格便浮出水面。翠翠俨然也具备性格上的"自然气质",她天真无邪,童心未泯,随缘顺性,恭谦温良,善良勤快,欢乐明朗,很好地诠释了沈从文对理想人性的理解,不论在物质还是精神上都与自然相得益彰,互为妆点,使人性于无形中滋生出泛神论式的神性色彩,被作者放置在其文学世界的"希腊小庙"中加以颂扬与供奉。正是以少女翠翠为代表的天人合一的生命形式和健康优美的自然人性打动着读者,读者才会自然而然地将边城人成长生活的环境视为淳朴灵秀的世外仙域，在此人性与自然形成一组同质同构、相辅相成的依存关系，在茶峒小城交会出柔和圆润的光彩，而作者倾心描摹这一现代桃源的原始动力，正是源自对这道神性光彩的诚挚赞美与向往。

　　此外，沈从文还为其中国形象注入了全新的道德准则。为构建这一现代桃源，作者首先在精神传统上摒弃了统治中国社会几千年的伦理道德准则，制造出在时间上远离"此时"的独特特征。边城世界似乎跳出历史之外，不受历史发展牵绊和思想遗产的沾染，运行于特殊的时间轴之上，在"另一个历史"中形成了有异于主流道德形态的思想准则。这一"它世界"的精神样貌在《边城》人物的命名中即可初见轮廓，翠翠的名字信手拈来，得之于周遭葱翠的竹篁，老船夫甚至全无姓名记载，即使作者曾特地说明过天保和傩送的名字寓意，也并未交代兄弟二人的宗姓背景，与传统思想中追求"名正"的思维模式形成了差异，这一看似细小的行为却暗示出边城社会宗族意识的旁落，从根本上摒弃了传统小说中以父子之道、家庭伦理、宗法氏族为中心的创作原则，继而摆脱了儒家伦理道德对中华民族的统治与浸淫，生发出全新的自然世界。在涉及婚恋大事时，作者更是强调个体感情的自主自由，为翠翠保媒的以为这件婚事倘若老船夫肯了，翠翠便无有不肯，而老船夫却认为"不能这么说，这是她的事"，在决定少女爱情归属时，作者也借老船夫之口将走马路（以唱情歌获取情人芳心）或走车路（家长出面媒人保媒）当作同等合情合理的方法，全然没有封建家长对儿女婚事"明媒正娶"的要求和"聘则为妻奔是妾"的伦理偏见，挟制中国上千年的伦理道德被当作对人性的悖反而受到批判。边城社会的思想风标是符合人道天意的道德准则，一副顺乎自然、不悖人性的道德新框架得以勾勒，因此这里两省接壤处，十余年来主持地方军事的，注重在安揖保守，处置极其得法，并无变故发生，少年们天真纯粹，善良勤快，积极活泼，老船夫五十年如一日看守渡船，忠于职守，慷慨待人，重义轻财，船总顺顺虽为贩运商人，却毫无商人的狡诈和凶狠，而是朴实大度，乐于助人，豪放豁达，众人同心建立起边城这一德治乌托邦，处处彰显着扎根于民族文化深层的优秀民族品德。

第三部分　原文：《边城》选录

一

　　由四川过湖南去，靠东有一条官路。这官路将近湘西边境到了一个地方名为"茶峒"的小山城时，有一小溪，溪边有座白色小塔，塔下住了一户单独的人家。这人家只一个老人，一个女孩子，一只黄狗。

　　小溪流下去，绕山岨流，约三里便汇入茶峒的大河。人若过溪越小山走去，则只一里路就到了茶峒城边。溪流如弓背，山路如弓弦，故远近有了小小差异。小溪宽约二十丈，河床为大片石头作成。静静的水即或深到一篙不能落底，却依然清澈透明，河中游鱼来去皆可以计数。小溪即为川湘来往孔道，水常有涨落，限于财力不能搭桥，就安排了一只方头渡船。这渡船一次连人带马，约可以载二十位搭客过河，人数多时则反复来去。渡船头竖了一枝小小竹竿，挂着一个可以活动的铁环，溪岸两端水槽牵了一段废缆，有人过渡时，把铁环挂在废缆上，船上人就引手攀缘那条缆索，慢慢的牵船过对岸去。船将拢岸了，管理这渡船的，一面口中嚷着"慢点慢点"，自己霍的跃上了岸，拉着铁环，于是人货牛马全上了岸，翻过小山不见了。渡头为公家所有，故过渡人不必出钱。有人心中不安，抓了一把钱掷到船板上时，管渡船的必为一一拾起，依然塞到那人手心里去，俨然吵嘴时的认真神气："我有了口量，三斗米，七百钱，够了。谁要这个！"

　　但不成，凡事求个心安理得，出气力不受酬谁好意思，不管如何还是有人把钱的。管船人却情不过，也为了心安起见，便把这些钱托人到茶峒去买茶叶和草烟，将茶峒出产的上等草烟，一扎一扎挂在自己腰带边，过渡的谁需要这东西必慷慨奉赠。有时从神气上估计那远路人对于身边草烟引起了相当的注意时，便把一小束草烟扎到那人包袱上去，一面说，"不吸这个吗，这好的，这妙的，味道蛮好，送人也合式！"茶叶则在六月里放进大缸里去，用开水泡好，给过路人解渴。

　　管理这渡船的，就是住在塔下的那个老人。活了七十年，从二十岁起便守在这小溪边，五十年来不知把船来去渡了若干人。年纪虽那么老了。本来应当休息了，但天不许他休息，他仿佛便不能够同这一分生活离开。

第六讲 牧歌中的人生咏叹调：《边城》

他从不思索自己的职务对于本人的意义，只是静静的很忠实的在那里活下去。代替了天，使他在日头升起时，感到生活的力量，当日头落下时，又不至于思量与日头同时死去的，是那个伴在他身旁的女孩子。他唯一的朋友为一只渡船与一只黄狗，唯一的亲人便只那个女孩子。

女孩子的母亲，老船夫的独生女，十五年前同一个茶峒军人，很秘密的背着那忠厚爸爸发生了暧昧关系。有了小孩子后，这屯戍军士便想约了她一同向下游逃去。但从逃走的行为上看来，一个违悖了军人的责任，一个却必得离开孤独的父亲。经过一番考虑后，军人见她无远走勇气自己也不便毁去作军人的名誉，就心想：一同去生既无法聚首，一同去死当无人可以阻拦，首先服了毒。女的却关心腹中的一块肉，不忍心，拿不出主张。事情业已为作渡船夫的父亲知道，父亲却不加上一个有分量的字眼儿，只作为并不听过这事情一样，仍然把日子很平静的过下去。女儿一面怀了羞惭一面却怀了怜悯，仍守在父亲身边，待到腹中小孩生下后，却到溪边吃了许多冷水死去了。在一种近于奇迹中，这遗孤居然已长大成人，一转眼间便十三岁了。为了住处两山多篁竹，翠色逼人而来，老船夫随便为这可怜的孤雏拾取了一个近身的名字，叫作"翠翠"。

翠翠在风日里长养着，把皮肤变得黑黑的，触目为青山绿水，一对眸子清明如水晶。自然既长养她且教育她，为人天真活泼，处处俨然如一只小兽物。人又那么乖，如山头黄麂一样，从不想到残忍事情，从不发愁，从不动气。平时在渡船上遇陌生人对她有所注意时，便把光光的眼睛瞅着那陌生人，作成随时皆可举步逃入深山的神气，但明白了人无机心后，就又从从容容的在水边玩耍了。

老船夫不论晴雨，必守在船头。有人过渡时，便略弯着腰，两手缘引了竹缆，把船横渡过小溪。有时疲倦了，躺在临溪大石上睡着了，人在隔岸招手喊过渡，翠翠不让祖父起身，就跳下船去，很敏捷的替祖父把路人渡过溪，一切皆溜刷在行，从不误事。有时又和祖父黄狗一同在船上，过渡时和祖父一同动手，船将近岸边，祖父正向客人招呼"慢点，慢点"时，那只黄狗便口衔绳子，最先一跃而上，且俨然懂得如何方为尽职似的，把船绳紧衔着拖船拢岸。

风日清和的天气，无人过渡，镇日长闲，祖父同翠翠便坐在门前大岩石上晒太阳。或把一段木头从高处向水中抛去，嗾使身边黄狗自岩石高处跃下，把木头衔回来。或翠翠与黄狗皆张着耳朵，听祖父说些城中多年以前的战争故事。或祖父同翠翠两人，各把小竹作成的竖笛，逗在嘴边吹着迎亲送女的曲子。过渡人来了，老船夫放下了竹管，独自跟到船边去，横溪渡人，在岩上的一个，见船开动时，于是锐声喊着：

"爷爷，爷爷，你听我吹，你唱！"

爷爷到溪中央便很快乐的唱起来，哑哑的声音同竹管声振荡在寂静空气里，溪中仿佛也热闹了一些。（实则歌声的来复，反而使一切更寂静一些了。）

有时过渡的是从川东过茶峒的小牛，是羊群，是新娘子的花轿，翠翠必争看作渡船夫，站在船头，懒懒的攀引缆索，让船缓缓的过去。牛羊花轿上岸后，翠翠必跟着走，站到小山头，目送这些东西走去很远了，方回转船上，把船牵靠近家的岸边。且独自低低的学小羊叫着，学母牛叫着，或采一把野花缚在头上，独自装扮新娘子。

茶峒山城只隔渡头一里路，买油买盐时，逢年过节祖父得喝一杯酒时，祖父不上城，黄狗就伴同翠翠入城里去备办东西。到了卖杂货的铺子里，有大把的粉条，大缸的白糖，有炮仗，有红蜡烛，莫不给翠翠很深的印象，回到祖父身边，总把这些东西说个半天。那里河边还有许多上行船，百十船夫忙着起卸百货。这种船只比起渡船来全大得多，有趣味得多，翠翠也不容易忘记。

二

茶峒地方凭水依山筑城，近山的一面，城墙如一条长蛇，缘山爬去。临水一面则在城外河边留出余地设码头，湾泊小小篷船。船下行时运桐油青盐，染色的棓子。上行则运棉花棉纱以及布匹杂货同海味。贯串各个码头有一条河街，人家房子多一半着陆，一半在水，因为余地有限，那些房子莫不设有吊脚楼。河中涨了春水，到水逐渐进街后，河街上人家，便各用长长的梯子，一端搭在屋檐口，一端搭在城墙上，人人皆骂着嚷着，带了包袱、铺盖、米缸，从梯子上进城里去，水退时方又从城门口出城。某一年水若来得特别猛一些，沿河吊脚楼必有一处两处为大水冲去，大家皆在城上头呆望。受损失的也同样呆望着，对于所受的损失仿佛无话可说，与在自然安排下，眼见其他无可挽救的不幸来时相似。涨水时在城上还可

第六讲 牧歌中的人生咏叹调：《边城》

望着骤然展宽的河面，流水浩浩荡荡，随同山水从上流浮沉而来的有房子、牛、羊、大树。于是在水势较缓处，税关趸船前面，便常常有人驾了小舢板，一见河心浮沉而来的是一匹牲畜，一段小木，或一只空船，船上有一个妇人或一个小孩哭喊的声音，便急急的把船桨去，在下游一些迎着了那个目的物，把它用长绳系定，再向岸边桨去。这些诚实勇敢的人，也爱利，也仗义，同一般当地人相似。不拘救人救物，却同样在一种愉快冒险行为中，做得十分敏捷勇敢，使人见及不能不为之喝彩。

那条河水便是历史上知名的酉水，新名字叫作白河。白河下游到辰州与沅水汇流后，便略显浑浊，有出山泉水的意思。若溯流而上，则三丈五丈的深潭皆清澈见底。深潭为白日所映照，河底小小白石子，有花纹的玛瑙石子，全看得明明白白。水中游鱼来去，全如浮在空气里。两岸多高山，山中多可以造纸的细竹，长年作深翠颜色，逼人眼目。近水人家多在桃杏花里，春天时只需注意，凡有桃花处必有人家，凡有人家处必可沽酒。夏天则晒晾在日光下耀目的紫花布衣裤，可以作为人家所在的旗帜。秋冬来时，房屋在悬崖上的，滨水的，无不朗然入目。黄泥的墙，乌黑的瓦，位置则永远那么妥帖，且与四围环境极其调和，使人迎面得到的印象，实在非常愉快。一个对于诗歌图画稍有兴味的旅客，在这小河中，蜷伏于一只小船上，作三十天的旅行，必不至于感到厌烦，正因为处处有奇迹，自然的大胆处与精巧处，无一处不使人神往倾心。

白河的源流，从四川边境而来，从白河上行的小船，春水发时可以直达川属的秀山。但属于湖南境界的，则茶峒为最后一个水码头。这条河水的河面，在茶峒时虽宽约半里，当秋冬之际水落时，河床流水处还不到二十丈，其余只是一滩青石。小船到此后，既无从上行，故凡川东的进出口货物，皆由这地方落水起岸。出口货物俱由脚夫用杉木扁担压在肩膊上挑抬而来，入口货物也莫不从这地方成束成担的用人力搬去。

这地方城中只驻扎一营由昔年绿营屯丁改编而成的戍兵，及五百家左右的住户。（这些住户中，除了一部分拥有了些山田同油坊，或放账屯油、屯米、屯棉纱的小资本家外，其余多数皆为当年屯戍来此有军籍的人家。）地方还有个厘金局，办事机关在城外河街下面小庙里，经常挂着一面长长的幡信。局长则住在城中。一营兵士驻扎老参将衙门，除了号兵每天上城吹号玩，使人知道这里还驻有军队以外，其余兵士皆仿佛并不存在。冬天的白日里，到城里去，便只见各处人家门前皆晾晒有衣服同青菜。红薯多带藤悬挂在屋檐下。用棕衣作成的口袋，装满了栗子榛子和其他硬壳果，也多悬挂在屋檐下。屋角隅各处有大小鸡叫着玩着。间或有什么男子，占据在自己屋前门限上锯木，或用斧头劈树，把劈好的柴堆到敞坪里去一座一座如宝塔。又或可以见到几个中年妇人，穿了浆洗得极硬的蓝布衣裳，胸前挂有白布扣花围裙，躬着腰在日光下一面说话一面作事。一切总永远那么静寂，所有人民每个日子皆在这种单纯寂寞里过去。一分安静增加了人对于"人事"的思索力，增加了梦。在这小城中生存的，各人也一定皆各在分定一份日子里，怀了对于人事爱憎必然的期待。但这些人想些什么？谁知道。住在城中较高处，门前一站便可以眺望对河以及河中的景致，船来时，远远的就从对河滩上看着无数纤夫。那些纤夫也有从下游地方，带了细点心洋糖之类，拢岸时却拿进城中来换钱的。船来时，小孩子的想象，当在那些拉船人一方面。大人呢，孵一巢小鸡，养两只猪，托下行船夫打副金耳环，带两丈官青布或一坛好酱油、一个双料的美孚灯罩回来，便占去了大部分作主妇的心了。

这小城里虽那么安静和平，但地方既为川东商业交易接头处，因此城外小小河街，情形却不同了一点。也有商人落脚的客店，坐镇不动的理发馆。此外饭店、杂货铺、油行、盐栈、花衣庄，莫不各有一种地位，装点了这条河街。还有卖船上用的檀木活车、竹缆与罐锅铺子，介绍水手职业吃码头饭的人家。小饭店门前长案上，常有煎得焦黄的鲤鱼豆腐，身上装饰了红辣椒丝，卧在浅口钵头里，钵旁大竹筒中插着大把红筷子，不拘谁个愿意花点钱，这人就可以傍了门前长案坐下来，抽出一双筷子到手上，那边一个眉毛扯得极细脸上擦了白粉的妇人就走过来问："大哥，副爷，要甜酒？要烧酒？"男子火焰高一点的，谐趣的，对内掌柜有点意思的，必装成生气似的说："吃甜酒？又不是小孩，还问人吃甜酒！"那么，酽冽的烧酒，从大瓮里用竹筒舀出，倒进土碗里，即刻就来到身边案桌上了。杂货铺卖美孚油及点美孚油的洋灯，与香烛纸张。油行屯桐油。盐栈堆火井出的青盐。花衣庄则有白棉纱、大布、棉花以及包头的黑绉绸出卖。卖船上用物的，百物罗列，无所不备，且间或有重至百斤以外的铁锚搁在门外路旁，等候主顾问价的。专以介绍水手为事业，吃水码头饭的，则在河街的家中，终日大门敞开着，常有穿青羽缎马褂的船主与毛手毛脚

第六讲 牧歌中的人生咏叹调：《边城》

的水手进出，地方象茶馆却不卖茶，不是烟馆又可以抽烟。来到这里的，虽说所谈的是船上生意经，然而船只的上下，划船拉纤人大都有一定规矩，不必作数目上的讨论。他们来到这里大多数倒是在"联欢"。以"龙头管事"作中心，谈论点本地时事，两省商务上情形，以及下游的"新事"。邀会的，集款时大多数皆在此地，扒骰子看点数多少轮作会首时，也常常在此举行。真真成为他们生意经的，有两件事：买卖船只，买卖媳妇。

大都市随了商务发达而产生的某种寄食者，因为商人的需要，水手的需要，这小小边城的河街，也居然有那么一群人，聚集在一些有吊脚楼的人家。这种妇人不是从附近乡下弄来，便是随同川军来湘流落后的妇人，穿了假洋绸的衣服，印花标布的裤子，把眉毛扯得成一条细线，大大的发髻上敷了香味极浓俗的油类。白日里无事，就坐在门口做鞋子，在鞋尖上用红绿丝线挑绣双凤，或为情人水手挑绣花抱兜，一面看过往行人，消磨长日。或靠在临河窗口上看水手铺货，听水手爬桅子唱歌。到了晚间，则轮流的接待商人同水手，切切实实尽一个妓女应尽的义务。

由于边地的风俗淳朴，便是作妓女，也永远那么浑厚，遇不相熟的人，做生意时得先交钱，再关门撒野，人既相熟后，钱便在可有可无之间了。妓女多靠四川商人维持生活，但恩情所结，则多在水手方面。感情好的，互相咬着嘴唇咬着颈脖发了誓，约好了"分手后各人皆不许胡闹"，四十天或五十天，在船上浮着的那一个，同留在岸上的这一个，便皆呆着打发这一堆日子，尽把自己的心紧紧缚定远远的一个人。尤其是妇人感情真挚，痴到无可形容，男子过了约定时间不回来，做梦时，就总常常梦船拢了岸，一个人摇摇荡荡的从船跳板到了岸上，直向身边跑来。或日中有了疑心，则梦里必见男子在桅上向另一方面唱歌，却不理会自己。性格弱一点儿的，接着就在梦里投河吞鸦片烟，性格强一点儿的便手执菜刀，直向那水手奔去。他们生活虽那么同一般社会疏远，但是眼泪与欢乐，在一种爱憎得失间，糅进了这些人生活里时，也便同另外一片土地另外一些年轻生命相似，全个身心为那点爱憎所浸透，见寒作热，忘了一切。若有多少不同处，不过是这些人更真切一点，也更近于糊涂一点罢了。短期的包定，长期的嫁娶，一时间的关门，这些关于一个女人身体上的交易，由于民情的淳朴，身当其事的不觉得如何下流可耻，旁观者也就从不用读书人

· 111 ·

的观念，加以指摘与轻视。这些人既重义轻利，又能守信自约，即便是娼妓，也常常较之讲道德知羞耻的城市中人还更可信任。

掌水码头的名叫顺顺，一个前清时便在营伍中混过日子来的人物，革命时在着名的陆军四十九标做个什长。同样做什长的，有因革命成了伟人名人的，有杀头碎尸的，他却带少年喜事得来的脚疯痛，回到了家乡，把所积蓄的一点钱，买了一条六桨白木船，租给一个穷船主，代人装货在茶峒与辰州之间来往。气运好，半年之内船不坏事，于是他从所赚的钱上，又讨了一个略有产业的白脸黑发小寡妇。数年后，在这条河上，他就有了大小四只船，一个铺子，两个儿子了。

但这个大方洒脱的人，事业虽十分顺手，却因欢喜交朋结友，慷慨而又能济人之急，便不能同贩油商人一样大大发作起来。自己既在粮子里混过日子，明白出门人的甘苦，理解失意人的心情，故凡因船只失事破产的船家，过路的退伍兵士，游学文墨人，凡到了这个地方闻名求助的，莫不尽力帮助。一面从水上赚来钱，一面就这样洒脱散去。这人虽然脚上有点小毛病，还能泅水；走路难得其平，为人却那么公正无私。水面上各事原本极其简单，一切皆为一个习惯所支配，谁个船碰了头，谁个船妨害了别一个人别一只船的利益，皆照例有习惯方法来解决。惟运用这种习惯规矩排调一切的，必需一个高年硕德的中心人物。某年秋天，那原来执事人死去了，顺顺作了这样一个代替者。那时他还只五十岁，为人既明事明理，正直和平又不爱财，故无人对他年龄怀疑。

到如今，他的儿子大的已十八岁，小的已十六岁。两个年青人皆结实如小公牛，能驾船，能泅水，能走长路。凡从小乡城里出身的年青人所能够作的事，他们无一不作，作去无一不精。年纪较长的，如他们爸爸一样，豪放豁达，不拘常套小节。年幼的则气质近于那个白脸黑发的母亲，不爱说话，眼眉却秀拔出群，一望即知其为人聪明而又富于感情。

两兄弟既年已长大，必需在各种生活上来训练他们，作父亲的就轮流派遣两个小孩子各处旅行。向下行船时，多随了自己的船只充伙计，甘苦与人相共。荡桨时选最重的一把，背纤时拉头纤二纤，吃的是干鱼，辣子，臭酸菜，睡的是硬帮帮的舱板。向上行从旱路走去，则跟了川东客货，过秀山、龙潭，西阳作生意，不论寒暑雨雪，必穿了草鞋按站赶路。且佩了短刀，遇不得已必需动手，便霍的把刀抽出，站到空阔处去，等候对面的一个，接着就同这个人用肉搏来解决。帮里的风气，既为"对付仇敌必需用刀，联结朋友也必需用刀"，故需要刀时，他们也就从不让它失去那点机会。学贸易，学应酬，学习到一个新地方去生活，且学习用刀保护身体同名誉，教育的目的，似乎在使两个孩子学得做人的勇气与义气。一分教育的结果，弄得两个人皆结实如老虎，却又和气亲人，不骄惰，不浮华，不倚势凌人，故父子三人在茶峒边境上为人所提及时，人人对这个名姓无不加以一种尊敬。

　　作父亲的当两个儿子很小时，就明白大儿子一切与自己相似，却稍稍见得溺爱那第二个儿子。由于这点不自觉的私心，他把长子取名天保，次子取名傩送。意思是天保佑的在人事上或不免有龃龉处，至于傩神所送来的，照当地习气，人便不能稍加轻视了。傩送美丽得很，茶峒船家人拙于赞扬这种美丽，只知道为他取出一个诨名为"岳云"。虽无什么人亲眼看到过岳云，一般的印象，却从戏台上小生岳云，得来一个相近的神气。

第七讲

女性身体及其生存经验：《生死场》

第一部分　作家简介

萧红本名张乃莹，是中国现代文学史上著名的女作家，20世纪30年代以中篇小说《生死场》震惊文坛。她以自己短暂的一生，在不到十年的时间里，写下了近百万字的文学作品，涉及了小说、散文、诗歌、戏剧等多种文体，留给我们一笔丰富的文学遗产。

1911年6月1日，萧红出生在黑龙江省呼兰县一个具有维新倾向的乡绅地主家庭。在进入哈尔滨东省特立第一女子中学读书后，她在这里接触到有着新的知识结构与思想背景的教师，也接触了鲁迅等一批新文学作家的作品和域外左翼作家的许多著作，初步形成了自己的世界观。

1930年萧红为逃婚离家出走，进入师大女附中学习。由于家庭的经济制裁，被迫退回家中。被软禁在阿城的张家老宅中达十个多月，趁"九一八"之后的混乱逃了出来，在艰难困苦中邂逅萧军，萧红从此走上了文学创作的道路，也走上了左翼文化的道路。1934年中秋节之后，她和萧军出版了合集《跋涉》，很快就被当局查禁。在精神的大恐怖之下，他们逃离满洲国，投奔在青岛的朋友舒群。萧红在青岛主编《新女性周刊》，并且完成了《生死场》的写作（原名《麦场》）。不久，青岛的党组织被破坏，舒群全家被捕。萧军、萧红怀着侥幸的心理投书鲁迅，鲁迅很快回了信，这对于他们是极大的鼓舞。1935年，在鲁迅的支持下，他们和叶紫组成了奴隶社，自费出版了《奴隶丛书》，包括萧军的《八月的乡村》、叶紫的《丰收》和萧红的《生死场》。

由于和萧军的情感纠葛，1936年夏天，萧红独自一人东渡日本。1937年1月离开日本回到上海。她和朋友们一起，支持胡风创办以抗日为宗旨的文学刊物《七月》，这个名字就是她起的，并且在组稿会上，结识了东北来的青年作家端木蕻良。由于战火的不断蔓延，萧红和萧军九月底离开上海到达武汉。在这里，萧红在各种社会活动和家务的间隙中，开始写作《呼兰河传》。1938年1月下旬，他们应山西民族革命大学的聘请，乘坐在简陋的铁皮车厢中驶向临汾，担任文艺指导的工作。不久，萧军从延安到西安，两萧在这里彻底分手，萧红已怀了四个月的身孕。4月，萧红和端木蕻良乘火车回到武汉，并且在这里结婚。

1940年1月19日，萧红和端木蕻良飞到香港。这里是她人生的终点，也是她创作的又一个高峰期。她参加了文化界的各项活动，用自己的笔呼应着民族解放的伟大斗争，写下了一生中许多的重要作品。1942年1月8日，太平洋战争爆发，她颠簸在频繁迁移的路途中，从自己的家到医院，从医院到旅馆，从旅馆到朋友家，再到另外的旅馆；从英国的医院到法国的医院，从私人医院到临时的医疗站。终于还是死于庸医误诊，终年31岁。

第二部分　作品赏读

《生死场》创作于1934年。表现了东北一个小村庄中一群人生生死死的生命状态，展示了人生最为残酷也是最为真实的一面，它为我们展现了一幅原始的乡村生存图画。这里的人们处于完全不自知的"生与死"的轮回中。

在《生死场》中，生与死仿佛成为一种习惯性的变换与推移。一开卷，我们便能感受到那呼之欲出的浓重的悲剧气氛。这里人与动物的生命活动互为背景，人作为人的价值已经消退，和动物一样忙着生，忙着死，然而在动物的衬托下，人生却显得更麻木无聊、更加无价值。不论是大狗抖擞着生小狗，大猪带着小猪喳喳的跑过，还是牛、马为交配而生发的角逐和较量，这些都构成一个喧嚣与骚动的大背景，动物们热热闹闹地繁衍、交配着，与之相互映衬的便是人类世界的繁忙。五姑姑的姐姐痛苦的挣扎过后，孩子生下来即便死去。金枝过早地成为妇人，"妇人们的刑罚快擒着她"，即使大腹便便，依然做着沉重的家务，依然受着丈夫的暴虐。妇人的生产在萧红的笔下，带着血腥与恐怖，带着无限的痛苦和深深的无奈。人的养育后代，本为一种神圣而光荣的事情，然而在这里，除了苦难，还是苦难，生产成了对女人的最大"刑罚"。所有的怜悯在这些可怜的生灵面前亦显得苍白无力。伴随着"生"的，是随时都在等待的死亡。而比死更不如的，却是"生"。

在萧红笔下，生活着许多为"生"而挣扎着的生命个体，他们织成了一幅让人悲凉的生存图画。《生死场》中，只会在妻子身上撒气的二里半，笨拙软弱"母熊"一样的麻面婆，认为麦粒比孩子命都重要的王婆，他们如他们的山羊、老马一样无追求地生活，却活得更自私更沉重。几乎只剩下动物性的五姑姑姐姐的男人，让金枝觉得"男人是炎凉的人类"的年轻人成业，他们毫不顾及妻子的感受和健康，像健壮的动物一样，不断地给自己的女人带来新的"刑罚"。在这片关东大地上，当人们看到"永没见过的旗子飘扬起，升上天空"时，他们依旧在迷茫："这是什么年月？中华国改号了吗？"虽然有如"镰刀会"出于本能的朦胧的反抗，但终未有实际行动便以失败而告终。外界的社会变化撼动不了这片土地上的人们铁一般的生活轨迹。这表层上的纷纷扰扰掩盖的，是比一潭死水还让人惊心的沉寂和单调、孤独和无聊。这里的人们盲目地生活着，混同了自身与动物的区别，痛不以为痛，苦不以为苦！所谓的"生"，在萧红眼中，如死一般的孤寂，甚至比死更痛苦、更无奈。那么，是否"死"会更让人轻松一些呢？那个性格和善、温柔多情的月英瘫在床上，直至腐烂致死！那变绿的牙齿，那像"两条白色竹竿"样的平伸的瘦腿，因痛苦而撕扯自己的头发，那"仿佛是猫忽然被斩轧"的低哀的哭喊，竟没能换得男人的怜悯、照顾，就那样慢慢地腐烂、死去。在这不大的村庄里，充斥着死亡的气息。死，似乎是触目可见的。有求生不能、求死不得、在生与死之间挣扎的王婆，也有出生不久便父亲摔死的婴孩，还有被牵进屠宰场的老马。……死虽被漠视，但死亡的感觉却时时紧攫住每一个人，在它面前，所有的人都为之战栗，所有的人都变得毫无反抗的能力。

在《生死场》中，萧红写死远大于写生。《麦场》一章中，王婆的出场是以鲁迅笔下祥林嫂哭阿毛式的叙述她三岁的小钟，后在《罪恶的五

第七讲　女性身体及其生存经验：《生死场》

月节》中王婆服毒自杀后通过冯丫头的嘴巴说出了王婆第二个丈夫的死，说出了王婆儿子的枪毙，只在一个女人身上便经历了太多的死亡，包括她自己。作者用死紧紧地逼迫着这个经历了太多辛酸的女人，始终用死贯穿着她尚且活着的生命，让她在爱恨悲喜中残延着死灰般的生命，让生命那么羸弱，那么暗淡，那么让人喟叹地转折着她的人生。

　　萧红在写活着的人时，在写他们动物化的生命时，不停地写到了成人对于孩子这一弱小群体和对于别的个体生命的态度。也许正是因为成人在他们的生命中有创造生命的能力和社会赋予他们创造生命的权利，而又以他们的生存经验对待着生命本身，所以对于弱小生命以及他者的生命的态度和行为包含了所有他们对生命的理解和对于整个生命世界的态度。然而作品中对于活着的生命，人们并不珍视，成业摔死小金枝，赵三打了小偷却想将依旧活着的人用雪埋起来，王婆服毒后赵三想的不是去救人反而先去乱坟岗寻位子，甚至将尚有气息的妻子装入棺材，在《传染病》一章中充斥的全是恐惧，但不是对死，而是对因打针而残留的生的恐惧，他们宁愿死，虽然这里面也有一种对外来者的抵制，再上升一点即是爱国的表现，但从存在的顶端而言依旧是怕生。在他们的法则中死是正常的、自然的、合理的，所以，在非常态的生与死中他们毫不犹豫地选择死。乡村中有人的地方全是痛苦，甚至比死亡更为可怕。

　　生死场中的男性形象，始终以直接而粗暴的行为，对女性施展着自己的男性权威。对于这些男人而言，女人只是工具和奴隶，丝毫没有人格和生命保障可言。二里半误以为羊丢了，就恣意地喝骂自己的妻子。成业面对爱他的金枝，想的却只是情欲的发泄，其猥琐不堪肆意施虐的男人心理毫无遮掩。所以他后来又只顾自己欲望的满足，导致了金枝的早产，让她承受着"刑罚"般的苦痛。夫权世界里女性无论美丑老幼，无不承受着来自男人无休无止的痛苦和折磨，然后无望而又悲惨地走向坟场。五月节前仅仅因为米价折落生活困难，成业就向妻女咆哮，"你们累得我！使我做强盗都没有机会！"残忍地摔死了才一个月大的小金枝。就连打鱼村最美丽的女人月英，患着瘫病后，丈夫也不过为她请了请神烧了烧香，便觉得自己做丈夫的责任已然尽到，开始自吃自睡，辱骂虐待她，甚至拿走她的被子只用砖头依住她，使她落得"白眼珠一排前齿完全变绿，臀下生蛆，她像一头患病的猫儿，孤独而无望，任凭月英受罪的啜泣和呼唤，他也能安睡到天明，宛如一个人和一个鬼安放在一起，彼此不相关联"。在这种冷漠和虐杀下，月英最终孤独而无望地死去。

面对男性，尤其是那些被萧红喻为"石块"、"老虎"和"炎凉"的人类的男人，女性只能焦灼于一种孤独而无望的生命存在状态，而生育的苦难又为其悲惨的生存困境添上了尤为浓重的一笔。生儿育女，繁衍后代，一向被男权话语刻意地美化，自古以来都被描述成极为美好的创造性行为，但是，萧红却以滞重的笔墨，以熔铸了自己切肤之痛的生命体验（萧红有过两次生育经历，第一次是被王恩甲欺骗怀孕却又遭其遗弃，因贫困无力抚养，孩子出生即送人。第二次是她与萧军分手后生下两人的孩子，但孩子出生几天后便夭折）道出了这缔造新生命的行为竟是连接女性生与死的纽结，从而对一味称颂女性生育的男权话语提出了莫大的质疑。在《生死场》中，萧红将女性的生育喻为"刑罚的日子"，并把女性的生育与动物的生育并举，女人要生育时，"房后草堆上，狗在那里生产"，"暖和的季节，全村忙着生产"，"等王婆回来时，窗外墙根下，不知谁家的猪也在生小猪"。也正是畏惧于这种刑罚般的痛苦，金枝才会在猜度自己怀孕后，"显得过于痛苦了，觉得肚子变成个可怕的怪物"。而五姑姑的姐姐生产时，家中的婆婆因为"压柴"与"压财"谐音，竟然粗暴地把产妇身下所垫的柴草卷走。她的丈夫则是"一看见妻子生产他便反对"，将长烟袋投向正在难产的妻子，被拖出去后又突然撞入，举了一大盆冷水泼向妻子。于是"大肚子的女人，仍胀着肚皮，带着满身冷水无言的坐在那里，她几乎一动不敢动"。

女性"生死场"上，触目可及生存苦难的疮痍，随处可见凄苦无望的生和惨不忍睹的死。这里自然而然地成了情感缺失和被爱情遗忘的角落。金枝与成业相爱了，这爱情却没有愉悦和美妙可言，男人的本能粗野，乡邻的流言耻笑，母亲的呵斥打骂，自己的恐惧悲哀，无时无刻不包围着她。嫁给成业，并不曾给她带来一丝欢愉或是幸福甜蜜的情感体验，她无可奈何而又必然地跌入了充斥着冷漠与打骂的男权世界，成业婶婶那"等你娶过来，她会变样，她不和原来一样，她的脸是青白色，你也再不把她放在心上，你会打骂她呀！男人们心上放着女人，也就是你这样的年纪吧"的预言，果遭应验。而她和金枝的遭际，也代表着所有女人的共同处境。她们怕男人，因为"男人和石块一般硬，叫我不敢触一触他"。

第七讲　女性身体及其生存经验:《生死场》

面对男人,她们也只能"完全无力,完全灰色下去"。所有女人心里可能存在的对于爱情的憧憬和想望,也不过是在冬天像松树子那样结聚,王婆家里满炕坐着女人的时候,由于相互戏噱俚语而引发的心跳脸发烧,因为对于她们"在乡村永久不晓得永久体验不到灵魂,只有物质来充实她们"。这样的句子充满了精神死灭的焦虑。

生死场中充满了对人类生存困境的解释和人们精神死灭的焦虑,这是一群以本能生存的人,他们以原始、野蛮、动物性本能的方式活着。他们的不自知的灵魂痛苦流淌在每一个意象、每一行文字之中,颤抖在每一个人物的声音里和眼神里。这是一部寒冷刺骨的作品,尽管如此,萧红还是试图用绝望的悬崖上残存的那么一丝微弱的温热,包裹着这个世界的冷硬与寒凉,试图寻找这万劫不复的生死场中残存的救赎。

在作品当中,萧红首先找到的是爱,农人对土地的爱、对羊的爱、对马的爱。二里半为找一头羊可以发疯一样,王婆牵了一头马要去上屠宰场,这个时候那种深沉的感情,是人类生命本原的表现,因为这是跟土地、跟生存、跟生命的原始状态连成一片的,所以它会有一种出自本能的爱。

从生命的本能来看,人是要生存的。在死亡、饥饿、疾病等各种阴影的压迫下,生存就成为人类的伦理的第一任务。对于生存的坚持,"对于生的坚强,对于死的挣扎",使他们简朴的意识里,周遭的牲口和庄稼远远高于人的存在,因为这是维持生存的力量所在。所以王婆才会在看见麦田后,看见大颗大颗的麦子后一点都不后悔被她粗心摔死的孩子,二里半才会在羊丢失后失魂落魄地寻找,金枝的母亲才会在女儿败坏了菜棵后大怒大骂,在他们的意识中,人的价值人的生命远远比不上这些维持他们动物式生命的物质。像作品中一句话所说的那样:"死人死了,活人计算着怎样活下去。冬天女人们预备夏季的衣裳,男人们计虑着怎样开始明年的耕种。"不是说他们没有感情,而是在强大的生存压力下,他们的感情容不得从容地表达,只能以极端的形式表现出来。成业摔死了小金枝,如果完全是个铁石心肠的人,为什么还要到坟场去看?王婆摔死了自己的孩子,如果一点感情没有,为什么要不断讲起?他们的心上都是有伤痛的,他们这是不断地在挤出自己的脓血来疗治伤痛。这种被生存逼仄到生命最深处的爱,无以言说,却痛入肺腑。《生死场》中没有太多温情脉脉的东

· 119 ·

西，它所展示的乃是人生最为残酷的也是最为真实的一面。

第三部分　原文：《生死场》选录

四　荒山

冬天，女人们像松树子那样容易结聚，在王婆家里满炕坐着女人。五姑姑在编麻鞋，她为着笑，弄得一条针丢在席缝里，她寻找针的时候，做出可笑的姿势来，她像一个灵活的小鸽子站起来在炕上跳着走，她说：

"谁偷了我的针？小狗偷了我的针？"

"不是呀！小姑爷偷了你的针！"

新娶来菱芝嫂嫂，总是爱说这一类的话。五姑姑走过去要打她。

"莫要打，打人将要找一个麻面的姑爷。"

王婆在厨房里这样搭起声来；王婆永久是一阵幽默，一阵欢喜，与乡村中别的老妇们不同。她的声音又从厨房打来：

"五姑姑编成几双麻鞋了？给小丈夫要多多编几双呀！"

五姑姑坐在那里做出表情来，她说：

"哪里有你这样的老太婆，快五十岁了，还说这样话！"

王婆又庄严点说：

"你们都年青，哪里懂什么，多多编几双吧！小丈夫才会希罕哩。"

大家哗笑着了！但五姑姑不敢笑，心里笑，垂下头去，假装在席上找针。等菱芝嫂把针还给五姑姑的时候，屋子安然下来，厨房里王婆用刀刮着鱼鳞的声响，和窗外雪擦着窗纸的声响，混杂在一起了。

王婆用冷水洗着冻冰的鱼，两只手像个胡萝卜样。她走到炕沿，在火盆边烘手。生着斑点在鼻子上的死去丈夫的妇人放下那张小破布，在一摊乱布里去寻更小的一块；她迅速的穿补。她的面孔有点像王婆，腮骨很高，眼睛和琉璃一般深嵌在好像小洞似的眼眶里，并且也和王婆一样，眉峰是突出的。那个女人不喜欢听一些妖艳的词句，她开始追问王婆：

"你的第一家那个丈夫还活着吗？"

两只在烘着的手，有点腥气；一颗鱼鳞掉下去，发出小小响声，微微上腾着烟。她用盆边的灰把烟埋住，她慢慢摇着头，没有回答那个问话。鱼鳞烧的烟有点难耐，每个人皱一下鼻头，或是用手揉一揉鼻头。生着斑点的寡妇，有点后悔，觉得不应该问这话。墙角坐着五姑姑的姐姐，她用麻绳穿着鞋底的沙音单调地起落着。

厨房的门，因为结了冰，破裂一般地鸣叫。

"呀！怎么买这些黑鱼？"

大家都知道是打鱼村的李二婶子来了。听了声音，就可以想像她稍长的身子。

"真是快过年了？真有钱买这些鱼？"

在冷空气中，音波响得很脆；刚踏进里屋，她就看见炕上坐满着人："都在这儿聚堆呢！小老婆们！"

她生得这般瘦。腰，临风就要折断似的；她的奶子那样高，好像两个对立的小岭。斜面看她的肚子似乎有些不平起来。靠着墙给孩子吃奶的中年妇人，望察着而后问：

"二婶子，不是又有了呵？"

二婶子看一看自己的腰身说：

"像你们呢！怀里抱着，肚子里还装着……"

她故意在讲骗话，过了一会她坦白告诉大家：

"那是三个月了呢？你们还看不出？"

菱芝嫂在她肚皮上摸了一下，她邪昵地浅浅地笑了：

"真没出息，整夜尽搂着男人睡吧？"

"谁说？你们新媳妇，才那样。"

"新媳妇……？哼！倒不见得！"

"像我们都老了！那不算一回事啦，你们年青，那才了不得哪！小丈夫才会新鲜哩！"

每个人为了言词的引诱，都在幻想着自己，每个人都有些心跳；或是每个人的脸都发烧。就连没出嫁的五姑姑都感着神秘而不安了！她羞羞迷迷地经过厨房回家去了！只留下妇人们在一起，她们言调更无边际了！王婆也加入这一群妇人的队伍，她却不说什么，只是帮助着笑。

在乡村永久不晓得，永久体验不到灵魂，只有物质来充实她们。

李二婶子小声问菱芝嫂；其实小声人们听得更清！

菱芝嫂她毕竟是新嫁娘，她猛然羞着了！不能开口。李二婶子的奶子颤动着，用手去推动菱芝嫂：

· 121 ·

"说呀！你们年青，每夜要有那事吧？"

在这样的当儿，二里半的婆子进来了！二婶子推撞菱芝嫂一下：

"你快问问她！"

那个傻婆娘一向说话是有头无尾：

"十多回。"

全屋人都笑得流着眼泪了！孩子从母亲的怀中起来，大声的哭号。

李二婶子静默一会，她站起来说：

"月英要吃咸黄瓜，我还忘了，我是来拿黄瓜。"

李二婶子，拿了黄瓜走了，王婆去烧晚饭，别人也陆续着回家了。王婆自己在厨房里炸鱼。为了烟，房中也不觉得寂寞。

鱼摆在桌子上，平儿也不回来，平儿的爹爹也不回来，暗色的光中王婆自己吃饭，热气作伴着她。

月英是打鱼村最美丽的女人。她家也最穷，和李二婶子隔壁住着。她是如此温和，从不听她高声笑过，或是高声吵嚷。生就的一对多情的眼睛，每个人接触她的眼光，好比落到绵绒中那样愉快和温暖。

可是现在那完全消失了！每夜李二婶子听到隔壁惨厉的哭声；十二月严寒的夜，隔壁的哼声愈见沉重了！

山上的雪被风吹着像埋蔽这傍山的小房似的。大树号叫，风雪向小房遮蒙下来。一株山边斜歪着的大树，倒折下来。寒月怕被一切声音扑碎似的，退缩到天边去了！

这时候隔壁透出来的声音，更哀楚。

"你……你给我一点水吧！我渴死了！"

声音弱得柔惨欲断似的：

"嘴干死了！……把水碗给我呀！"

一个短时间内仍没有回应，于是屡若哀楚的小响不再作了！啜泣着，哼着，隔壁像是听到她流泪一般，滴滴点点地。

日间孩子们集聚在山坡，缘着树枝爬上去，顺着结冰的小道滑下来，他们有各样不同的姿势：——倒滚着下来，两腿分张着下来。也有冒险的孩子，把头向下，脚伸向空中溜下来。常常他们要跌破流血回家。冬天，对于村中的孩子们，和对于花果同样暴虐。他们每人的耳朵春天要脓胀起来，手或是脚都裂开条口，乡村的母亲们对于孩子们永远和对敌人一般。

第七讲 女性身体及其生存经验：《生死场》

当孩子把爹爹的棉帽偷着戴起跑出去的时候，妈妈追在后面打骂着夺回来，妈妈们摧残孩子永久疯狂着。

王婆约会五姑姑来探望月英。正走过山坡，平儿在那里。平儿偷穿着爹爹的大毡靴子；他从山坡奔逃了！靴子好像两只大熊掌样挂在那个孩子的脚上。平儿蹒跚着了！从上坡滚转落着了！可怜的孩子带着那样黑大不相称的脚，球一般滚转下来，跌在山根的大树杆上。王婆宛如一阵风落到平儿的身上；那样好像山间的野兽要猎食小兽一般凶暴。终于王婆提了靴子，平儿赤脚回家，使平儿走在雪上，好像使他走在火上一般不能停留。任孩子走得怎样远，王婆仍是说着：

"一双靴子要穿过三冬，踏破了哪里有钱买？你爹进城去都没穿哩！"

月英看见王婆还不及说话，她先哑了嗓子。王婆把靴子放在炕下，手在抹擦鼻涕：

"你好了一点？脸孔有一点血色了！"

月英把被子推动一下，但被子仍然伏盖在肩上，她说：

"我算完了，你看我连被子都拿不动了！"

月英坐在炕的当心。那幽黑的屋子好像佛龛，月英好像佛龛中坐着的女佛。用枕头四面围住她，就这样过了一年。一年月英没能倒下睡过。她患着瘫病，起初她的丈夫替她请神，烧香，也跑到土地庙前索药。后来就连城里的庙也去烧香，但是奇怪的是月英的病并不为这些香火和神鬼所治好。以后做丈夫的觉得责任尽到了，并且月英一个月比一个月加病，做丈夫的感着伤心！他嘴里骂：

"娶了你这样老婆，真算不走运气！好像娶个小祖宗来家，供奉着你吧！"

起初因为她和他分辨，他还打她。现在不然了，绝望了！晚间他从城里卖完青菜回来，烧饭自己吃，吃完便睡下，一夜睡到天明，坐在一边那个受罪的女人一夜呼唤到天明。宛如一个人和一个鬼安放在一起，彼此不相关联。

月英说话只有舌尖在转动。王婆靠近她，同时那一种难忍的气味更强烈！更强烈的从那一堆污浊的东西，发散出来。月英指点身后说：

"你们看看，这是那死鬼给我弄来的砖，他说我快死了！用不着被子了！用砖依住我，我全身一点肉都瘦空。那个没有天良的，他想法折磨我呀!"

五姑姑觉得男人太残忍,把砖块完全抛下炕去。月英的声音欲断一般又说:

"我不行啦!我怎么能行,我快死啦!"

她的眼睛,白眼珠完全变绿,整齐的一排前齿也完全变绿,她的头发烧焦了似的,紧贴住头皮。她像一头患病的猫儿,孤独而无望。

王婆给月英围好一张被子在腰间,月英说:

"看看我的身下,脏污死啦!"

王婆下地用条枝拢了盆火,火盆腾着烟放在月英身后。王婆打开她的被子时,看见那一些排泄物淹浸了那座小小的骨盆。五姑姑扶住月英的腰,但是她仍然使人心楚的在呼唤!

"唉呦,我的娘!……唉呦疼呀!"

她的腿像一双白色的竹竿平行着伸在前面。她的骨架在炕上正确的做成一个直角,这完全用线条组成的人形,只有头阔大些,头在身子上仿佛是一个灯笼挂在杆头。

王婆用麦草揩着她的身子,最后用一块湿布为她擦着。五姑姑在背后把她抱起来,当擦臀部下时,王婆觉得有小小白色的东西落到手上,会蠕行似的。借着火盆边的火光去细看,知道那是一些小蛆虫,她知道月英的臀下是腐了,小虫在那里活跃。月英的身体将变成小虫们的洞穴!王婆问月英:

"你的腿觉得有点痛没有?"

月英摇头。王婆用凉水洗她的腿骨,但她没有感觉,整个下体在那个瘫人像是外接的,是另外的一件物体。当给她一杯水喝的时候,王婆:

"牙怎么绿了?"

终于五姑姑到隔壁借一面镜子,同时她看了镜子,悲痛沁人心魂地她大哭起来。但面孔上不见一点泪珠,仿佛是猫忽然被斩轧,她难忍的声音,没有温情的声音,开始低嘎。

她说:"我是个鬼啦!快些死吧!活埋了我吧!"

她用手来撕头发,脊骨摇扭着,一个长久的时间她忙乱的不停。现在停下了,她是那样无力。头是歪斜地横在肩上;她又那样微微的睡去。

王婆提了靴子走出这个傍山的小房。荒寂的山上有行人走在天边,她

第七讲　女性身体及其生存经验：《生死场》

昏旋了！为着强的光线，为着瘫人的气味，为着生、老、病、死的烦恼，她的思路被一些烦恼的波所遮拦。

五姑姑当走进大门时向王婆打了个招呼。留下一段更长的路途，给那个经验过多样人生的老太婆去走吧！

王婆束紧头上的蓝布巾，加快了速度，雪在脚下也相伴而狂速地呼叫。

三天以后，月英的棺材抬着横过荒山而奔着去埋葬，葬在荒山下。

死人死了！活人计算着怎么活下去。冬天女人们预备夏季的衣裳；男人们计虑着怎样开始明年的耕种。

那天赵三进城回来，他披着两张羊皮回家。王婆问他：

"哪里来的羊皮？——你买的吗？……哪来的钱呢……？"

赵三有什么事在心中似的，他什么也没言语。摇闪的经过炉灶，通红的火光立刻鲜明着，他走出去了。

夜深的时候他还没有回来。王婆命令平儿去找他。平儿的脚已是难于行动，于是王婆就到二里半家去。他不在二里半家，他到打鱼村去了。赵三阔大的喉咙从李青山家的窗纸透出，王婆知道他又是喝过了酒。当她推门的时候她就说：

"什么时候了？还不回家去睡？"

这样立刻全屋别的男人们也把嘴角合起来。王婆感到不能意料了。青山的女人也没在家，孩子也不见。赵三说：

"你来干么？回家睡吧！我就去……去……"

王婆看一看赵三的脸神，看一看周围也没有可坐的地方，她转身出来，她的心徘徊着：

——青山的媳妇怎么不在家呢？这些人是在做什么？

又是一个晚间。赵三穿好新制成的羊皮小袄出去。夜半才回来。披着月亮敲门。王婆知道他又是喝过了酒，但他睡的时候，王婆一点酒味也没嗅到。那么出去做些什么呢？总是愤怒的归来。

李二婶子拖了她的孩子来了，她问：

"是地租加了价吗？"

王婆说："我还没听说。"

李二婶子做出一个确定的表情：

· 125 ·

"是的呀！你还不知道吗？三哥天天到我家去和他爹商量这事。我看这种情形非出事不可，他们天天夜晚计算着，就连我，他们也躲着。昨夜我站在窗外才听到他们说哩：'打死他吧！那是一块恶祸。'你想他们是要打死谁呢？这不是要出人命吗？"

李二婶子抚着孩子的头顶，有一点哀怜的样子：

"你要劝说三哥，他们若是出了事，像我们怎样活？孩子还都小着哩！"

五姑姑和别的村妇们带着他们的小包袱，约会着来的，踏进来的时候，她们是满脸盈笑。可是立刻她们转变了，当她们看见李二婶子和王婆默无言语的时候。

也把事件告诉了她们，她们也立刻忧郁起来，一点闲情也没有！一点笑声也没有，每个人痴呆地想了想，惊恐地探问了几句。五姑姑的姐姐，她是第一个扭着大圆的肚子走出去，就这样一个连着一个寂寞的走去。她们好像群聚的鱼似的，忽然有钓竿投下来，她们四下分行去了！

李二婶子仍没有走，她为的是嘱告王婆怎样破坏这件险事。

赵三这几天常常不在家吃饭；李二婶子一天来过三四次：

"三哥还没回来？他爹爹也没回来。"

一直到第二天下午赵三回来了，当进门的时候，他打了平儿，因为平儿的脚病着，一群孩子集到家来玩。在院心放了一点米，一块长板用短条棍架着，条棍上系着长绳，绳子从门限拉进去，雀子们去啄食谷粮，孩子们蹲在门限守望，什么时候雀子满集成堆时，那时候，孩子们就抽动绳索。许多饥饿的麻雀丧亡在长板下。厨房里充满了雀毛的气味，孩子们在灶堂里烧食过许多雀子。

赵三焦烦着，他看见一只鸡被孩子们打住。他把板子给踢翻了！他坐在炕沿上燃着小烟袋，王婆把早饭从锅里摆出来。他说：

"我吃过了！"

于是平儿来吃这些残饭。

"你们的事情预备得怎样了？能下手便下手。"

他惊疑。怎么会走漏消息呢？王婆又说：

"我知道的，我还能弄只枪来。"

他无从想像自己的老婆有这样的胆量。王婆真的找来一支老洋炮。可是赵三还从没用过枪。晚上平儿睡了以后王婆教他怎样装火药,怎样上炮子。

赵三对于他的女人慢慢可以感到可以敬重!但是更秘密一点的事情总不向她说。

忽然从牛棚里发现五个新镰刀。王婆意度这事情是不远了!

李二婶子和别的村妇们挤上门来探听消息的时候,王婆的头沉埋一下,她说:

"没有这回事,他们想到一百里路外去打围,弄得几张兽皮大家分用。"

是在过年的前夜,事情终于发生了!北地端鲜红的血染着雪地;但事情做错了!赵三近些日子有些失常,一条梨木杆打折了小偷的腿骨。他去呼唤二里半,想要把那小偷丢在土坑去,用雪埋起来。二里半说:

"不行,开春时节,土坑发现死尸,传出风声,那是人命哩!"

村中人听着极痛的呼叫,四面出来寻找。赵三拖着独腿人转着弯跑,但他不能把他掩藏起来。在赵三惶恐的心情下,他愿意寻到一个井把他放下去。赵三弄了满手血。

惊动了全村的人,村长进城报告警所。

于是赵三去坐监狱,李青山他们的"镰刀会"少了赵三也就衰弱了!消灭了!

正月末赵三受了主人的帮忙,把他从监狱里提放出来。那时他头发很长,脸也灰白了些,他有点苍老。

为着给那个折腿的小偷做赔偿,他牵了那条仅有的牛上市去卖;小羊皮袄也许是卖了?再不见他穿了!

晚间李青山他们来的时候,赵三忏悔一般地说:

"我做错了!也许是我该招的灾祸;那是一个天将黑的时候,我正喝酒,听着平儿大喊有人偷柴。刘二爷前些日子来说要加地租,我不答应,我说我们联合起来不给他加,于是他走了!过了几天他又来,说非加不可。再不然叫你们滚蛋!我说好啊!等着你吧!那个管事的,他说:你还要造反?不滚蛋,你们的草堆,就要着火!我只当是那个小子来点着我的柴堆呢!拿着杆子跑出去就把腿给打断了!打断了也甘心,谁想那是一个小偷?哈哈!小偷倒霉了!就是治好,那也是跛子了!"

关于"镰刀会"的事情他像忘记了一般。李青山问他：

"我们应该怎样铲除二爷那恶棍？"

是赵三说的话：

"打死他吧！那个恶祸。"

还是从前他说的话，现在他又不那样说了：

"除他又能怎样？我招灾祸，刘二爷也向东家（地主）说了不少好话。从前我是错了！也许现在是受了责罚！"

他说话时不像从前那样英气了！脸是有点带着忏悔的意味，羞惭和不安了。王婆坐在一边，听了这话她后脑上的小发卷也像生着气："我没见过这样的汉子，起初看来还像一块铁，后来越看越是一堆泥了！"

赵三笑了："人不能没有良心！"

于是好良心的赵三天天进城，弄一点白菜担着给东家送去，弄一点土豆也给东家送去。为着送这一类菜，王婆同他激烈地吵打，但他绝对保持着他的良心。

有一天少东家出来，站在门阶上像训诲着他一般：

"好险！若不为你说一句话，三年大狱你可怎么蹲呢？那个小偷他算没走好运吧！你看我来着手给你办，用不着给他接腿，让他死了就完啦。你把卖牛的钱也好省下，我们是'地东'、'地户'哪有看着过去的……"

说话的中间，间断了一会，少东家把话尾落到别处：

"不过今年地租是得加。左近地邻不都是加了价吗？地东地户年头多了，不过得……少加一点。"

过不了几天小偷从医院抬出来，可真的死了就完了！把赵三的牛钱归还一半，另一半少东家说是用做杂费了。

二月了。山上的积雪现出毁灭的色调。但荒山上却有行人来往。渐渐有送粪的人担着担子行过荒凉的山岭。农民们蛰伏的虫子样又醒过来。渐渐送粪的车子忙着了！只有赵三的车子没有牛挽，平儿冒着汗和爹爹并架着车辕。

地租就这样加成了！

六 刑罚的日子

房后的草堆上，温暖在那里蒸腾起了。全个农村跳跃着泛滥的阳光。

第七讲 女性身体及其生存经验:《生死场》

小风开始荡漾田禾,夏天又来到人间,叶子上树了!假使树会开花,那么花也上树了!

房后草堆上,狗在那里生产。大狗四肢在颤动,全身抖擞着。经过一个长时间,小狗生出来。

暖和的季节,全村忙着生产。大猪带着成群的小猪喳喳的跑过,也有的母猪肚子那样大,走路时快要接触着地面,它多数的乳房有什么在充实起来。

那是黄昏时候,五姑姑的姐姐她不能再延迟,她到婆婆屋中去说:

"找个老太太来吧!觉得不好。"

回到房中放下窗帘和幔帐。她开始不能坐稳,她把席子卷起来,就在草上爬行。收生婆来时,她乍望见这房中,她就把头扭着。她说:

"我没见过,像你们这样大户人家,把孩子还要生养到草上。'压柴,压柴,不能发财。'"

家中的婆婆把席下的柴草又都卷起来,土炕上扬起灰尘。光着身子的女人,和一条鱼似的,她爬在那里。

黄昏以后,屋中起着烛光。那女人是快生产了,她小声叫号了一阵,收生婆和一个邻居的老太婆架扶着她,让她坐起来,在炕上微微的移动。可是罪恶的孩子,总不能生产,闹着夜半过去,外面鸡叫的时候,女人忽然苦痛得脸色灰白,脸色转黄,全家人不能安定。为她开始预备葬衣,在恐怖的烛光里四下翻寻衣裳,全家为了死的黑影所骚动。

赤身的女人,她一点不能爬动,她不能为生死再挣扎最后的一刻。天渐亮了。恐怖仿佛是僵尸,直伸在家屋。

五姑姑知道姐姐的消息,来了,正在探询:

"不喝一口水吗?她从什么时候起?"

一个男人撞进来,看形象是一个酒疯子。他的半面脸红而肿起,走到幔帐的地方,他吼叫:

"快给我的靴子!"

女人没有应声,他用手撕扯幔帐,动着他厚肿的嘴唇:

"装死吗?我看看你还装不装死!"

说着他拿起身边的长烟袋来投向那个死尸。母亲过来把他拖出去。每年是这样,一看见妻子生产他便反对。

· 129 ·

日间苦痛减轻了些，使她清明了！她流着大汗坐在幔帐中，忽然那个红脸鬼，又撞进来，什么也不讲，只见他怕人的手中举起大水盆向着帐子抛来。最后人们拖他出去。

大肚子的女人，仍涨着肚皮，带着满身冷水无言的坐在那里。她几乎一动不敢动，她仿佛是在父权下的孩子一般怕着她的男人。

她又不能再坐住，她受着折磨，产婆给换下她着水的上衣。门响了她又慌张了，要有神经病似的。一点声音不许她哼叫，受罪的女人，身边若有洞，她将跳进去！身边若有毒药，她将吞下去。她仇视着一切，窗台要被她踢翻。她愿意把自己的腿弄断，宛如进了蒸笼，全身将被热力所撕碎一般呀！

产婆用手推她的肚子：

"你再刚强一点，站起来走走，孩子马上就会下来的，到了时候啦！"

走过一个时间，她的腿颤颤得可怜，患着病的马一般，倒了下来。产婆有些失神色，她说：

"媳妇子怕要闹事，再去找一个老太太来吧！"

五姑姑回家去找妈妈。

这边孩子落产了，孩子当时就死去！用人拖着产妇站起来，立刻孩子掉在炕上，像投一块什么东西在炕上响着。女人横在血光中，用肉体来浸着血。

窗外，阳光洒满窗子，屋内妇人为了生产疲乏着。

田庄上绿色的世界里，人们洒着汗滴。

四月里，鸟雀们也孵雏了！常常看见黄嘴的小雀飞下来，在檐下跳跃着啄食。小猪的队伍逐渐肥起来，只有女人在乡村夏季更贫瘦，和耕种的马一般。

刑罚，眼看降临到金枝的身上，使她短的身材，配着那样大的肚子，十分不相称。金枝还不像个妇人，仍和一个小女孩一般。但是肚子膨胀起了！很快做妈妈了，妇人们的刑罚快擒着她。

并且她出嫁还不到四个月，就渐渐会诅咒丈夫，渐渐感到男人是严凉的人类！那正和别的村妇一样。

坐在河边沙滩上，金枝在洗衣服。红日斜照着河水，对岸林子的倒影，随逐着红波模糊下去！

第七讲 女性身体及其生存经验:《生死场》

成业在后边,站在远远的地方:

"天黑了呀!你洗衣裳,懒老婆,白天你做什么来?"

天还不明,金枝就摸索着穿起衣裳。在厨房,这大肚子的小女人开始弄得厨房蒸着气。太阳出来,铲地的工人捐着锄头回来。堂屋挤满着黑黑的人头,吞饭、吞汤的声音,无纪律地在响。

中午又烧饭;晚间烧饭,金枝过于疲乏了!腿子痛得折断一般。天黑下来卧倒休息一刻。在她迷茫中坐起来,知道成业回来了!努力掀起在睡的眼睛,她问:

"才回来?"

过了几分钟,她没有得到答话。只看男人解脱衣裳,她知道又要挨骂了!正相反,没有骂,金枝感到背后温热一些,男人努力低音向她说话:

"……"

金枝被男人朦胧着了!

立刻,那和灾难一般,跟着快乐而痛苦追来了。金枝不能烧饭。村中的产婆来了!她在炕角苦痛着脸色,她在那里受着刑罚,王婆来帮助她把孩子生下来。王婆摇着她多经验的头颅:

"危险,昨夜你们必定是不安着的。年轻什么也不晓得,肚子大了,是不许那样的。容易丧掉性命!"

十几天后金枝又行动在院中了!小金枝在屋中哭唤她。

牛或是马在不知觉中忙着栽培自己的痛苦。夜间乘凉的时候,可以听见马或是牛棚做出异样的声音来。牛也许是为了自己的妻子而角斗,从牛棚撞出来了。木杆被撞掉,狂张着,成业去拾了耙子猛打疯牛,于是又安然被赶回棚里。

在乡村,人和动物一起忙着生,忙着死……

二里半的婆子和李二婶子在地端相遇。

"啊呀!你还能弯下腰去?"

"你怎么样?"

"我可不行了呢?"

"你什么时候的日子?"

"就是这几天。"

外面落着毛毛雨。忽然二里半的家屋吵叫起来!傻婆娘一向生孩子是闹惯了的，她大声哭，她怨恨男人：

"我说再不要孩子啦！没有心肝的，这不都是你的吗？我算死在你身上！"

惹得老王婆扭着身子闭住嘴笑。过了一会傻婆娘又滚转着高声嚷叫：

"肚子疼死了，拿刀快把我肚子给割开吧！"

吵叫声中看得见孩子的圆头顶。

在这时候，五姑姑变青脸色，走进门来，她似乎不会说话，两手不住的扭绞：

"没有气了！小产了，李二婶子快死了呀！"

王婆就这样丢下麻面婆赶向打鱼村去。另一个产婆来时，麻面婆的孩子已在土炕上哭着。产婆洗着刚会哭的小孩。

等王婆回来时，窗外墙根下，不知谁家的猪也正在生小猪。

第八讲

生活琐事中的人生智慧：《雅舍小品》

第一部分　作家简介

梁实秋的一生是颇为浪漫和幸福的。1903年1月6日，他出生于书香门第，北京内务街20号的富裕家庭。梁实秋的母亲沈舜英18岁嫁入梁家，生育过五子六女，梁实秋排行第四，家人给他起名为治华，字实秋。虽然他在充满着传统思想和封建习俗的大家庭中长大，但是梁实秋自小就得到父母的宠爱，因此行动也相对自由。他从小就喜欢读书、看戏等活动，并向往着自由自在的生活。梁实秋于1915年小学毕业后，开始了长达八年的清华学校学习生活。在那段日子里，他成为学校中的积极分子，参加五四运动，组织清华文学社，担任《清华周刊》的编辑和《文艺周刊》的主编，并同闻一多、朱湘等人形成很好的朋友关系。1923年，梁实秋进入美国科罗拉多大学攻读英美文学，并于1924年秋天，进入哈佛大学研究院攻读硕士学位，受白璧德人文主义影响很大。即使在求学期间，梁实秋仍然进行文学创作和杂志的编辑工作，并获得很大的成绩。1927年回国后，同相恋多年的程季淑结婚，一起度过了四十多年的幸福生活。随后去上海、青岛、南京、重庆、中国台湾、美国等多地发展和生活。期间进行了很多的文学创作、翻译以及杂志编辑的工作。在程季淑去世后，梁实秋于1975年，同小他三十多岁的台湾著名歌星韩菁清结婚，谱写了一段美好的忘年之恋。在韩菁清的陪伴下，梁实秋的晚年十分幸福平和，全身心地投入到文学创作中，写有很多文章，如《雅舍散文》、《英国文学史》等。由于年事已高，终在1987年因心脏病突发溘然长逝，享年 84 岁。

与其他的文人相比,梁实秋的人生是幸福和充实的,同时他的性格也充满着复杂性。他热爱文学,精通多国语言,他具有爱国意思,在五四时期,他曾参加清华学生的一些进步活动,20 世纪三四十年代,他时常写文章抨击国民党政府和日本侵略者。但是在晚年,他逐渐有意脱离政治漩涡,专心于自己的小生活。1949 年他出版了《雅舍小品》等作品,客居台湾的他在晚年仍然思念大陆和故乡。他既看重同闻一多等人的友情,同时也十分珍惜和程季淑的爱情,由于战乱,他和程季淑经常被迫分离,但是只要相聚在一起他就会给程季淑最大的照顾和体贴。1970 年,他还和程季淑一起去美国补度蜜月。程季淑去世后,他也敢于冲破世俗偏见,同韩菁清热恋并结婚。可见,梁实秋是一个性情中人,拥有着随心而行的自由灵魂。这和他所受的教育以及他的思想有关。

梁实秋为文坛贡献了一批可读性强的优秀作品,尤其是他的散文,雅淡隽永,很有品味。他在初期喜欢白话新诗、小品文等,但是在 40 年代,他创作了独具一格的"雅舍小品",也是他散文成绩高峰的代表。晚年,他创作了大量的回忆性散文,饮食文化散文以及散文精品《雅舍小品》续集、三集、四集。他的散文风格平淡自然,幽默风趣,注重对"人性"的表现和挖掘,以小品的形式消遣生命。同时梁实秋也是一位很出色的批评家,甚至可以称作是自觉的职业批评家。他在清华时代就开始撰写文学批评的文章,日后更是一发不可收拾。他的文学批评既有思想批评也有文体批评,《浪漫的与古典的》、《文学因缘》、《文学的纪律》、《文学批评论》等,都显示出他的批评立场和扎实功底。受西方的思想影响,他更倡导古典主义,推崇人性。与其相比,他的作品评论很少收入他的批评文集中,在他不多的作品评论中大多是对鲁迅、冰心、臧克家等人的批评文章,其中不乏佳作。除此之外,他在翻译、教育等方面的贡献也是可圈可点的。

第二部分　作品赏读

《雅舍小品》是梁实秋散文创作的代表之作。1939 年作者以"子佳"为笔名在《星期评论》开设专栏"雅舍小品",陆续发表了十余篇小品文，虽后来《星期评论》停刊，但"雅舍小品"的创作并没有停止，1949年《雅舍小品》结集出版，共收录小品文34篇。此后梁实秋又陆续出版《雅舍小品》续集等文集，组成了其风格颇具的"雅舍"系列，从内容上来看，既有积极入世下的烟火热情，又有超逸出世中的哲思探寻；既有恬淡闲适的生活记录，又有感怀深切的情绪倾吐。

《雅舍小品》集中体现了梁实秋"通达闲适、冲和幽默"的艺术个性，这一独特艺术个性的形成与作者本人的精神个性休戚相关。复杂的社会环境和个人遭遇决定了梁实秋的人生态度——既不奢求也不自弃，幽雅淡远，随缘玩味。这一人生态度极大地影响了梁实秋对艺术的理解，《雅舍小品》正是其艺术理念的外化。可以说梁实秋是凭借自身精神际遇和独特的人生体验来倾心制作《雅舍小品》的，无怪乎他能为读者带来如此挥洒自如、本真通透、绝少斧凿矫饰的阅读体验了。具体而言，梁实秋"通达闲适、冲和幽默"的艺术个性主要体现在如下两方面：

首先，于琐事中寻乐趣，于世态中觅境界。《雅舍小品》堪称人世百态图，作者避开宏大主题和严肃意旨，选择寻常事物入文，无论是草木、鸟兽、散步、算命、饮食、煮饽饽、玩花炮，都被梁实秋尽收笔端，且在其笔下趣味盎然。如《下棋》中对"观棋急语"者有这样一段描写："观棋不语是一种痛苦，喉间硬是痒得出奇，思一吐为快。看见一个人要入陷阱而不作声是几乎不可能的事，如果说得中肯，其中一个要厌恨你，暗暗地骂一声'多嘴驴'！另一个也不感激你，心想'难道我还不晓得这样走！'如果说得不中肯，两个人要一齐嗤之以鼻，'无见识奴！'如果根本不说，憋在心里，受病。所以有人挨了一个耳光之后还要抚着热辣辣的嘴巴大呼'要抽车，要抽车！'"在这寥寥几句中，梁实秋不仅生动地再现了观棋人急不可耐的情状，同时诙谐机智将对弈者与观棋者之间的"心搏"、"舌战"、"武斗"等场面刻画而出，具有传神的艺术效果，别有一番世俗温情在其中。梁实秋极为善于在俗世琐碎中寻找美的意蕴，无论大雅小俗，都信手拈来，以悠然闲适的姿态与节奏款款道来，不疾不徐，颇具传统士大夫之气，营造闲适自得的艺术世界，以求愉悦性情、调剂人生，使生活呈现艺术情调，让人们感受美的生活，这就是梁实秋作品的审美追求。《雅舍小品》的开篇之作《雅舍》就显示了这种随遇而安、优雅恬适的人生态度和艺术理念。在他的笔下，雅舍不仅远离尘世的喧嚣，而且月夜清幽、细雨蒙蒙，让人陶醉，令人神往。那"风来则洞若凉亭，雨来则渗若滴漏"的描绘更是别有风味。透过这描绘，我们仿佛看到了梁实秋苦中作乐的生活态度，这些再寻常不过的生活细节均可使作者文思泉涌，给他带来丰富的情绪体验，颇具传统士大夫之气。虽对琐碎生活倾注了极大热情，但梁实秋追求的并非物质之娱，而是注重精神愉悦的体味，在寻常世态中寻找清远冲和的自如境界，这一特质在文集命名上即可看出端倪。实际上《雅舍小品》中的"雅舍"并不雅，它实为梁实秋在重庆北碚与友人合住的六间陋室，然而作者并未因其陋而心感凄苦，却在陋室中舒放文字，陋中寻诗，颇有自我解嘲之畅达，超越外物悲喜追求情感享受。因此，在原为士大夫玩物的鸟儿的鸣声中，作者听到的是自由的欢乐，在天空五彩缤纷的风筝中，作者感受到的是思乡情怀的撩动，在芙蓉鸡片的醇香中，作者传递出的是对于俗世生活的喜爱之情，在变化多样的女装中，作者欢喜的是开明民主的悦人新风，即使是身居"有窗而无玻璃，风来则洞若凉亭，有瓦而空隙不少，雨来则渗如滴漏"的陋室也依然能"物"中寻"情"，由屋顶因雨崩裂而引发出"奇葩初绽"的联想，畅达恣肆，十足地拥有着"游心于物外"的自由精神境界。

  其次，幽默也是《雅舍小品》"通达闲适、冲和幽默"的艺术特征的另一侧面。梁实秋将嘲讽批评寓于诙谐的笔调中，在直指本质的同时还"搔人一痒"，既无说教的枯燥严肃，也无正面抨击的尖酸辛辣，于调侃中隐现着畅达幽阔的艺术追求。幽默与滑稽不同，是包含着智慧、宽和及哲理的笑谈，梁实秋的幽默正是这样一种纯粹的幽默，谑而不虐，亦庄亦谐，善意指摘，适可而止，深得"幽默三昧"。梁氏幽默是儒雅旷达、宽厚谨饬的。他的调侃是留有情面的，极少使用尖刻的词语，怨而不怒，讽而不刺，于揶揄之中微含了几分宽和。《男人》写男人的脏，"耳后脖根，土壤肥沃，常常宜于种麦"，"曾有人当众搔背，结果是从袖口里面摔出一只老鼠"；写男人的馋，"几天不见肉，他就喊'嘴里要淡出鸟儿来！'若真个三月不知肉味，怕不要淡出毒蛇猛兽来！有一个人半年没吃鸡，看见鸡毛帚就流涎三尺"。作者采用漫画化的手法，运用奇妙的比喻和夸张，生动而深刻地刻画出脏馋男人的形，却并不让人觉得尖酸刻薄，而是将丑陋艺术化，有种善意的玩笑意味在其中，即使在《握手》、《脸谱》等相对辛辣的作品里，作者也没忘记拿捏住讽刺的力度，当写到官办业务

第八讲　生活琐事中的人生智慧：《雅舍小品》

机关那肃杀、冷冰、傲慢的神情时，梁实秋却溯回到这类人是否睡眠不足，是否连泻三天，是否凶讯连至，有意无意地削减了批评的锋芒，尽管与一些正面抨击或尖刻讽刺作品相比少了几分力度，然而同样能在嬉笑声中穿透问题，实现规劝的目的。梁实秋的幽默也是机巧智慧、透彻深刻的。如在《中年》一文中，作者先是以诙谐的笔调描绘了中年人的凄苦形状，男人头发"有搬家到腮旁颌下的趋势"，额上显深纹，鬓角现白发；女人脸上的皱纹像铁路线发达的地图，肌肉松弛往下摊，该凹的地方变凸，该凸的地方变凹。然后，笔锋一转："别以为人到中年，就算完事。不，譬如登临，人到中年像是攀跻到了最高峰。回头看看，一串串的小伙子正在'头也不回呀汗也不揩'的往上爬……向前看，前面是下坡路，好走得多"，以自我解嘲的轻松化解了"中年哀怨"，随后即在"哀怨"中将中年之美好抽离而出，"中年的妙趣。在于相当的认识人生，认识自己，从而作自己能作的事，享受自己所能享受的生活"，正如演戏，"中年的演员才能担得起大出的轴子戏，只因他到中年才能真懂得戏的内容"。作者以轻快的笔调漫谈"中年危机"，将幽默与机智自然舒缓地释放出来，充溢着洞达世情而又超然物外的喜悦感，在豁达俊逸的心境中透射出对于生命哲学的了然于心，给人以智慧启示。不能不说梁实秋的幽默中蕴藏着对世间透彻的审视，使读者获得温情诙谐的阅读体验的同时也获得了丰富的知识，引发出深刻的思索。由《雅舍小品》所体现的幽默和与之相伴的通达境界是梁氏作品艺术个性中极为引人注目的组成，矜持而自制，诙谐中见谨厚，幽默中见出智慧，虽不凌厉，却也余意深长，耐人咀嚼，作者因此而得到诸如"在现代散文作家中，论幽默的才能，首推梁实秋"的极高评论也是情理之中了。

　　《雅舍小品》堪称现代散文语言的典范之作。优秀的散文要求凝练准确的语言表达，文字的冗赘会返照艺术概括力的衰弱。古今中外的散文大家无一不以语言的节制到位来展现其过人的艺术表达技能，梁实秋也深解此中三昧，他认识到"散文的美妙多端，然而最高的理想也不过是'简单，二字而已"。因此也自觉遵循着以理性驾驭情感，以理性节制想象的戒律。他的散文情感恬淡蕴藉，行文雅洁利索，用语精练平实。梁实秋的散文语言以胡适的白话文为样板，追求"绚烂之极趋于平淡"的境界。为此，他注重篇幅的精短和语言的精炼，省去繁文缛节的装饰，力求制造

· 137 ·

简洁恰当的形式美。《雅舍小品》之"平淡"首先体现在叙事情绪的淡化上，这是一种表面不动声色的文字处理方法，作者少用情感倾向鲜明的字眼，无论叙事写情还是评点议论，都收敛于节制的叙述中，让喜怒哀乐的情绪在一种文人雅士的淡然风度中缓缓释放，虽没有情绪的波澜，也没有浓烈的言辞，然而却让读者感受到了作者那"情动于中而言于形"的魅力，颇有"蝉噪林逾静，鸟鸣山更幽"的别样感受在其间。其次，《雅舍小品》的"平淡"还体现在用语的凝练精准上，不铺陈堆砌，不浓墨重彩，《雅舍小品》以白话行文，为了避免白话文极易冗长芜杂的缺陷，作者常常有意识地融汇一些文言词汇和文言句法来辅助表述，大量使用四字句及短句，同时还注意"用典"从而更为简要地表达情绪。其效果正如作者自己所言："写文章若大掉书袋，固然难以写出流畅自然的句子，读来晦涩，令人生厌；但若能适当用典，白话文中恰当地出以文言，不但能做到最经济的表达，而且能使文句的内涵更形丰富，把白话有时而穷，难以表达的意思，很技巧地透露出来。"在对白话和文言语言优势的充分调动下，《雅舍小品》拥有了洒脱简洁的语言特征，文白相间、凝练雅致、隽永耐读。

除出色的艺术造诣引人注目之外，《雅舍小品》还蕴藏着深远的思想及文化价值。梁实秋在《雅舍小品》中借由世俗生活透视人性弱点，嘲讽现实丑行，反思人伦关系，表达对现代意识的回应，超越了政治的辖制，眼光投向更长远的现代文明的进程中。他清醒地洞见了中国文化在未来所要面临的潜在问题，站在人道主义立场上观照人性进化事业，通过对现代文明的分析和思考，表现了其对我国现代文化建构的焦虑，与早在五四时期便提出的"国民性改造"问题发生了对接。同以沉痛绝望的笔调来揭示"国民劣根性"的鲁迅相比，梁实秋显得温和了许多，也光明了许多，但就思索的方向和深度而言却并无质的差别。同时，其轻松诙谐的笔调也宣扬着积极乐观的人生态度，为动荡劳苦中的读者带来精神宽慰，不能不说是为当时社会文明的发展贡献了另一形式的力量。《雅舍小品》还体现出中华文化的特有魅力，儒家的仁厚中庸、佛家的随缘顺性和道家的洒脱超逸都在作品中有着充分体现，在《喝茶》、《饮酒》等篇目中还对民俗文化表现出极大热情，对其历史悠久、内涵丰富的茶文化和酒文化进行了详细描绘。《雅舍小品》诞生于抗战白热化阶段，在那个抗战至上的时代,《雅舍小品》这组避开抗战主题"逆流而上"的小品自然而然地遭遇了非议与责难。早在1938年梁实秋在接编《中央日报》"平明"副刊时即在《编者的话》中写了如下一段话:"现在抗战高于一切,所以有人一下笔就忘不了抗战。我的意见稍为不同。于抗战有关的材料,我们最为欢迎,但是与抗战无关的材料,只要真实流畅,也是好的,不必勉强把抗战截搭上去。至于空洞的'抗战八股',那是对谁都没有益处的。"此言一出旋即引发轩然大波,对此,梁实秋虽在次日《中央日报·平明》上撰文,重申"最为欢迎"和"也是好的"两个态度为自己辩护,但实际上梁实秋信奉非功利性的、以表达亘古不变的人性为己任的文学观,《雅舍小品》完全可以看作是他这一艺术主张的实践,也是对"抗战至上论"的直接抵抗。同时,这也是这部散文集避开政治事件和时代喧嚣,以生活琐事恬淡入文的最根本原因。在"抗战无关论"的阴影下,其时评论界对《雅舍小品》的批评也屡屡不绝,虽不能否认在特殊历史阶段将文学作为宣传工具具有现实意义,但梁实秋也的确客观地指出了当时文学创作中所存在的问题,其所宣扬的文艺观也更为贴近文学本质,这一尊重文学本体的观点至今仍对文学创作施加着有力的规约和有效的指导。实际上,《雅舍小品》所代表知识分子精英创作恰好与重宣传功效、书宏大主题的民族文学形成了对话,它们共同参与了中国现代文学和文化的建构,从而确保了中国现代文学的谐调性和多样性,由《雅舍小品》体现出的独立的人格追求为当下知识分子的定位提供了一种参照,这无疑具有超越时空的文化意义,受众对《雅舍小品》由非议到认同,也表明了文学有其内在恒定的自身发展规律,即使暂时为外力所困,也终将会以其超越性因素而重返自由境地。

第三部分　原文:《雅舍小品》选录

一　男人

男人令人首先感到的印象就是脏!当然,男人当中亦不乏刷洗干净洁身自好的,甚至还有油头粉面衣裳楚楚的,但大体来讲,男人消耗的肥皂和水的数量要比较少些。某一男校,对于学生洗澡是强迫的,入浴签名,每周计核,对于不曾入浴的初步惩罚是宣布姓名,最后的断然处置是定期强迫入浴，并派员监视，然而日久玩生，签名簿中尚不无浮冒情事。有些男人，西装裤尽管挺直，他的耳后脖根，土壤肥沃，常常宜于种麦！袜子手绢不知随时洗涤，常常日积月累，到处塞藏，等到无可使用时，再从那一堆污垢存货当中挑选比较干净的去应急。有些男人的手绢，拿出来硬像是土灰面制的百果糕，黑糊糊黏成一团，而且内容丰富。男人的一双脚，多半好像是天然的具有泡菜梅干菜再加糖蒜的味道，所谓"濯足万里流"是有道理的，小小的一盆水确是无济于事，然而多少男人却连这一盆水都吝而不用，怕伤元气。两脚既然如此之脏，偏偏有些"逐臭之夫"喜于脚上藏污纳垢之处往复挖掘，然后嗅其手指，引以为乐！多少男人洗脸都是专洗本部，边疆一概不理，洗脸完毕，手背可以不湿，有的男人是在结婚后才开始刷牙。"扪虱之谈"的是男人。还有更甚于此者，曾有人当众搔背，结果是从袖口里面摔出一只老鼠！除了不可挽救的脏相之外，男人的脏大概是由于懒。

对了！男人懒。他可以懒洋洋坐在旋椅上，五官四肢，连同他的脑筋（假如有），一概停止活动，像呆鸟一般；"不闻夫博奕者乎……"那段话是专对男人说的。他若是上街买东西，很少时候能令他的妻子满意，他总是不肯多问几家，怕跑腿，怕费话，怕讲价钱。什么事他都嫌麻烦，除了指使别人替他做的事之外，他像残废人一样，对于什么事都愿坐享其成，而名之曰"室家之乐"。他提前养老，至少提前三二十年。

紧毗连着"懒"的是"馋"。男人大概有好胃口的居多。他的嘴，用在吃的方面的时候多，他吃饭时总要在菜碟里发现至少一英时见方半英时厚的肉，才能算是没有吃素。几天不见肉，他就喊"嘴里要淡出鸟儿来！"若真个三月不知肉味，怕不要淡出毒蛇猛兽来！有一个人半年没有吃鸡，看见了鸡毛帚就流涎三尺。一餐盛馔之后，他的人生观都能改变，对于什么都乐观起来。一个男人在吃一顿好饭的时候，他脸上的表情硬是在感谢上天待人不薄；他饭后衔着一根牙签，红光满面，硬是觉得可以骄人。主中馈的是女人，修食谱的是男人。

男人多半自私。他的人生观中有一基本认识，即宇宙一切均是为了他的舒适而安排下来的。除了在做事赚钱的时候不得不忍气吞声的向人奴膝婢颜外，他总是要做出一副老爷相。他的家便是他的国度，他在家里称王。他除了为赚钱而吃苦努力外，他是一个"伊比鸠派"，他要享受。他

第八讲 生活琐事中的人生智慧：《雅舍小品》

高兴的时候，孩子可以骑在他的颈上，他引颈受骑，他可以像狗似的满地爬；他不高兴时，他看着谁都不顺眼，在外面受了闷气，回到家里来加倍的发作。他不知道女人的苦处。女人对于他的殷勤委曲，在他看来，就如同犬守户鸡司晨一样的稀松平常，都是自然现象。他说他爱女人，其实他不是爱，是享受女人。他不问他给了别人多少，但是他要在别人身上尽量榨取。他觉得他对女人最大的恩惠，便是把赚来的钱全部或部分拿回家来，但是当他把一卷卷的钞票从衣袋里掏出来的时候，他的脸上的表情是骄傲的成分多，亲爱的成分少，好像是在说："看我！你行么？我这样待你，你多幸运！"他若是感觉到这家不复是他的乐园，他便有多样的借口不回到家里来。他到处云游，他另辟乐园。他有聚餐会，他有酒会，他有桥会，他有书会画会棋会，他有夜会，最不济的还有个茶馆。他的享乐的方法太多。假如轮回之说不假，下世侥幸依然投胎为人，很少男人情愿下世做女人的。他总觉得这一世生为男身，而享受未足，下一世要继续努力。

"群居终日，言不及义"，原是人的通病，但是言谈的内容，却男女有别。女人谈的往往是"我们家的小妹又病了"！"你们家每月开销多少？"之类。男人的是另一套，普通的方式，男人的谈话，最后不谈到女人身上便不会散场。这一个题目对男人最有兴味。如果有一个桃色案他们唯恐其和解得太快。他们好议论人家的阴私，好批评别人的妻子的性格相貌。"长舌男"是到处有的，不知为什么这名词尚不甚流行。

二 下棋

有一种人我最不喜欢和他下棋，那便是太有涵养的人。杀死他一大块，或是抽了他一个车，他神色自若，不动火，不生气，好像是无关痛痒，使你觉得索然寡味。君子无所争，下棋却是要争的。当你给对方一个严重威胁的时候，对方的头上青筋暴露，黄豆般的汗珠一颗颗地在额上陈列出来，或哭丧着脸作惨笑，或咕嘟着嘴作吃屎状，或抓耳挠腮，或大叫一声，或长吁短叹，或自怨自艾口中念念有词，或一串串地嚏嗝打个不休，或红头涨脸如关公，种种现象，不一而足，这时节你"行有余力"便可以点上一支烟，或啜一碗茶，静静地欣赏对方的苦闷的象征。我想猎人追逐一只野兔的时候，其愉快大概略相仿佛。因此我悟出一点道理，和人下棋的时候,如果有机会使对方受窘,当然无所不用其极,如果被对方所窘,便努力作出不介意状,因为既然不能积极地给对方以苦痛,只好消极地减少对方的乐趣。

自古博弈并称,全是属于赌的一类,而且只是比"饱食终日无所用心"略胜一筹而已。不过弈虽小术,亦可以观人,相传有慢性人,见对方走当头炮,便左思右想,不知是跳左边的马好,还是跳右边的马好,想了半个钟头而迟迟不决,急得对方只好拱手认输。是有这样的慢性人,每一着都要考虑,而且是加慢的考虑,我常想,这种人如加入龟兔竞赛,也必定可以获胜。也有性急的人,下棋如赛跑,劈劈拍拍,草草了事,这仍旧是饱食终日无所用心的一贯作风。下棋不能无争,争的范围有大有小,有斤斤计较而因小失大者,有不拘小节而眼观全局者,有短兵相接作生死斗者,有各自为战而旗鼓相当者,有赶尽杀绝一步不让者,有好勇斗狠同归于尽者,有一面下棋一面消骂者,但最不幸的是争的范围超出了棋盘,而拳足交加。有下象棋者,久而无声音,排闼视之,阒不见人,原来,他们是在门后角里扭做一团,一个人骑在另一个人的身上,在他的口里挖车呢。被挖者不敢出声,出声则口张,口张则车被挖回,挖回则必悔棋,悔棋则不得胜,这种认真的态度憨得可爱。我曾见过二人手谈,起先是坐着,神情潇洒,望之如神仙中人,俄而棋势吃紧,两人都站起来了,剑拔弩张,如斗鹌鹑,最后到了生死关头,两个人跳到桌子上去了!

笠翁《闲情偶寄》说弈棋不如观棋,因观者无得失心,观棋是有趣的事,如看斗牛、斗鸡、斗蟋蟀一般,但是观棋也有难过处,观棋不语是一种痛苦。喉间硬是痒得出奇,思一吐为快。看见一个人要入陷阱而不作声是几乎不可能的事,如果说得中肯,其中一个人要厌恨你,暗暗地骂你一声"多嘴驴!"另一个人也不感激你,心想"难道我还不晓得这样走!"如果说得不中肯,两个人要一齐嗤之以鼻,"无见识奴!"如果根本不说,憋在心里,受病。所以有人于挨了一个耳光之后还要抚着热辣辣的嘴巴大呼"要抽车,要抽车!"

下棋只是为了消遣,其所以能使这样多人嗜此不疲者,是因为它颇合人类好斗的本能,这是一种"斗智不斗力"的游戏。所以瓜棚豆架之下,与世无争的村夫野老不免一枰相对,消此永昼;闹市茶寮之中,常有有闲阶级的人士下棋消遣,"不为无益之事,何以遣此有涯之生?"宦海里翻

第八讲 生活琐事中的人生智慧：《雅舍小品》

过身最后退隐东山的大人先生们，髀肉复生，而英雄无用武之地，也只好闲来对弈，了此残生，下棋全是"剩余精力"的发泄。人总是要斗的，总是要钩心斗角地和人争逐的。与其和人争权夺利，还不如在棋盘上多占几个官，与其招摇撞骗，还不如在棋盘上抽上一车。宋人笔记，曾载有一段故事："李讷仆射，性卞急，酷好奕棋，每下子安详，极于宽缓，往往躁怒作，家人辈则密以奕具陈于前，讷睹，便忻然改容，以取其子布弄，都忘其恚矣。"（南部新书）下棋，有没有这样陶冶性情之功，我不敢说，不过有人下起棋来确实是把性命都可置诸度外。我有两个朋友下棋，警报作，不动声色，俄而弹落，棋子被震得在盘上跳荡，屋瓦乱飞，其中棋瘾较小者变色而起，被对方一把拉住，"你走！那就算是你输了"。此公深得棋中之趣。

· 143 ·

第三单元

文学之爱情家庭

第九讲　命运与人性世界：《雷雨》

第十讲　多重奴隶身份的书写：《为奴隶的母亲》

第十一讲　自由与秩序：《志摩的诗》

第十二讲　唯美与象征：《画梦录》

第九讲

命运与人性世界:《雷雨》

第一部分　作家简介

曹禺,原名万家宝,字小石,祖籍湖北潜江。他是中国现当代杰出的剧作家和戏剧教育家,被称为"中国的莎士比亚"。曹禺这个笔名是取自他本名中"万"的繁体字"萬",拆为"草字头"和"禺",草换为曹,"万"就成了"曹禺"。

1910年9月24日,曹禺生于天津一个没落的封建官僚家庭。曹禺的父亲万德尊在清朝末年曾留学日本东京士官学校,辛亥革命前任黎元洪秘书,中华民国成立后,获中将军衔,曾任宣化府镇守使、察哈尔都统等职。母亲薛氏出生于商人家庭,在曹禺出生三天后就去世了,成为曹禺继母的是薛氏胞妹,一直将他视为己出,并终生未生育。曹禺的继母喜爱看戏,所以曹禺从小就看了许多京戏、地方戏和文明戏。曹禺幼时跟随父亲出任时见到了国家的内忧外患、风雨飘摇以及人民水深火热的生存现状,所见所闻以及跟随继母观看戏剧的积淀极大地促成了他反帝爱国思想的形成,也对他一生的戏剧创作产生了巨大作用。

1922年曹禺入读南开中学,在这期间他参加了南开新剧团,活跃于剧团的各种戏剧活动,曾参演《压迫》、《玩偶之家》等剧。在南开中学期间,他开始热衷于新文学作品,尤其喜爱鲁迅的《呐喊》和郭沫若的《女神》。这些作品激发了他作为中国新青年的热血与壮志,对他的文学创作与演剧生涯也产生了极大的影响,担任了《南开双周》的戏剧编辑,写过中篇小说、新诗。

曹禺在1929年进入南开大学政治系学习，但是他很快就发现政治并不是他所向往的，于是第二年转入清华大学西洋文学系就读，在这段时间他努力钻研西方文学特别是戏剧文学，从古希腊悲剧到莎士比亚戏剧及契诃夫、易卜生、奥尼尔的剧作都有所涉猎，为他以后的戏剧创作积淀了深厚的基础。

大学期间，曹禺开始了他的戏剧创作。1933年处女作四幕话剧《雷雨》完成，曹禺为这部剧作耗费了巨大的心血，苦苦构思五年，苦心写作半年又五易其稿。此剧以1925年前后的中国社会为背景，描写了一个带有浓厚封建色彩的资产阶级家庭的悲剧。剧本以扣人心弦的情节，简练含蓄的语言，错综复杂的人物关系和极为丰富的潜台词，给每一位读者都带来了无比强烈的震撼。《雷雨》一经《文学季刊》的发表就引起了强烈的反响，很快被搬上戏剧舞台，受到了鲁迅、郭沫若等中国文坛巨匠的称赞，从此曹禺一举成名。

大学毕业后曹禺先后任教于保定中学、天津河北女子师范学院，1934年到上海任教于复旦大学。1936年到南京国立戏剧学校任教，其间三幕话剧《原野》出版，四幕话剧《日出》发表，奠定了曹禺在中国话剧史上艺术大师的地位。随后，曹禺还创作了三幕剧《北京人》，根据巴金的《家》改编为四幕剧《家》。在这些戏剧的创作中，曹禺不但继承了前人反帝反封建的民主精神，同时也广泛借鉴和吸收了中国古典戏曲及欧洲近代戏剧的表现手法，对导演、表演艺术和舞台美术也产生了深刻的影响，使话剧成为真正的综合性艺术，把中国的话剧艺术提到了一个新的高度。1946年曹禺与老舍赴美讲学，1947年归国，在上海文华影业公司工作，编写了电影剧本《艳阳天》。

新中国成立后，曹禺作为全国剧协主席、北京人民艺术剧院院长等，一直致力于中国戏剧艺术的发展。1954年创作四幕话剧《明朗的天》，随后还创作了历史剧《胆剑篇》、《王昭君》。虽然之后的曹禺在思想上受到阶级斗争加个人崇拜的"新的迷信"的束缚，创作方法也受到当时高度意识形态化的革命现实主义与革命浪漫主义相结合的捆绑，不再创作出激动人心的剧作，但是他对中国近现代戏剧发展的贡献是不可磨灭的。

第二部分　作品赏读

　　曹禺的《雷雨》是一部非常"莎士比亚"的剧作，在有限的空间时间里一波三折的冲突，象征性的场景，对人物命运的考问，都集中在四幕剧情中。除此之外，《雷雨》中令人印象深刻的还有对几个主要人物的鲜活塑造，进一步地阅读还会发现相关人物之间存在一些相似与不同。这些不同的人物组合构成了《雷雨》世界的一个个支脚，对比揣摩之中呈现出的是作者有关命运与人性的丰富思考。

　　《雷雨》最主要的苦难是围绕鲁侍萍与鲁四凤这对母女展开的，隔着30年她们在遭遇上竟如此的相似，但上天的安排并非简单的翻版，而是苦难的增倍。她们仿佛注定被拴在一个受到诅咒的轮回里，任凭怎么挣扎都无法逃出上天的折磨。

　　四十六七岁的鲁侍萍，"鬓发有点斑白，面貌白净"，"在那秀长的睫毛和她圆大的眸子间，还寻得出她年轻时的神韵"。30年前作为下等人的她与周公馆的少爷相恋，因身份悬殊被抛弃的她带着刚出世不久的孩子跳河，被路人救起的她为着孩子苦苦生活至今。30年后，朴实单纯的四凤，一开场就展示了干净健康的形象："她全身都非常整洁。她举止活泼，说话很大方，爽快……她很爱笑，知道自己是好看的。"话剧通过她与父亲、鲁大海、周家二位少爷、母亲的对话，看得出她尊敬他人、勤劳肯干，但对父亲的贪婪、势利则表示不满。如此充满活力的女孩在这个森严的大家庭中，无疑增添了他人对其的好感。对于爱慕她的两位周家少爷，她与周萍迸射出热烈的爱火，与周冲则有着朋友般的亲切与真诚。在周萍眼中，她"有'青春'，有'美'，有热情"，在周冲眼中则地位更高："她是最纯洁，最有主张的好孩子"，"她是我认为最满意的女孩子"。

　　她们的命运真相在话剧中一步步展开，分别在第二幕和第四幕依次浮出水面，在观众心中掀起两次高潮，话剧结构的层次感因此也显得更加突出。30年后，鲁侍萍的女儿四凤又来到周公馆，侍萍对周朴园说的一番"我伺候你，我的孩子再伺候你生的少爷们"让人体会到人生无常。接着在第四幕中，一方面是周萍决定带走四凤，一方面是周朴园释放出多年深藏的感情将侍萍公开，正因为如此，四凤在命运的摆弄中怀上了亲兄弟周萍的骨肉这个事实也被揭开，逼她失去理智在雷雨之夜触电身亡。在那个时代跨越阶级的爱是注定没有好结果的，鲁侍萍和鲁四凤的遭遇既是命运的悲剧又是时代的悲剧，而上一代人的悲剧为下一代人更沉重的悲剧做了伏笔，一切事实揭晓的瞬间带给人的冲击无疑是强烈的。

周萍和蘩漪是两个内心都燃着火的人。周萍——"在他灰暗的眼神里，闪烁着迟疑、怯弱与矛盾。……当着一个新的冲动来了，他的热情和欲望又如潮水似的淹没了他。他一星星的理智，不过是卷在漩涡里的一段枯枝。……他羡慕一切没有顾忌，敢做坏事的人。"周蘩漪——"她的眼光里时常充满了一个年轻妇人失望后的痛苦与怨望。她经常抑制着自己。……但也有一股不可抑制的'蛮劲'，使她能够忽然做出不顾一切的决定。"曹禺在每个人物首次出场时都会进行描写式介绍，而在所有人物中对周萍和周蘩漪的性格、心理描写是最细致、最形象的，给人留下深刻的印象。

一个没有母亲，因而性格怪躁；一个没有感情基础的婚姻，如同活死人一般，周萍和周蘩漪都把这个家看做是一个"活活地闷死人"的地方。因着心里的那团火，他们都在困惑中挣扎着。周萍在年轻的时候"引诱"后母，恨他的父亲，"愿他死，就是犯了灭伦的罪也干"，而后认为"那是我年轻，我一时冲动"，是"一时糊涂做错了的事"。"成熟"了的他呢？天天泡在舞场寻欢作乐，寻求新的刺激，并在四凤身上找到不同于其他女人的满足。现在的他崇拜并畏惧父亲，因而在处理与四凤的未来时，一方面认为有权做任何自己喜欢的事，一方面为如何向父亲坦白而纠结："这就是我的痛苦。我的环境太坏。……我这种家庭怎么允许有这样的事。"先后两次有意识无意识地犯了伦理的情爱，是对周萍这个复杂人物最精彩的安排，一方面将他性格中叛逆挣扎的欲望表现出来，另一方面又充分把他犹豫懦弱的心理进行渲染，既努力维护封建大家庭秩序又渴望自由选择未来，塑造出一个受着热情与痛苦双重煎熬的人物形象。

周蘩漪在剧中是一个耐人寻味的角色。她如同一个大宅中的幽灵，总是陷入自己的沉思，自言自语，坚决而又绝望。她认为自己是被骗到周家来的，因为"逃不开"而活活受罪，剧中着重重复的一个细节便是周朴园总让她喝药、看病，令她产生强烈的抵触心理，渐而产生更加疯狂的自我暗示："要我吃药，逼我吃药……渐渐伺候我的人一定要多，守着我，把我当个怪物似的看着。……他们都偷偷地在我背后叽咕着。……最后铁链子锁着我，那我真就成了疯子了。"周朴园没有意识到繁漪的痛苦和所谓的病症其实是心病，是他和这个家庭的冷漠一手制造的。而年轻的繁漪因压抑而产生了自我放大了的虚诞假想，其内心的惊恐绝望通过这个假想清晰地呈现出来。

这个有活力需求又被沉重束缚的个体自然会做出疯狂的举动，她在令人窒息的家庭中如救命稻草般爱上周萍："把我的性命，名誉，交给你，我什么都不顾了。我不是他的母亲，不是，不是，我也不是周朴园的妻子。"周萍爱上四凤后，她先是辞退了四凤，知道周萍打算离开家后，她为了挽留他愿意将四凤请回公馆做事。看到周萍态度坚决，便在大雨之夜淋着雨跟踪周萍到四凤家，试图让鲁大海和周萍发生冲突。在周萍和四凤即将离开家的时候，她先是让周冲出场欲使两兄弟为着四凤大打出手，看到周冲平静地面对现实后，疯狂的她最终让周朴园出现在众人面前，决定利用周萍对父亲的敬畏来报复他对她的无情。疯狂地追求，又疯狂地破坏，在《雷雨》里周繁漪是一个最火烈的形象，在极端的行为中将其对家庭、社会、婚姻、人生的不满表达得淋漓尽致。

周萍和繁漪是欲的象征，周萍本身充满着矛盾、自责、冲动，他在现实面前最不堪一击，因着心里的那点对"上层人'道德'"、"无瑕"的幻想破灭而自我放弃；繁漪在剧终的致疯是她热切渴望自我、燃烧灵魂最终的爆发。家庭权威压迫下的他们在追求欲望与屈从现实之间摇摆，最终抓住的只是一场空，伴随而来的是最彻底的摧残。

在《雷雨》这个压抑、繁杂的人物事件混合体中，唯一能令人有点憧憬、有点希望的感觉的，便是充满鲜活生命力的周冲与鲁大海。他们都是两个家庭中最年轻的男孩子，一个带点未泯的童真，一个则正成长为铮铮硬汉。

与周冲相比，鲁大海这个汉子很早就投入了社会。他"身体魁梧，眉毛粗而黑，两颊微微陷下去"，有着"方方的下巴和锐利的眼睛"，他"满蓄着精力"，"像火山要爆发"。他煽动矿上的工人罢工，代表受欺压的工人前来与周朴园谈判，对周朴园制造事故迫害工人表达强烈的抗议。可以说他身上具备一切锐利的、革命的因素，鲁贵、周萍都对他怀着敬畏与退让，他总是冷眼看透事实，痛快地表达反抗：对于周朴园的各种坑害工人的行径，他当面怒斥他"卑鄙无赖"、"不要脸"、"发的是绝子绝孙的昧心财"！知道周萍喜欢四凤的事后，他讽刺周萍说："哦，你是真的爱她！那你为什么不对你董事长爸爸说呢？""他们叫你丢掉她你就能丢掉她，再娶一个门当户对的阔小姐来配你，对不对？"他的形象与《雷雨》中其他忍辱负重的、空虚压抑的、矛盾犹疑的人们形成鲜明对比，这种有希望的反抗仿佛指明了向命运抗争的一条出路。

那么周冲呢？他几乎没有处在任何纠葛冲突中。敬畏父亲，疼爱母亲，尊敬周萍，珍惜四凤，同情鲁大海，支持四凤与周萍，行为正派……他就是一个灵魂透明的孩子，爱笑，有梦。"穿着打球的白衣服，左腋下夹着一只球拍，一面用毛巾揩汗，快步走进。……他的脸色通红，眼睛欣喜地闪动着。"一开始进入到我们视线中的周冲，令人感到毫不设防的亲近。我们暂时忘了闷热的天气、压抑的黑夜、凝重的深宅，只分享着一个年轻男孩情窦初开的快乐。他会做鬼脸，"带了希冀和快乐的神色"，把心事容易表露在脸上，开心的时候便向妈妈说"这两天很快活"，毫不掩饰自己的一切开心与青春的烦恼，让人打从心里喜欢。对待四凤，他是怀着喜爱并崇敬的，对四凤说"我从来没有把你当做我的底下人，你是我的姐姐，我的引路的人。"为着四凤的长远考虑，他还打算分出一般的教育费让四凤上学受教育。这样的感情只用"美好"来形容怕是不够的了。

《雷雨》中，大家几乎都在说着"死"。四凤说想在电线杆那一死了之，周萍则恶狠狠地对繁漪说"我要你死"，繁漪则对周冲发了狂地说"我要是你，我就杀了她（指四凤），毁了她。"可周冲对"生"是怀着美好愿景的："……飞到一个真正干净、快乐的地方。那里没有争执，没有虚伪，没有不平等。"然而这么一个纯真的人，在雷雨之夜竟意外地触电而亡！那一霎所有混沌仿佛都戛然而止，听得到只有人们心中悲痛的叹惋。

周冲和鲁大海以不同的方式诠释着希望，他们或心怀纯真的心灵，或与现实进行直接顽强的斗争，都是健康活力的象征。虽然只是这个充满狂澜的世界中一盏盏小小的烛火，却因坚持而显得可贵。

曹禺在《雷雨》的序言中写道："雷雨所显示的，并不是因果并不是报复，而是我所觉得的天地间的'残忍'。"《雷雨》之所以如此精彩而悲壮，是剧中人物们的欲望、向往、生命一个个走向了毁灭。雷雨之夜中，所有沉闷的、压抑的、虚伪的，所有旺盛的、激昂的、火热的，全都如雷电般激鸣,暴雨般倾泻。命运世界的交织、人性善恶的碰撞,在剧中只经历了一瞬,在观众心中却久久回荡。

第三部分　原文:《雷雨》选段

开幕时舞台全黑,隔十秒钟,渐明。

景——大致和序幕相同,但是全屋的气象是比较华丽的。这是十年前一个夏天的上午,在周宅的客厅里。

壁龛的帷幔还是深掩着,里面放着艳丽的盆花。中间的门开着,隔一层铁纱门,从纱门望出去,花园的树木绿荫荫的,并且听见蝉在叫。右边的衣服柜,铺上一张黄桌布,上面放着许多小巧的摆饰,最显明的是一张旧相片,很不调和地和这些精致东西放在一起。柜前面狭长的矮几,放着华贵的烟具同一些零碎物件。右边炉上有一个钟同鲜花盆,墙上,挂一幅油画。炉前有两把圈椅,背朝着墙。中间靠左的玻璃柜放满了古玩,前面的小矮凳有绿花的椅垫,左角的长沙发还不旧,上面放着三、四个缎制的厚垫子。沙发前的矮几排置烟具等物,台中两个小沙发同圆桌都很华丽,圆桌上放着吕宋烟盒和扇子。

所有的帷幕都是崭新的,一切都是兴旺的气象,屋里家具非常洁净,有金属的地方都放着光彩。屋中很气闷,郁热逼人,空气低压着。外面没有阳光,天空灰暗,是将要落暴雨的神气。

〔开幕时,四凤在靠中墙的长方桌旁,背着观众滤药,她不时地摇着一把蒲扇,一面在揩汗。鲁贵(她的父亲)在沙发旁擦着矮几上零碎的银家具,很吃力地;额上冒着汗珠。

〔四凤约有十七八岁,脸上红润,是个健康的少女。她整个的身体都很发育,手很白很大,走起路来,过于发育的乳房很显明地在衣服底下颤动着。她穿一件旧的白纺绸上衣,粗山东绸的裤子,一双略旧的布鞋。她全身都非常整洁,举动虽然很活泼,因为经过两年在周家的训练,她说话很大方,很爽快,却很有分寸。她的一双大而有长睫毛的水灵灵的眼睛能够很灵敏地转动,也能敛一敛眉头,很庄严地注视着。她有大的嘴,嘴唇自然红艳艳的,很宽、很厚,当着她笑的时候,牙齿整齐地露出来，嘴旁也显着一对笑涡。然而她面部整个轮廓是很庄重地显露着诚恳。她的面色不十分白，天气热，鼻尖微微有点汗，她时时用手绢揩着。她很爱笑，她知道自己是好看的，但是她现在皱着眉头。

〔她的父亲——鲁贵——约莫有四十多岁的样子，神气萎缩，最令人注目的是粗而乱的眉毛同肿眼皮。他的嘴唇，松弛地垂下来，和他眼下凹进去的黑圈，都表示着极端的肉欲放纵。他的身体较胖，面上的肌肉宽弛地不肯动，但是总能很卑贱地谄笑着，和许多大家的仆人一样。他很懂事，尤其是很懂礼节。他的背略有点伛偻，似乎永远欠着身子向他的主人答应着"是"。他的眼睛锐利，常常贪婪地窥视着，如一只狼；他很能计算的。虽然这样，他的胆量不算大；全部看去，他还是萎缩的。他穿的虽然华丽，但是不整齐的。现在他用一条抹布擦着东西，脚下是他刚刷好的黄皮鞋。时而，他用自己的衣襟揩脸上的油汗。

鲁　贵　（喘着气）四凤！

鲁四凤　（只做不听见，依然滤她的汤药）

鲁　贵　四凤！

鲁四凤　（看了她的父亲一眼）喝，真热。（走向右边的衣柜旁，寻一把芭蕉扇，又走回中间的茶几旁扇着）

鲁　贵　（望着她，停下工作）四凤，你听见了没有？

鲁四凤　（烦厌地，冷冷地看着她的父亲）是！爸！干什么？

鲁　贵　我问你听见我刚才说的话了么？

鲁四凤　都知道了。

鲁　贵　（一向是这样被女儿看待的，只好是抗议似地）妈的，这孩子！

鲁四凤　（回过头来。脸正向观众）您少说闲话吧！（挥扇，嘘出一口气）呵！天气这样闷热，回头多半下雨。（忽然）老爷出门穿的皮鞋，您擦好了没有？（到鲁贵面前，拿起一只皮鞋不经意地笑着）这是您擦的！这么随随便便抹了两下，——老爷的脾气您可知道。

鲁　贵　（一把抢过鞋来）我的事用不着你管。（将鞋扔在地上）四凤，你听着，我再跟你说一遍，回头见着你妈，别忘了把新衣服都拿出来给她瞧瞧。

鲁四凤　（不耐烦地）听见了。

鲁　贵　（自傲地）叫她想想，还是你爸爸混事有眼力，还是她有眼力。

鲁四凤　（轻蔑地笑）自然您有眼力啊！

鲁　贵　你还别忘了告诉你妈，你在这儿周公馆吃的好，喝的好，就是白天侍候太太少爷，晚上还是听她的话，回家睡觉。

鲁四凤　那倒不用告诉，妈自然会问的。

鲁　贵　（得意）还有啦，钱，（贪婪地笑着）你手下也有许多钱啦！

鲁四凤　钱！？

鲁　贵　这两年的工钱，赏钱，还有（慢慢地）那零零碎碎的，他们……

鲁四凤　（赶紧接下去，不愿听他要说的话）那您不是一块两块都要走了么？喝了！赌了！

鲁　贵　（笑，掩饰自己）你看，你看，你又那样。急，急，急什么？我不跟你要钱。喂，我说，我说的是——（低声）他——不是也不断地塞给你钱花么？

鲁四凤　（惊讶地）他？谁呀？

鲁　贵　（索性说出来）大少爷。

鲁四凤　（红脸，声略高，走到鲁贵面前）谁说大少爷给我钱？爸爸，您别又穷疯了，胡说乱道的。

鲁　贵　（鄙笑着）好，好，好，没有，没有。反正这两年你不是存点钱么？（鄙吝地）我不是跟你要钱，你放心。我说啊，你等你妈来，把这些钱也给她瞧瞧，叫她也开开眼。

鲁四凤　哼，妈不像您，见钱就忘了命。（回到中间茶桌滤药）

鲁　贵　（坐在长沙发上）钱不钱，你没有你爸爸成么？你要不到这儿周家大公馆帮主儿，这两年尽听你妈妈的话。你能每天吃着喝着，这大热天还穿得上小纺绸么？

鲁四凤　（回过头）哼，妈是个本分人，念过书的，讲脸，舍不得把自己的女儿叫人家使唤。

鲁　贵　什么脸不脸？又是你妈的那一套！你是谁家的小姐？——妈

的，底下人的女儿，帮了人就失了身份啦。

鲁四凤　（气得只看父亲，忽然厌恶地）爸，您看您那一脸的油，——您把老爷的鞋再擦擦吧。

鲁　贵　（汹汹地）讲脸呢，又学你妈的那点穷骨头，你看她，她要脸！跑他妈的八百里外，女学堂里当老妈，为着一月八块钱，两年才回一趟家。这叫本分，还念过书呢；简直是没出息。

鲁四凤　（忍气）爸爸，您留几句回家说吧，这是人家周公馆！

鲁　贵　咦，周公馆也挡不住我跟我的女儿谈家务啊！我跟你说，你的妈……

鲁四凤　（突然）我可忍了好半天了。我跟您先说下，妈可是好容易才回一趟家。这次，也是看哥哥跟我来的。您要是再给她一个不痛快，我就把您这两年做的事都告诉哥哥。

鲁　贵　我，我，我做了什么事啦？（觉得在女儿面前失了身份）喝点，赌点，玩点，这三样，我快五十的人啦，还怕他么？

鲁四凤　他才懒得管您这些事呢！——可是他每月从矿上寄给妈用的钱，您偷偷地花了，他知道了，就不会答应您！

鲁　贵　那他敢怎么样，（高声地）他妈嫁给我，我就是他爸爸。

鲁四凤　（羞愧）小声点！这有什么喊头。——太太在楼上养病呢。

鲁　贵　哼！（滔滔地）我跟你说，我娶你妈，我还抱老大的委屈呢。你看我这么个机灵人，这周家上上下下几十口子，哪一个不说我鲁贵狐呱呱叫。来这里不到两个月，我的女儿就在这公馆找上事，就说你哥哥，没有我，能在周家的矿上当工人么？叫你妈说，她成么？——这样，你哥同你妈还是一个劲儿地不赞成我。这次回来，你妈要还是那副寡妇脸子，我就当你哥哥的面上不认她，说不定就离了她，别看她替我养个女儿，外带来你这个倒霉蛋的哥哥。

鲁四凤　（不愿听）哦，爸爸。

鲁　贵　哼，（骂得高兴了）谁知道哪个王八蛋养的儿子。

鲁四凤　哥哥哪点对不起您，您这样骂他干什么？

鲁　贵　他哪一点对得起我？当大兵，拉包月车，干机器匠，念书上

第九讲　命运与人性世界：《雷雨》

学，哪一行他是好好地干过？好容易我荐他到了周家的矿上去，他又跟工头闹起来，把人家打啦。

鲁四凤　（小心地）我听说，不是我们老爷先叫矿上的警察开了枪，他才领着工人动的手么？

鲁　贵　反正这孩子混蛋，吃人家的钱粮，就得听人家的话。好好地，要罢工，现在又得靠我这老面子跟老爷求情啦！

鲁四凤　您听错了吧，哥哥说他今天自己要见老爷，不是找您求情来的。

鲁　贵　（得意）可是谁叫我是他的爸爸呢，我不能不管啦。

鲁四凤　（轻蔑地看着她的父亲，叹了一口气）好，您歇歇吧，我要上楼跟太太送药去了。

（端起药碗向左边饭厅走）

鲁　贵　你先停一停，我再说一句话。

鲁四凤　（打岔）开午饭了，老爷的普洱茶先泡好了没有？

鲁　贵　那用不着我，他们小当差早伺候到了。

鲁四凤　（闪避地）哦，好极了，那我走了。

鲁　贵　（拦住她）四凤，你别忙，我跟你商量点事。

鲁四凤　什么？

鲁　贵　你听啊，昨天不是老爷的生日么？大少爷也赏给我四块钱。

鲁四凤　好极了，（口快地）我要是大少爷，我一个子也不给您。

鲁　贵　（鄙笑）你这话对极了！四块钱，够干什么的，还了点账，就干了。

鲁四凤　（伶俐地笑着）那回头您跟哥哥要吧。

鲁　贵　四凤，别——你爸爸什么时候借钱不还账，现在你手下方便，随便匀给我七块八块好么？

鲁四凤　我没有钱。（停一下放下药碗）您真是还账了么？

鲁　贵　（赌咒）我跟我的亲生女儿说瞎话是王八蛋！

鲁四凤　您别骗我，说了实在的，我也好替您想想法。

鲁　贵　真的！——说起来这不怪我。昨天那几个零钱，大账还不够，小账剩点零，所以我就耍了两把，也许赢了钱，不都还了么？谁知运气不好，连喝带输，还倒欠了十来块。

· 157 ·

鲁四凤　这是真的？

鲁　贵　（真心地）这可一句瞎话也没有。

鲁四凤　（故意揶揄地）那我实实在在地告诉您，我也没有钱！（说毕就要拿起药碗）

鲁　贵　（着急）凤儿，你这孩子是什么心思？你可是我的亲生孩子。

鲁四凤　（嘲笑地）亲生的女儿也没有法子把自己卖了，替您老人家还赌账啊？

鲁　贵　（严重地）孩子，你可放明白点，你妈疼你，只在嘴上，我可是把你的什么要紧的事情，都处处替你想。

鲁四凤　（明白地，但是不知他闹的什么把戏）您心里又要说什么？

鲁　贵　（停一停，四面望了一望，更近地逼着四凤，佯笑）我说，大少爷常跟我提过你，大少爷，他说——

鲁四凤　（管不住自己）大少爷！大少爷！你疯了！——我走了，太太就要叫我呢。

鲁　贵　别走，我问你一句，前天！我看见大少爷买衣料。——

鲁四凤　（沉下脸）怎么样？（冷冷地看着鲁贵）

鲁　贵　（打量四凤周身）嗯——（慢慢地拿起四凤的手）你这手上的戒指，（笑着）不也是他送给你的么？

鲁四凤　（厌恶地）您说话的神气真叫我心里想吐。

鲁　贵　（有点气，痛快地）你不必这样假门假事，你是我的女儿。（忽然贪婪地笑着）一个当差的女儿，收人家点东西，用人家一点钱，没有什么说不过去的。这不要紧，我都明白。

鲁四凤　好吧，那么你说吧，究竟要多少钱用？

鲁　贵　不多，三十块钱就成了。

鲁四凤　哦？（恶意地）那你就跟这位大少爷要去吧。我走了。

鲁　贵　（恼羞）好孩子，你以为我真装糊涂，不知道你同这混账大少爷做的事么？

鲁四凤　（惹怒）您是父亲么？父亲有跟女儿这样说话的么？

鲁　贵　（恶相地）我是你的爸爸，我就要管你。我问你，前天晚上——

第九讲　命运与人性世界：《雷雨》

鲁四凤　前天晚上？

鲁　贵　我不在家，你半夜才回来，以前你干什么？

鲁四凤　（掩饰）我替太太找东西呢。

鲁　贵　为什么那么晚才回家？

鲁四凤　（轻蔑地）您这样的父亲没有资格来问我。

鲁　贵　好文明词！你就说不上你上哪儿去呢。

鲁四凤　那有什么说不上！

鲁　贵　什么？说！

鲁四凤　那是太太听说老爷刚回来，又要我捡老爷的衣服。

鲁　贵　哦，（低声，恐吓地）可是半夜送你回家的那位是谁？坐着汽车，醉醺醺，只对你说胡话的那位是谁呀？（得意地微笑）

鲁四凤　（惊吓）那，那——

鲁　贵　（大笑）哦，你不用说了，那是我们鲁家的阔女婿！——哼，我们两间半破瓦房居然来了坐汽车的男朋友，找我这当差的女儿啦！（突然严厉）我问你，他是谁？你说。

鲁四凤　他，他是——

〔鲁大海进——四凤的哥哥，鲁贵的半子——他身体魁伟，粗黑的眉毛几乎遮盖着他的锐利的眼，两颊微微地向内凹。显着颧骨异常突出，正同他的尖长的下巴一样地表现他的性格的倔强的。他有一张大而薄的嘴唇，正和他的妹妹带着南方的热烈的、厚而红的嘴唇成强烈的对照。他说话微微有点口吃，但是在他的感情激昂的时候，他词锋是锐利的。现在他刚从六百里外的煤矿回来，矿里罢了工，他是煽动者之一，几月来的精神的紧张，使他现在露出有点疲乏的神色，胡须乱蓬蓬的，看去几乎老得像鲁贵的弟弟，只有逼近地观察他，才觉出他的眼神同声音，还正是和他的妹妹一样年轻，一样地热，都是火山的爆发，满蓄着精力的白热的人物，他穿了一件工人的蓝布褂子，油渍的草帽在手里，一双黑皮鞋，有一只鞋带早不知失在哪里。进门的时候，也略微有点不自在，把胸膛敞开一部分，笨拙地又扣上一两个扣子。他说话很简短，表面是冷冷的。

鲁大海　凤儿！

鲁四凤　哥哥！

鲁　贵　（向四凤）你说呀！装什么哑巴。

鲁四凤　（看大海，有意识地岔开话头）哥哥！

鲁　贵　（不顾地）你哥哥来也得说呀。

鲁大海　怎么回事？

鲁　贵　（看一看大海，又回头）你先别管。

鲁四凤　哥哥，没什么要紧的事。（向鲁贵）好吧，爸，我们回头商量，好吧？

鲁　贵　（了解地）回头商量？（肯定一下，再盯四凤一眼）那么，就这么办。（回头看大海傲慢地）咦，你怎么随随便便跑进来啦？

鲁大海　（简单地）在门房等了半天，一个人也不理我，我就进来啦。

鲁　贵　大海，你究竟是矿上打粗的工人，连一点大公馆的规矩也不懂。

鲁四凤　人家不是周家的底下人。

鲁　贵　（很有理由地）他在矿上吃的也是周家的饭哪。

鲁大海　（冷冷地）他在哪儿？

鲁　贵　（故意地）他，谁是他？

鲁大海　董事长。

鲁　贵　（教训的样子）老爷就是老爷，什么董事长，上我们这儿就得叫老爷。

鲁大海　好，你跟我问他一声，说矿上有个工人代表要见见他。

鲁　贵　我看，你先回家去。（有把握地）矿上的事有你爸爸在这儿替你张罗。回头跟你妈、妹妹聚两天，等你妈去，你回到矿上，事情还是有的。

鲁大海　你说我们一块儿在矿上罢完工，我一个人要你说情，自己再回去？

鲁　贵　那也没有什么难看啊。

鲁大海　（没有办法）好，你先给我问他一声。我有点旁的事，要先跟他谈谈。

鲁四凤　（希望他走）爸，你看老爷的客走了没有，你再领着哥哥见老爷。

鲁　贵　（摇头）哼，我怕他不会见你吧。

鲁大海　（理直气壮）他应当见我，我也是矿上工人的代表。前天，我们一块在这儿的公司见过他一次。

鲁　贵　（犹疑地）那我先给你问问去。

鲁四凤　你去吧。

〔鲁贵走到老爷书房门口。

鲁　贵　（转过来）他要是见你，你可少说粗话，听见了没有？（鲁贵很老练地走着阔当差的步伐，进了书房）

鲁大海　（目送鲁贵进了书房）哼，他忘了他还是个人。

鲁四凤　哥哥，你别这样说。（略顿，嗟叹地）无论如何，他总是我们的父亲。

鲁大海　（望着四凤）他是你的，我并不认识他。

鲁四凤　（胆怯地望着哥哥忽然想起，跑到书房门口，望了一望）你说话顶好声音小点，老爷就在里面旁边的屋子里呢！

鲁大海　（轻蔑地望着四凤）好。妈也快回来了，我看你把周家的事辞了，好好回家去。

鲁四凤　（惊讶）为什么？

鲁大海　（简短地）这不是你住的地方。

鲁四凤　为什么？

鲁大海　我——恨他们。

鲁四凤　哦！

鲁大海　（刻毒地）周家的人多半不是好东西。这两年我在矿上看见了他们所做的事。（略顿，缓缓地）我恨他们。

鲁四凤　你看见什么？

鲁大海　凤儿，你不要看这样威武的房子，阴沉沉地都是矿上埋死的苦工人给换来的！

鲁四凤　你别胡说，这屋子听说直闹鬼呢。

鲁大海　（忽然）刚才我看见一个年轻人，在花园里躺着，脸色发白，闭着眼睛，像是要死的样子，听说这就是周家的大少爷，我们董事长的儿子。啊，报应，报应。

鲁四凤　（气）你——（忽然）他待人顶好，你知道么？

鲁大海　他父亲做尽了坏事弄钱，他自然可以行善。

鲁四凤　（看大海）两年我不见你，你变了。

鲁大海　我在矿上干了两年，我没有变，我看你变了。

鲁四凤　你的话我有点不懂，你好像——有点像二少爷说话似的。

鲁大海　你是要骂我么？"少爷"？哼，在世界上没有这两个字！

〔鲁贵由左边书房进。

鲁　贵　（向大海）好容易老爷的客刚走，我正要说话，接着又来一个。我看，我们先下去坐坐吧。

鲁大海　那我还是自己进去。

鲁　贵　（拦住他）干什么？

鲁四凤　不，不。

鲁大海　也好，不要叫他看见我们工人不懂礼节。

鲁　贵　你看你这点穷骨头。老爷说不见就不见，在下房再等一等，算什么？我跟你走，这么大院子，你别胡闯乱闯走错了。（走向中门，回头）四凤，你先别走，我就回来，你听见没有？

鲁四凤　你去吧。

〔鲁贵、大海同下。

鲁四凤　（厌倦地摸着前额，自语）哦，妈呀！

〔外面花园里听见一个年青的轻快的声音，唤着"四凤！"疾步中夹杂着跳跃，渐渐移近中间门口。

鲁四凤　（有点惊慌）哦，二少爷。

〔门口的声音。

〔声：四凤！四凤！你在哪儿？

〔四凤慌忙躲在沙发背后。

〔声：四凤，你在这屋子里么？

〔周冲进。他身体很小，却有着大的心，也有着一切孩子似的空想。

他年青，才十七岁，他已经幻想过许多许多不可能的事实，他是在美的梦里活着的。现在他的眼睛欣喜地闪动着，脸色通红，冒着汗，他在笑。左腋下挟着一只球拍，右手正用白毛巾擦汗，他穿着打球的白衣服。他低声唤着四凤。

周　冲　四凤！四凤！（四面望一望）咦，她上哪儿去了？（蹑足走向右边的饭厅，开开门，低声）四凤你出来，四凤，我告诉你一件事。四凤，一件喜事。（他又轻轻地走到书房门口，更低声）四凤。

〔里面的声音：（严峻地）是冲儿么？

周　冲　（胆怯地）是我，爸爸。

〔里面的声音：你在干什么？

周　冲　嗯，我叫四凤呢。

〔里面的声音：（命令地）快去，她不在这儿。

〔周冲把头由门口缩回来，做了一个鬼脸。

周　冲　咦，奇怪。

〔他失望地向右边的饭厅走去，一路低低唤着四凤。

鲁四凤　（看见周冲已走，呼出一口气）他走了！（焦灼地望着通花园的门）

〔鲁贵由中门进。

鲁　贵　（向四凤）刚才是谁在喊你？

鲁四凤　二少爷。

鲁　贵　他叫你干什么？

鲁四凤　谁知道。

鲁　贵　（责备地）你为什么不理他？

鲁四凤　哦，我（擦眼泪）——不是您叫我等着么？

鲁　贵　（安慰地）怎么，你哭了么？

鲁四凤　我没哭。

鲁　贵　孩子，哭什么，这有什么难过？（仿佛在做戏）谁叫我们穷呢？穷人没有什么讲究。没法子，什么事都忍着点，谁都知道我的孩子是个好孩子。

鲁四凤　（抬起头）得了，您痛痛快快说话好不好。

鲁　贵　（不好意思）你看，刚才我走到下房，这些王八蛋就跑到公馆跟我要账，当着上上下下的人，我看没有二十块钱，简直圆不下这个脸。

鲁四凤　（拿出钱来）我的都在这儿。这是我回头预备给妈买衣服的，现在你先拿去用吧。

鲁　贵　（佯辞）那你不是没有花的了么？

鲁四凤　得了，您别这样客气啦。

鲁　贵　（笑着接下钱，数）只十二块？

鲁四凤　（坦白地）现钱我只有这么一点。

鲁　贵　那么，这堵着周公馆跟我要账的，怎么打发呢？

鲁四凤　（忍着气）您叫他们晚上到我们家里要吧。回头，见着妈，再想别的法子，这钱，您留着自己用吧。

鲁　贵　（高兴地）这给我啦，那我只当着你这是孝敬父亲的。——哦，好孩子，我早知道你是个孝顺孩子。

鲁四凤　（没有办法）这样，您让我上楼去吧。

鲁　贵　你看，谁管过你啦。去吧，跟太太说一声，说鲁贵直惦记太太的病。

鲁四凤　知道，忘不了。（拿药走）

鲁　贵　（得意）对了，四凤，我还告诉你一件事。

鲁四凤　您留着以后再说吧，我可得给太太送药去了。

鲁　贵　（暗示着）你看，这是你自己的事。（假笑）

鲁四凤　（沉下脸）我又有什么事？（放下药碗）好，我们今天都算清楚再走。

鲁　贵　你瞧瞧，又急了。真快成小姐了，耍脾气倒是呱呱叫啊。

鲁四凤　我沉得住气，您尽管说吧。

鲁　贵　孩子，你别这样，（正经地）我劝你小心点。

鲁四凤　（嘲弄地）我现在钱也没有了，还用得着小心干什么？

鲁　贵　我跟你说，太太这两天的神气有点不大对的。

鲁四凤　太太的神气不对有我什么？

鲁　贵　我怕太太看见你才有点不痛快。

鲁四凤　为什么？

鲁　贵　为什么？我先提你个醒。老爷比太太岁数大得多，太太跟老爷不好。大少爷不是这位太太生的，他比太太的岁数差得也有限。

鲁四凤　这我都知道。

鲁　贵　可是太太疼大少爷比疼自己的孩子还热，还好。

鲁四凤　当后娘只好这样。

鲁　贵　你知道这屋子为什么晚上没有人来，老爷在矿上的时候，就是白天也是一个人也没有么？

鲁四凤　不是半夜里闹鬼么？

鲁　贵　你知道这鬼是什么样儿么？

鲁四凤　我只听说到从前这屋子里常听见叹气的声音，有时哭，有时笑的，听说这屋子死过人，屈死鬼。

鲁　贵　鬼！一点也不错，——我可偷偷地看见啦。

鲁四凤　什么，您看见，您看见什么？鬼？

鲁　贵　（自负地）那是你爸爸的造化。

鲁四凤　您说。

鲁　贵　那时你还没有来，老爷在矿上，那么大，阴森森的院子，只有太太，二少爷，大少爷住。那时这屋子就闹鬼，二少爷小孩，胆小，叫我在他门口睡。那时是秋天，半夜里二少爷忽然把我叫起来，说客厅又闹鬼，叫我一个人去看看。二少爷的脸发青，我也直发毛。可是我是刚来的底下人，少爷说了，我怎么好不去呢？

鲁四凤　您去了没有？

鲁　贵　我喝了两口烧酒，穿过荷花池，就偷偷地钻到这门外的走廊旁边，就听见这屋子里啾啾地像一个女鬼在哭。哭得惨！心里越怕，越想看。我就硬着头皮从这窗缝里，向里一望。

鲁四凤　（喘气）您瞧见什么？

鲁　贵　就在这张桌上点着一支要灭不灭的洋蜡烛，我恍恍惚惚地看见两个穿着黑衣裳的鬼，并排地坐着，像是一男一女，背朝着我，那个女鬼像是靠着男鬼的身边哭，那个男鬼低着头直叹气。

鲁四凤　哦，这屋子有鬼是真的。

鲁　贵　可不是？我就是乘着酒劲儿，朝着窗户缝，轻轻地咳嗽一声。就看这两个鬼飕一下子分开了，都向我这边望：这一下子他们的脸清清楚楚地正对着我，这我可真见了鬼了。

鲁四凤　鬼么？什么样？（停一下，鲁贵四面望一望）谁？

鲁　贵　我这才看见那个女鬼呀，（回头，低声）——是我们的太太。

鲁四凤　太太？——那个男的呢？

鲁　贵　那个男鬼，你别怕，——就是大少爷。

鲁四凤　他？

鲁　贵　就是他，他同他的后娘就在这屋子里闹鬼呢。

鲁四凤　我不信，您看错了吧？

鲁　贵　你别骗自己。所以孩子，你看开点，别糊涂，周家的人就是那么一回事。

鲁四凤　（摇头）不，不对，他不会这样。

鲁　贵　你忘了，大少爷比太太只小六七岁。

鲁四凤　我不信，不，不像。

鲁　贵　好，信不信都在你，反正我先告诉你，太太的神气现在对你不大对，就是因为你，因为你同——

鲁四凤　（不愿意他说出真有这件事）太太知道您在门口，一定不会饶您的。

鲁　贵　是啊，我吓了一身汗，我没等他们出来，我就跑了。

鲁四凤　那么，二少爷以后就不问您？

鲁　贵　他问我，我说我没有看见什么就算了。

鲁四凤　哼，太太那么一个人不会算了吧？

鲁　贵　她当然厉害，拿话套了我十几回，我一句话也没有漏出来，这两年过去，说不定他们以为那晚上真是鬼在咳嗽呢。

鲁四凤　（自语）不，不，我不信——就是有了这样的事，他也会告诉我的。

鲁　贵　你说大少爷会告诉你。你想想，你是谁？他是谁？你没有个好爸爸，给人家当底下人，人家当真心地待你？你又做你的

第九讲　命运与人性世界：《雷雨》

小姐梦啦，你，就凭你……

鲁四凤　（突然闷气地喊了一声）您别说了！（忽然站起来）妈今天回家，您看我太快活是么？您说这些瞎话——这些瞎话！哦，您一边去吧。

鲁　贵　你看你，告诉你真话，叫你聪明点。你反而生气了，唉，你呀！（很不经意地扫四凤一眼，他傲然地，好像满意自己这段话的效果，觉得自己是比一切人都聪明似的。他走到茶几旁，从烟筒里，抽出一支烟，预备点上，忽然想起这是周公馆，于是改了主张，很熟练地偷了几支烟卷同雪茄，放在自己的旧得露出黄铜底镀银的烟盒里）

鲁四凤　（厌恶地望着鲁贵做完他的偷窃的勾当，轻蔑地）哦，就这么一点事么？那么，我知道了。

〔四凤拿起药碗就走。

鲁　贵　你别说，我的话没说完。

鲁四凤　没说完？

鲁　贵　这刚到正题。

鲁四凤　对不起您老人家，我不愿意听了。（反身就走）

鲁　贵　（拉住她的手）你得听！

鲁四凤　放开我！（急）——我喊啦。

鲁　贵　我告诉你这一句话，你再闹。（对着四凤的耳朵）回头你妈就到这儿来找你。（放手）

鲁四凤　（变色）什么？

鲁　贵　你妈一下火车，就到这儿公馆来。

鲁四凤　妈不愿意我在公馆里帮人，您为什么叫她到这儿来找我？我每天晚上，回家的时候自然会看见她，您叫她到这儿来干什么？

鲁　贵　不是我，四凤小姐，是太太要我找她来的。

鲁四凤　太太要她来？

鲁　贵　嗯，（神秘地）奇怪不是，没亲没故。你看太太偏要请她来谈一谈。

鲁四凤　哦，天！您别吞吞吐吐地好么？

· 167 ·

鲁　贵　你知道太太为什么一个人在楼上，做诗写字，装着病不下来？

鲁四凤　老爷一回家，太太向来是这样。

鲁　贵　这次不对吧？

鲁四凤　那么，您快说出来。

鲁　贵　你一点不觉得？——大少爷没提过什么？

鲁四凤　我知道这半年多，他跟太太不常说话的。

鲁　贵　真的么？——那么太太对你呢。

鲁四凤　这几天比往日特别地好。

鲁　贵　那就对了！——我告诉你，太太知道我不愿意你离开这儿。这次，她自己要对你妈说，叫她带着你卷铺盖，滚蛋！

鲁四凤　（低声）她要我走——可是——为什么？

鲁　贵　哼！那你自己明白吧。——还有——

鲁四凤　（低声）要妈来干什么？

鲁　贵　对了，她要告诉你妈一件很要紧的事。

鲁四凤　（突然明白）哦，爸爸，无论如何，我在这儿的事，不能让妈知道的。（惧悔交集，大恸）哦，爸爸，您想，妈前年离开我的时候，她嘱咐过您，好好地看着我，不许您送我到公馆帮人。您不听，您要我来。妈不知道这些事，妈疼我，妈爱我，我是妈的好孩子，我死也不能叫妈知道这儿这些事情的。（扑在桌上）我的妈呀！

鲁　贵　孩子！（他知道他的戏到什么情形应当怎么做，他轻轻地抚着四凤）你看现在才是爸爸好吧，爸疼你，不要怕！不要怕！她不敢怎么样，她不会辞你的。

鲁四凤　她为什么不？她恨我，她恨我。

鲁　贵　她恨你，可是，哼，她不会不知道这儿有一个叫她怕的。

鲁四凤　她会怕谁？

鲁　贵　哼，她怕你的爸爸！你忘了我告诉你那两个鬼哪。你爸爸会抓鬼。昨天晚上我替你告假，她说你妈来的时候，要我叫你妈来。我看她那两天的神气，我就猜了一半，我顺便就把那天半夜的事提了两句，她是机灵人，不会不懂的。——哼，

　　　　她要是跟我装蒜，现在老爷在家，我们就是个麻烦；我知道
　　　　她是个厉害人，可是谁欺负了我的女儿，我就跟谁拼了。
鲁四凤　爸爸，（抬起头）您可不要胡来！
鲁　贵　这家除了老头，我谁也看不上眼。别着急，有你爸爸。再
　　　　说，也许是我瞎猜，她原来就许没有这意思。她外面倒是
　　　　跟我说，因为听说你妈会读书写字，才想见见谈谈。
鲁四凤　（忽然谛听）爸，别说话，我听见好像有人在饭厅（指左
　　　　边）咳嗽似的。
鲁　贵　（听一下）别是太太吧？（走到通饭厅的门前，由锁眼窥视，
　　　　忙回来）可不是她，奇怪，她下楼来了。
鲁四凤　（擦眼泪）爸爸，擦干了么？
鲁　贵　别慌，别露相，什么话也别提。我走了。
鲁四凤　嗯，妈来了，您先告诉我一声。
鲁　贵　对了，见着你妈，就当什么都不知道，听见了没有？（走到
　　　　中门，又回头）别忘了，跟太太说鲁贵惦记着太太的病。

〔鲁贵慌忙由中门下。四凤端着药碗向饭厅门，至门前，周蘩漪进。她一望就知道是个果敢阴鸷的女人。她的脸色苍白，只有嘴唇微红，她的大而灰暗的眼睛同高鼻梁令人觉得有些可怕。但是眉目间看出来她是忧郁的，在那静静的长的睫毛的下面，有时为心中的郁积的火燃烧着，她的眼光会充满了一个年轻妇人失望后的痛苦与怨望。她的嘴角向后略弯，显出一个受抑制的女人在管制着自己。她那雪白细长的手，时常在她轻轻咳嗽的时候，按着自己瘦弱的胸。直等自己喘出一口气来，她才摸摸自己胀得红红的面颊，喘出一口气。她是一个中国旧式女人，有她的文弱，她的哀静，她的明慧，——她对诗文的爱好，但是她也有更原始的一点野性：在她的心。她的胆量，她的狂热的思想，在她莫名其妙的决断时忽然来的力量。整个地来看她，她似乎是一个水晶，只能给男人精神的安慰，她的明亮的前额表现出深沉的理解，像只是可以供清谈的；但是当她陷于情感的冥想中，忽然愉快地笑着；当着她见着她所爱的，红晕的颜色为快乐散布在脸上，两颊的笑涡也显露出来的时节，你才觉得她是能被人爱的，应当被人爱的，你才知道她到底是一个女人，跟一切年轻的女人一样。她会爱你如一只饿了三天的狗咬着它最喜欢的骨头，她恨起你来也会像只恶狗

狺狺地，不，多不声不响地恨恨地吃了你的。然而她的外形是沉静的，忧烦的，她会如秋天傍晚的树叶轻轻落在你的身旁，她觉得自己的夏天已经过去，西天的晚霞早暗下来了。

〔她通身是黑色。旗袍镶着灰银色的花边。她拿着一把团扇，挂在手指下，走进来。她的眼眶略微有点塌进，很自然地望着四凤。

鲁四凤　（奇怪地）太太！怎么您下楼来啦？我正预备给您送药去呢！

周蘩漪　（咳）老爷在书房里么？

鲁四凤　老爷在书房里会客呢。

周蘩漪　谁来？

鲁四凤　刚才是盖新房子的工程师，现在不知道是谁。您预备见他？

周蘩漪　不。——老妈子告诉我说，这房子已经卖给一个教堂做医院，是么？

鲁四凤　是的，老爷叫把小东西都收一收，大家具有些已经搬到新房子里去了。

周蘩漪　谁说要搬房子？

鲁四凤　老爷回来就催着要搬。

周蘩漪　（停一下，忽然）怎么不告诉我一声？

鲁四凤　老爷说太太不舒服，怕您听着嫌麻烦。

周蘩漪　（又停一下，看看四面）两礼拜没下来，这屋子改了样子了。

鲁四凤　是的，老爷说原来的样子不好看，又把您添的新家具搬了几件走。这是老爷自己摆的。

周蘩漪　（看看右面的衣柜）这是他顶喜欢的衣柜，又拿来了。（叹气）什么事自然要依着他，他是什么都不肯将就的。（咳，坐下）

鲁四凤　太太，您脸上像是发烧，您还是到楼上歇着吧。

周蘩漪　不，楼上太热。（咳）

鲁四凤　老爷说太太的病很重，嘱咐过请您好好地在楼上躺着。

周蘩漪　我不愿意躺在床上。——喂，我忘了，老爷哪一天从矿上回来的？

鲁四凤　前天晚上。老爷见着您发烧很利害，叫我们别惊醒您，就一个人在楼下睡的。
周蘩漪　白天我像是没见过老爷来。
鲁四凤　嗯，这两天老爷天天忙着跟矿上的董事们开会，到晚上才上楼看您。可是您又把门锁上了。
周蘩漪　（不经意地）哦，哦，——怎么，楼下也这么闷热。
鲁四凤　对了，闷的很。一早晨黑云就遮满了天，也许今儿个会下一场大雨。
周蘩漪　你换一把大点的团扇，我简直有点喘不过气来。
〔四凤拿一把团扇给她，她望着四凤，又故意地转过头去。
周蘩漪　怎么这两天没见着大少爷？
鲁四凤　大概是很忙。
周蘩漪　听说他也要到矿上去是么？
鲁四凤　我不知道。
周蘩漪　你没有听见说么？
鲁四凤　倒是伺候大少爷的下人这两天尽忙着跟他检衣裳。
周蘩漪　你父亲干什么呢？
鲁四凤　大概跟老爷买檀香去啦。——他说，他问太太的病。
周蘩漪　他倒是惦记着我。（停一下忽然）他现在还没起来么？
鲁四凤　谁？
周蘩漪　（没有想到四凤这样问，忙收敛一下）嗯，——自然是大少爷。
鲁四凤　我不知道。
周蘩漪　（看了她一眼）嗯？
鲁四凤　这一早晨我没有见着他。
周蘩漪　他昨天晚上什么时候回来的？
鲁四凤　（红脸）您想，我每天晚上总是回家睡觉，我怎么知道。
周蘩漪　（不自主地，尖酸）哦，你每天晚上回家睡！（觉得失言）老爷回来，家里没有人会伺候他，你怎么天天要回家呢？
鲁四凤　太太，不是您盼咐过，叫我回去睡么？
周蘩漪　那时是老爷不在家。

鲁四凤　我怕老爷念经吃素，不喜欢我们伺候他，听说老爷一向是讨厌女人家的。

周繁漪　哦，（看四凤，想着自己的经历）嗯，（低语）难说的很。（忽而抬起头来，眼睛张开）这么说，他在这几天就走，究竟到什么地方去呢？

鲁四凤　（胆怯地）您说的是大少爷？

周繁漪　（斜着看四凤）嗯！

鲁四凤　我没听见。（嗫嚅地）他，他总是两三点钟回家，我早晨像是听见我父亲叨叨说下半夜跟他开的门来着。

周繁漪　他又喝醉了么？

鲁四凤　我不清楚。——（想找一个新题目）太太，您吃药吧。

周繁漪　谁说我要吃药？

鲁四凤　老爷吩咐的。

周繁漪　我并没请医生，哪里来的药？

鲁四凤　老爷说您犯的是肝郁，今天早上想起从前您吃的老方子，就叫抓一付。说太太一醒，就给您煎上。

周繁漪　煎好了没有？

鲁四凤　煎好，凉在这儿好半天啦。

〔四凤端过药碗来。

鲁四凤　您喝吧。

周繁漪　（喝一口）苦的很。谁煎的？

鲁四凤　我。

周繁漪　太不好喝，倒了它吧！

鲁四凤　倒了它？

周繁漪　嗯？好，（想起朴园严厉的脸）要不，你先把它放在那儿。不，（厌恶）你还是倒了它。

鲁四凤　（犹豫）嗯。

周繁漪　这些年喝这种苦药，我大概是喝够了。

鲁四凤　（拿着药碗）您忍一忍喝了吧。还是苦药能够治病。

周繁漪　（心里忽然恨起她来）谁要你劝我？倒掉！（自己觉得失了身份）这次老爷回来，我听老妈子说瘦了。

鲁四凤　嗯，瘦多了，也黑多了。听说矿上正在罢工，老爷很着急的。
周繁漪　老爷很不高兴么？
鲁四凤　老爷还是那样，除了会客，念念经，打打坐，在家里一句话也不说。
周繁漪　没有跟少爷们说话么？
鲁四凤　见了大少爷只点一点头，没说话，倒是问了二少爷学堂的事。——对了，二少爷今天早上还问您的病呢。
周繁漪　我现在不怎么愿意说话，你告诉他我很好就是了。——回头叫账房拿四十块钱给二少爷，说这是给他买书的钱。
鲁四凤　二少爷总想见见您。
周繁漪　那就叫他到楼上来见我。——（站起来，踱了两步）哦，这老房子永远是这样闷气，家具都发了霉，人们也都是鬼里鬼气的！
鲁四凤　（想想）太太，今天我想跟您告假。
周繁漪　是你母亲从济南回来么？——嗯，你父亲说过来着。
〔花园里，周冲又在喊：四凤！四凤！
周繁漪　你去看看，二少爷在喊你。
〔周冲在喊：四凤。
鲁四凤　在这儿。
〔周冲由中门进，穿一套白西服上身。
周　冲　（进门只看见四凤）四凤，我找你一早晨。（看见繁漪）妈，怎么您下楼来了？
周繁漪　冲儿，你的脸怎么这样红？
周　冲　我刚同一个同学打网球。（亲热地）我正有许多话要跟您说。您好一点儿没有？（坐在繁漪身旁）这两天我到楼上看您，您怎么总把门关上？
周繁漪　我想清静清静。你看我的气色怎么样？四凤，你给二少爷拿一瓶汽水。你看你的脸通红。
〔四凤由饭厅门口下。
周　冲　（高兴地）谢谢您。让我看看您。我看您很好，没有一点病。为什么他们总说您有病呢？您一个人躲在房里头，您看。父亲回家三天，您都没有见着他。

周蘩漪　（忧郁地看着周冲）我心里不舒服。

周　冲　哦，妈，不要这样。父亲对不起您，可是他老了，我是您的将来，我要娶一个顶好的人，妈，您跟我们一块住，那我们一定会叫您快活的。

周蘩漪　（脸上闪出一丝微笑的影子）快活？（忽然）冲儿，你是十七了吧？

周　冲　（喜欢他的母亲有时这样奇突）妈，您看，您要再忘了我的岁数，我一定得跟您生气啦！

周蘩漪　妈不是个好母亲。有时候自己都忘了自己在哪儿。（沉思）——哦，十八年了，在这老房子里，你看，妈老了吧？

周　冲　不，妈，您想什么？

周蘩漪　我不想什么。

周　冲　妈，您知道我们要搬家么，新房子。父亲昨天对我说后天就搬过去。

周蘩漪　你知道父亲为什么要搬房子？

周　冲　您想父亲哪一次做事先告诉过我们？——不过我想他老了，他说过以后要不做矿上的事，加上这旧房子不吉利。——哦，妈，您不知道这房子闹鬼么？前年秋天，半夜里，我像是听见什么似的。

周蘩漪　你不要再说了。

周　冲　妈，您也信这些话么？

周蘩漪　我不相信，不过这老房子很怪，我很喜欢它，我总觉得这房子有点灵气，它拉着我，不让我走。

周　冲　（忽然高兴地）妈。——

〔四凤拿汽水上。

鲁四凤　二少爷。

周　冲　（站起来）谢谢你。（四凤红脸）

〔四凤倒汽水。

周　冲　你给太太再拿一个杯子来，好么？（四凤下）

周繁漪　（目不转睛地看着他们）冲儿，你们为什么这样客气？
周　冲　（喝水）妈，我就想告诉您，那是因为，——（四凤进）——回头我告诉您。妈，您给给我画的扇面呢？
周繁漪　你忘了我不是病了么？
周　冲　对了，您原谅我。我，我，——怎么这屋子这样热？
周繁漪　大概是窗户没有开。
周　冲　让我来开。
鲁四凤　老爷说过不叫开，说外面比屋里热。
周繁漪　不，四凤，开开它。他在外头一去就是两年不回家，这屋子里的死气他是不知道的。（四凤拉开壁龛前的帷幔）
周　冲　（见四凤很费力地移动窗前的花盆）四凤，你不要动。让我来。（走过去）
鲁四凤　我一个人成，二少爷。
周　冲　（争执着）让我。（二人拿起花盆，放下时压了四凤的手，四凤轻轻叫了一声痛）怎么样？四凤？（拿着她的手）
鲁四凤　（抽出自己的手）没有什么，二少爷。
周　冲　不要紧、我给你拿点橡皮膏。
周繁漪　冲儿，不用了。——（转头向四凤）你到厨房去看一看，问问给老爷做的素菜都做完了没有？

〔四凤由中门下，周冲望着她下去。

周繁漪　冲儿，（周冲回来）坐下。你说吧。
周　冲　（看着繁漪，带了希冀和快乐的神色）妈，我这两天很快活。
周繁漪　在这家里，你能快活，自然是好现象。
周　冲　妈，我一向什么都不肯瞒过您，您不是一个平常的母亲。您最大胆，最有想象，又，最同情我的思想的。
周繁漪　那我很欢喜。
周　冲　妈，我要告诉您一件事，——不，我要跟您商量一件事。
周繁漪　你先说给我听听。
周　冲　妈，（神秘地）您不说我么？
周繁漪　我不说你，孩子，你说吧。

周　　冲　（高兴地）哦，妈——（又停下了，迟疑着）不，不，不，我不说了。

周蘩漪　（笑了）为什么？

周　　冲　我，我怕您生气。（停）我说了以后，你还是一样地喜欢我么？

周蘩漪　傻孩子，妈永远是喜欢你的。

周　　冲　（笑）我的好妈妈。真的，您还喜欢我，不生气？

周蘩漪　嗯，真的——你说吧。

周　　冲　妈，说完以后我还不许您笑话我。

周蘩漪　嗯，我不笑话你。

周　　冲　真的？

周蘩漪　真的！

周　　冲　妈，我现在喜欢一个人。

周蘩漪　哦！（证实了她的疑惧）哦！

周　　冲　（望着蘩漪的凝视的眼睛）妈，您看，您的神气又好像说我不应该似的。

周蘩漪　不，不，你这句话叫我想起来，——叫我觉得我自己……——哦，不，不，不。你说吧。这个女孩子是谁？

周　　冲　她是世界上最——（看一看蘩漪）不，妈，您看您又要笑话我。反正她是我认为最满意的女孩子。她心地单纯，她懂得活着的快乐，她知道同情，她明白劳动有意义。最好的，她不是小姐堆里娇生惯养出来的人。

周蘩漪　可是你不是喜欢受过教育的人么？她念过书么？

周　　冲　自然没念过书。这是她，也可说是唯一的缺点，然而这并不怪她。

周蘩漪　哦。（眼睛暗下来，不得不问下一句，沉重地）冲儿，你说的不是——四凤？

周　　冲　是，妈妈。——妈，我知道旁人会笑话我，您不会不同情我的。

周蘩漪　（惊愕，停，自语）怎么，我自己的孩子也……

周　　冲　（焦灼）您不愿意么？您以为我做错了么？

周繁漪　不，不，那倒不。我怕她这样的孩子不会给你幸福的。
周　冲　不，她是个聪明有感情的人，并且她懂得我。
周繁漪　你不怕父亲不满意你么？
周　冲　这是我自己的事情。
周繁漪　别人知道了说闲话呢？
周　冲　那我更不放在心上。
周繁漪　这倒像我自己的孩子。不过我怕你走错了。第一，她始终是个没受过教育的下等人。你要是喜欢她，她当然以为这是她的幸运。
周　冲　妈，您以为她没有主张么？
周繁漪　冲儿，你把什么人都看得太高了。
周　冲　妈，我认为您这句话对她用是不合适的。她是最纯洁，最有主张的好孩子，昨天我跟她求婚——
周繁漪　（更惊愕）什么？求婚？（这两个字叫她想笑）你跟她求婚？
周　冲　（很正经地，不喜欢母亲这样的态度）不，妈，您不要笑！她拒绝我了。——可是我很高兴，这样我觉得她更高贵了。她说她不愿意嫁给我。
周繁漪　哦，拒绝！（这两个字也觉得十分可笑）她还"拒绝"你。——哼，我明白她。
周　冲　你以为她不答应我，是故意地虚伪么？不，不，她说，她心里另外有一个人。
周繁漪　她没有说谁？
周　冲　我没有问。总是她的邻居，常见的人吧。——不过真的爱情免不了波折，我爱她，她会渐渐地明白我，喜欢我的。
周繁漪　我的儿子要娶也不能娶她。
周　冲　妈妈，您为什么这样厌恶她？四凤是个好女孩子，她背地总是很佩服您，敬重您的。
周繁漪　你现在预备怎么样？
周　冲　我预备把这个意思告诉父亲。
周繁漪　你忘了你父亲是什么样一个人啦！
周　冲　我一定要告诉他的。我将来并不一定跟她结婚。如果她不愿

	意我,我仍然是尊重她,帮助她的。但是我希望她现在受教育,我希望父亲允许我把我的教育费分给她一半上学。
周繁漪	你真是个孩子。
周　冲	(不高兴地)我不是孩子。我不是孩子。
周繁漪	你父亲一句话就把你所有的梦打破了。
周　冲	我不相信。——(有点沮丧)得了,妈,我们不谈这个吧。哦,昨天我见着哥哥,他说他这次可要到矿上去做事了,他明天就走,他说他太忙,他叫我告诉您一声,他不上楼见您了。您不会怪他吧?
周繁漪	为什么?怪他?
周　冲	我总觉得您同哥哥的感情不如以前那样似的。妈,您想,他自幼就没有母亲,性情自然容易古怪。我想他的母亲一定也感情很盛的,哥哥就是一个很有感情的人。
周繁漪	你父亲回来了,你少说哥哥的母亲,免得你父亲又板起脸,叫一家子不高兴。
周　冲	妈,可是哥哥现在真有点怪,他喝酒喝得很多,脾气很暴,有时他还到外国教堂去,不知干什么?
周繁漪	他还怎么样?
周　冲	前三天他喝得太醉了。他拉着我的手,跟我说,他恨他自己,说了许多我不大明白的话。
周繁漪	哦!
周　冲	最后他忽然说,他从前爱过一个他决不应该爱的女人!
周繁漪	(自语)从前?
周　冲	说完就大哭,当时就逼着我,要我离开他的屋子。
周繁漪	他还说什么话来么?
周　冲	没有,他很寂寞的样子,我替他很难过,他到现在为什么还不结婚呢?
周繁漪	(喃喃地)谁知道呢?谁知道呢?
周　冲	(听见门外脚步的声音,回头看)咦,哥哥进来了。

〔中门大开,周萍进。他约莫有二十八九,颜色苍白,躯干比他的弟弟略微长些。他的面目清秀,甚至于可以说美,但不是一看就使女人醉心

的那种男子。他有宽而黑的眉毛，有厚的耳垂，粗大的手掌，乍一看，有时会令人觉得他有些戆气的；不过，若是你再长久地同他坐一坐，会感到他的气味不是你所想的那样纯朴可喜，他是经过了雕琢的，虽然性格上那些粗涩的滓渣经过了教育的提炼，成为精细而优美了；但是一种可以炼钢熔铁，火炽的，不成形的原始人生活中所有的那种"蛮"力，也就因为郁闷，长久离开了空气的原因，成为怀疑的，怯弱的，莫名其妙的了。和他谈两三句话，便知道这也是一个美丽的空形，如生在田野的麦苗移植在暖室里，虽然也开花结实，但是空虚脆弱，经不起现实的风霜。在他灰暗的眼神里，你看见了不定，犹疑，怯弱同冲突。当他的眼神暗下来，瞳仁微微地在闪烁的时候，你知道他在审阅自己的内心过误，而又怕人窥探出他是这样无能，只讨生活于自己的内心的小圈子里。但是你以为他是做不出惊人的事情，没有男子的胆量么？不，在他感情的潮涌起来的时候，——哦，你单看他眼角间一条时时刻刻地变动的刺激人的圆线，极冲动而敏锐的红而厚的嘴唇，你便知道在这种时候，他会贸然地做出自己终身诅咒的事，而他生活是不会有计划的。他的唇角松弛地垂下来。一点疲乏会使他眸子发呆，叫你觉得他不能克制自己，也不能有规律地终身做一件事。然而他明白自己的病，他在改，不，不如说在悔，永远地在悔恨自己过去由直觉铸成的错误；因为当着一个新的冲动来时，他的热情，他的欲望，整个如潮水似地冲上来，淹没了他。他一星星的理智，只是一段枯枝卷在漩涡里，他昏迷似地做出自己认为不应该做的事。这样很自然地一个大错跟着一个更大的错。所以他是有道德观念的，有情爱的，但同时又是渴望着生活，觉得自己是个有肉体的人。于是他痛苦了，他恨自己，他羡慕一切没有顾忌，敢做坏事的人，于是他会同情鲁贵。他又钦羡一切能抱着一件事业向前做，能依循着一般人所谓的"道德"生活下去，为"模范市民"，"模范家长"的人，于是他佩服他的父亲。他的父亲在他的见闻里，除了一点倔强冷酷，——但是这个也是他喜欢的，因为这两种性格他都没有——是一个无瑕的男子。他觉得他在那一方面欺骗他的父亲是不对了，并不是因为他怎么爱他的父亲（固然他不能说不爱他），他觉得这样是卑鄙，像老鼠在狮子睡着的时候偷咬一口的行为，同时如一切好内省而又冲动的人，在他的直觉过去，理智冷回来的时候，他更刻毒地恨自己，更深地觉得这是反人性，一切的犯了罪的痛苦都牵到自己身上。他要把自己拯救起来，他需要新的力，无论是什么，只要能帮助他，把他由冲突的苦海中救出来，他愿意找。他见着四凤，当时就觉得她新鲜，她的"活"！他发现他最需要的那一点东西，是充满地流动着在四凤的身里。她有"青春"，有"美"，有充溢着的血，固然他也看到她是粗，但是他直觉到这才是他要的，渐渐地他厌恶一切忧郁过分的女人，忧郁已经蚀尽了他的心；他也恨一切经过教育陶冶的女人（因为她们会提醒他的缺点），同一切细致的情绪，他觉得"腻"！

〔然而这种感情的波纹是在他心里隐约地流荡着，潜伏着；他自己只是顺着自己之情感的流在走，他不能用理智再冷酷地剖析自己，他怕，他有时是怕看自己心内的残疾的。现在他不得不爱四凤了，他要死心塌地地爱她，他想这样忘了自己，当然他也明白，他这次的爱不只是为求自己心灵的药，他还有一个地方是渴。但是在这一层他并不感觉得从前的冲突，他想好好地待她，心里觉得这样也说得过去了。经过她那有处女香的温热的气息后，豁然地他觉出心地的清朗，他看见了自己心内的太阳，他想"能拯救他的女人大概是她吧！"于是就把生命交给这个女孩子，然而昔日的记忆如巨大的铁掌抓住了他的心，不时地，尤其是在蘩漪面前，他感觉一丝一丝刺心的疚痛；于是他要离开这个地方——这个能引起人的无边噩梦似的老房子，走到任何地方。而在未打开这个狭的笼之先，四凤不能了解也不能安慰他的疚伤的时候，便不自主地纵于酒，于热烈的狂欢，于一切外面的刺激之中。于是他精神颓丧，永远成了不安定的神情。

〔现在他穿一件藏青的绸袍，西服裤，漆皮鞋，没有修脸。整个是不整齐，他打着呵欠。

周　冲　哥哥。

周　萍　你在这儿。

周蘩漪　（觉得没有理她）萍！

周　萍　哦？（低了头，又抬起）您——您也在这儿。

周蘩漪　我刚下楼来。

周　萍　（转头问周冲）父亲没有出去吧？

周　冲　没有，你预备见他么？

周　萍　我想在临走以前跟父亲谈一次。（一直走向书房）

周　冲　你不要去。

周　　萍　他老人家干什么呢？

周　　冲　他大概跟一个人谈公事。我刚才见着他，他说他一会儿会到这儿来，叫我们在这儿等他。

周　　萍　那我先回到我屋子里写封信。（要走）

周　　冲　不，哥哥，母亲说好久不见你。你不愿意一齐坐一坐，谈谈么？

周繁漪　你看，你让哥哥歇一歇，他愿意一个人坐着的。

周　　萍　（有些烦）那也不见得，我总怕父亲回来，您很忙，所以——

周　　冲　你不知道母亲病了么？

周繁漪　你哥哥怎么会把我的病放在心上？

周　　冲　妈！

周　　萍　您好一点了么？

周繁漪　谢谢你，我刚刚下楼。

周　　萍　对了，我预备明天离开家里到矿上去。

周繁漪　哦，（停）好得很。——什么时候回来呢？

周　　萍　不一定，也许两年，也许三年。哦，这屋子怎么闷气得很。

周　　冲　窗户已经打开了。——我想，大概是大雨要来了。

周繁漪　（停一停）你在矿上做什么呢？

周　　冲　妈，你忘了，哥哥是专门学矿科的。

周繁漪　这是理由么，萍？

周　　萍　（拿起报纸看，遮掩自己）说不出来，像是家里住得太久了，烦得很。

周繁漪　（笑）我怕你是胆小吧？

周　　萍　怎么讲？

周繁漪　这屋子曾经闹过鬼，你忘了。

周　　萍　没有忘。但是这儿我住厌了。

周繁漪　（笑）假若我是你，这周围的人我都会厌恶，我也离开这个死地方的。

周　　冲　妈，我不要您这样说话。

周　　萍　（忧郁地）哼，我自己对自己都恨不够，我还配说厌恶别

人?——(叹一口气)弟弟,我想回屋去了。(起立)

〔书房门开。

周　冲　别走,这大概是爸爸来了。

〔里面的声音:(书房门开一半,周朴园进、向内露着半个身子说话)我的意思是这么办,没有问题了,很好,再见吧,不送。

〔门大开,周朴园进,他约莫有五六十岁,鬓发已经斑白,带着椭圆形的金边眼镜,一对沉鸷的眼在底下闪烁着。像一切起家立业的人物,他的威严在儿孙面前格外显得峻厉。他穿的衣服,还是二十年前的新装,一件团花的官纱大褂,底下是白纺绸的衬衫,长衫的领扣松散着,露着颈上的肉。他的衣服很舒展地贴在身上,整洁,没有一丝尘垢。他有些胖,背微微地伛偻,面色苍白,腮肉松弛地垂下来,眼眶略微下陷,眸子闪闪地放着光彩,时常也倦怠地闭着眼皮。他的脸带着多年的世故和劳碌,一种冷峭的目光和偶然在嘴角逼出的冷笑,看出他平日的专横,自是和倔强。年轻时一切的冒失,狂妄已经为脸上的皱纹深深遮盖着,再也寻不着一点痕迹,只有他的半白的头发还保持昔日的丰采,很润泽地分梳到后面。在阳光底下,他的脸呈着很白色,一般人说这就是贵人的特征,所以他才有这样大的矿产。他的下颏的胡须已经灰白,常用一只象牙的小梳梳理。他的大指套着一个扳指。

〔他现在精神很饱满,沉重地走出来。

周　萍　
周　冲　(同时)爸。

周　冲　客走了?

周朴园　(点头,转向蘩漪)你怎么今天下楼来了,完全好了么?

周蘩漪　病原来不很重——回来身体好么?

周朴园　还好。——你应当再到楼上去休息。冲儿,你看你母亲的气色比以前怎么样?

周　冲　母亲原来就没有什么病。

周朴园　(不喜欢儿子们这样答复老人的话,沉重地,眼翻上来)谁告诉你的?我不在的时候,你常来问你母亲的病么?(坐在沙发上)

周蘩漪　(怕他又来教训)朴园,你的样子像有点瘦了似的。——矿

182

第九讲　命运与人性世界：《雷雨》

上的罢工究竟怎么样？

周朴园　昨天早上已经复工，不成问题。

周　冲　爸爸，怎么鲁大海还在这儿等着要见您呢？

周朴园　谁是鲁大海？

周　冲　鲁贵的儿子。前年荐进去，这次当代表的。

周朴园　这个人！我想这个人有背景，厂方已经把他开除了。

周　冲　开除！爸爸，这个人脑筋很清楚，我方才跟这个人谈了一回。代表罢工的工人并不见得就该开除。

周朴园　哼，现在一般青年人，跟工人谈谈，说两三句不关痛痒、同情的话，像是一件很时髦的事情！

周　冲　我以为这些人替自己的一群努力，我们应当同情的。并且我们这样享福，同他们争饭吃，是不对的。这不是时髦不时髦的事。

周朴园　（眼翻上来）你知道社会是什么？你读过几本关于社会经济的书？我记得我在德国念书的时候，对于这方面，我自命比你这种半瓶醋的社会思想要彻底的多！

周　冲　（被压制下去，然而）爸，我听说矿上对于这次受伤的工人不给一点抚恤金。

周朴园　（头扬起来）我认为你这次说话说得太多了。（向繁漪）这两年他学得很像你了。（看钟）十分钟后我还有一个客来，嗯，你们关于自己有什么话说么？

周　萍　爸，刚才我就想见您。

周朴园　哦，什么事？

周　萍　我想明天就到矿上去。

周朴园　这边公司的事，你交代完了么？

周　萍　差不多完了。我想请父亲给我点实在的事情做，我不想看看就完事。

周朴园　（停一下，看周萍）苦的事你成么？要做就做到底。我不愿意我的儿子叫旁人说闲话的。

周　萍　这两年在这儿做事太舒服，心里很想在内地乡下走走。

周朴园　让我想想。——（停）你可以明天起身，做哪一类事情，到了矿上我再打电报给你。

〔四凤由饭厅门入，端了碗普洱茶。

周　冲　（犹豫地）爸爸。

周朴园　（知道他又有新花样）嗯，你？

周　冲　我现在想跟爸爸商量一件很重要的事。

周朴园　什么？

周　冲　（低下头）我想把我的学费的一部分分出来。

周朴园　哦。

周　冲　（鼓起勇气）把我的学费拿出一部分送给——

〔四凤端茶，放朴园前

周朴园　四凤，——（向周冲）你先等一等。——（向四凤）叫你给太太煎的药呢？

鲁四凤　煎好了。

周朴园　为什么不拿来？

鲁四凤　（看蘩漪，不说话）

周蘩漪　（觉出四周的征兆有些恶相）她刚才给我倒来了，我没有喝。

周朴园　为什么？（停，向四凤）药呢？

周蘩漪　（快说）倒了，我叫四凤倒了。

周朴园　（慢）倒了？哦？（更慢）倒了！——（向四凤）药还有么？

鲁四凤　药罐里还有一点。

周朴园　（低而缓地）倒了来。

周蘩漪　（反抗地）我不愿意喝这种苦东西。

周朴园　（向四凤，高声）倒了来。

〔四凤走到左面倒药。

周　冲　爸，妈不愿意，您何必这样强迫呢？

周朴园　你同你母亲都不知道自己的病在哪儿。（向蘩漪低声）你喝了，就会完全好的。（见四凤犹豫，指药）送到太太那里去。

周蘩漪　（顺忍地）好，先放在这儿。

周朴园　（不高兴地）不。你最好现在喝了它吧。

周繁漪　（忽然）四凤，你把它拿走。

周朴园　（忽然严厉地）喝了它，不要任性，当着这么大的孩子。

周繁漪　（声颤）我不想喝。

周朴园　冲儿，你把药端到母亲面前去。

周　冲　（反抗地）爸！

周朴园　（怒视）去！

〔周冲只好把药端到繁漪面前。

周朴园　说，请母亲喝。

周　冲　（拿着药碗，手发颤，回头，高声）爸，您不要这样。

周朴园　（高声地）我要你说。

周　萍　（低头，至周冲前，低声）听父亲的话吧，父亲的脾气你是知道的。

周　冲　（无法，含着泪，向着母亲）您喝吧，为我喝一点吧，要不然，父亲的气是不会消的。

周繁漪　（恳求地）哦，留着我晚上喝不成么？

周朴园　（冷峻地）繁漪，当了母亲的人，处处应当替孩子着想，就是自己不保重身体，也应当替孩子做个服从的榜样。

周繁漪　（四面看一看，望望朴园，又望望萍。拿起药，落下眼泪，忽而又放下）哦，不！我喝不下！

周朴园　萍儿，劝你母亲喝下去。

周　萍　爸！我——

周朴园　去，走到母亲面前！跪下，劝你的母亲。

〔周萍走至繁漪前。

周　萍　（求恕地）哦，爸爸！

周朴园　（高声）跪下！

〔周萍望繁漪和周冲；繁漪泪痕满面，周冲身体发抖。

周朴园　叫你跪下！

〔周萍正向下跪。

周繁漪　（望着周萍，不等周萍跪下，急促地）我喝，我现在喝！（拿碗，喝了两口，气得眼泪又涌出来，她望一望朴园的峻

厉的眼和苦恼着的周萍，咽下愤恨，一气喝下）哦……（哭着，由右边饭厅跑下）

〔半晌。

周朴园　（看表）还有三分钟，（向周冲）你刚才说的事呢？

周　冲　（抬头，慢慢地）什么？

周朴园　你说把你的学费分出一部分？——嗯，是怎么样，

周　冲　（低声）我现在没有什么事情啦。

周朴园　真没有什么新鲜的问题啦么？

周　冲　（哭声）没有什么，没有什么，——妈的话是对的。（跑向饭厅）

周朴园　冲儿，上哪儿去？

周　冲　到楼上去看看妈。

周朴园　就这么跑了么？

周　冲　（抑制着自己，走回去）是，爸，我要走了，您有事吩咐么？

周朴园　去吧。

〔周冲向饭厅走了两步。

周朴园　回来。

周　冲　爸爸。

周朴园　你告诉你的母亲，说我已经请德国的克大夫来，给她看病。

周　冲　妈不是已经吃了您的药了么？

周朴园　我看你的母亲，精神有点失常，病像是不轻。（回头向周萍）我看，你也是一样。

周　萍　爸，我想下去，歇一回。

周朴园　不，你不要走，我有话跟你说。（向周冲）你告诉她，说克大夫是个有名的脑病专家，我在德国认识的。来了，叫她一定看一看，听见了没有？

周　冲　听见了。（走了两步）爸，没有事啦？

周朴园　上去吧。

〔周冲由饭厅下。

周朴园　（回头向四凤）四凤，我记得我告诉过你，这个房子你们没

第九讲　命运与人性世界：《雷雨》

有事就得走的。

鲁四凤　是，老爷。（也由饭厅下）

〔鲁贵由书房上。

鲁　贵　（见着老爷，便不自主地好像说不出话来）老，老，老爷。客，客来了！

周朴园　哦，先请到大客厅里去。

鲁　贵　是，老爷。（鲁贵下）

周朴园　怎么这窗户谁开开了？

周　萍　弟弟跟我开的。

周朴园　关上，（擦眼镜）这屋子不要底下人随便进来，回头我预备一个人在这里休息的。

周　萍　是。

周朴园　（擦着眼镜，看周围的家具）这间屋子的家具多半是你生母顶喜欢的东西。我从南边移到北边，搬了多少次家，总是不肯丢下的。（戴上眼镜，咳嗽一声）这屋子摆的样子，我愿意总是三十年前的老样子，这叫我的眼看着舒服一点。（踱到桌前，看桌上的相片）你的生母永远喜欢夏天把窗户关上的。

周　萍　（强笑着）不过，爸爸，纪念母亲也不必——

周朴园　（突然抬起头来）我听人说你现在做了一件很对不起自己的事情。

周　萍　（惊）什——什么？

周朴园　（低声走到周萍的面前）你知道你现在做的事是对不起你的父亲么？并且——（停）——对不起你的母亲么？

周　萍　（失措）爸爸。

周朴园　（仁慈地，拿着周萍的手）你是我的长子，我不愿意当着人谈这件事。（停，喘一口气严厉地）我听说我在外边的时候，你这两年来在家里很不规矩。

周　萍　（更惊恐）爸，没有的事，没有，没有。

周朴园　一个人敢做一件事就要当一件事。

周　萍　（失色）爸！

周朴园　公司的人说你总是在跳舞场里鬼混,尤其是这两三个月,喝酒,赌钱,整夜地不回家。

周　萍　哦,(喘出一口气)您说的是——

周朴园　这些事是真的么?(半晌)说实话!

周　萍　真的,爸爸。(红了脸)

周朴园　将近三十的人应当懂得"自爱!"——你还记得你的名为什么叫萍吗,

周　萍　记得。

周朴园　你自己说一遍。

周　萍　那是因为母亲叫侍萍,母亲临死,自己替我起的名字。

周朴园　那我请你为你的生母,你把现在的行为完全改过来。

周　萍　是,爸爸,那是我一时的荒唐。

〔鲁贵由书房上。

鲁　贵　老,老,老爷。客,——等,等,等了好半天啦。

周朴园　知道。

〔鲁贵退。

周朴园　我的家庭是我认为最圆满,最有秩序的家庭,我的儿子我也认为都还是健全的子弟,我教育出来的孩子,我绝对不愿叫任何人说他们一点闲话的。

周　萍　是,爸爸。

周朴园　来人啦。(自语)哦,我有点累啦。

〔周萍扶他至沙发坐。

〔鲁贵上。

鲁　贵　老爷。

周朴园　你请客到这边来坐。

鲁　贵　是,老爷。

周　萍　不,——爸,您歇一会吧。

周朴园　不,你不要管。(向鲁贵)去,请进来。

鲁　贵　是,老爷。

〔鲁贵下,朴园拿出一支雪茄,萍为他点上,朴园徐徐抽烟,端坐。

第十讲

多重奴隶身份的书写:《为奴隶的母亲》

第一部分 作家简介

　　1902年9月28日，柔石出生于浙江省宁海县城内，原名赵平复。由于家乡的长条石镌有"金桥柔石"四个大字，后来他便以这四个刚柔相济的字作为自己的笔名，分别署为"金桥"和"柔石"。柔石以其进步的精神，英勇的气质和优秀的创作谱写了短暂却辉煌的一生。

　　柔石天生就喜爱文艺，热爱学习，虽然家庭贫困，但是父亲还是筹钱送他念书。1918年，柔石跨进了浙江省立第一师范学校的大门，开始了求学生涯。这一时期，柔石专心学习，他给自己确定的人生目标是要做"有思想的学问家"。因此，在五四运动席卷全国之时，柔石有意远离政治，对当时以政治斗争为主要内容的学生运动并不热心，他倾向于"教育救国"的主张。在学习期间，柔石表现出了在文学方面的较高修养，并参加了1921年10月成立的"晨光文学社"。在"一师风潮"期间，柔石按照家人的意愿，回乡同吴素瑛结婚，由此开始痛苦的婚姻生活，并将这种感受倾注于日后的文学创作中去。浙江一师毕业后，柔石到上海的普迪小学教书，开始致力于教育事业。1925年去北京求学，深受鲁迅等人的影响，由于生计和身体原因，他于1926年回到家乡，随后在宁海中学教书。三四年的羁旅生活，使柔石的人生阅历更加丰富，对事物的认识更加深刻，他开始积极支持和参加革命运动。由于"四·一二"反革命势力的迫害，柔石乘船逃到上海。在鲁迅的帮助下，柔石在思想和创作上都有了重大的进步，并于1930年加入了左联。在此之后，柔石更加积极地投入到革命中去，不仅加入了中国共产党还积极地宣传左联精神。1931年柔石等人不幸被捕，同年 2 月 7 日与殷夫、欧阳立安等二十三位同志同被国民党反动派在龙华荒郊秘密杀害。他与胡也频、李伟森、冯铿和殷夫一起被称为"左联五烈士"，他们的精神和事迹永远镌刻在中国新文学历史的画卷中。

第二部分　作品赏读

柔石的短篇小说《为奴隶的母亲》写于 1930 年，篇幅虽然短小却魅力非凡，时至今日依然可以称其为现代短篇小说里的经典之作。它初载于 1930 年 3 月《萌芽月刊》第 1 卷第 3 期，之后埃德加·斯诺将它编入了《活的中国——中国现代短篇小说》，并将之列为除鲁迅之外的其他作家的短篇小说里的首篇。据说，法国大作家罗曼·罗兰通过《国际文学法文版》阅读了柔石的作品后曾致信编辑部称自己深受感动，可见这部作品的确能够激起读者的内心涟漪。

《为奴隶的母亲》以浙东农村为背景，讲述了一位不知名女子的故事。她被陷入贫穷的丈夫出典给年迈的秀才为妻三年，被迫与刚刚五岁的儿子春宝分离。当她为秀才生下儿子秋宝之后，再一次面临着新的别离而不得不回到自己原来的家庭。这位无名的妻子奔走在两个迥异的男人之间，虽然养育了两个孩子却又先后失去了他们。在一个做奴隶而不得的时代，这位母亲的责任与权利被无情地剥夺了。不过柔石所写的女性沉默喑哑，尽管她的身体被当成了待价而沽的商品，她却没有一丝一毫地反抗意识。因此，典妻习俗虽然体现出了旧社会阶级压迫与男性家长式作风的残酷，却也深刻地折射出那个时代里女性忍辱负重的灵魂与贫乏空虚的自我意识。

典妻，是旧中国一种特殊的社会现象。中国现代文学史上不乏以典妻为题材的作品，如许杰的《赌徒吉顺》、台静农的《蚯蚓们》、柔石的《为奴隶的母亲》和罗淑的《生人妻》。它们从不同的侧面表现了旧中国的典妻现象，揭示了封建社会中国妇女的悲剧命运。但同是写典妻现象，《为奴隶的母亲》更加哀婉动人、发人深省，有着重要的艺术价值。

春宝娘和其他社会底层的妇女一样，甚至连一个正式的名字都没有，

第十讲　多重奴隶身份的书写：《为奴隶的母亲》

给她的名字不过只有两个字——女人，她从来没有自己的尊严，是一个无名无姓的奴隶。

春宝娘首先是她的丈夫——皮贩的奴隶。春宝娘嫁给皮贩后，没有地位、没有主权，她的丈夫完全操纵了她的命运。皮贩经常殴打妻子和儿子，还残忍的用沸水溺死了刚出生的女儿。在他债台高筑、走投无路的时候，甚至没和妻子商量，就将其典给秀才做传宗接代的生育工具。对皮贩而言：妻子只是一件物品，可以随意处置。

春宝娘也是秀才的奴隶。秀才典春宝娘只是为了延续香火。春宝娘对秀才而言，只是一个生育工具而已。他送给春宝娘"青玉戒指"只是为了传给秋宝。在春宝娘的典期快到的时候，秀才想延长典期，也只是不想秋宝没有亲娘疼。当春宝娘听说春宝生病，天天惦记春宝的时候，秀才也不想延长典期了。在春宝娘临走的时候，秀才塞给她两块钱，已经算是对春宝娘的恩赐了。

春宝娘是秀才的妻子——大娘的奴隶。在做秀才的典妻的三年里，大娘无休止的奴使、辱骂她。特别是当春宝娘为李家生下儿子秋宝后，大娘对她既没有好声气也没有好待遇，反而时时冷落，处处刁难。在生了秋宝一年半后，大娘就强迫母子分开，不准她认定秋宝是自己的孩子，不准秋宝依偎在自己妈妈的怀抱，而且不能享受从前的待遇。春宝娘被迫由所谓少妇成为佣人了，为秀才家洗衣、扫地、做杂事，受尽劳累、凌辱与虐待。

春宝娘更是她的两个孩子——春宝和秋宝的奴隶。《为奴隶的母亲》之所以让人震撼，让人哀婉，不仅仅因为它写出了春宝娘的多重奴隶身份。其更发人深省的部分是它写出了在那个黑暗的时代，一个有着无私、伟大的母爱的母亲却被剥夺了做母亲的权利。作为春宝和秋宝的母亲，从春宝和秋宝出生之日起，她就成为两个孩子的奴隶。他们不是在肉体上奴役春宝娘，而是在精神上奴役她。春宝娘被迫离开家，离开春宝，去做秀才的典妻之后，春宝娘成了春宝的奴隶。她每天都怀着对春宝的思念和牵挂度日。思念和牵挂春宝，却又见不到春宝，这种精神的折磨每天伴随着春宝娘。当秋宝出生后，春宝娘的奴隶身份又增加了一重。特别是典期到了，春宝娘离开秀才家之后。春宝娘作为春宝和秋宝的奴隶身份体现得更明显。春宝娘回到家中，面对着把自己当陌生人的春宝，心里想着再也无

· 191 ·

法相见的秋宝。春宝和秋宝是春宝娘心里最重要的东西，是她生活下去的唯一慰藉。从这个意义上说，春宝和秋宝，连春宝娘的人生价值都给剥夺了。春宝娘是伟大的，她把所有的爱都给了春宝和秋宝，但春宝娘又是可悲的，她无形之中做了两个孩子的奴隶，承受着心理的折磨。

　　从作品一开始，春宝娘被她的丈夫典给秀才，就注定了春宝娘要与春宝分离，她做母亲的权利第一次被剥夺了。春宝娘舍不得离开春宝，但为了维持家人的生计，她又不得不离开。在离开春宝的前一夜，春宝娘"一夜不曾睡，她先将春宝底几件破衣服都修补好。春将完了，夏将到了，可是她，连孩子冬天用的破烂棉袄都拿出来，移交给他的父亲"。这些琐碎的细节让我们看到了春宝娘对春宝的牵挂和不舍，看到了一个母亲伟大无私的爱。到了秀才家之后，春宝娘也时时挂念着春宝，"春宝底哭声有时竟在她地耳朵边响"。在对春宝的思念和牵挂中，春宝娘丧失了做春宝的母亲的权利。

　　一年以后，春宝娘为秀才家生了一个儿子——秋宝。春宝娘再一次做了母亲，但她将陷入更深的痛苦之中。首先，秀才的妻子剥夺了春宝娘做母亲的权利，她将秋宝据为己有，让秋宝称她"姊姊"，她没有权利计较，只能默默地承受着。其次，由于春宝娘"典妻"的身份，典期到了之后，她是注定要离开秋宝的。她盼望着典期到了之后，回家见春宝，可是这里的秋宝又牵挂着她的心，她急欲回家，又不忍离去。这种内心矛盾的折磨，使春宝娘的悲剧一步步加剧。就在春宝娘内心矛盾挣扎时，在秋宝一周纪念的时候，春宝娘原先的丈夫来告诉他春宝病危的消息，"再不想法救救他，眼见得要死了！"听到这个消息，春宝娘的心里"简直似有四五只猫在抓她，咬他，咀嚼着她底心脏一样"。她很想回去看看春宝，但由于典期未到，她又不能回去，只能探听着春宝的消息。她时常梦到春宝，以致"抱着秋宝在睡梦中突然喊起来"，把秋宝吓醒。在这样的忧虑与担心中，春宝娘的典期终于到了，"永远的别离的命运就被决定了"。在离开秋宝的时候，春宝娘"耳内是听着孩子底哭声"。她带着难分难舍的感情，离开了秋宝。"她离开他底大门时，听见她底秋宝的哭声；可是慢慢地远远地走了三里路了，还听见她底秋宝的哭声。"春宝娘再次丧失了做秋宝的母亲的权利，如果说春宝娘第一次丧失做春宝的母亲的权利，时间仅仅是三年，而这次，被剥夺了做秋宝的母亲的权利，却是永远的、无止境的。

春宝娘回到家后，春宝已经不认识她了，对她像对陌生人一样。春宝"穿着褴褛的衣服，头发蓬乱的，身子和三年前一样短小"。"她眼睁睁地睡在一张龌龊的狭板床上，春宝陌生似地睡在她底身边。在她底已经麻木的脑内，仿佛秋宝肥白可爱地在她身边挣动着，她伸出两手想去抱，可是身边是春宝。"三年前，春宝娘依依不舍地离开春宝，丧失了做春宝的母亲的权利。现在，春宝娘回到家，又丧失了做秋宝母亲的权利，日夜思念秋宝。而现在，春宝对她也像对陌生人一样，她怀着无私、炽热的母爱爱着春宝和秋宝，而她做两个孩子的母亲的权利却被无情的剥夺了。小说结尾"沉静而寒冷的死一般的长夜，似无限地拖延着，拖延着……"正预示着春宝娘的悲剧命运。

春宝和秋宝，是春宝娘的唯一的精神慰藉、精神支柱。然而春宝和秋宝，却像两个向不同的方向延伸的力，将春宝娘的心向两个方向拉扯，将她的心撕碎。本来母亲挚爱孩子，是值得赞美的，而在这个残酷的社会，春宝娘的这种伟大无私的爱却被剥夺、被毁灭了。她永远无法同时给她的两个孩子母爱，只能在思念和牵挂中度日。《为奴隶的母亲》中，黑暗的社会将这种有价值的、伟大的、无私的母爱一点点毁灭给读者看，让我们感受到强烈的、令人战栗的震撼。

第三部分　原文：《为奴隶的母亲》

她底丈夫是一个皮贩，就是收集乡间各猎户底兽皮和牛皮，贩到大埠上出卖的人。但有时也兼做点农作，芒种的时节，便帮人家插秧，他能将每行插得非常直，假如有五人同在一个水田内，他们一定叫他站在第一个做标准，然而境况是不佳，债是年年积起来了。他大约就因为境况的不佳。烟也吸了，酒也喝了，钱也赌起来了。这样，竟使他变做一个非常凶狠而暴躁的男子，但也就更贫穷下去。连小小的移借，别人也不敢答应了。

在穷底结果的病以后，全身便变成枯黄色，脸孔黄的和小铜鼓一样，连眼白也黄了。别人说他是黄疸病，孩子们也就叫他"黄胖"了。有一天，他向他底妻说：

"再也没有办法了。这样下去，连小锅子也都卖去了。我想，还是从你底身上设法罢。你跟着我挨饿，有什么办法呢？"

"我底身上？……"

他底妻坐在灶后，怀里抱着她底刚满三周的小男孩——孩子还在啜着奶，她讷讷地低声地问。

"你，是呀，"她底丈夫病后的无力的声音，"我已经将你出典了……"

"什么呀？"她底妻几乎昏去似的。

屋内是稍稍静寂了一息。他气喘着说：

"三天前，王狼来坐讨了半天的债回去以后，我也跟着他去，走到了九亩潭边，我很不想要做人了。但是坐在那株爬上去一纵身就可落在潭里的树下，想来想去，总没有力气跳了。猫头鹰在耳朵边不住地啭，我底心被它叫寒起来，我只得回转身，但在路上，遇见了沈家婆，她问我，晚也晚了，在外做什么。我就告诉她，请她代我借一笔款，或向什么人家的小姐借些衣服或首饰去暂时当一当，免得王狼底狼一般得绿眼睛天天在家里闪烁。可是沈家婆向我笑道：

"'你还将妻养在家里做什么呢？你自己黄也黄到这个地步了。'

"我低着头站在她面前没有答，她又说：

"'儿子呢，你只有一个，舍不得。但妻——'

"我当时想：'莫非叫我卖去妻了么？'

"而她继续道：

"'但妻——虽然是结发的，穷了，也没有法。还养在家里做什么呢？'

"这样，她就直说出：'有一个秀才，因为没有儿子，年纪已五十岁了，想买一个妾；又因他底大妻不允许，只准他典一个，典三年或五年，叫我物色相当的女人：年纪约三十岁左右，养过两三个儿子的，人要沉默老实，又肯做事，还要对他底大妻肯低眉下首。这次是秀才娘子向我说的，假如条件合，肯出八十元或一百元的身价。我代她寻了好几天，总没有相当的女人。'她说：现在碰到我，想起了你来，样样都对的。当时问我底意见怎样，我一边掉了几滴泪，一边却被她催的答应她了。"

说到这里，他垂下头，声音很低弱，停止了。他底妻简直痴似的，话

第十讲 多重奴隶身份的书写:《为奴隶的母亲》

一句没有。又静寂了一息,他继续说:

"昨天,沈家婆到过秀才底家里,她说秀才很高兴,秀才娘子也喜欢,钱是一百元,年数呢,假如三年养不出儿子,是五年。沈家婆并将日子也拣定了——本月十八,五天后。今天,她写典契去了。"

这时,他底妻简直连腑脏都颠抖,吞吐着问:

"你为什么早不对我说?"

"昨天在你底面前旋了三个圈子,可是对你说不出。不过我仔细想,除出将你底身子设法外,再也没有办法了。"

"决定了么?"妇人战着牙齿问。

"只待典契写好。"

"倒霉的事情呀,我!—— 一点也没有别的方法了么?春宝底爸呀!"

春宝是她怀里的孩子底名字。

"倒霉,我也想到过,可是穷了,我们又不肯死,有什么办法?今年,我怕连插秧也不能插了。"

"你也想到过春宝么?春宝还只有五岁,没有娘,他怎么好呢?"

"我领他便了,本来是断了奶的孩子。"

他似乎渐渐发怒了。也就走出门外去了。她,却呜呜咽咽地哭起来。

这时,在她过去的回忆里,却想起恰恰一年前的事:那时她生下了一个女儿,她简直如死去一般地卧在床上。死还是整个的,她却肢体分作四碎与五裂。刚落地的女婴,在地上的干草堆上叫:"呱呀,呱呀,"声音很重的,手脚揪缩。脐带绕在她底身上,胎盘落在一边,她很想挣扎起来给她洗好,可是她底头昂起来,身子凝滞在床上。这样,她看见她底丈夫,这个凶狠的男子,飞红着脸,提了一桶沸水到女婴的旁边。她简直用了她一生底最后的力向他喊:"慢!慢……"但这个病前极凶狠的男子,没有一分钟商量的余地,也不答半句话,就将"呱呀,呱呀,"声音很重地在叫着的女儿,刚出世的新生命,用他底粗暴的两手捧起来,如屠户捧将杀的小羊一般,扑通,投下在沸水里了!除出沸水的溅声和皮肉吸收沸水的嘶声以外,女孩一声也不喊——她疑问地想,为什么也不重重地哭一声呢?竟这样不响地愿意冤枉死去么?啊!——她转念,那是因为她自己当时昏过去的缘故,她当时剜去了心一般地昏去了。

想到这里,似乎泪竟干涸了。"唉!苦命呀!"她低低地叹息了一声。

这时春宝拔去了奶头,向他底母亲的脸上看,一边叫:

"妈妈!妈妈!"

在她将离别底前一晚,她拣了房子底最黑暗处坐着。一盏油灯点在灶前,萤火那么的光亮。她,手里抱着春宝,将她底头贴在他底头发上。她底思想似乎浮漂在极远,可是她自己捉摸不定远在那里。于是慢慢地跑回来,跑到眼前,跑到她底孩子底身上。

她向她底孩子低声叫:

"春宝,宝宝!"

"妈妈,"孩子含着奶头答。

"妈妈明天要去了……"

"唔,"孩子似不十分懂得,本能地将头钻进他母亲底胸膛。

"妈妈不回来了,三年内不能回来了!"

她擦一擦眼睛,孩子放松口子问:

"妈妈那里去呢?庙里么?"

"不是,三十里路外,一家姓李的。"

"我也去。"

"宝宝去不得的。"

"呃!"孩子反抗地,又吸着并不多的奶。

"你跟爸爸在家里,爸爸会照料宝宝的:同宝宝睡,也带宝宝玩,你听爸爸底话好了。过三年……"

她没有说完,孩子要哭似地说:

"爸爸要打我的!"

"爸爸不再打你了,"同时用她底左手抚摸着孩子底右额,在这上,有他父亲在杀死他刚生下的妹妹后第三天,用锄柄敲他,肿起而又平复了的伤痕。

她似要还想对孩子说话,她底丈夫踏进门了。他走到她底面前,一只手放在袋里,掏取着什么,一边说:

"钱已经拿来七十元了。还有三十元要等你到了后十天付。"

停了一息说:"也答应轿子来接。"

又停了一息说:"也答应轿一早吃好早饭来。"

这样,他离开了她,又向门外走出去了。

第十讲　多重奴隶身份的书写：《为奴隶的母亲》

这一晚，她和她底丈夫都没有吃晚饭。

第二天，春雨竟滴滴淅淅地落着。

轿是一早就到了。可是这妇人，她却一夜不曾睡。她先将春宝底几件破衣服都修补好；春将完了，夏将到了，可是她，连孩子冬天用的破烂棉袄都拿出来，移交给他底父亲——实在，他已经在床上睡去了。以后，她坐在他底旁边，想对他说几句话，可是长夜是迟延着过去，她底话一句也说不出。而且，她大着胆向他叫了几声，发了几个听不清楚的声音，声音在他底耳外，她也就睡下不说了。

等她朦朦胧胧地刚离开思索将要睡去，春宝又醒了，他就推叫他底母亲，要起来。以后当她给他穿衣服的时候。向他说："宝宝好好地在家里，不要哭，免得你爸爸打你。以后妈妈常买糖果来，买给宝宝吃，宝宝不要哭。"

而小孩子竟不知道悲哀是什么一回事，张大口子"唉，唉，"地唱起来了。她在他底唇边吻了一吻，又说：

"不要唱，你爸爸被你唱醒了。"

轿夫坐在门首的板凳上，抽着旱烟，说着他们自己要听的话。一息，邻村的沈家婆也赶到了。一个老妇人，熟悉世故的媒婆，一进门，就拍拍她身上的雨点，向他们说：

"下雨了，下雨了，这是你们家里此后会有滋长的预兆。"

老妇人忙碌似地在屋内旋了几个圈，对孩子底父亲说了几句话，意思是讨酬报。因为这件契约之能订的如此顺利而合算，实在是她底力量。

"说实在话，春宝底爸呀，再加五十元，那老头子可以买一房妾了。"她说。

于是又转向催促她——妇人却抱着春宝，这时坐着不动。老妇人声音很高地：

"轿夫要赶到他们家里吃中饭的，你快些预备走呀！"

可是妇人向她瞧了一瞧，似乎说：

"我实在不愿离开呢！让我饿死在这里罢！"

声音是在她底喉下，可是媒婆懂得了，走近到她前面，迷迷地向她笑说：

"你真是一个不懂事的丫头，黄胖还有什么东西给你呢？那边真是一

· 197 ·

份有吃有剩的人家，两百多亩田，经济是宽裕，房子是自己底，也雇着长工养着牛。大娘底性子是极好的，对人非常客气，每次看见人总给人一些吃的东西。那老头子——实在并不老，脸是很白白的，也没有留胡子，因为读了书，背有些偻偻的，斯文的模样。可是也不必多说，你一走下轿就看见的，我是一个从不说谎的媒婆。"

妇人拭一拭泪，极轻地：

"春宝……我怎么抛开他呢！"

"不用想到春宝了。"老妇人一手放在她底肩上，脸凑近她和春宝。"有五岁了，古人说：'三周四岁离娘身，'可以离开你了。只要你肚子争气些，到那边，也养下一二个来，万事都好了。"

轿夫也在门首催起身了，他们噜苏着说：

"又不是新娘子，啼啼哭哭的。"

这样，老妇人将春宝从她底怀里拉去，一边说：

"春宝让我带去罢。"

小小的孩子也哭了，手脚乱舞的，可是老妇人终于给他拉到小门外去。当妇人走进轿门的时候，向他们说：

"带进屋里来罢，外边有雨呢。"

她底丈夫用手支着头坐着，一动没有动，而且也没有话。

两村的相隔有三十里路，可是轿夫的第二次将轿子放下肩，就到了。春天的细雨，从轿子底布蓬里飘进，吹湿了她底衣衫。一个脸孔肥肥的，两眼很有心计的约摸五十四五岁的老妇人来迎她，她想：这当然是大娘了。可是只向她满面羞涩地看一看，并没有叫。她很亲昵似的将她牵上阶沿，一个长长的瘦瘦的而面孔圆细的男子就从房里走出来。他向新来的少妇，仔细地瞧了瞧，堆出满脸的笑容来，向她问：

"这么早就到了么？可是打湿你底衣裳了。"

而那位老妇人，却简直没有顾到他底说话，也向她问：

"还有什么在轿里么？"

"没有什么了，"少妇答。

几位邻舍的妇人站在大门外，探头张望的；可是她们走进屋里面了。

她自己也不知道这究竟为什么，她底心老是挂念着她底旧的家，掉不下她的春宝。这是真实而明显的，她应庆祝这将开始的三年的生活——这

第十讲 多重奴隶身份的书写:《为奴隶的母亲》

个家庭,和她所典给他的丈夫,都比曾经过去的要好,秀才确是一个温良和善的人,讲话是那么地低声,连大娘,实在也是一个出乎意料之外的妇人,她底态度之殷勤,和滔滔的一席话:说她和她丈夫底过去的生活之经过,从美满而漂亮的结婚生活起,一直到现在,中间的三十年。她曾做过一次的产,十五六年以前,养了一个男孩子,据她说,是一个极美丽又极聪明的婴儿,可是不到十个月竟患了天花死去了。这样,以后就没有再养过第二个。在她底意思中,似乎——似乎——早就叫她底丈夫娶一房妾,可是他,不知是爱她呢,还是没有相当的人——这一层她并没有说清楚;于是,就一直到现在。这样,竟说得这个具着朴素的心地的她,一时酸,一会苦,一时甜上心头,一时又咸的压下去了。最后这个老妇人并将她底希望也向她说出来了。她底脸是娇红的,可是老夫人说:

"你是养过三四个孩子的女人了,当然,你是知道什么的,你一定知道的还比我多。"

这样,她说着走开了。

当晚,秀才也将家里底种种情形告诉她,实际,不过是向她夸耀或求媚罢了。她坐在一张橱子的旁边,这样的红的木橱,是她旧的家所没有的,她眼睛白晃晃地瞧着它。秀才也就坐在橱子底面前来,问她:

"你叫什么名子呢?"

她没有答,也并不笑,站起来,走在床底前面,秀才也跟到床底旁边,更笑地问她:

"怕羞么?哈,你想你底丈夫么?哈,哈,现在我是你底丈夫了。"声音是轻轻的,又用手去牵着她底袖子。"不要愁罢!你也想你底孩子的,是不是?不过——"

他没有说完,却又哈的笑了一声,他自己脱去他外面的长衫了。

她可以听见房外的大娘底声音在高声地骂着什么人,她一时听不出在骂谁,骂烧饭的女仆,又好象骂她自己,可是因为她底怨恨,仿佛又是为她而发的。秀才在床上叫道:

"睡罢,她常是这么噜噜苏苏的。她以前很爱那个长工,因为长工要和烧饭的黄妈多说话,她却常要骂黄妈的。"

日子是一天天地过去了。旧的家,渐渐地在她底脑子里疏远了,而眼前,却一步步地亲近她使她熟悉。虽则,春宝底哭声有时竟在她底耳朵边响,梦中,她也几次地遇到过他了。可是梦是一个比一个缥渺,眼前的事务是一天比一天繁多。她知道这个老妇人是猜忌多心的,外表虽则对她还算大方,可是她底嫉妒的心是和侦探一样,监视着秀才对她的一举一动。有时,秀才从外面回来,先遇见了她而同她说话,老妇人就疑心有什么特别的东西买给她了,非在当晚,将秀才叫到她自己底房内去,狠狠地训斥一番不可。"你给狐狸迷着了么？""你应该称一称你自己底老骨头是多么重!"象这样的话,她耳闻到不止一次了。这样以后,她望见秀才从外面回来而旁边没有她坐着的时候,就非得急忙避开不可。即使她在旁边,有时也该让开一些,但这种动作,她要做的非常自然,而且不能让旁人看出,否则,她又要向她发怒,说是她有意要在旁人的前面暴露她大娘底丑恶。而且以后,竟将家里的许多杂务都堆积在她底身上,同一个女仆那么样。她还算是聪明的,有时老妇人底换下来的衣服放着,她也给她拿去洗了,虽然她说:

"我底衣服怎么要你洗呢？就是你自己底衣服,也可叫黄妈洗的。"
可是接着说:

"妹妹呀,你最好到猪栏里去看一看,那两只猪为什么这样喁喁叫的,或者因为没有吃饱罢,黄妈总是不肯给它们吃饱的。"

八个月了,那年冬天,她底胃却起了变化:老是不想吃饭,想吃新鲜的面,番薯等。但番薯或面吃了两餐,又不想吃,又想吃馄饨,多吃又要呕。而且还想吃南瓜和梅子——这是六月里的东西,真稀奇,向那里去找呢？秀才是知道在这个变化中所带来的预告了。他整日地笑微微,能找到的东西,总忙着给她找来。他亲身给她街上去买橘子,又托便人买了金柑来,他在廊沿下走来走去,口里念念有词的,不知说什么。他看她和黄妈磨过年的粉,但还没有磨了三升,就向她叫:"歇一歇罢,长工也好磨的,年糕是人人要吃的。"

有时在夜里,人家谈着话,他却独自拿了一盏灯,在灯下,读起《诗经》来了:

关关雎鸠,
在河之洲,
窈窕淑女,
君子好逑——

第十讲 多重奴隶身份的书写:《为奴隶的母亲》

这时长工向他问:

"先生,你又不去考举人,还读它做什么呢?"

他却摸一摸没有胡子的口边,怡悦地说道:

"是呀,你也知道人生底快乐么?所谓:'洞房花烛夜,金榜挂名时。'你也知道这两句话底意思么?这是人生底最快乐的两件事呀!可是我对于这两件事都过去了,我却还有比这两件更快乐的事呢!"

这样,除出他底两个妻以外,其余的人们都大笑了。

这些事,在老妇人眼睛里是看得非常气恼了。她起初闻到她地受孕也欢喜,以后看见秀才的这样奉承她,她却怨恨她自己肚子底不会还债了。有一次,次年三月了,这妇人因为身体感觉不舒服,头有些痛,睡了三天。秀才呢,也愿她歇息歇息,更不时地问她要什么,而老妇人却着实地发怒了。她说她装娇,噜噜苏苏地说了三天。她先是恶意地讥嘲她:说是一到秀才底家里就高贵起来了,什么腰酸呀,头痛呀,姨太太的架子也都摆出来了;以前在她自己底家里,她不相信她有这样的娇养,恐怕竟和街头的母狗一样,肚皮里有着一肚皮的小狗,临产了,还要到处地奔求着食物。现在呢,因为"老东西"——这是秀才的妻叫秀才的名字——趋奉了她,就装着娇滴滴的样子了。

"儿子,"她有一次在厨房里对黄妈说:"谁没有养过呀?我也曾怀过十个月的孕,不相信有这么的难受。而且,此刻的儿子,还在'阎罗王的簿里',谁保的定生出来不是一只癞虾蟆呢?也等到真的'鸟儿'从洞里钻出来看见了,才可在我底面前显威风,摆架子,此刻,不过是一块血的猫头鹰,就这么的装腔,也显得太早一点!"

当晚这妇人没有吃晚饭,这时她已经睡了,听了这一番婉转的冷嘲与热骂,她呜呜咽咽地低声哭泣了。秀才也带衣服坐在床上,听到浑身透着冷汗,发起抖来。他很想扣好衣服,重新走起来,去打她一顿,抓住她底头发狠狠地打她一顿,泄泄他一肚皮的气。但不知怎样,似乎没有力量,连指也颤动,臂也酸软了,一边轻轻地叹息着说:

"唉,一向实在太对她好了。结婚了三十年,没有打过她一掌,简直连指甲都没有弹到她底皮肤上过,所以今日,竟和娘娘一般地难惹了。"

同时,他爬过到床底那端,她底身边,向她耳语说:

"不要哭罢,不要哭罢,随她吠去好了!她是阉过的母鸡,看见别人的孵卵是难受的。假如你这一次真能养出一个男孩子来。我当送你两样宝贝——我有一只青玉的戒指,我有一只白玉的……"

他没有说完,可是他忍不住听下门外的他底大妻底喋喋的讥笑的声音,他急忙地脱去了衣服,将头钻进被窝里去,凑向她底胸膛,一边说:

"我有白玉的……"

肚子一天天地膨胀的如斗那么大,老妇人终究也将产婆雇定了,而且在别人的面前,竟拿起花布来做婴儿用的衣服。酷热的暑天到了尽头,旧历的六月,他们在希望的眼中过去了。秋开始,凉风也拂拂地在乡镇上吹送。于是有一天,这全家的人们都到了希望底最高潮,屋里底空气完全地骚动起来。秀才底心更是异常地紧张,他在井上不断地徘徊,手里捧着一本历书,好似要读它背诵那么地念去——"戊辰","甲戌","壬寅之年",老是反复地轻轻的说着。有时他底焦急的眼光向一间关了窗的房子望去——在这间房子内是有产母底低声呻吟的声音;有时他向天上望一望被云笼罩着的太阳,于是又走向房门口,向站在房门内的黄妈问:

"此刻如何?"

黄妈不住地点着头不做声响,一息,答:

"快下来了,快下来了。"

于是他又捧了那本历书,在廊下徘徊起来。

这样的情形,一直继续到黄昏底青烟在地面起来,灯火一盏盏的如春天的野花般在屋内开起,婴儿才落地了,是一个男的。婴儿底声音是很重地在屋内叫,秀才却坐在屋角里,几乎快乐到流出眼泪来了。全家的人都没有心思吃晚饭,在平谈的晚餐席上,秀才底大妻向佣人们说道:

"暂时瞒一瞒罢,给小猫头避避晦气;假如别人问起,也答养一个女的好了。"

他们都微笑地点点头。

一个月以后,婴儿底白嫩的小脸孔,已在秋天的阳光里照耀了。这个少妇给他哺着奶,邻舍的妇人围着他们瞧,有的称赞婴儿底鼻子好,有的称赞婴儿底口子好,有的称赞婴儿底两耳好;更有的称赞婴儿底母亲,也比以前好,白而且壮了。老妇人却正和老祖母那么地吩咐着,保护着,这时开始说:

"够了,不要弄他哭了。"

第十讲　多重奴隶身份的书写：《为奴隶的母亲》

关于孩子底名字，秀才是煞费苦心地想着，但总想不出一个相当的字来。据老妇人底意见，还是从"长命富贵"或"福禄寿喜"里拣一个字，最好还是"寿"字或与"寿"同意义的字，如"其颐"，"彭祖"等。但秀才不同意，以为太通俗，人云亦云的名字。于是翻开了《易经》，《书经》，向这里面找，但找了半月，一月，还没有恰贴的字。在他底意思：以为在这个名字内，一边要祝福孩子，一边要包含他底老而得子底蕴义，所以竟不容易找。这一天，他一边抱着三个月的婴儿，一边又向书里找名字，戴着一副眼镜，将书递到灯底旁边去。婴儿底母亲呆呆地坐在房内底一边，不知思想着什么，却忽然开口说道：

"我想，还是叫他'秋宝'罢。"屋内的人们底几对眼睛都转向她，注意地静听着："他不是生在秋天吗？秋天的宝贝还是叫他'秋宝'罢。"

秀才立刻接着说道：

"是呀，我真极费心思了。我年过半百，实在到了人生的秋期；孩子也正养在秋天；'秋'是万物成熟的季节，秋宝，实在是一个很好的名字呀！而且《书经》里没有么？'乃亦有秋'，我真乃亦有'秋'了！"

接着，又称赞了一通婴儿底母亲：说是呆读书实在无用，聪明是天生的。这些话，说的这妇人连坐着都觉得局促不安，垂下头，苦笑地又含泪地想：

"我不过因春宝想到罢了。"

秋宝是天天成长的非常可爱地离不开他底母亲了。他有出奇的大的眼睛，对陌生人是不倦地注视地瞧着，但对他底母亲，却远远地一眼就知道了。他整天的抓住了他底母亲，虽则秀才是比她还爱他，但不喜欢父亲；秀才底大妻呢，表面也爱他，似爱她自己亲生的儿子一样，但在婴儿底大眼睛里，却看她似陌生人，也用奇怪的不倦的视法。可是他的执住他底母亲愈紧，而他底母亲离开这家的日子也愈近了。春天底口子咬住了冬天底尾巴；而夏天底脚又常是紧随着在春天底身后的；这样，谁都将孩子底母亲底三年快到的问题横放在心头上。

秀才呢，因为爱子的关系，首先向他底大妻提出来了：他愿意再拿出一百元钱，将她永远买下来。可是他底大妻底回答是：

"你要买她，那先给我药死罢！"

秀才听到这句话，气的只向鼻孔放出气，许久没有说；以后，他反儿做着笑脸地：

"你想想孩子没有娘……"

老妇人也尖利地冷笑地说：

"我不好算是他底娘么？"

在孩子的母亲的心呢，却正矛盾这两种的冲突了：一边，她底脑里老是有"三年"这两个字，三年是容易过去的，于是她底生活便变做在秀才家里底用人似的了。而且想象中的春宝，也同眼前的秋宝一样活泼可爱，她既舍不得秋宝，怎么就能舍得掉春宝呢？可是另一边，她实在愿意永远在这新的家里住下去，她想，春宝的爸爸不是一个长寿的人，他底病一定是在三五年之内要将他带走到不可知的异国里去的，于是，她便要求她底第二个丈夫，将春宝也领过来，这样，春宝也在她底眼前。

有时，她倦坐在房外的沿廊下，初夏的阳光，异常地能令人昏朦地起幻想，秋宝睡在她底怀里，含着她底乳，可是她觉得仿佛春宝同时也站在她底旁边，她伸出手去也想将春宝抱近来，她还要对他们兄弟两人说几句话，可是身边是空空的。在身边的较远的门口，却站着这位脸孔慈善而眼睛凶毒的老妇人，目光注视着她。这样，她也恍恍惚惚地敏悟："还是早些脱离罢，她简直探子一样地监视着我了。"可是忽然怀内的孩子一叫，她却又什么也没有的只剩着眼前的事实来支配她了。

以后，秀才又将计划修改了一些：他想叫沈家婆来，叫她向秋宝底母亲底前夫去说，他愿否再拿进三十元——最多是五十元，将妻续典三年给秀才。秀才对他底大妻说：

"要是秋宝到五岁，是可以离开娘了。"

他底大妻正是手里捻着念佛珠，一边在念着"南无阿弥陀佛"，一边答：

"她家里也还有前儿在，你也应放她和她底结发夫妇团聚一下罢。"

秀才低着头，断断续续地仍然这样说：

"你想想秋宝两岁就没有娘……"

可是老妇人放下念佛珠说：

"我会养的，我会管理他的，你怕我谋害了他么？"

秀才一听到末一句话，就拔步走开了。老妇人仍在后面说：

"这个儿子是帮我生的，秋宝是我底；绝种虽然是绝了你家底种，可

第十讲　多重奴隶身份的书写:《为奴隶的母亲》

是我却仍然吃着你家底餐饭。你真被迷了,老昏了,一点也不会想了。你还有几年好活,却要拼命拉她在身边?双连牌位,我是不愿意坐的!"

老妇人似乎还有许多刻毒的锐利的话,可是秀才走远开听不见了。

在夏天,婴儿底头上生了一个疮,有时身体稍稍发些热,于是这位老妇人就到处地问菩萨,求佛药,给婴儿敷在疮上,或灌下肚里,婴儿底母亲觉得并不十分要紧,反而使这样小小的生命哭成一身的汗珠,她不愿意,或将吃了几口的药暗地里拿去倒掉了。于是这位老妇人就高声叹息,向秀才说:

"你看,她竟一点也不介意他底病,还说孩子是并不怎样瘦下去。爱在心里的是深的;专疼表面是假的。"

这样,妇人只有暗自挥泪,秀才也不说什么话了。

秋宝一周纪念的时候,这家热闹地排了一天的酒筵,客人也到了三四十,有的送衣服,有的送面,有的送银制的狮泾,给婴儿挂在胸前的,有的送镀金的寿星老头儿,给孩子钉在帽上的,许多礼物,都在客人底袖子里带来了。

他们祝福着婴儿的飞黄腾达,赞颂着婴儿的长寿永生;主人底脸孔,竟是荣光照耀着,有如落日的云霞反映着在他底颊上的。

可是在这天,正当他们筵席将举行的黄昏时,来了一个客,从朦胧的暮光中向他们底天井走进,人们都注意他:一个憔粹异常的乡人,衣服补衲的,头发很长,在他底腋下,挟着一个纸包。主人骇异地迎上前去,问他是那里人,他口吃似地答了,主人一时糊涂的,但立刻明白了,就是那个皮贩。主人更轻轻地说:

"你为什么也送东西来了?你真不必的呀!"

来客胆怯地向四周看看,一边答说:

"要,要的……我来祝祝这个宝贝长寿千……"

他似没有说完,一边将腋下的纸包打开来了,手指颤动地打开了两三重的纸,于是拿出四只铜制镀银的字,一方寸那么大,是"寿比南山"四字。

秀才底大娘走来了,向他仔细一看,似乎不大高兴。秀才却将他招待到席上,客人们互相私语着。

两点钟的酒与肉,将人们弄的胡乱与狂热了:他们高声猜着拳,用大

· 205 ·

碗盛着酒互相比赛，闹得似乎房子都被震动了。只有那个皮贩，他虽然也喝了两杯酒，可是仍然坐着不动，客人们也不招呼他。等到兴尽了，于是各人草草地吃了一碗饭，互祝着好话，从两两三三的灯笼光影中，走散了。

而皮贩，却吃到最后，用人来收拾羹碗了，他才离开了桌，走到廊下的黑暗处。在那里，他遇见了他底被典的妻。

"你也来做什么呢？"妇人问，语气是非常凄惨的。

"我那里又愿意来，因为没有法子。"

"那么你为什么来的这样晚？"

"我那里来买礼物的钱呀？！奔跑了一上午，哀求了一上午，又到城里买礼物，走得乏了，饿了，也迟了。"

妇人接着问：

"春宝呢？"

男了沉吟了一息答：

"所以，我是为春宝来的。……"

"为春宝来的？"妇人惊异地回音似地问。

男人慢慢地说：

"从夏天来，春宝是瘦的异样了。到秋天，竟病起来了。我又那里有钱给他请医生吃药，所以现在，病是更厉害了！再不想法救救他，眼见得要死了！"静寂了一刻，继续说："现在，我是向你来借钱的……"

这时妇人底胸膛内，简直似有四五只猫在抓她，咬她，咀嚼着她底心脏一样。她恨不得哭出来，但在人们个个向秋宝祝颂的日子，她又怎么好跟在人们底声音后面叫哭呢？她吞下她底眼泪，向她底丈夫说；

"我又那里有钱呢？我在这里，每月只给我两角钱的零用，我自己又那里要用什么，悉数补在孩子底身上了。现在，怎么好呢？"

他们一时没有话，以后，妇人又问：

"此刻有什么人照顾着春宝呢？"

"托了一个邻舍，今晚我仍旧想回家，我就要走了。"

他一边说着，一边揩着泪。女的同时哽咽着说：

"你等一下罢，我向他去借借看。"

她就走开了。

第十讲　多重奴隶身份的书写：《为奴隶的母亲》

三天以后的一天晚上，秀才忽然问这妇人道：

"我给你的那只青玉戒指？"

"在那天夜里，给了他了。给了他拿去当了。"

"没有借你五快钱么？"秀才愤怒地。

妇人低着头停了一息答：

"五快钱怎么够呢！"

秀才接着叹息说：

"总是前夫和前儿好，无论我对你怎么样！本来我很想再留你两年的，现在，你还是到明春就走罢！"

女人简直连泪也没有地呆着了。

几天后，他还向她那么地说：

"那只戒指是宝贝，我给你是要你传给秋宝的，谁知你一下就拿去当了！幸得她不知道，要是知道了。有三个月好闹了！"

妇人是一天天地黄瘦了。没有精采的光芒在她底眼睛里起来，而讥笑与冷骂的声音又充塞在她底耳内了。她是时常记念着她底春宝的病的，探听着有没有从她底本乡来的朋友，也探听着有没有向她底本乡去的便客，她很想得到一个关于"春宝的身体已复原"的消息，可是消息总没有；她也想借两元钱或买些糖果去，方便的客人又没有，她不时地抱着秋宝在门首过去一些的大路边，眼睛望着来和去的路。这种情形却很使秀才底大妻不舒服了，她时常对秀才说：

"她那里愿意在这里呢？她是极想早些飞回去的。"

有几夜，她抱着秋宝在睡梦中突然喊起来，秋宝也被吓醒，哭起来了。秀才就追逼地问：

"你为什么？你为什么？"

可是女人拍着秋宝，口子哼哼的没有答。秀才继续说：

"梦着你底前儿死了么，那么地喊？连我都被你叫醒了。"

女人急忙一边答：

"不，不，……好象我底前面有一圹坟呢！"

秀才没有再讲话，而悲哀的幻象更在女人底前面展现开来，她要走向这坟去。

冬末了，催离别的小鸟，已经到她底窗前不住地叫了。先是孩子断了

· 207 ·

奶，又叫道士们来给孩子度了一个关，于是孩子和他亲生的母亲的别离——永远的别离的命运就被决定了。

这一天，黄妈先悄悄地向秀才底大妻说：

"叫一顶轿子送他去么？"

秀才底大妻还是手里捻着念佛珠说：

"走走好吧，到那边轿钱是那边付的，她又那里有钱呢？听说她底亲夫连饭也没得吃，她不必摆阔了。路也不算远，我也是曾经走过三十里路的人，她的脚比我大，半天可以到了。"

这天早晨当她给秋宝穿衣服的时候，她的泪如溪水那么地流下，孩子向她叫："姊姊，姊姊"——因为老妇人要他叫自己是"妈妈"，只准叫她是"姊姊"——她向他咽咽地答应。他很想对她说几句话，意思是：

"别了，我底亲爱的儿子呀！你的妈妈待你是好的，你将来也好好地待还她罢，永远不要再记念我了！"

可是她无论怎样也说不出。她也知道一周半的孩子是不会了解的。

秀才悄悄地走向她，从她背后的腋下伸进手来，在他底手内是十枚双毫角子，一边轻轻说：

"拿去罢，这两块钱。"

妇人扣好孩子的钮扣，就将角子塞在怀内的衣袋里。

老妇人又近来了，注意着秀才走出去的背后，又向妇人说：

"秋宝给我抱去罢，免得你走时他哭。"

妇人不做声响，可是秋宝总不愿意，用手不住地拍在老妇人底脸上，于是老妇人生气地又说：

"那么你同他去吃早饭去罢，吃了早饭交给我。"

黄妈拼命地劝她多吃饭，一边说：

"半月来你就这样了，你真比来的时候还瘦了。你没有去照照镜子。今天，吃一碗下去罢，你还要走三十里路呢。"

她只不关紧要地说了一句：

"你对我真好！"

但是太阳是升的非常高了，一个很好的天气，秋宝还是不肯离开他的母亲，老妇人便狠狠地将他从她的底怀里夺去，秋宝用小小的脚踢在老妇人的肚子上，用小小的拳头搔住她底头发，高声呼喊她。妇人在后面说：

第十讲 多重奴隶身份的书写：《为奴隶的母亲》

"让我吃了中饭去罢。"

老妇人却转过头，汹汹地答：

"赶快打起你底包袱去罢，早晚总有一次的！"

孩子底哭声便在她的耳内渐渐去了。

打包裹的时候，耳内是听着孩子底哭声。黄妈在旁边，一边劝慰着她，一边却看她打进什么去。终于，她挟着一只旧的包裹走了。

她离开他底大门时，听见她底秋宝的哭声。可是慢慢地远远地走了三里路了，还听见她底秋宝的哭声。

暖和的太阳所照耀的路，在她底面前竟和天一样无穷止地长。当她走到一条河边的时候，她很想停止她底那么无力的脚步，向明澈可以照见她自己底身子的水底跳下去了。但在水边坐了一会之后，她还得依前去的方向，移动她自己底影子。

太阳已经过午了，一个村里的一个年老的乡人告诉她，路还有十五里；于是她向那个老人说：

"伯伯，请你代我就近叫一顶轿子罢，我是走不回去了！"

"你是有病的么？"老人问。

"是的。"

她那时坐在村口的凉亭里面。

"你从那里来？"

妇人静默了一时答：

"我是向那里去的；早晨我以为自己会走的。"

老人怜悯地也没有多说话，就给她找了两位轿夫，一顶没蓬的轿。因为那是下秧的季节。

下午三四时的样子，一条狭窄而污秽的乡村小街上，抬过了一顶没蓬的轿子，轿里躺着一个脸色枯萎如同一张干瘪的黄菜叶那么的中年妇人，两眼朦胧地颓唐地闭着。嘴里的呼吸只有微弱地吐出。街上的人们个个睁着惊异的目光，怜悯地凝视着过去。一群孩子们，争噪地跟在轿后，好象一件奇异的事情落到这沉寂小村镇里来了。

春宝也是跟在轿后的孩子们中底一个，他还在似赶猪那么地哗着轿走，可是当轿子一转一个弯，却是向他底家里去的路，他却直了两手而奇怪了，等到轿子到了他家里的门口，他简直呆似地远远地站在前面，背靠

· 209 ·

一株柱子上，面向着轿，其余的孩子们胆怯地围在轿的两边。妇人走出来了，她昏迷的眼睛还认不清站在前面的，穿着褴褛的衣服，头发蓬乱的，身子和三年前一样的短小，那个八岁的孩子是她的春宝。突然，她哭出来地高叫了：

"春宝呀！"

一群孩子们，个个无意地吃了一惊，而春宝简直吓的躲进屋子他父亲那里去了。

妇人在灰暗的屋内坐了许久许久，她和她底丈夫都没有一句话。夜色降落了，他下垂的头昂起来，向她说：

"烧饭吃罢！"

妇人不得已地站起来，向屋角上旋转了一周，一点也没有气力地对她丈夫说：

"米缸内是空空的……"

男人冷笑了一声，答说：

"你真在大人家底家里生活过了！米，盛在那只香烟盒子内。"

当天晚上，男子向她底儿子说：

"春宝，跟你底娘去睡！"

而春宝却靠在灶边哭起来了。他的母亲走近他，一边叫：

"春宝，宝宝！"

可是当她底手去抚摸他底时候，他又躲闪开了。男子加上说：

"会生疏得那么快，一顿打呢！"

她眼睁睁地睡在一张龌龊的狭板床上，春宝陌生似地睡在她底身边。在她底已经麻木的脑内，仿佛秋宝肥白可爱地在她身边挣动着，她伸出两手想去抱，可是身边是春宝。这时，春宝睡着了。转了一个身，她的母亲紧紧地将他抱住，而孩子却从微弱的鼾声中，脸伏在她的胸膛，两手抚摩着她的两乳。

沉静而寒冷的死一般长夜，似无限地拖延着，拖延着……

第十一讲

自由与秩序:《志摩的诗》

第一部分　作家简介

徐志摩1896年旧历12月13日出生于浙江海宁，原名章垿，笔名诗哲、南湖。1910年入杭州一中学习，与郁达夫为同学。1915年起先后就读于天津北洋大学和北京大学，1918年9月赴美国留学，1920年获哥伦比亚大学硕士学位后转赴英国剑桥大学学习。剑桥的两年学习生活对徐志摩产生了重要影响。在剑桥，他深深感到"大自然的优美，宁静，调谐在这星光与波光的默契中不期然的淹入了你的性灵"（徐志摩《我所知道的康桥》）。他更深刻地感受到英国文化的风度与神韵，广泛地涉猎了世界各种名家名作。1921年开始新诗创作。1922年回国任北京大学教授。

1923年，徐志摩与胡适、梁实秋、丁西林、杨振声等共同发起成立新月社。这个带有沙龙性质的社团，举办各种集会，如"新年有年会，元宵有灯会，还有什么古琴会、书画会、读书会"。这种自由、舒适而富有情调的沙龙式活动，显然是20年代中国知识分子所向往和追求的生活方式。1924年，印度大诗人泰戈尔访华，徐志摩任翻译。1925年出版了第一部诗集《志摩的诗》，10月，徐志摩接编《晨报》副刊，1926年借助该报创办了副刊《诗镌》，任主编。6月，散文集《落叶》出版。1927年与胡适等人共同创办了新月书店。随后，应光华大学聘，担任翻译、英文小说等课教授，并兼任东吴大学法学院英文教授。9月，出版诗集《翡冷翠的一夜》，散文集《巴黎鳞爪》。

1928年3月创办并主编《新月》月刊，新月社重新开始活动。由此，新月派实现了一次文化活动的转型。在创刊号上，由徐志摩执笔的《"新月"的态度》虽然只是一篇发刊辞式的文章，所表达的文学思想也不系统和全面，还带着某些针对性，对革命文学及其他文学现象表示反对，但它所表明的《新月》的态度是非常明确的，这个态度就是"健康"和"尊严"的原则。

1929年起徐志摩相继在光华大学、南京中央大学、北京大学任教。1931年创办并主编《诗刊》，8月，出版诗集《猛虎集》。11月，在由南京飞往北平的途中，因飞机失事遇难。一代年轻诗才就此消陨，新月派由此衰落。

第二部分　作品赏读

《志摩的诗》是徐志摩自己编选的第一个诗集，1925年出版。集中收录的大都是1922—1924年之间的作品，这个诗集的出版，使他名声大振。

第一，徐志摩诗歌中的理想主义。

徐志摩在其诗作中比较完整地体现了他对"爱、自由、美"的追求，体现出一位深受英美自由主义思想影响的浪漫派诗人的人生理想。正如陈梦家所评论的那样："自我解放与空灵的飘忽，安放在他柔丽清爽的诗句中，给人总是那舒快的感悟。"[①] 在徐志摩的观念世界里，英美式的自由主义是一种理想的社会思想，在秩序内的自由，在自由中的人生，是一种潇洒的、优雅的、有秩序的理想形态。《雪花的快乐》中描绘了自由飞舞的雪花所能寻找到的"快乐"："假如我是一朵雪花，／翩翩的在半空里潇洒，／我一定认清我的方向——／飞扬，飞扬，飞扬，／这一面上有我的方向。"这种理想不在"寂寞的幽谷"，也不在"凄清的山麓"，而是一种飞舞的姿态，是一种融合、和谐的状态："那时我凭藉我的身轻，／盈盈的，沾住了她的衣襟，／贴近她柔波似的心胸——／消溶，消溶，消溶——／溶入了她柔波似的心胸。"诗人为追寻理想而不惜牺牲一切，在《为要寻一颗明星》中，诗人表达了追求理想的信念及其态度："我骑着一匹拐腿的瞎马，／向着黑夜里加鞭；——／向着黑夜里加鞭，／我跨着一匹拐腿的瞎

[①] 陈梦家：《〈新月诗选〉序》，《新月诗选》，新月书店1931年版。

第十一讲　自由与秩序：《志摩的诗》

马！"诗人为要寻找这颗明星，骑着"瞎马""冲入这黑绵绵的昏夜"，即使累坏了这匹牲口，累坏了马鞍上的身手，也要努力寻找、追求那"水晶似的光明"。

　　什么是徐志摩的理想？他自己并没有系统的明确的论述。但徐志摩在《志摩的诗》、《翡冷翠的一夜》、《猛虎集》等诗集中，描绘了一个他理想中的理想世界，这个理想世界包含理想的社会、理想的自然和理想的爱情三个方面的内容。所谓理想的社会是人的生存环境的优雅和谐状态，是没有贫穷、罪恶、战争的社会。在诗人的想象中，社会是那么的美好，人与人之间的关系是那么和谐，"假如你我荡一支无遮的小艇，假如你我创一个完全的梦境"（《月下雷锋影片》），这或许正是诗人的理想社会。《我有一个恋爱》、《石虎胡同七号》、《乡村里的音籁》等诗篇，为读者描绘了或优美、或有秩序、或安静的社会图景，展现了"理想的"某些方面。徐志摩是如此热爱生活，执着于理想的社会的寻求，在他单纯的世界中容不得黑暗、丑恶和残酷，因此，当社会上出现不和谐的状态，存在着不合理的现象，这样的社会就不是理想的社会，就是需要批判和揭露的。也许诗人看到的不仅仅是优美和谐的社会，也看到了丑恶的、不公平的社会现象，《盖上几张油纸》、《先生！先生！》、《大帅》、《叫化活该》、《一幅小的穷乐图》、《太平景象》等诗作，抒写了种种不和谐的社会现象，这里有为死的小儿子痛哭的夫人，有"小的穷乐图"：富人家倒出来的垃圾，不尽是灰和煤，也不尽是残骨，"也许骨中有髓"。在这垃圾堆的山上，有在拾荒的衣衫破烂的小女孩、中年妇、老婆婆，构成了一幅荒凉、破败的生活图景。也有沿街乞讨的，叫着"先生！先生"的乞丐，也有在"坟底叹息"的髑髅，这些与诗人理想中的社会图景相去甚远的不和谐现象，构成了徐志摩理想社会的反面。所谓理想的自然是人与自然的和谐关系，是人的生命世界中最美的自然景象。从某种意义上说，理想的自然也就是理想的人生，自然与人生是不可分割的关系。正是这样，徐志摩写作了大量以自然为题材的诗，《自然与人生》、《地中海》、《落叶小唱》、《夜半松风》、《消息》、《为谁》、《丁当——清新》、《再别康桥》、《泰山》等，写自然之优美、清新，以自然映衬人生，"我爱天上的星星；我爱它们的晶莹"，因为"人间没有这异样的神明"（《我有一个恋爱》），"我亦愿意赞美这神奇的宇宙"，是因为"我亦愿意忘却了人间有忧愁"，

"我亦想望我的心池鱼似的游"(《呻吟语》)。所以,"我想攀附月色,/化一阵清风,/吹醒群松春醉,/去山中浮动"(《山中》)。在徐志摩的诗篇中,大多以自然写人生,以自然隐喻人生,从而表现好景不长、人生易老的思想,因而"秋景"就是他的诗作构筑的主要意境,悲秋主题是其重要的主题之一。《沪杭车中》以一个一个的意象连缀成篇,写出了"艳色的田野,艳色的秋景",由这景致以及匆匆而去的列车,想到了"催老了秋容,催老了人生"。《丁当——清新》借"檐前的秋雨"诉说着忧愁。《问谁》借秋风来袭,"秋风不容情的追,追,(摧残是他的恩惠!),追尽了生命的余辉",从而抒写"没了,全没了:生命,颜色,美丽"的愁苦情感。

　　理想的爱情是徐志摩吟咏的重要主题,也是他一生为之追求和牺牲的生活,是他寻美的内容之一。或者说,在徐志摩的笔下,理想的爱情就是理想的社会和人生的最重要的内容,没有理想的美的爱情,社会就是没有色彩的,人生就是空洞的。《起造一座墙》可以看作是徐志摩爱情的宣言:"你我千万不可亵渎了那一个字/别忘了在上帝跟前起的誓。/我不仅要你最柔软的柔情,/衣似的永远裹着我的心;/我要你的爱有纯钢似的强,/在这流动的生里起造一座墙;/任凭秋风吹尽满园的黄叶,/任凭白蚁蛀烂了千年的画壁;/就使有一天霹雳震翻了宇宙,——也震不翻你我'爱墙'内的自由!"在《这是一个懦怯的世界》中,他也表达了对爱情的向往与坚贞:"跟着我来,我的恋爱,/抛弃这世界/殉我们的恋爱!"对爱情的追求表现出对自由的向往,在徐志摩的爱情宝典中,爱情的自由就是生命的自由,没有爱情的自由就不可能有真正的自由。因此,他总是把爱情与生命的体验结合在一起,在爱的甜蜜中期待"春的投生"。《我等候你》、《半夜深巷琵琶》、《两地相思》、《哀曼殊斐儿》等作品中,爱情是一首哀婉的歌,被赋予了生命的象征,"完了,他说,吹糊你的灯,她在坟墓的那一边等"(《半夜深巷琵琶》),优美的琵琶奏出的是凄婉的爱情故事,生命的期待是对爱情的执着。在《爱的灵感》中,诗人也写出了爱情"猛袭到我生命的全部",爱情的痛苦在于"爱你,但永不能接近你,爱你,但从不要享受你"。因为,诗人的爱虽然是丰富的、多情的,但同样又是节制的,有一定的度的。爱情不是强求的,爱情的故事也并不一定是完美的,正如诗人在《偶然》中所说的:"我是天空里的一片云,/偶尔投影在你的波心——你不必讶异,/更无须欢喜——/在转瞬间消灭了踪影。"因为在生活的世界中,"你有你的,我有我的,方向",每个人的追求目标不一定一致,所以,"你记得也好,/最好你忘掉"。也许,这是诗人理想中爱情关系的最好表达。

第二,纯美的追求。

徐志摩是一位唯美主义诗人,他试图把生活诗意化,也努力在诗的世界里寻找生活之美。在艺术上徐志摩主要受英国诗歌的影响,又承继了中国传统诗词的艺术精神,努力于"新格律诗"的理论实践,追寻"从性灵深处来的诗句",[①] 在精心经营诗的本式的过程中提升新诗的艺术形式美。

徐志摩讲究诗的节制,纵笔抒写,而又不放纵感情;为情而歌,而又讲究诗的格律,以理性节制感情,寻找感情与诗歌形式的完美结合。首先,新诗格律的创造。五四以来,新诗向着自由体的方向发展,白话可以入诗,诗体得到了解放,出现了散文化的倾向。正是在这种背影下,新月诗派提出新格律诗的问题,试图纠正诗之无味的现象。不过,徐志摩等新月诗人不是重复古典诗词的格律,而是在融合中西格律的基础上,创造一种适合于当代人情感抒发和读者阅读需要的新格律。可以说,旧体诗词的格律是一成不变的,而新格律则是在创造之中的,诗人根据情感表达的需要,在一定的诗律基础上不断地创造新的格律。从诗的结构上来看,徐志摩充分运用了汉语的优势,在长短句的组合中,完成诗体的构造。他的诗不像闻一多讲究章节和诗句的均齐,而是创造出了形式不一、千姿百态的艺术样式。徐诗以四行一节为基础结构形式,但其排列组合则极不统一,如《古怪的世界》:

从松江的石湖塘
　上车来老妇一双
颤巍巍的承往弓形的老人身
多谢(我猜是)普渡山的盘龙藤

再如《她是睡着了》:

[①] 陈从周:《徐志摩年谱》,上海书店1981年版,第70页。

> 她是睡着了——
> 是光下一朵斜欹的白莲；
> 她是入梦了——
> 香炉里袅起一缕碧螺烟。

  两行短句两行长句或者短句与长句隔行出现的结构模式，是徐志摩新格律诗常见的体式，其他体式大多在此基础上进行变化，到《半夜深巷琵琶》长短句完全融合一体，达到了新诗结构上的极致。

  其次，新诗意象的营构。徐志摩特别善于捕捉瞬间感受的诗歌意象，并将这些意象赋予丰富的内涵和生动的诗意。随手翻开他的诗作，几乎每一首作品都有让人心动、让人意想不到的意象，显示了他超人的艺术想象力和创造力。如"雪花"、"水莲花"、"落叶"、"秋"、"杜鹃"、"黄鹂"、"月亮"等，既有中国古典诗词中的传统意象，也有属于徐志摩自己的创造，无论是借用还是独创，都被纳入到诗的意境构造中，具有抒发情感的功能。如《半夜深巷琵琶》中既有琵琶这一中心意象，又使用了多种意象的组合，手指、凄风、惨雨、落花、荒街、残月等，显示了诗人活跃的思维和想象，从不同的角度将半夜传来的"悲思"音乐细致地表现出来。《再别康桥》中也运用了丰富的意象，"西天的云彩"、"河畔的金柳"、"波光里的艳影"以及"青荇"、"清泉"、"天上虹"、"彩虹似的梦"、"星辉"等，所有这些让人浮想联翩的意象，尽情诉说着对康桥的一往情深，甚至这些意象作为一种修辞手段表达着诗人对康桥的特殊情感。

第三部分 原文：《志摩的诗》选录

> 雪花的快乐
> 假如我是一朵雪花，
> 翩翩的在半空里潇洒，
> 我一定认清我的方向——
>   飞扬，飞扬，飞扬，——
> 这地面上有我的方向。

第十一讲　自由与秩序:《志摩的诗》

不去那冷寞的幽谷，
不去那凄清的山麓，
　也不上荒街去惆怅——
　　飞扬，飞扬，飞扬，——
你看！我有我的方向！
在半空里娟娟的飞舞，
认明了那清幽的住处，
　等著她来花园里探望——
　　飞扬，飞扬，飞扬，——
啊，她身上有朱砂梅的清香！
那时我凭借我的身轻，
凝凝的，沾住了她的衣襟，
　贴近她柔波似的心胸——
　　消溶，消溶，消溶，——
溶入了她柔波似的心胸！

　　为要寻一个明星
我骑着一匹拐腿的瞎马，
　　向着黑夜里加鞭；——
　　向着黑夜里加鞭，
我跨著一匹拐腿的瞎马。
我冲入这黑绵绵的昏夜，
　　为要寻一颗明星；——
　　为要寻一颗明星，
我冲入这黑茫茫的荒野。
累坏了，累坏了我胯下的牲口，
　　那明星还不出现；——
　　那明星还不出现，
累坏了，累坏了马鞍上的身手。
这回天上透出了水晶似的光明，
　　荒野里倒着一只牲口，

· 217 ·

黑夜里躺着一具尸首。——
这回天上透出了水晶似的光明！

沪杭车中

匆匆匆！催催催！
一卷烟，一片山，几点云影，
一道水，一条桥，一支橹声，
一林松，一丛竹，红叶纷纷：
艳色的田野，艳色的秋景，
梦境似的分明，模糊，消隐，——
催催催！是车轮还是光阴？
催老了秋容，催老了人生！

去 罢

去罢，人间，去罢！
　我独立在高山的峰上；
去罢，人间，去罢！
　我面对著无极的穹苍。
去罢，青年，去罢！
　与幽谷的香草同埋；
去罢，青年，去罢！
　悲哀付与暮天的群鸦。
去罢，梦乡，去罢！
　我把幻景的玉杯摔破；
去罢，梦乡，去罢！
　我笑受山风与海涛之贺。
去罢，种种，去罢！
　当前有插天的高峰；
去罢，一切，去罢！
　当前有无穷的无穷！

第十二讲

唯美与象征：《画梦录》

第一部分　作家简介

　　何其芳，原名何永芳。现代诗人，散文家，文学研究家。1912 年，何其芳出生于四川万县（现重庆万州）一个守旧的大家庭。何幼年时喜爱中国古代诗词小说，这对他早期的诗歌散文创作起到了重要的作用。1929 年，何其芳进入上海中国公学预科学习，并于 1931—1935 年就读于北京大学哲学系，这是何其芳一生中比较重要的时期。期间他结识了同为文学院学生的卞之琳、李广田，以文会友，惺惺相惜。1934 年，郑振铎编写"文学研究会创作丛书"，要卞之琳的一本诗集，于是卞之琳便把好友何其芳、李广田的诗全部拿来凑成一本集子。由于他们当时切磋诗艺的地方叫"汉花园"，于是这本诗集便起名《汉园集》。这本诗集 1936 年出版后，何其芳的诗在其中被整编为"燕泥集"，从名字来看，既有不辞劳苦、自筑诗巢的意味，又可以嗅到薛道衡"暗脂悬蛛网，空梁落燕泥"的气息，暗示了何其芳的美学情趣，那就是对唐代绩艳绮纱风格的痴迷与执着。

　　1937 年，何其芳又出版了散文集《画梦录》，该书以"纯粹的美丽"、"超达深渊的情趣"荣膺 1937 年《大公报》文艺奖。何在《画梦录》里写出了一种精致的语言生活，这个虚构的文本没有现实的阴暗与丑恶，而是通篇的美好，仿佛贵重的青花瓷，一碰即碎。作者在书里自称"早熟"，总爱沉溺于自己用文字和幻想所营造的世界里，这是一种天生的诗人气质。所以他的前期诗作，带有明显的梦幻情调，具有细腻和华丽的特色。在散文创作上，他自称"我的工作是在为抒情的散文发现一个新的园地"，他善于融合诗的特点，写出浓郁缠绵的文字，借用新奇的比喻和典故，渲染幻美的颜色和图案，使他的散文别具风格。

真正明显地表现出思想和艺术风格的变化，是在抗战开始，特别是到了延安以后。

抗日战争爆发后，何其芳回到老家四川任教，一面继续写作诗歌、散文、杂文等。1938年何其芳赴延安，任鲁迅艺术学院文学系主任，其间曾随贺龙部队到晋西北和冀中根据地工作。在延安期间，这个本来以"唯美精美"著称的诗人，在文风上呈现了巨大的转变。从原先个人色彩极浓的富有创作实力的诗人和散文家，一变而为理论基础相对薄弱的革命文艺理论批评家、毛泽东文艺思想宣传家和主流话语代言人。抗战胜利后，他遵从"政治"，紧跟"主流"，从一个极端走到了另一个极端，导致其文学理论批评失误较多，创作走入低谷。在1956—1966年这段时间里，他又表现出其特有的摇摆性和矛盾复杂性，他在一定程度上疏离了主流话语，进行独立的文学研究和理论探讨，获得了可喜的理论建树和研究成果，1962年以后"左"倾思潮升级就再也难以为继了，个人创作已到了难以下笔的程度。何其芳创作后期这种在"政治"与"文艺"之间的艰难选择，被称为"何其芳现象"，而何其芳这种创作前后期的差异，不能不让人深思。

第二部分　作品赏读

《画梦录》是何其芳的第一部散文集，1936年7月由文化生活出版社出版，包括"代序"在内，共收入何其芳1933—1935年的17篇作品。1937年，《画梦录》与曹禺的剧本《日出》和芦焚的小说《谷》一同获得天津《大公报》设立的文艺奖金。这些充满田园诗风格的感伤散文，以诗意的笔触和丰富的想象描写寂寞与孤独、吟唱爱情和梦想，在30年代的文坛独树一帜，风靡一时。

《画梦录》是现代文学史上堪与鲁迅的《野草》比肩的"独语"文学典范。五四以后，以"独语"为特征的文学创作在中国文坛开始萌生，"独语"追求自我个性和内心世界的剖析与张扬，与正在形成的现代思想

第十二讲 喧哗与象征：《画梦录》

相契合，因此也广受散文作家的青睐，其中《画梦录》正是这一创作流脉的代表之作。作为一种文体，"独语"最大的特点便是创作的封闭性与自我意味，它并不顾及与倾听者的交流，而是喃喃自语，即使设置了第二人称和第三人称作为倾诉或描写的对象，此间的"你"和"他"也是作者自我的化身，就连在作品中进行"对话"的双方，其情感、语气和遣词造句的方式也无不同出一辙，使"对话"演变为个体与内心的交流。因其主观情感色彩和内向性，"独语"不可避免地沾染了浓郁的抒情色调，洋溢着自我表述的酣畅，鲜明的抒情主义特性也成为《画梦录》最为本质的特征。《画梦录》是作者在理想与现实间冲突徘徊的结晶，自诞生伊始便与作者的情绪体验和抒情诉求密不可分。早在少年时代，何其芳就感受到了理想和现实的两难抉择，他从小生活在四川万县一个封建大家庭里，虽有过童年的天真和欢乐，但冷酷的家庭教育、枯燥乏味的私塾生活和黑暗的社会环境给他带来了沉重的精神负担，作者向往爱情，在现实中却经历了爱情的失败，世界对于他正像那扇紧闭着的"黑色的门"，"一个永远期待的灵魂死在门内，一个永远找寻的灵魂死在门外"。正是"门内"和"门外"的二元对立成为作者创作《画梦录》的深层动机，独特的人生体验激发了作者强烈的自我诉说的愿望，促使其编造"美丽而忧郁"的梦来自我抚慰，这也是作品题为《画梦录》的原因——唯其是梦，才能逾越现实社会的竖起的藩篱，将隐藏于思维深层的全部情绪倾吐而出，在白日梦中勾画心理版图。在他的喃喃"独语"中，整部作品充溢着酣畅的倾诉和浓烈的自我色彩，在《画梦录》中我们可以发现这样一个鲜明的抒情主人公形象：他以个人心灵体验支点构造世界，沉陷在个人情绪中，并不理会外面那个血与火的时代，只垂首自顾于"咀嚼小小的悲欢，在踯躅的夜街或叶落的黄昏时时独语"，借由一个个梦境与遐思，表达着对于自我和世界的观点；他性格哀怨忧郁，内心寂寞孤独，对前途深感迷茫彷徨，他期冀和想象着爱情，同时也抒发着对爱情的忧愁和失恋后的悲怆；他对人性、自然及生命有着虔心的热爱和深邃的思考，但却不追求文字的教育意义和作品的历史价值，他只愿意将个人情绪恣意地宣泄，由此消解寂寞苦闷。因此，《画梦录》既不凝视读者，也不面向世界，有着鲜明的"内向性"，个人情愫自不待言，即使在《画梦录》中被描写的客观景物也在作者幻想的加工下成为只有作者本人能解读的独特符号，构成了一个有别于现实世界的异化空间，具有明确的"排他"特点和"陌生化"效果。这一"独语"的创作姿态使文章饱胀着满满的想象力，几乎每一个入文的素材都成为作者情绪表达的桥梁。然而值得注意的是，在抒写内心情怀时，作者却并不直抒胸臆，而是选取"梦"为表述手段，寓浓浓的情感于缥缈的想象中。如在《独语》一篇中，何其芳凭借少年维特"寂寞的一挥手"、阮籍的"痛哭而返"和"印度王子的出游"来与现实拉开距离，转借"梦境和遥想"来表达与上述人物感同身受的大悲哀大寂寞，抒写对人生热情和时代动荡的感慨。这种间接的表达方式避免了这部抒情意蕴浓厚的作品流于情感泛滥的沼泽，同时也赋予《画梦录》以节制、内敛的审美品格，体现出何其芳在散文创作上的深厚造诣。

  诗性本质也是《画梦录》在艺术上的另一个突出特点。作为著名的"汉园三诗人"之一，何其芳的诗人气质和在诗歌方面的造诣赋予他的散文创作以浓郁的诗性。在《画梦录》中，他热衷于追随飘忽不定的心灵语言，捕捉在刹那间灵感飞现的意象，刻意追求诗化的情调、想象和意境，正如刘西渭所作的评价："何其芳先生更是一位诗人。……在气质上，却更其纯粹，更是诗的，更其近于十九世纪初叶。也就是这种诗人的气质，让我们读到他的散文，往往沉入多情的梦想……"他的个人气质和心理体验使他在创作理念上认同了温庭筠和李商隐式的温婉唯美，尤其是李商隐诗作中精致悠绵的语言，收敛回环的结构，写意朦胧的意境和含蓄曲折的表达都完美地重现于《画梦录》中，可以说《画梦录》是用现代白话以散文的形式来表达何其芳对诗性的渴望，作者反对一篇散文是一首诗歌的放大，但他却坚决主张用诗歌的创作理念去营构散文。因此在《画梦录》中诗的影子随处可见，堪称"诗人的散文"和"散文的诗"。作者善于凭借意象的调用与塑造来抒情表意，例如《雨前》中的雨表达着人们对幸福的渴望与追求，《扇上的烟云》中，黄昏里满载着苦脸的车厢，其实便是人世间的写照，它形象地揭开了人生充满痛苦与不幸的内情，那使人疲乏的"旅途"也是前路未可知的人生道路的象征。在由意象所组成的"象征的森林"中，作者浓郁的情感被以一种含蓄的方式表述而出，溶解于朦胧的意境中，而这正是诗歌创作中最常使用的表达方式。正是在文学意象及其象征意义的作用下，无论是"故乡的雷声和雨

第十二讲 唯美与象征:《画梦录》

声"、"白色的鸭"、黄昏中"沉默的街"和"小山巅的亭子"还是"岩半腰的松树",都无一不释发着盎然的诗意,具备了语义上丰富多样的能指性,使《画梦录》成为画意与诗情的完美融通。除此以外,作者还以精琢的文字和丰富的修辞来妆点《画梦录》的语言,使其在形式上也具备了诗歌的精美与严谨。如在《秋海棠》一篇中,不仅其所选取的"秋海棠"、"思妇"、"石阑干"等一些主要意象都是古典诗词中的常见意象,而且着力于文字的修饰,使用了"颤悸"、"柔波"、"幽辉"等华美的词来纹饰语句,在"仿佛听得见夜是怎样从有蛛网的檐角滑下,落在花砌间纤长的飘带似的兰叶上","刚才引起她凄凉之感的菊花的黄色已消隐了","这初秋这夜如一袭藕花色的蝉翼一样的纱衫,飘起淡淡的哀愁"等句子中,极为繁富的修饰语也有力地凝造出典雅含蓄、至情至美的阅读体验。在遣词造句上极尽雕琢,几乎是以诗的笔法来"制作"散文,力求凝练、准确、唯美、传神,他对明喻、暗喻、通感修辞技巧的广泛运用也都显示出对创作技巧的追求,在"温李"式的创作手法打造下,无论景物还是意境,都在《画梦录》中弥散出浓浓诗意,拥有了柔婉悱恻的抒情特质,在艺术魅力的图谱上刻画出了浓墨重彩的一笔。

《画梦录》是何其芳 20 世纪 30 年代初期在北京大学读书时的作品,其时作者正是一个敏感多思的青年,其相对孤僻的个性和并不丰富的人生体验使他与社会运动和政治斗争相对隔离,在《画梦录》中记录的多是他绚丽的梦幻、纯美的理想和作为一个青年作家内心的彷徨忧郁,抒写了极其个人化的生命体悟,充斥着对具有超越价值的人生主题的思考,并于不动声色间描绘出时代的剪影。1927 年大革命失败以后,白色恐怖笼罩中国,众多知识分子对中国的前途和命运感到苦闷和迷茫,彷徨于觉醒和迷失之际,踯躅在追求和幻灭之间。到了大学时代,何其芳的生活中愈加明显地出现了两个世界:"一个是出现在文学书籍里和我的幻想里的世界。那个世界是闪耀着光亮的,是充满着纯真的欢乐、高尚的行为和善良可爱的心灵的。另外一个是环绕在我周围的现实的世界。这个世界却是灰色的,却是缺乏同情、理想,而且到处伸张着堕落的道路的。我总是依恋和留连于前一个世界而忽视和逃避后一个世界。"这是时代留给作者的苦闷,也是同作者一样的众多年轻的知识分子的处境。他们"感到了一种深沉的寂寞,一种大的苦闷,更感到了现实与幻想的矛盾,人的生活的可

· 223 ·

怜，然而找不到一个肯定的结论"，他们渴望找到生活的前途和斗争的方向，又缺乏指引和前进的力量，在矛盾徘徊中，文学成为他们精神的避难所和感情的世外桃源——社会为梦想设置了难以逾越的障碍，因此只能在虚幻的文学世界"抒写自己，抒写自己的幻想、感觉、情感"以排遣郁结的情绪。因此，在作者笔下，不仅人物陷于寂寞的苦楚，就连早秋的蟋蟀、马蹄声和雪麟的影子也成为独孤清冷的化身，充溢着对追寻理想而不得的失落，宣泄着"我遗弃了人群而又感到被人群所遗弃的悲哀"，作者将精神世界的孤独苦闷和对未来的茫然彷徨投射在《画梦录》中，真实反映了处于社会大动荡中的青年知识分子的内心世界和情感体验。也正因如此，其作品才赢得了许多青年读者的共鸣，也因此在审美功效之外具有了镌刻时代影像的价值与意义。

然而值得一提的是，《画梦录》虽以抒写苦闷为主，但作者却在苦闷中暗藏了爱的渴望、梦的纯真和理想的美好，尽管这些积极的体悟大多寄身于悲伤寂寞的情绪中，但却暗涌着炽热的情愫，包孕着力量和希望。在《画梦录》中，我们可以感受到一股被压抑住的无处可以奔注的热情，他在真实世界中屡经挫折，然而澎湃的艺术激情却从未流失，他仍饱含激情地探索散文的艺术美，执着地醉心于爱、热情和理想等这些人类亘古不变的主题，这本身即是《画梦录》中充满积极因素的有力佐证。作者本人在谈及这部文集时也曾强调："对于人生我实在充满了热情，充满了渴望，因为孤独的墙壁使我隔绝人生，我才'哭泣着它的寒冷'。"由此可见，与其说《画梦录》是作者自我安慰的方式，不如说它是欲擒故纵的手段，在内向的悲悯背后隐藏着外向的情感张力，现实中虽经受着初恋的夭折、学业的挫折和人生的孤独迷茫，但作者在《画梦录》里仍为我们编织了一系列"美丽而忧郁"的理想爱情的场景、一个个体味快乐的瞬间和诞生于寂寞焦虑中的积极进取的梦想。如《墓》中的雪麟在寂寞地独语，但"他做梦似的眼睛却发出异样的光，幸福的光，满足的光，如从 Paradise 发出的"；《秋海棠》中的思妇是寂寞的，却不流于凄怆，她的故事依然是"甜美"的，就连眼泪也化作了美丽的秋海棠；《雨前》中的"我"虽深陷于认清"旧我"的痛苦，但并未因此萎靡，而是在自我反叛中强烈期待着"新我"的到来。可以说作品中看似不切实际的"梦"不仅是作者弥补缺失精神体验的填充剂，也给读者暗示了一个足以对抗现实苦闷的潜在精神世界，别有一种鼓舞的力量在其中。作者其实蓄积着一股自我救赎的力量，不让自己完全淹没在伤颓的情感中，给人以信心十足的鼓励——爱情虽痛苦却是美好的，现实虽不尽如人意但仍旧充满想象，正是这种潜藏在沉郁中的激越，使《画梦录》摆脱了抒情散文创作中顾影自怜的褊狭与矫揉，成为一个表达热情与理想、象征精神追求之美的范本，超越现实的屏障，触伸进人类精神世界和灵魂深处，充满对人性的探求，洋溢着对生命的款款深情，寄予了关于自然和爱情的哲思玄想，具有题旨的永恒性、超越性和纯粹性。这也是它在经历了时间的洗练后仍能引发无数读者内心共鸣的重要原因。

自出版以来，《画梦录》以其炫美的形式和丰富的内涵吸引着无数读者，成为现代散文史上不可多得的经典著作，同时它也以自身的魅力强化了散文的意义与价值。30年代散文存在着明显的"杂文化"趋势。虽然自五四时代起，散文便处于与小说、诗歌等文体并列的位置，然而因其形式方面的自由性和特殊的时代背景，在《画梦录》出版的30年代，散文多作为一种文体意义模糊的"即兴"形式来回应时代或自我表述，不仅地位尴尬，"不能算作纯艺术品，与诗、小说、戏剧，有高下之别"，而且质量上也较少出色之作，尤其是抒情散文多半是纠结于"身边的杂事的叙述和感伤的个人遭遇的告白"。因此，何其芳要以其创作实践来使散文成为真正具有文体价值和审美意义的"美文"："我愿意以微薄的努力来证明每篇散文应该是一种独立的工作，不是一段未完篇的小说，也不是一首短诗的放大"，这一努力显然是卓有成效的。这本散文集获得《大公报》文艺奖金时，由朱自清、叶圣陶等组成的评奖委员会曾以如下的评价肯定了《画梦录》——《画梦录》是一部独立的艺术制作，有它超达深渊的情趣。凭借《画梦录》，作者不仅真真切切地为30年代的抒情散文勘探出一个孜孜以求的"新的园地"，拓展了散文的艺术表现手法，使中国现代散文在创作技巧上走向成熟，而且其散文理念也积极地影响了当时乃至当下的抒情散文创作。《画梦录》以其艺术上的精雕细琢和创作姿态上的严肃认真，使散文获得了更为独立的文体意义、更为高远的艺术品格和更为强大的思想承载能力，这也是《画梦录》之于中国现当代文学的独特意义。

第三部分　原文：《画梦录》选录

一　雨前

最后的鸽群带着低弱的笛声在微风里划一个圈子后，也消失了。也许是误认这灰暗的凄冷的天空为夜色的来袭，或是也预感到风雨的将至，遂过早地飞回它们温暖的木舍。

几天的阳光在柳条上撒下的一抹嫩绿，被尘土埋掩得有憔悴色了，是需要一次洗涤。还有干裂的大地和树根也早已期待着雨。雨却迟疑着。

我怀想着故乡的雷声和雨声。那隆隆的有力的搏击，从山谷返响到山谷，仿佛春之芽就从冻土里震动，惊醒，而怒茁出来。细草样柔的雨声又以温存之手抚摩它，使它簇生油绿的枝叶而开出红色的花。这些怀想如乡愁一样萦绕得使我忧郁了。我心里的气候也和这北方大陆一样缺少雨量，一滴温柔的泪在我枯涩的眼里，如迟疑在这阴沉的天空里的雨点，久不落下。

白色的鸭也似有一点烦躁了，有不洁的颜色的都市的河沟里传出它们焦急的叫声。有的还未厌倦那船一样的徐徐的划行，有的却倒插它们的长颈在水里，红色的蹼趾伸在尾巴后，不停地扑击着水以支持身体的平衡。不知是在寻找沟底的细微的食物，还是贪那深深的水里的寒冷。

有几个已上岸了。在柳树下来回地作绅士的散步，舒息划行的疲劳。然后参差地站着，用嘴细细地梳理它们遍体白色的羽毛，间或又摇动身子或扑展着阔翅，使那缀在羽毛间的水珠坠落。一个已修饰完毕的，弯曲它的颈到背上，长长的红嘴藏没在翅膀里，静静合上它白色的茸毛间的小黑眼睛，仿佛准备睡眠。可怜的小动物，你就是这样做你的梦吗？

我想起故乡放雏鸭的人了。一大群鹅黄的雏鸭游牧在溪流间。清浅的水，两岸青青的草，一根长长的竹竿在牧人的手里。他的小队伍是多么欢欣地发出嗝啾声，又多么驯服地随着他的竿头越过一个山坡又一个山坡！夜来了，帐幕似的竹篷撑在地上，就是他的家。但这是怎样辽远的想象呵！在这多尘土的国土里，我仅只希望听见一点树叶上的雨声。一点雨声的幽凉滴到我憔悴的梦，也许会长成一树圆圆的绿阴来覆荫我自己。

我仰起头。天空低垂如灰色的雾幕，落下一些寒冷的碎屑到我脸上。

一只远来的鹰隼仿佛带着怒愤,对这沉重的天色的怒愤,平张的双翅不动地从天空斜插下,几乎触到河沟对岸的土阜,而又鼓扑着双翅,作出猛烈的声响腾上了。那样巨大的翅使我惊异,我看见了它两肋间斑白的羽毛。

接着听见了它有力的鸣声,如同一个巨大的心的呼号,或是在黑暗里寻找伴侣的叫唤。

然而雨还是没有来。

二　黄昏

马蹄声,孤独又忧郁地自远至近,洒落在沉默的街上如白色的小花朵。我立住。一乘古旧的黑色马车,空无乘人,纡徐地从我身侧走过,疑惑着是载着黄昏,沿途散下它阴暗的影子,遂又自近而远地消失了。

街上愈荒凉。暮色下垂而合闭,柔和地,如从银灰的归翅间坠落一些慵倦于我心上。我傲然,耸耸肩,脚下发出凄异的长叹。

一列整饬的宫墙漫长的立着。不少次,我以目光叩问它,它以叩问回答我:

——黄昏的猎人,你寻找什么?

狂奔的野兽寻找着壮士的刀,美丽的飞鸟寻找着牢笼,青春不羁之心寻找着毒色的眼睛。我呢?

我曾有一些带伤感之黄色的欢乐,如同三月的夜晚的微风飘进我梦里,又飘去了。我醒来,看见第一颗亮着纯洁的爱情的朝露无声地坠地。我又曾有一些寂寞的光阴,在幽暗的窗子下,在长夜的炉火边,我紧闭着门而它们仍然遁逸了。我能忘掉忧郁如同忘掉欢乐一样容易吗?

小山巅的亭子因暝色天空的低垂而更圆,而更高高地耸出林木的葱茏间,从它我得到仰望的惆怅。在渺远的昔日,当我身侧尚有一个亲切的幽静的伴步者,徘徊在这山麓下,曾不经意地约言:选一个有阳光的清晨登上那山巅去,但随后又不经意地废弃了。这沉默的街,自从再没有那温柔的脚步,遂日更荒凉。而我,竟惆怅又怨抑地,让那亭子永远秘藏着未曾发掘的快乐,不敢独自去攀登我甜蜜的想象所萦系的道路了。

三　独语

设想独步在荒凉的夜街上,一种枯寂的声响固执地追随着你,如昏黄的灯光下的黑色影子，你不知该对它珍爱还是不能忍耐了：那是你脚步的独语。

人在孤寂时常发出奇异的语言，或是动作。动作也是语言的一种。

决绝地离开了绿蒂的维特，独步在阳光与垂柳的堤岸上，如在梦里。诱惑的彩色又激动了他作画家的欲望，遂决心试卜他自己的命运了。他从衣袋里摸出一把小刀子，从垂柳里掷入河水中。他想：若是能看见它的落下，他就将成功一个画家，否则不。那寂寞的一挥手使你感动吗？你了解吗？

我又想起了一个西晋人物，他爱驱车独游，到车辙不通之处就痛哭而返。

绝顶登高，谁不悲慨地一长啸呢？是想以他的声音填满宇宙的廖阔吗？等到追问时怕又只有沉默地低首了。我曾经走进一个古代的建筑物，画檐巨柱都争着向我有所诉说，低小的石栏也发出声息，象一些坚忍的深思的手指在上面呻吟，而我自己倒成了一个化石了。

或是昏黄的灯光下，放在你面前的是一册杰出的书，你将听见里面各个人物的独语。温柔的独语，悲哀的独语，或者狂暴的独语。黑色的门紧闭着：一个永远期待的灵魂死在门内，一个永远找寻的灵魂死在门外。每一个灵魂是一个世界，没有窗户。而可爱的灵魂都是倔强的独语者。

我的思想倒不是在荒野上奔驰。有一所落寞的古老的屋子，画壁漫漶，阶石上铺着白藓，象期待着最后的脚步：当我独自时我就神往了。

真有这样一个所在，或者是在梦里吗？或者不过是两章宿昔嗜爱的诗篇的糅合，没有关联的奇异的糅合：幔子半掩，地板已扫，死者的床榻上长春藤影在爬；死者的魂灵回到他熟悉的屋子里，朋友们在聚餐，嬉笑，都说着"明天明天"，无人记起"昨天"。

这是颓废吗？我能很美丽地想着"死"，反不能美丽地想着"生"吗？

我何以又太息："去者日以疏，生者日以亲？"是慨叹着我被人忘记了，还是我忘记了人呢？

"这里是你的帽子"，或者"这里是你的纱巾，我们出去走走吧"，我还能说这些惯口的句子。而我那有温和的沉默的朋友，我更记起他。他屋里有一个古怪的抽屉，精致的小信封，装着丁香花，或是不知名的扇形的叶子，象为着分我的寂寞而展示他温柔的记忆。墙上是一张小画片，翻过背面来，写着"月的渔女"。

唉，我尝自忖度：那使人类温暖的，我不是过分缺乏了它就是充溢了它。两者都足以致病的。

印度王子出游，看见生老病死，遂发自度度人的宏愿。我也倒想有一树菩提之荫，坐在下面思索一会儿。虽然我要思索的是另外一个题目。

于是，我的目光在窗上徘徊了。天色象一张阴晦的脸压在窗前，发出令人窒息的呼吸。这就是我抑郁的缘故吗？而又，在窗格的左角，我发现一个我的独语的窃听者了，象一个鸣蝉蜕弃的躯壳，向上蹲伏着，嗫默地。嗫默地，和着它一对长长的触须，三对屈曲的瘦腿。我记起了它是我用自己的手描画成的一个昆虫的影子，当它迟徐地爬到我窗纸上，发出孤独的银样的鸣声，在一个过逝的有阳光的秋天里。

第四单元

文学之哲学心理

第十三讲　现代人生的分析：《梅雨之夕》

第十四讲　一段尴尬无奈的人生际遇：《封锁》

第十五讲　人生哲学的荒诞呈现：《围城》

第十六讲　个人生活与民族命运的表现：《寒夜》

第十三讲

现代人生的分析:《梅雨之夕》

第一部分　作家简介

施蛰存（1905—2003），浙江杭州人，中国现代著名作家、文学翻译家、学者，原名施青萍。1922年起先后就读于之江大学、上海大学、震旦大学。1932年编辑《现代》月刊。1937年起到50年代初，先后在昆明云南大学、厦门大学、上海暨南大学、沪江大学任教，讲授中国文学课程。1952年起任华东师范大学教授，《词学》主编。

施蛰存一生成就巨大，涉猎领域甚广，用他自己的话说就是开了四扇窗子，"东窗是文学创作，南窗是古典文学研究，西窗是外国文学翻译和研究，北窗则是碑版整理"。

在这四扇窗子中，"东窗"文学创作是施蛰存最早致力追求的一项文化事业，也是成就非常高的一面窗子。他十三四岁开始写诗，十六七岁开始发表小说。因为《上元灯》得到读者的褒奖，便"想写点更好的作品出来，我想在创作上独自去走一条新的路径"。在以后的创作中，施蛰存始终在"继承"和"创新"这两个方面下工夫，将中国传统文化的精华融入现代派文学的创作中，陆续出版了中国现代独树一帜的现代主义小说集《将军底头》、《梅雨之夕》、《善女人行品》、《小珍集》，并出版散文《灯下集》、《待旦集》、《沙上的脚迹》、《施蛰存散文选集》、《文艺白话》、《施蛰存七十年文选》、《北山谈艺录》，等等。

施蛰存的外国文学翻译和研究是他所开的"西窗"。施蛰存翻译的外国文学主要有两个方面的内容：一方面是以苏俄、东欧文学为代表的现实主义作品，如波兰、南斯拉夫、保加利亚、匈牙利以及苏俄小说、诗歌。一方面是以英美和西欧文学为代表的自由民主主义的理论和作品，他特别热衷于弗洛伊德、蔼理斯的精神分析理论和奥地利心理分析小说家显尼志勒的小说。施蛰存七十多年没有中断过对外国文学的翻译，将世界文学引进中国，为中国文学走向世界起到了良好的促进作用。

施蛰存所开"南窗"的古典文学研究，出版了《宋花间集》和《清花间集》、《唐诗百话》等。与此同时，施蛰存开北窗研究金石碑版，陆续写了《水经注碑录》、《诸史征碑录》、《唐碑百选》、《金石百咏》、《北山楼碑跋》等十多种著作。

这四个窗子之外，施蛰存还有一面做编辑的"窗子"。1928—1937年，是施蛰存最重要的十年，在这十年间，他与朋友先后创办了三个书店："第一线书店"、"水沫书店"、"东华书店"，创办主编刊物《璎珞》、《无轨列车》、《新文艺》、《现代》、《文艺风景》、《中学生文艺》、《文饭小品》等。

施蛰存对中国现代文学的最大贡献，是创造并培植了一个中国的现代派。这一方面在创作上"独辟蹊径"地运用了心理分析创作方法，一方面则是他通过主编的杂志培植了现代派文学。1932年施蛰存主编了大型文艺综合性刊物《现代》。施蛰存在《创刊宣言》中说，"《现代》不是狭义的同人杂志"，"不预备造成任何一种文学上的思潮、主义或党派"。在施蛰存独立主编《现代》期间，《现代》大量发表了翻译文学作品和外国作家作品介绍，设专栏介绍国外文学动态，广泛引进世界文学。对于国内的文学及文坛动态，《现代》发表了大量的左翼进步作家的作品和左翼文坛消息。当时活跃在中国文坛的革命进步作家几乎都在《现代》上发表过作品，对左翼文坛的消息，如丁玲被捕、鲁迅"北平五讲"、英国进步作家萧伯纳和法国进步作家伐扬·吉久列来上海等内容都能迅速登出。同时，施蛰存以《现代》为大本营扶持并培育了中国第一个现代派文学。他极力推崇戴望舒的诗和穆时英、刘呐鸥的小说，并大量刊登外国现代派作品，《现代》掀起了30年代的诗歌革命和小说革命。另外，《现代》也刊登其他观点、风格、流派的作家作品，真正做到百花齐放、百家争鸣。《现代》不仅在内容上是一个现代的严肃的杂志，形式上也是极其现代、高雅、脱俗的。当时上海的海派刊物，多有媚俗现象，封面差不多是女人

第十三讲 现代人生的分析：《梅雨之夕》

的天下，从女明星到名妓，无不体现出"色"的挑逗。《现代》的封面则超凡脱俗，新潮现代，用现代派的图案画，体现出具有现代色彩的世界新潮气息。

第二部分 作品赏读

　　《梅雨之夕》是施蛰存一篇细腻描写人物心理的小说，创作于1933年。这篇小说的情节结构、故事内容极其简单，主要讲述了在一个梅雨季节的雨中，"我"邂逅了一位漂亮的少女并在我的主动邀请下送她回家这么一个故事。初读这篇小说，感觉很乏味：没有离奇的故事情节，没有引人入胜的感人故事，除了略带有"神经质"的心理描写外，似乎并没有特别固定你眼球的地方。但多次读后，感觉这篇小说却抒发着都市人生别样的心理感受。

　　雨天，是有些阴郁却引人遐想的时光，空山新雨、田园池塘、江南小巷，都留下了文人们的感慨。20世纪30年代那个半殖民地上海，有多少人留意过它的雨天？《梅雨之夕》便是施蛰存为这个城市谱写的朦胧小调。

　　作为一篇小说，《梅雨之夕》的故事线索其实极为简单，叙述了一个公司职员在雨天邂逅了美丽女子，某种机缘下撑伞送她走了一段路。然而整个过程中主人公的心理细腻、复杂又矛盾，使作品充满了浓重的现代主义色彩。作为《现代》杂志的主编，施蛰存在译介作品的过程中接触到较多西方作家、流派，对现代主义尤为关注，其中奥地利作家亚瑟·显尼志勒和弗洛伊德对施蛰存影响较大，因而其在作品中多尝试心理分析、精神分析等手法。不仅如此，施蛰存还注意在叙事方式、行文结构方面开辟新径，加上作者清丽的笔调，使这个故事多了一分婉转，多了一分诗意，多了一分哲思。

　　这个故事究竟是怎样婉转呢？无意识、矛盾、犹豫——推动整个故事发生发展的，就是"我"不断重复进行的本我、自我之间的冲突、转化。小说一开始并没有直接展开情节，而是花了大量笔墨叙述"我"喜欢雨天，喜欢在雨天步行回家。又在一个雨天里，一切都顺其自然地发生："我且行且看着雨中的北四川路，觉得朦胧的颇有些诗意。但这里所说的

'觉得'，其实也并不是什么具体的思绪"；接着一辆电车停在面前，"我"止步了，"我为什么不在这个可以穿过去的时候走到对街去呢，我没知道"；于是"我数着从头等车里下来的乘客"，"为什么不数三等车里下来的呢？这里并没有故意的挑选"。一连串动作都是无意识地发生，主人公完全以一种本我的状态活动着，然而故事也就在这一连串偶然中揭开序幕——美丽的女子下车了。

这个女子在"我"看来充满了吸引力——"美丽有许多方面，容颜的姣好固然是一重要素，但风仪的温雅，肢体的停匀，甚至谈吐的不俗，至少是不惹厌，这些也有着份儿"。这个女子没有伞，又没有招到人力车，因而"我也便退进在屋檐下"。为什么可以选择了留下呢？不是怀着依恋，没有想到自己有妻，只是为了"面前有着一个美的对象，而又是在一重困难之中，孤寂地只身呆立着望这永远地，永远地垂下来的梅雨"——"我"本能地被一系列美丽的事物所吸引。

但是人力车迟迟不出现，细心的"我"发现女子的身上被雨侵袭，心疼之意马上涌起，"甚至觉得那些人力车夫是可恨的"。那么"我"能做什么呢？在女子着急的眼神中"我"才从本我状态中惊醒，意识到刚才只顾着沉浸在对女子的观察中，其实自己有足够大的伞可以为女子遮雨。可是"我"犹豫了，万一路很远，万一女子不愿意接受怎么办？但"我"很快为自己的犹豫找到了出口——雨很快会停的："看，排水沟已经来不及宣泄，……不久怕会溢上了人行路么？不会的，决不会有这样持久的雨"。既然雨会很快停，那"我"不是应该走吗，"为什么不？……"明显的，"我"的潜意识里是不愿走的。

没有勇气帮忙，也不愿离开，等雨竟然又过了沉默的十分钟。在女子又一次惊异的眼光中，"我脸红了"。"我将用何种理由来譬解我的脸红呢？没有！"一个惊叹号既表明了"我"对婚后竟然会脸红的讶异，另一方面则是自己内心深处一种复杂的男子气概的彻底激发。在"神色泰然"地向女子提供帮助的背后，藏匿着的是"血脉之急流"，对，"我"的内心又开始一轮翻涌——这个女子一定开始"估量我这种举止的动机"，也许她想再等雨小些，也许她还是想等人力车，也许她怕同行时遇到熟人的尴尬……在繁华的都市中，人都应该是极度小心，极度敏感，充满矛盾的。

第十三讲　现代人生的分析：《梅雨之夕》

女子还是选择了同行，报以一个谨慎轻微的点头。一瞬间"我"突然间开始诧异于整个事件的发生。新的思想冲突又开始出现："她是谁，在我身旁同走，……除了和我的妻之外，近几年来我并不曾有过这样的经历。"是的，妻子！现实的羁绊让"我"开始觉得心虚起来，觉得周围店铺里的人面上充满"可疑的脸色"，女子也是低着头走，于是"我将伞沉下了些"。心里稍觉平稳之后，本我又一次跳出，再次陷入对美丽事物的本能关注上，但这一次他竟发现这个女子像他的初恋。

在确认了她是苏州人之后，"我"的心激起了一阵阵浪花，无数疑问、犹豫涌上心头，尤其关键的是"她知道我已经结婚吗"？"我应当告诉她吗"？踌躇之余心怀一丝期待，"我"问她贵姓，发现和初恋不是同姓时，失落地断定她是故意不相认。这一段可谓是整个故事的高潮，一直平淡的故事在这里有了几次起伏。随后在仔细的辨认中"我"发现她真的不是初恋后，心情平静下来，而雨在这个时候也恰巧停了，女子就此辞别。待回到家中，耳畔听到妻子的声音，竟仍觉得那是伞下女子在说话。

读完整个小说就仿佛闲坐饮茶般淡雅，情节性虽不突出，但是小说却成功地引人遐想。施蛰存始终以舒缓的节奏、诗兴的联想营造出一种感怀的氛围。首先整部小说的画面感很强："在雾中来来往往的车辆人物，全都消失了清晰的轮廓，广阔的路上倒映着许多黄色的灯光，间或有几条警灯的红色和绿色在闪烁着行人的眼睛。"都市雨景的描写使整个故事增添了挥之不去的朦胧、浪漫之感，读者随着主人公的所见所感一同缓缓地融入这个雨天。与美丽的女子一道行走的过程中，"一阵微风，将她的衣缘吹起，飘漾在身后。她扭过脸去避对面吹来的风，闭着眼睛，有些娇媚"，令他想起日本画伯铃木春信的一帧题名叫"夜雨宫诣美人图"的画。人似画，画如人，主人公内心深处对美的无限依恋充分释放出来。

此外，一部优美的作品总是有一个典型的意象，而这篇小说中让人印象深刻的便是"伞"。主人公的这把伞出现于小说的每个关键点上：一开始便交待雨天的"我"一定会"带着一柄上等的伞"，撑着它在雨中以"安逸的心境去看看都市的雨景"；在遇到避雨的美丽女子之后，"我"联想到自己可以如"中古时期骁勇的武士似地把伞当作盾牌"，展露了这个"我"本能的使命感；在雨中行走的两人，都很担心他人异样的眼光，于是伞又成为了阻挡外界视线的绝佳屏障；安心地在伞的"保护"下开始欣赏女子的"我"不觉手酸,倒是"恨那个伞柄",因为"它遮隔了我的视线";待到女子告别之后,坐在人力车上的"我""几次想把手中的伞张起来"——这把伞残留着美好的气息,这把伞见证了一段浪漫的梦,让"我"在梦与现实之间无意识的沉醉。

  浪漫与诗兴之外,主人公的闲适、真我与这个大都市的纷乱、压抑形成鲜明的对比。现代文明创造了便利与繁华,却掩饰不住华丽外壳下的苍凉、冷漠。在淅淅沥沥的雨中闲行,于"我"是一种"很大的乐趣",而同事们却觉得那"太刻苦"。在这个都市里,有的只是电车"狭窄的车厢里,滚来滚去的人身上全是水",急雨骤降时分明有伞的有雨衣的人也都"乱窜乱避",以及急速驶过的摩托车溅得人一身泥水。"我"不禁奇怪,"他们也一定知道这降下来的是雨,对于他们没有生命上的危险,但何以要这样急迫地躲避呢?"在"我"看来这些都是"无意识的纷乱"。讲究速度、效率的生活让人变得匆忙、急躁和庸庸碌碌,有多少人会关心雨声、夜景、疏星?此外,都市生活中人与人之间充满猜疑与防备,"上海是个坏地方,人与人都用了一种不信任的思想交际着"!出于保护女子的本能"我"向她提出一道同行,她也是在估量与委决不下中"极轻微地"点头同意。而在路上行走时,街道两边店铺里的人仿佛都带有"可疑的脸色",女子和"我"都只能默默承受这种理所当然的猜忌。

  小说中还有一个主要的冲突,那就是关于爱欲与现实的伦理之间的矛盾,最明显的就是女子、初恋、妻这三个人物在"我"内心不断跳转,进行着潜意识与现实之间的拉锯。当"我"为女子的美丽而驻足的时候,"连我已有妻的思想都不曾有",这种追求美的情愫是婚姻所牵锁不了的。对女子的欣赏将"我"的心牵引到更远的地方,将这个女子误会为初恋的对象。一直以来,初恋出现在"我"的"睡梦或白日梦"里,甚至偶然悲哀时的幻觉里——原来这是"我"内心深处被压制已久却也最原始的呼唤,从来存在于现实的束缚之外。可就在这个兴奋又犹疑的片刻"我"发现一个店里的女子很像"我"的妻,并"用着忧郁的眼光"看着"我",这是本我与自我在进行碰撞,理智在试图阻碍这分幻想。但"我"选择顾不上那么多,把注意力全都集中于如何与初恋的女同学相认,"应当不失了这个机会"。与自己的初恋并肩同行,此刻"在旁人眼光里,或许成为她的丈夫或情人了,我很有些得意着这种自譬的假饰"。

"丈夫"、"情人"、"得意"——多么大胆直白的心声,"我"是多么充分沉浸在这种本能的欲望里,充分享受着这种毫无束缚所带来的快乐。几次提及妻子总是毫无来由,但随之又变为轻描淡写,这是主人公在欲与伦之间保持的一种微妙平衡,幻想受着理智的抑制,欲望受着良心的责备,一个浪漫、谨慎的人物心理就这么完整地呈现出来。

都市孕育了焦躁和乏味,《梅雨之夕》却拾起被人们冷落的美好,在这雨景里编织了一段朦胧优美的幻景。这个幻景里,有压抑、有超脱,有潜意识的驰骋、理智的抑制。一个拥有诗兴、古典趣味的男子一边深含着扑朔迷离的异性幻想,一边是自觉不自觉地恪守着社会伦理道德,是现代人受着都市诱惑、挤压下最真实的心理写照。这一内心最隐秘的细波微澜,也许只有在如此缥缈的雨夜才能静静地泛起水花。

第三部分　原文:《梅雨之夕》

梅雨又淙淙地降下了。

对于雨,我倒并不觉得嫌厌,所嫌厌的是在雨中疾驰的摩托车的轮子,它会溅起泥水猛力地洒上我的衣裤,甚至会连嘴里也拜受了美味。我常常在办公室里,当公事空闲的时候,凝望着窗外淡白的空中的雨丝,对同事们谈起我对于这些自私的车轮的怨苦。下雨天是不必省钱的,你可以坐车,舒服些。他们会这样善意地劝告我。但我并不曾屈就了他们的好心,我不是为了省钱,我喜欢在滴沥的雨声中撑着伞回去。我的寓所离公司是很近的,所以我散工出来,便是电车也不必坐,此外还有一个我所以不喜欢在雨天坐车的理由,那是因为我还不曾有一件雨衣,而普通在雨天的电车里,几乎全是裹着雨衣的先生们,夫人们或小姐们,在这样一间狭窄的车厢里,滚来滚去的人身上全是水,我一定会虽然带着一柄上等的伞,也不免满身淋漓地回到家里。况且尤其是在傍晚时分,街灯初上,沿着人行路用一些暂时安逸的心境去看看都市的雨景,虽然拖泥带水,也不失为一种自己的娱乐。在濛雾中来来往往的车辆人物,全都消失了清晰的轮廓,广阔的路上倒映着许多黄色的灯光,间或有几条警灯的红色和绿色在闪烁着行人的眼睛。雨大的时候,很近的人语声,即使声音很高,也好像在半空中了。

人家时常举出这一端来说我太刻苦了，但他们不知道我会得从这里找出很大的乐趣来，即使偶尔有摩托车的轮子溅满泥泞在我身上，我也并不因此而改了我的习惯。说是习惯，有什么不妥呢，这样的已经有三四年了。有时也偶尔想着总得买一件雨衣来，于是可以在雨天坐车，或者即使步行，也可以免得被泥水溅着了上衣，但到如今这仍然留在心里做一种生活上的希望。

在近来的连日的大雨里，我依然早上撑着伞上公司去，下午撑着伞回家，每天都如此。

昨日下午，公事堆积得很多。到了四点钟，看看外面雨还是很大，便独自留下在公事房里，想索性再办了几桩，一来省得明天要更多地积起来，二来也借此避雨，等它小一些再走。这样地竟逗遛到六点钟，雨早已止了。走到外面，虽然已是满街灯火，但天色却转清朗了。曳着伞，避着檐滴，缓步过去，从江西路南口走到四川路桥，竟走了差不多半点钟光景。邮政局的大钟已是六点二十五分了。未走上桥，天色早已重又冥晦下来，但我并没有介意，因为晓得是傍晚的时分了，刚走到桥头，急雨骤然从乌云中漏下来，潇潇的起着繁响。看下面北四川路上和苏州河两岸行人的纷纷乱窜乱避，只觉得连自己心里也有些着急。他们在着急些什么呢？他们也一定知道这降下来的是雨，对于他们没有生命上的危险，但何以要这样急迫地躲避呢？说是为了恐怕衣裳给淋湿了，但我分明看见手中持着伞的和身上披了雨衣的人也有些脚步踉跄了。我觉得至少这是一种无意识的纷乱。但要是我不曾感觉到雨中闲行的滋味，我也是会和这些人一样地急突地奔下桥去的。

何必这样的奔逃呢，前路也是在下雨，撑开我的伞来的时候，我这样漫想着。不觉已走过了天潼路口。大街上浩浩荡荡地降着雨，真是一个伟观，除了间或有几辆摩托车，连续地冲破了雨仍旧钻进了雨中地疾驰过去之外，电车和人力车全不看见。我奇怪它们都躲到什么地方去了。至于人，行走着的几乎是没有，但在店铺的檐下或蔽荫下是可以一团一团地看得见，有伞的和无伞的，有雨衣的和无雨衣的，全部聚集着，用嫌厌的眼望着这奈何不得的雨。我不懂他们这些雨具是为了怎样的天气而买的。

至于我，已经走近文监师路了。我并没有什么不舒服，我有一柄好的伞，脸上绝不会给雨水淋湿，脚上虽然觉得有些湿漉漉，但这至多是回家

第十三讲　现代人生的分析：《梅雨之夕》

后换一双袜子的事。我且行且看着雨中的北四川路，觉得朦胧的颇有些诗意。但这里所说的"觉得"，其实也并不是什么具体的思绪，除了"我该在这里转弯了"之外，心中一些也不意识着什么。

　　从人行路上走出去，探头看看街上有没有往来的车辆，刚想穿过街去转入文监师路，但一辆先前并没有看见的电车已停在眼前。我止步了，依然退进到人行路上，在一支电杆边等候着这辆车的开出。在车停的时候，其实我是可以安心地对穿过去的，但我并不曾这样做。我在上海住得很久，我懂得走路的规则，我为什么不在这个可以穿过去的时候走到对街去呢，我没知道。

　　我数着从头等车里下来的乘客。为什么不数三等车里下来的呢？这里并没有故意的挑选，头等座在车的前部，下来的乘客刚在我面前，所以我可以很看得清楚。第一个，穿着红皮雨衣的俄罗斯人，第二个是中年的日本妇人，她急急地下了车，撑开了手里提着的东洋粗柄雨伞，缩着头鼠窜似地绕过车前，转进文监师路去了。我认识她，她是一家果子店的女店主。第三，第四，是像宁波人似的我国商人，他们都穿着绿色的橡皮华式雨衣。第五个下来的乘客，也即是末一个了，是一位姑娘。她手里没有伞，身上也没有穿雨衣，好像是在雨停止了之后上电车的，而不幸在到目的地的时候却下着这样的大雨。我猜想她一定是从很远的地方上车的，至少应当在卡德路以上的几站罢。

　　她走下车来，缩着瘦削的，但并不露骨的双肩，窘迫地走上人行路的时候，我开始注意着她的美丽了。美丽有许多方面，容颜的姣好固然是一重要素，但风仪的温雅，肢体的停匀，甚至谈吐的不俗，至少是不惹厌，这些也有着份儿，而这个雨中的少女，我事后觉得她是全适合这几端的。

　　她向路的两边看了一看，又走到转角上看着文监师路。我晓得她是急于要招呼一辆人力车。但我看，跟着她的眼光，大路上清寂地没一辆车子徘徊着，而雨还尽量地落下来。她旋即回了转来，躲避在一家木器店的屋檐下，露着烦恼的眼色，并且蹙着细淡的修眉。

　　我也便退进在屋檐下，虽则电车已开出，路上空空地，我照理可以穿过去了。但我何以不即穿过去，走上了归家的路呢！为了对于这少女有什么依恋么？并不，绝没有这种依恋的意识。但这也决不是为了我家里有着等候我回去在灯下一同吃晚饭的妻，当时是连我已有妻的思想都不曾有，面前有着一个美的对象，而又是在一重困难之中，孤寂地只身呆立着望这永远地，永远地垂下来的梅雨，只为了这些缘故，我不自觉地移动了脚步站在她旁边了。

虽然在屋檐下，虽然没有粗重的檐溜滴下来，但每一阵风会得把凉凉的雨丝吹向我们。我有着伞，我可以如中古时期骁勇的武士似地把伞当作盾牌，挡着扑面袭来的雨的箭，但这个少女却身上间歇地被淋得很湿了。薄薄的绸衣，黑色也没有效用了，两支手臂已被画出了它们的圆润。她屡次旋转身去，侧立着，避免这轻薄的雨之侵袭她的前胸。肩臂上受些雨水，让衣裳贴着了肉倒不打紧吗？我曾偶尔这样想。

天晴的时候，马路上多的是兜搭生意的人力车，但现在需要它们的时候，却反而没有了。我想着人力车夫的不善于做生意，或许是因为需要的人太多了，供不应求，所以即使在这样繁盛的街上，也不见一辆车子的踪迹。或许车夫也都在避雨呢，这样大的雨，车夫不该避一避吗？对于人力车之有无，本来用不到关心的我，也忽然寻思起来，我并且还甚至觉得那些人力车夫是可恨的，为什么你们不拖着车子走过来接应这生意呢，这里有一位美丽的姑娘，正窘立在雨中等候着你们的任何一个。

如是想着，人力车终于没有踪迹。天色真的晚了。此处对街的店铺门前有几个短衣的男子已经等着不耐而冒着雨，他们是拚着淋湿一身衣裤的，跨着大步跑去了。我看这位少女的长眉已颦蹙得更紧，眸子莹然，像是心中很着急了。她的忧闷的眼光正与我的互相交换，在她眼里，我懂得我是正受着诧异，为什么你老是站在这里不走呢。你有伞，并且穿着皮鞋，等什么人么？雨天在街路上等谁呢？眼睛这样锐利地看着我，不是没怀好意？从她将钉住着在我身上打量我的眼光移向着阴黑的天空的这个动作上，我猜测她肯定是在这样想着。

我有伞呢，而且大得足够容两个人的蔽荫的，我不懂何以这个意识不早就觉醒了我。但现在它觉醒了我将使我做什么呢？我可以用我的伞给她挡住这样的淫雨，我可以陪伴她走一段路去找人力车，如果路不多，我可以送她到她的家。如果路很多，又有什么不成呢？我应当跨过这一箭路，去表白我的好意吗？好意，她不会有什么别方面的疑虑吗？或许她会像刚才我所猜想着的那样误解了我，她便会拒绝了我。难道她宁愿在这样不停的雨和风中，在冷静的夕暮的街头，独自个立到很迟吗？不啊！雨是不久就会停的，已经这样连续不断地降下了……多久了，我也完全忘记了时间的在这雨水中间流过。我取出表来，七点三十四分。一小时多了。不至于老是这样地降下来吧，看，排水沟已经来不及渲泄，多量的水已经积聚在它上面，打着旋涡，挣扎不到流下去的路，不久怕会溢上了人行路么？不会的，决不会有这样持久的雨，再停一会，她一定可以走了。即使雨不就停止，人力车是大约总能够来一辆的。她一定会不管多大的代价坐了去的。然则我应当走了么？应当走了。为什么不？……

这样地又十分钟过去了。我还没有走。雨没有住，车儿也没有影踪。她也依然焦灼地站着。我有一个残忍的好奇心，如她这样的在一重困难中，我要看她终于如何处理她自己。看着她这样窘急，怜悯和旁观的心理在我身中各占了一半。

她又在惊异地看着我。

忽然，我觉得，何以刚才会不觉得呢，我奇怪，她好像在等待我拿我的伞贡献给她，并且送她回去，不，不一定是回去，只是到她所要到的地方去。你有伞，但你不走，你愿意分一半伞遮蔽我，但还在等待什么更适当的时候呢？她的眼光在对我这样说。

我脸红了，但并没有低下头去。

羞赧来对付一个少女的注目，在结婚以后，我是不常有的。这是自己也随即觉得可怪了。我将用何种理由来譬解我的脸红呢？没有！但随即有一种男子的勇气升上来，我要求报复，这样说或许是较言重了，但至少是要求制服她的心在我身里急突地催促着。

终归是我移近了这少女，将我的伞分一半遮蔽她。

——小姐，车子恐怕一时不会得有，假如不妨碍，让我来送一送罢。我有伞。

我想说送她回府，但随即想到她未必是在回家的路上，所以结果是这样两用地说了。当说着这些话的时候，我竭力做得神色泰然，而她一定已看出了这勉强的安静的态度后面藏匿着的我的血脉之急流。

她凝视着我半微笑着。这样好久。她是在估量我这种举止的动机，上海是个坏地方，人与人都用了一种不信任的思想交际着！她也许是正在自己委决不下，雨真的在短时期内不会停么？人力车真的不会来一辆么？要不要借着他的伞姑且走起来呢？也许转一个弯就可以有人力车，也许就让他送到了。那不妨事么？……不妨事。遇见了认识人不会猜疑么？……但天太晚了，雨并不觉得小一些。于是她对我点了点头，极轻微地。

谢谢你。朱唇一启，她迸出柔软的苏州音。

转进靠西边的文监师路，在响着雨声的伞下，在一个少女的旁边，我开始诧异我的奇遇。事情会得展开到这个现状吗？她是谁，在我身旁同走，并且让我用伞荫蔽着她，除了和我的妻之外，近几年来我并不曾有过这样的经历。我回转头去，向后面斜看，店铺里有许多人歇下了工作对我，或是我们，看着。隔着雨的帏幪，我看得见他们的可疑的脸色。我心里吃惊了，这里有着我认识的人吗？或是可有着认识她的人吗？……再回看她，她正低下着头，拣着踏脚地走。我的鼻子刚接近了她的鬓发，一阵香。无论认识我们之中任何一个的人，看见了这样的我们的同行，会怎样想？……我将伞沉下了些，让它遮蔽到我们的眉额。人家除非故意低下身子来，不能看见我们的脸面。这样的举动，她似乎很中意。

我起先是走在她右边，右手执着伞柄，为了要让她多得些荫蔽手臂便凌空了。我开始觉得手臂酸痛，但并不以为是一种苦楚。我侧眼看她，我恨那个伞柄，它遮隔了我的视线。从侧面看，她并没有从正面看那样的美丽。但我却从此得到了一个新的发现：她很像一个人。谁？我搜寻着，我搜寻着，好像很记得，岂但……几乎每日都在意中的，一个我认识的女子，像现在身旁并行着的这个一样的身材，差不多的面容，但何以现在百思不得了呢？……啊，是了，我奇怪为什么我竟会得想不起来，这是不可能的！我的初恋的那个少女，同学，邻居，她不是很像她吗？这样的从侧面看，我与她离别了好几年了，在我们相聚的最后一日，她还只有十四岁，……一年……二年……七年了呢。我结婚了，我没有再看见她，想来长成得更美丽了……但我并不是没有看见她长大起来，当我脑中浮起她的印象来的时候，她并不还保留着十四岁的少女的姿态。我不时在梦里，睡梦或白日梦，看见她在长大起来，我曾自己构成她是个美丽的二十岁年纪的少女。她有好的声音和姿态，常偶然悲哀的时候，她在我的幻觉里会得是一个妇人，或甚至是一个年轻的母亲。

但她何以这样的像她呢？这个容态，还保留十四岁时候的余影，难道就是她自己么？她为什么不会到上海来呢？是她！天下有这样容貌完全相同的人么？不知她认出了我没有……我应该问问她了。

第十三讲　现代人生的分析：《梅雨之夕》

小姐是苏州人么？

是的。

确然是她，罕有的机会啊！她几时到上海来的呢？她的家搬到上海来了吗？还是，哎，我怕，她嫁到上海来了呢？她一定已经忘记我了，否则她不会允许我送她走。……也许我的容貌有了改变，她不能再认识我，年数确是很久了。……但她知道我已经结婚吗？要是没有知道，而现在她认识了我，怎么办呢？我应当告诉她吗？如果这样是须要的，我将怎样措辞呢？……

我偶然向道旁一望，有一个女子倚在一家店里的柜上，用着忧郁的眼光，看着我，或者也许是看着她。我忽然好像发现这是我的妻，她为什么在这里？我奇怪。

我们走在什么地方了。我留心看。小菜场。她恐怕快要到了。我应当不失了这个机会。我要晓得她更多一些，但要不要使我们继续已断的友谊呢，是的，至少也得是友谊？还是仍旧这样地让我在她的意识里只不过是一个不相识的帮助女子的善意的人呢？我开始踌躇了。我应当怎样做才是最适当的。

我似乎还应该知道她正要到哪里去。她未必是回家去吧。家——要是父母的家倒也不妨事，我可以进去，如像幼小的时候一样。但如果是她自己的家呢？我为什么不问她结婚了不曾呢……或许，连自己的家也不是，而是她的爱人的家呢，我看见一个文雅的青年绅士。我开始后悔了，为什么今天这样高兴，剩下妻在家里焦灼地等候着我，而来管人家的闲事呢。北四川路上。终究会有人力车往来的？即使我不这样地用我的伞伴送她，她也一定早已能雇到车子了。要不是自己觉得不便说出口，我早已会剩了她在雨中反身走了。

还是再考验一次吧。

小姐贵姓？

刘。

刘吗？一定是假的。她已经认出了我，她一定都知道了关于我的事，她哄我了。她不愿意再认识我了，便是友谊也不想继续了。女人！……她为什么改了姓呢？……也许这是她丈夫的姓？刘……刘什么？

这些思想的独白，并不占有了我多少时候。它们是很迅速地翻舞过我

· 245 ·

心里，就在与这个好像有魅力的少女同行过一条马路的几分钟之内。我的眼不常离开她，雨到这时已在小下来也没有觉得。眼前好像来来往往的人在多起来了，人力车也恍惚看见了几辆。她为什么不雇车呢？或许快要到达她的目的地了。她会不会因为心里已认识了我，所以故意延滞着和我同走么？

　　一阵微风，将她的衣缘吹起，飘荡在身后。她扭过脸去避对面吹来的风，闭着眼睛，有些娇媚。这是很有诗兴的姿态，我记起日本画伯铃木春信的一帧题名叫"夜雨宫诣美人图"的画。提着灯笼，遮着被斜风细雨所撕破的伞，在夜的神社之前走着，衣裳和灯笼都给风吹卷着，侧转脸儿来避着风雨的威势，这是颇有些洒脱的感觉的。现在我留心到这方面了，她也有些这样的风度。至于我自己，在旁人眼光里，或许成为她的丈夫或情人了，我很有些得意着这种自譬的假饰。是的，当我觉得她确是幼小时候初恋着的女伴的时候，我是如像真有这回事似地享受着这样的假设。而从她鬓边颊上被潮润的风吹过来的粉香，我也闻嗅得出是和我妻所有的香味一样的。……我旋即想到古人有"担簦亲送绮罗人"那么一句诗，是很适合于我今天的奇遇的。铃木画伯的名画又一度浮现上来了。但铃木所画的美人并不和她有一些相像，倒是我妻的嘴唇却与画里的少女的嘴唇有些仿佛。我再试一试对于她的凝视，奇怪啊，现在我觉得她并不是我适才所误会着的初恋的女伴了。她是另外一个不相干的少女。眉额，鼻子，颧骨，即使说是有年岁的改换，也绝对地找不出一些踪迹来。而我尤其嫌厌着她的嘴唇，侧看过去，似乎太厚一些了。

　　我忽然觉得很舒适，呼吸也更通畅了。我若有意若无意地替她撑着伞，徐徐觉得手臂太酸痛之外，没什么感觉。在身旁由我伴送着的这个不相识的少女的形态，好似已经从我的心的樊笼中被释放了出去。我才觉得天已完全夜了，而伞上已听不到些微的雨声。

　　——谢谢你，不必送了，雨已经停了。

　　她在我耳朵边这样地嘤响。

　　我蓦然惊觉，收起手中的伞。一缕街灯的光射上了她的脸，显着橙子的颜色。她快要到了吗？可是她不愿意我伴她到目的地，所以趁此雨已停住的时候要打发我吗？我能不能设法看一看她究竟到什么地方去呢？……

　　——不要紧，假使没有妨碍，让我送到了罢。

第十三讲　现代人生的分析：《梅雨之夕》

——不敢当呀，我一个人可以走了，不必送罢。时光已是很晚了，真对不起得很呢。

看来是不愿我送的了。但假如还是下着大雨便怎么了呢？……我怨怼着不情的天气，何以不再继续下半小时雨呢，是的，只要再半小时就够了。一瞬间，我从她的对于我的凝视——那是为了要等候我的答话——中看出一种特殊的端庄，我觉得凛然，像雨中的风吹上我的肩膀。我想回答，但她已不再等候我。

——谢谢你，请回转吧，再会。……

她微微地侧面向我说着，跨前一步走了，没有再回转头来。我站在中路，看她的后形，旋即消失在黄昏里。我呆立着，直到一个人力车夫来向我兜揽生意。

在车上的我，好像飞行在一个醒觉之后就要忘记了的梦里。我似乎有一桩事情没有做完成，我心里有着一种牵挂。但这并不曾很清晰地意识着。我几次想把手中的伞撑起来，可是随即会自己失笑这是无意识的。并没有雨降下来，完全地晴了，而天空中也稀疏地有了几颗星。

下了车，我叩门。

——谁？

这是我在伞底下伴送着走的少女的声音！奇怪，她何以又会在我家里？……门开了。堂中灯火通明，背着灯光立在开着一半的大门边的，倒并不是那个少女。朦胧里，我认出她是那个倚在柜台上用嫉妒的眼光看着我和那个同行的少女的女子。我惝恍地走进门。在灯下，我很奇怪，为什么从我妻的脸色上再也找不出那个女子的幻影来。

妻问我何故归家这样的迟，我说遇到了朋友，在沙利文吃了些小点，因为等雨停止，所以坐得久了。为了要证实我这谎话，夜饭吃得很少。

第十四讲

一段尴尬无奈的人生际遇:《封锁》

第一部分 作家简介

张爱玲（1920—1995）的出现，是以1943年写出处女作《沉香屑·第一炉香》，经周瘦鹃之手发表于《紫罗兰》创刊号上为起点的。在短短的两三年内，在按常规似乎最不适宜文艺生长的"低气压"时代，她奇迹般地以其令人耳目一新的"传奇"小说、"流言"散文，成为上海沦陷区新起作家中最耀眼的一位，成为中国现代文坛最具影响力的作家之一。

她出身前清达官显宦的名门，童年时代生活在朱门大院，得以领略前清贵族的荣华富贵。父亲是旧派纨绔子弟，他蓄妓吸毒，家道中落。母亲崇尚西洋文明，为新女性。十岁时父母离异。张爱玲从小就在父亲、姨太太、生母、后母的夹缝中周旋。紧张的人伦关系，纷扰复杂的生活环境，加之亲历了香港的陷落和上海的沦陷，使她深切感受到世情浇薄和命运的不测，促成她对人生的敏感和怀疑，以及对生和死、自我和世界、男人和女人的独特理解。她就读于上海的教会中学和香港大学，接受了现代的历史观念和文化观念，接受了西方小说的影响，但自幼习诵古典诗文，8岁读《红楼梦》，使她有可能创造出熔古典小说、现代小说于一炉的，古今杂错、华洋杂错的新小说文体。她的小说作品中的各种人物大多活动在现代中国仅有的两座国际性大都市里，而作品中的人物却是落伍于时代的；小说的体式是民族的、通俗的，可所包蕴的思想内容却是现代派的；叙事方式多采用传统说书人娓娓道来的全知视角，却自然融入了新文学的先锋技巧（意识流、蒙太奇）；故事平凡琐屑，基调荒凉华美，却写出了永恒

第十四讲　一段尴尬无奈的人生际遇：《封锁》

的人性……看似矛盾，但正是这诸多相对方面的有机融合，构成了张爱玲的雅俗共赏的"传奇"世界，为中国现代小说增添了一种新的类型。

张爱玲熟悉日益金钱化的都市旧式大家庭的丑陋，如她那惊人的设譬："生命是一袭华美的袍，爬满了虱子。"[①] 用华美绚丽的文辞来表现沪、港两地男女间千疮百孔的经历，是她最主要的文学切入点。她从中看到了中国都市人生中新旧交错的一面，即都市的生活方式已经发生现代的改变，但人们的习惯、观念仍然是传统的。她所提供的，正是处于现代环境下依然顽固存留的中国式封建心灵的文化错位。张爱玲大部分中短篇小说统收入《传奇集》，成名作《倾城之恋》的华侨富商范柳原享受着现代物质文明，而在一种偶然的大变动下却娶了式微旧家出身的、离婚再嫁的白流苏为妻。《封锁》是一篇关于人们在都市邂逅的"寓言"：城市的一切都带有陌生、临时的性质，就像这一对戒严时刻在电车上偶然相遇的男女，整个上海打了个盹，待封锁时间一过，电车照常当当地恢复行驶，人们淹没在这都市海洋里再也互相见不着谁。而这些男女们，如《沉香屑·第一炉香》的葛薇龙、《红玫瑰与白玫瑰》的佟振保、《年青的时候》的潘汝良，一个个又无不是都市人生的失败者。他们在作者笔下是些不彻底的人物，与飞扬的都市之子相对，是一些软弱的凡人，构成了现代都市人的主体。这是张爱玲的特殊历史观所致，因她对都市的发现，不像穆时英是从单身男子的城市漂泊者眼光来看的。她是个女性，总是能用各种方式回到家庭，从上海市民家庭的窗口来窥视这个城市舞台日日演出的浮世悲欢。故事确是世俗男女婚恋的离与合，一支笔却伸入人性的深处，挑开那层核壳，露出人的脆弱黯淡。

第二部分　作品赏读

《封锁》是张爱玲的短篇小说，1944年首次发表于《天地》杂志第二期上。

题目中所说的"封锁"发生在1943年8月的某一天，地点是在上海。时值抗日战争期间，空袭警报拉响时，整座城市立即就地瘫痪，这就

[①] 张爱玲：《天才梦》，《张爱玲散文全编》，浙江文艺出版社1992年版，第3页。

是"封锁"。这篇短篇小说写了抗战期间旧上海的空袭封锁期间,发生在一辆电车里的一个短暂爱情故事。男主人公吕宗桢是一家银行的会计师,"他是孩子的父亲,他是家长,他是车上的搭客,他是店里的主顾,他是市民"。女主人公吴翠远是大学的年轻教师,"她是一个好女儿,好学生,她家里都是好人,翠远永远不快乐"。他们偶然相遇了,事先谁也不认识谁。由于一个戏剧化的原因(侄子的出现),吕宗桢坐在了吴翠远的身后,并低声地同她搭话。话题逐渐深入到隐私的空间,二人甚至开始了"恋爱",然而最后,"封锁"开放了,人们的行动都回归正常,吕宗桢坐回"原来遥遥的位置",封锁期间发生的一切都等于没有发生。

《封锁》是一个男人和一个女人在遭遇到封锁时的邂逅,以及由此而发生的短暂的爱情故事。封锁结束后,爱情也结束了,一切又都复原了。

《封锁》是一个庸常而无聊、荒诞而无奈的故事。这里的一切似乎都是按照日常生活的样式向前发展,没有故事,也没有波澜。小说的第一段是冗长、平庸和沉寂的,几乎没有任何动感的日常生活的喻示。这一段的人物行动线只有两句话,"开电车的人开电车……开电车的眼睛盯住了这两条蠕蠕的车轨,然而他不发疯"。"开电车的人开电车"是小说的第一句话,叙述语言给我们带来的语感是冷漠、笨拙、贫乏而毫无生气。"车轨"、"曲蟮"的比喻意象显示出生命的冗长乏味,它是"柔滑"的,没有任何的尖锐力度同时又把握不住转瞬即逝,是"抽长了,又缩短了,就这么样往前移","单调的,毫无美感的蠕蠕"的机械运动,并且还是"老长老长"没个尽头。这种生存状态几乎会让人发疯,然而所有的人都像开电车的一样不发疯。封锁的隐喻意义在这里呈现为贫乏冗长的日常生存状态对人们的封锁。

吕宗桢并不是这个故事中第一个出场的人物,开电车的人、山东乞丐以及那些左右乱跑和封锁后下车的人都是在吕宗桢出场之前已经悄然登场的角色,只不过他们并不是构成故事的主要人物,他们主要是为了吕宗桢的出场进行铺垫。无论是开电车的人还是其他各种人物,他们都生活在一个既定的模式中,无奈而又无聊,生活在一个人与人之间冷漠无情的社会中。这个时候,吕宗桢出现了。他是"坐在角落里的",没有人注意到他,他也不怎么关注别人。作为华茂银行的会计师,一个公司的小职员,他生活在琐屑、平庸之中,他每天要做的就是上班下班以及为夫人买菠菜

第十四讲 一段尴尬无奈的人生际遇:《封锁》

包子之类。本来电车上的吕宗桢可以坐在某个角落想自己的心事,但现在封锁了,电车停了,一切都被停了的时间改变了。他要找些事情做,以打发这些无聊的时间,于是他想起了包子。作品描写的吕宗桢关注包子的情节非常细致而又形象地写出了人物在无聊状态下的心理活动,吕宗桢越是耐心地对待菠菜包子和反印在包子皮上的字,就越是显露出他的无聊而无奈的心理。

但是,仅仅是一包菠菜包子并不能完全打发这些时间,他还需要有更多的有点浪漫故事的事情填补这些空虚。于是,他看到了吴翠远。

接下来情节的发展使这个平淡的故事似乎有了一点让人兴奋的因素,吕宗桢和吴翠远在封锁的电车上相遇了。相遇是人与人相互关系的一种方式,是具有诗意特征和人文情怀的一种沟通方式。正是人和人的相遇,使原本平常无聊的日子有了故事,有了生气。从故事层面上看,这是一个邂逅的故事。吕宗桢与吴翠远在封锁的电车上相遇,本来是毫不相干的两个人,但由于特定的时间和空间,这两个人不但相遇,而且在封锁的状态下发生了可能在正常生活中难以发生的故事。而且这个故事还沿着读者"期望"的方向向前发展,由邂逅而出现吕宗桢对吴翠远的调情,由调情而发展到电车上的恋情。

吴翠远也是那种没有故事的女性,她"像一教会派的少奶奶","脸上一切都是淡淡的、松弛的,没有轮廓","很有讣闻的风味"。她受过很好的教育,也有不错的家庭环境,但她却是那样的平庸,真实的生命对于她就像从希伯来文到上海话那么遥远,她的欲望就是要背叛自己,渴望刺激,渴望听到"红嘴唇……卖淫妇……大世界……下等舞场与酒吧间"的充满肉欲的感官诱惑。而这之前,在宗桢的眼中,翠远是像挤出来的牙膏,没有激情。但现在,宗桢成为一个单纯的男子,而翠远则成为"会脸红"的"白描牡丹"样娇羞可爱的女人。对比本文的开始段落,一个是冗长和贫乏,一个是激情和想象,它们相互对立,后者否定了前者,激情封锁了平庸,这构成文本中封锁的一个隐喻。

正因为吕宗桢和吴翠远的琐屑和平庸,也是因为封锁后的电车上死气沉沉,读者预期的故事发生了。吕宗桢向翠远的调情是被动的迫不得已的,甚至要借助张爱玲在这里设置的一个因果关系,要逃离董培芝和向她太太报复。但我们还是觉察了吕宗桢的欲望,只不过他自己一开始忘记了。后来，他的欲望才苏醒。"他现在记得了，他瞧见她上车的——非常戏剧化的一刹那，但是那戏剧效果是碰巧得到的，并不能归功于她。他低声道：'你知道么？我看见你上车。前头的玻璃上贴的广告，撕破了一块，从这破的地方我看见你的侧面，就只一点下巴。'是乃络维奶粉的广告，画着一个胖孩子，孩子的耳朵底下突然出现了这女人的下巴，仔细想起来是有点吓人的。'后来你低头去从皮包里拿钱，我才看见你的眼睛、眉毛、头发。'拆开来一部分一部分地看，她未尝没有她的一种风韵。"

接下来是短暂的爱情，这是欲望的完成过程和欲望的完成。它是"艳遇"故事必备的核心元素。最后，"艳遇"故事的结构元素常常是封闭式的，起点和终点的合一，就像一颗石子投入水中泛起漂亮的波纹而终将归于平静，在《封锁》中前后两次"叮零零零……"的冷冷的铃声就把切断的时间和空间给修复上了。"封锁期间的一切，等于没有发生，整个上海打了个盹，做了一个不近情理的梦。"

我们似乎可以认为，《封锁》这篇小说在故事层面上是"艳遇"故事，但它的丰富的意蕴又超出了其承载。因此我们可以说它并不是个"艳遇"故事或者说它仅仅是借用了"艳遇"故事的外壳。"旅行"元素的功能原来仅仅是艳遇发生的前提，但"封锁"，正像我们分析的那样，它不仅作为前提存在，作为提供人物活动的时空存在，它是从日常生活的冗长中凸显出来的真空状态，是激情存在的方式；"邂逅"、"调情"也不是和不仅是感官欲望的表现，而是活的生命的发现；封闭的结构也突破了模式化的意义而获得更深的隐喻意义。但上述的解读还不能说对《封锁》的分析已经完成，还有一些更重要的、有趣的发现。它们可能会对上述分析的结论构成颠覆，但同时也是对结论的一种丰富。

《封锁》中最精彩、最出色的艺术表现是反讽。在文本中，这是通过宗桢和翠远的相互错位，他们的激情只不过是没有对象的在想象中的独语，他们成为不可靠的叙述者，隐含的作者和叙述者之间出现裂隙并相互背离，从而构成对激情的消解来完成的。也许，这才是"封锁"这个题目的最大的隐喻意义。在第一部分的分析中曾提到张爱玲设计了一个因果关系让宗桢和翠远坐在一起。这里真实的逻辑是因为宗桢害怕培芝的纠缠，另一个逻辑关涉情节的向前发展，是为了让宗桢能够"调戏"翠远。这个因果关系设计得既笨拙又聪明。笨拙在于这个因果关系在文本中显得

第十四讲 一段尴尬无奈的人生际遇:《封锁》

突兀,不惜浪费笔墨地设计培芝这样一个和情节进展几乎没什么关联的人物,他的功能仅仅是一个局部的因果关系中的因子。但同时这个设计又是聪明的,聪明就在于它的突兀和笨拙,以致让宗桢调戏翠远显得生硬和不可信,最终导致对后面产生的激情的消解。在涉及宗桢和翠远的爱情时,张爱玲更多地运用全知和人物视角。在进行对话和内心活动的描述时,这使得人物间的错位成为可能。具体地分析这些错位,是很有趣的。宗桢迫于培芝而向翠远发出调情的信息,但对于发送者,它却仅是言语的、能指的滑动,并无具体的所指,所以他随口就"早忘了他说了些什么"。但接受者翠远却错误地接收了信息,"翠远笑了,看不出这个倒也会花言巧语……一个真的人!不很诚实,也不很聪明,但是一个真的人!她突然觉得炽热,快乐。她背过脸去,细声道:'这种话,少说些罢!'""'申光大学……您在申光读书?'"这是宗桢吓退董培芝后的无话找话,亦不含具体的所指,而翠远又接收错了,以为是在奉承她的年轻,"她笑了,没有做声"这是他们的第一个错位:翠远的自做多情和宗桢的心不在焉。宗桢现在真正开始调情了,这个老实人,开始变坏了,这是因为他看到"她颈上的像指甲印子的棕色的痣",他"咳嗽"了一声,表明他对欲望想象的稍微压制,回到现实,也表明调情的真正开始。但是翠远又理解错了,她恰恰以为他是由坏人变成老实人。"她注意到他的手臂不在那儿了,以为他态度的转变是由于她端凝的入格,潜移默化所致。"翠远渴望爱情,但宗桢却渴望调情,这是他们的第二个错位。宗桢要调情,就要把自己扮成挺可怜的没人同情的角色。"'你不知道——我家里——咳,别提了!'……宗桢迟疑了一会,方才吞吞吐吐,万分为难地说道:'我太太——一点都不同情我。'"翠远是"皱着眉毛望着他,表示充分了解"。他们两人同时进入了"调情"的标准化情境。爱情似乎与真假无关。但我们还是可以从文本中宗桢的"迟疑"、"吞吞吐吐"、"万分为难",翠远的"皱着眉毛",以及三个破折号产生对叙述这个故事的叙述者的怀疑。我们有理由相信这是一个不可靠的叙述者。隐含的作者和叙述者分离了,文本外出现了第三只眼睛,这让人想起张爱玲《传奇》的封面来。因此,文本获得了一种反讽的意味。现在我们可以怀疑此文第二部分对文本隐喻意义的分析了,它不是一个激情瞬间突破冗长、贫乏的封锁而又瞬间消失的悲剧故事,而是对激情的颠覆和消解。因而,当宗桢和翠远在卡

· 253 ·

车隆隆驶过互相第一次发现时,当翠远在宗桢的眼里成为一朵风中美丽的牡丹花时,当宗桢想象自己成为单纯的男子时,我们的确会感到其中具有滑稽和喜剧色彩的反讽意味。因而当我们读到"他们恋爱着了。他告诉她许多……无休无歇的话,可是她并不嫌烦"时,我们可以将它们看成是对爱情戏剧的滑稽摹仿。但是这些"戏"中的人物对此并不知晓。他们沉浸在自己的激情的想象中,他们"苦楚"、"温柔"、"慷慨激昂"、"痛哭"的爱情表白实际上是没有实指对象的。在这里,他们的语言功能不在于交流,而在于为自己提供一个讲话的场所,是能指的无限蔓延,他们愿望的满足是没有对象的,仅在自己的想象中完成。愿望、激情变成了纯粹是语言组织的结果。小说文本非常明确地指出了这一点。宗桢回到家,"他还记得电车上那一回事,可是翠远的脸已经有点模糊——那是天生使人忘记的脸。他不记得她说了些什么,可是他自己的话他记得很清楚——温柔地:'你……几岁?'慷慨激昂地:'我不能让你牺牲了你的前程!'"这是一出可笑的爱情戏。上述这些宗桢和翠远的错位是不可靠的叙述者(作者)和叙述者的距离。激情的表白只不过是能指的滑动,最终构成了文本的反讽力量。

第三部分　原文:《封锁》

　　开电车的人开电车。在大太阳底下,电车轨道像两条光莹莹的、水里钻出来的曲蟮,抽长了,又缩短了;抽长了,又缩短了,就这么样往前移——柔滑的,老长老长的曲蟮,没有完,没有完……开电车的人眼睛盯住了这两条蠕蠕的车轨,然而他不发疯。

　　如果不碰到封锁,电车的进行是永远不会断的。封锁了。摇铃了。"丁零零零零,"每一个"零"字是冷冷的一小点,一点一点连成了一条虚线,切断了时间与空间。

　　电车停了,马路上的人却开始奔跑,在街的左面的人们奔到街的右面,在右面的人们奔到左面。商店一律地沙啦啦拉上铁门。女太太们发狂一般扯动铁栅栏,叫道:"让我们进来一会儿!我这儿有孩子哪,有年纪大的人!"然而门还是关得紧腾腾的。铁门里的人和铁门外的人眼睁睁对看着,互相惧怕着。

第十四讲 一段尴尬无奈的人生际遇:《封锁》

电车里的人相当镇静。他们有座位可坐,虽然设备简陋一点,和多数乘客的家里的情形比较起来,还是略胜一筹。街上渐渐地也安静下来,并不是绝对的寂静,但是人声逐渐渺茫,像睡梦里所听到的芦花枕头里的窸窣声。这庞大的城市在阳光里盹着了,重重地把头搁在人们的肩上,口涎顺着人们的衣服缓缓流下去,不能想象的巨大的重量压住了每一个人。上海似乎从来没有这么静过——大白天里!一个乞丐趁着鸦雀无声的时候,提高了喉咙唱将起来:"阿有老爷太太先生小姐做做好事救救我可怜人哇?阿有老爷太太……"然而他不久就停了下来,被这不经见的沉寂吓噤住了。

还有一个较有勇气的山东乞丐,毅然打破了这静默。他的嗓子浑圆嘹亮:"可怜啊可怜!一个人啊没钱!"悠久的歌,从一个世纪唱到下一个世纪。音乐性的节奏传染上了开电车的。开电车的也是山东人。他长长地叹了一口气,抱着胳膊,向车门上一靠,跟着唱了起来:"可怜啊可怜!一个人啊没钱!"

电车里,一部分的乘客下去了。剩下的一群中,零零落落也有人说句把话。靠近门口的几个公事房里回来的人继续谈讲下去。一个人撒喇一声抖开了扇子,下了结论道:"总而言之,他别的毛病没有,就吃亏在不会做人。"另一个鼻子里哼了一声,冷笑道:"说他不会做人,他把上头敷衍得挺好的呢!"

一对长得颇像兄妹的中年夫妇把手吊在皮圈上,双双站在电车的正中。她突然叫道:"当心别把裤子弄脏了!"他吃了一惊,抬起他的手,手里拎着一包熏鱼。他小心翼翼使那油汪汪的纸口袋与他的西装裤子维持二寸远的距离。他太太兀自絮叨道:"现在干洗是什么价钱?做一条裤子是什么价钱?"

坐在角落里的吕宗桢,华茂银行的会计师,看见了那熏鱼,就联想到他夫人托他在银行附近一家面食摊子上买的菠菜包子。女人就是这样!弯弯扭扭最难找的小胡同里买来的包子必定是价廉物美的!她一点也不为他着想——一个齐齐整整穿着西装戴着玳瑁边眼镜提着公事皮包的人,抱着报纸里的热腾腾的包子满街跑,实在是不像话!然而无论如何,假使这封锁延长下去,耽误了他的晚饭,至少这包子可以派用场。他看了看手表,才四点半。该是心理作用罢?他已经觉得饿了。他轻轻揭开报纸的一角,向里面张了一张。一个个雪白的，喷出淡淡的麻油气味。一部分的报纸粘住了包子，他谨慎地把报纸撕了下来，包子上印了铅字，字都是反的，像镜子里映出来的，然而他有这耐心，低下头去逐个认了出来："讣告……申请……华股动态……隆重登场候教……"都是得用的字眼儿，不知道为什么转载到包子上，就带点开玩笑性质。也许因为"吃"是太严重的一件事了，相形之下，其他的一切都成了笑话。吕宗桢看着也觉得不顺眼，可是他并没有笑，他是一个老实人。他从包子上的文章看到报上的文章，把半页旧报纸读完了，若是翻过来看，包子就得跌出来，只得罢了。他在这里看报，全车的人都学了样，有报的看报，没有报的看发票，看章程，看名片。任何印刷物都没有的人，就看街上的市招。他们不能不填满这可怕的空虚——不然，他们的脑子也许会活动起来。思想是痛苦的一件事。

只有吕宗桢对面坐着的一个老头子，手心里骨碌碌骨碌碌搓着两只油光水滑的核桃，有板有眼的小动作代替了思想。他剃着光头，红黄皮色，满脸浮油，打着皱，整个的头像一个核桃。他的脑子就像核桃仁，甜的，滋润的，可是没有多大意思。

老头子右首坐着吴翠远，看上去像一个教会派的少奶奶，但是还没有结婚。她穿着一件白洋纱旗袍，滚一道窄窄的蓝边——深蓝与白，很有点讣闻的风味。她携着一把蓝白格子小遮阳伞。头发梳成千篇一律的式样，唯恐唤起公众的注意。然而她实在没有过分触目的危险。她长得不难看，可是她那种美是一种模棱两可的，仿佛怕得罪了谁的美，脸上一切都是淡淡的，松弛的，没有轮廓。连她自己的母亲也形容不出她是长脸还是圆脸。

在家里她是一个好女儿，在学校里她是一个好学生。大学毕了业后，翠远就在母校服务，担任英文助教。她现在打算利用封锁的时间改改卷子。翻开了第一篇，是一个男生做的，大声疾呼抨击都市的罪恶，充满了正义感的愤怒，用不很合文法的，吃吃艾艾的句子，骂着："红嘴唇的卖淫妇……大世界……下等舞场与酒吧间。"翠远略略沉吟了一会，就找出红铅笔来批了一个"A"字。若在平时，批了也就批了，可是今天她有太多的考虑的时间，她不由地要质问自己，为什么她给了他这么好的分数？不问倒也罢了，一问，她竟涨红了脸。她突然明白了：因为这学生是胆敢

第十四讲 一段尴尬无奈的人生际遇：《封锁》

这么毫无顾忌地对她说这些话的唯一的一个男子。

他拿她当做一个见多识广的人看待；他拿她当做一个男人，一个心腹。他看得起她。翠远在学校里老是觉得谁都看不起她——从校长起，教授、学生、校役……学生们尤其愤慨得厉害："申大越来越糟了！一天不如一天！用中国人教英文，照说，已经是不应当，何况是没有出过洋的中国人！"翠远在学校里受气，在家里也受气。吴家是一个新式的，带着宗教背景的模范家庭。家里竭力鼓励女儿用功读书，一步一步往上爬，爬到了顶儿尖儿上——一个二十来岁的女孩子在大学里教书！打破了女子职业的新纪录。然而家长渐渐对她失掉了兴趣，宁愿她当初在书本上马虎一点，匀出点时间来找一个有钱的女婿。

她是一个好女儿，好学生。她家里都是好人，天天洗澡，看报，听无线电向来不听申曲滑稽京戏什么的，而专听贝多芬、瓦格涅的交响乐，听不懂也要听。世界上的好人比真人多……翠远不快乐。

生命像圣经，从希伯来文译成希腊文，从希腊译成拉丁文，从拉丁文译成英文，从英文译成国语。翠远读它的时候，国语又在她脑子里译成了上海话。那未免有点隔膜。

翠远搁下了那本卷子，双手捧着脸。太阳滚热地晒在她背脊上。

隔壁坐着个奶妈，怀里躺着小孩，孩子的脚底心紧紧抵在翠远的腿上。小小的老虎头红鞋包着柔软而坚硬的脚……这至少是真的。

电车里，一个医科学生拿出一本图画簿，孜孜修改一张人体骨骼的简图。其他的乘客以为他在那里速写他对面盹着的那个人。大家闲着没事干，一个一个聚拢来，三三两两，撑着腰，背着手，围绕着他，看他写生。拎着熏鱼的丈夫向他妻子低声道："我就看不惯现在兴的这种立体派，印象派！"他妻子附耳道："你的裤子！"

那医科学生细细填写每一根骨头、神经、筋络的名字。有一个公事房里回来的人将折扇半掩着脸，悄悄向他的同事解释道："中国画的影响。现在的西洋画也时兴题字了，倒真是'东风西渐'！"

吕宗桢没凑热闹，孤零零地坐在原处。他决定他是饿了。大家都走开了，他正好从容地吃他的菠菜包子。偏偏他一抬头，瞥见了三等车厢里有他一个亲戚，是他太太的姨表妹的儿子。他恨透了这董培芝。培芝是一个胸怀大志的清寒子弟，一心只想娶个略具资产的小姐，作为上进的基础。

· 257 ·

吕宗桢的大女儿今年方才十三岁，已经被培芝看在眼里，心里打着如意算盘，脚步儿越发走得勤了。吕宗桢一眼望见了这年青人，暗暗叫声不好，只怕培芝看见了他，要利用这绝好的机会向他进攻。若是在封锁期间和这董培芝困在一间屋子里，这情形一定是不堪设想！他匆匆收拾起公事皮包和包子，一阵风奔到对面一排座位上，坐了下来。现在他恰巧被隔壁的吴翠远挡住了，他表侄绝对不能够看见他。翠远回过头来，微微瞪了他一眼。糟了！这女人准是以为他无缘无故换了一个座位，不怀好意。他认得出那被调戏的女人的脸谱——脸板得纹丝不动，眼睛里没有笑意，嘴角也没有笑意，连鼻洼里都没有笑意，然而不知道什么地方有一点颤巍巍的微笑，随时可以散布开来。觉得自己太可爱了的人，是煞不住要笑的。

该死，董培芝毕竟看见了他，向头等车厢走过来了，谦卑地，老远地就躬着腰，红喷喷的长长的面颊，含有僧尼气息的灰布长衫——一个吃苦耐劳，守身如玉的青年，最合理想的乘龙快婿。宗桢迅疾地决定将计就计，顺水推舟，伸出一只手臂来搁在翠远背后的窗台上，不声不响宣布了他的调情的计划。他知道他这么一来，并不能吓退了董培芝，因为培芝眼中的他素来是一个无恶不作的老年人。由培芝看来，过了三十岁的人都是老年人，老年人都是一肚子的坏。培芝今天亲眼看见他这样下流，少不得一五一十要去报告给他太太听——气气他太太也好！谁叫她给他弄上这么一个表侄！气，活该气！

他不怎么喜欢身边这女人。她的手臂，白倒是白的，像挤出来的牙膏。她的整个的人像挤出来的牙膏，没有款式。

他向她低声笑道："这封锁，几时完哪？真讨厌！"翠远吃了一惊，掉过头来，看见了他搁在她身后的那只胳膊，整个身子就僵了一僵，宗桢无论如何不能容许他自己抽回那只胳膊。他的表侄正在那里双眼灼灼望着他，脸上带着点会心的微笑。如果他夹忙里跟他表侄对一对眼光，也许那小子会怯怯地低下头去——处女风韵的窘态；也许那小子会向他挤一挤眼睛——谁知道？

他咬一咬牙，重新向翠远进攻。他道："你也觉着闷罢？我们说两句话，总没有什么要紧！我们——我们谈谈！"他不由自主的，声音里带着哀恳的调子。翠远重新吃了一惊，又掉回头来看了他一眼。他现在记得了，他瞧见她上车的——非常戏剧化的一刹那，但是那戏剧效果是碰巧得

第十四讲 一段尴尬无奈的人生际遇：《封锁》

到的呢，并不能归功于她。他低声道："你知道么？我看见你上车，前头的玻璃上贴的广告，撕破了一块，从这破的地方我看见你的侧面，就只一点下巴。"是乃络维奶粉的广告，画着一个胖孩子，孩子的耳朵底下突然出现了这女人的下巴，仔细想起来是有点吓人的。"后来你低下头去从皮包里拿钱，我才看见你的眼睛，眉毛，头发。"拆开来一部分一部分地看，她未尝没有她的一种风韵。

翠远笑了。看不出这人倒也会花言巧语——以为他是个靠得住的生意人模样！她又看了他一眼。太阳红红地晒穿他鼻尖下的软骨。他搁在报纸包上的那只手，从袖口里出来，黄色的，敏感的——一个真的人！不很诚实，也不很聪明，但是一个真的人！她突然觉得炽热，快乐。她背过脸去，细声道："这种话，少说些罢！"

宗桢道："嗯？"他早忘了他说了些什么。他眼睛盯着他表侄的背影——那知趣的青年觉得他在这儿是多余的，他不愿得罪了表叔，以后他们还要见面呢，大家都是快刀斩不断的好亲戚；他竟退回三等车厢去了。董培芝一走，宗桢立刻将他的手臂收回，谈吐也正经起来。他搭讪着望了一望她膝上摊着的练习簿，道："申光大学……您在申光读书？"

他以为她这么年青？她还是一个学生？她笑了，没做声。

宗桢道："我是华济毕业的。华济。"她颈子上有一粒小小的棕色的痣，像指甲刻的印子。宗桢下意识地用右手捻了一捻左手的指甲，咳嗽了一声，接下去问道："您读的是哪一科？"

翠远注意到他的手臂不在那儿了，以为他态度的转变是由于她端凝的人格潜移默化所致。这么一想，倒不能不答话了，便道："文科。您呢？"宗桢道："商科。"他忽然觉得他们的对话，道学气太浓了一点，便道："当初在学校里的时候，忙着运动，出了学校，又忙着混饭吃。书，简直没念多少！"翠远道："你公事忙么？"宗桢道："忙得没头没脑。早上乘电车上公事房去，下午又乘电车回来，也不知道为什么去，为什么来！我对于我的工作一点也不感到兴趣。说是为了挣钱罢，也不知道是为谁挣的！"翠远道："谁都有点家累。"宗桢道："你不知道——我家里——咳，别提了！"翠远暗道："来了！他太太一点都不同情他！世上有了太太的男人，似乎都是急切需要别的女人的同情。"宗桢迟疑了一会，方才吞吞吐吐，万分为难地说道："我太太——一点都不同情我。"

翠远皱着眉毛望着他，表示充分了解。宗桢道："我简直不懂我为什么天天到了时候就回家去。回到哪儿去？实际上我是无家可归的。"他退下眼镜来，迎着亮，用手绢子拭去上面的水渍，道："咳！混着也就混下去了，不能想——就是不能想！"近视眼的人当众摘下眼镜子，翠远觉得有点秽亵，仿佛当众脱衣服似的，不成体统。宗桢继续说道："你——你不知道她是怎么样的一个女人！"翠远道："那么，你当初……"宗桢道："当初我也反对来着。她是我母亲给订下的。我自然是愿意让我自己拣，可是……她从前非常的美……我那时又年轻……年轻的人，你知道……"翠远点点头。

宗桢道："她后来变成了这么样的一个人——连我母亲都跟她闹翻了，倒过来怪我不该娶了她！她——她那脾气——她连小学都没有毕业。"翠远不禁微笑道："你仿佛非常看重那一纸文凭！其实，女子教育也不过是那么一回事！"她不知道为什么她说出这句话来，伤了她自己的心。宗桢道："当然哪，你可以在旁边说风凉话，因为你是受过上高等教育的。你不知道她是怎么样的一个——"他顿住了口，上气不接下气，刚戴上了眼镜子，又退下来擦镜片。翠远道："你说得太过分了一点罢？"宗桢手里捏着眼镜，艰难地做了一个手势道："你不知道她是——"翠远忙道："我知道，我知道。"她知道他们夫妇不和，决不能单怪他太太，他自己也是一个思想简单的人。他需要一个原谅他，包含他的女人。

街上一阵乱，轰隆轰隆来了两辆卡车，载满了兵。翠远与宗桢同时探头出去张望；出其不意地，两人的面庞异常接近。在极短的距离内，任何人的脸都和寻常不同，像银幕上特写镜头一般的紧张。宗桢和翠远突然觉得他们俩还是第一次见面。在宗桢的眼中，她的脸像一朵淡淡几笔的白描牡丹花，额角上两三根吹乱的短发便是风中的花蕊。

他看着她，她红了脸，她一脸红，让他看见了，他显然是很愉快。她的脸就越发红了。

宗桢没有想到他能够使一个女人脸红，使她微笑，使她背过脸去，使她掉过头来。在这里，他是一个男子。平时，他是会计师，他是孩子的父亲，他是家长，他是车上的搭客，他是店里的主顾，他是市民。可是对于这个不知道他的底细的女人，他只是一个单纯的男子。

他们恋爱着了。他告诉她许多话，关于他们银行里，谁跟他最好，谁

第十四讲 一段尴尬无奈的人生际遇：《封锁》

跟他面和心不和，家里怎样闹口舌，他的秘密的悲哀，他读书时代的志愿……无休无歇的话，可是她并不嫌烦。恋爱着的男子向来是喜欢说，恋爱着的女人向来是喜欢听。恋爱着的女人破例地不大爱说话，因为下意识地她知道：男人彻底地懂得了一个女人之后，是不会爱她的。

宗桢断定了翠远是一个可爱的女人——白，稀薄，温热，像冬天里你自己嘴里呵出来的一口气。你不要她，她就悄悄地飘散了。她是你自己的一部分，她什么都懂，什么都宽宥你。你说真话，她为你心酸；你说假话，她微笑着，仿佛说："瞧你这张嘴！"

宗桢沉默了一会，忽然说道："我打算重新结婚。"翠远连忙做出惊慌的神气，叫道："你要离婚？那……恐怕不行罢？"宗桢道："我不能够离婚。我得顾全孩子们的幸福。我大女儿今年十三岁了，才考进了中学，成绩很不错。"翠远暗道："这跟当前的问题又有什么关系？"她冷冷地道："哦，你打算娶妾。"宗桢道："我预备将她当妻子看待。我——我会替她安排好的。我不会让她为难。"翠远道："可是，如果她是个好人家的女孩子，只怕她未见得肯罢？种种法律上的麻烦……"宗桢叹了口气道："是的。你这话对。我没有这权利。我根本不该起这种念头……我年纪也太大了。我已经三十五了。"翠远缓缓地道："其实，照现在的眼光看来，那倒也不算大。"宗桢默然，半晌方说道："你……几岁？"翠远低下头去道："二十五。"宗桢顿了一顿，又道："你是自由的么？"翠远不答。宗桢道："你不是自由的。即使你答应了，你的家里人也不会答应的，是不是？……是不是？"

翠远抿紧了嘴唇。她家里的人——那些一尘不染的好人——她恨他们！他们哄够了她。他们要她找个有钱的女婿，宗桢没有钱而有太太——气气他们也好！气，活该气！

车上的人又渐渐多了起来，外面许是有了"封锁行将开放"的谣言，乘客一个一个上来，坐下，宗桢与翠远给他们挤得紧紧的，坐近一点，再坐近一点。

宗桢与翠远奇怪他们刚才怎么这样的糊涂，就想不到自动地坐近一点，宗桢觉得她太快乐了，不能不抗议。他用苦楚的声音向她说："不行！这不行！我不能让你牺牲了你的前程！你是上等人，你受过这样好的教育……我——我又没有多少钱，我不能坑了你的一生！"可不是，还是钱的问题。他的话有理。翠远想道："完了。"以后她多半是会嫁人的，可是她的丈夫决不会像一个萍水相逢的人一般的可爱——封锁中的电车上的人……一切再也不会像这样自然。再也不会……呵，这个人，这么笨！这么笨！她只要他的生命中的一部分，谁也不稀罕的一部分。他白糟蹋了他自己的幸福。多么愚蠢的浪费！她哭了，可是那不是斯斯文文的，淑女式的哭。她简直把她的眼泪唾到他脸上。他是个好人——世界上的好人又多了一个！

向他解释有什么用？如果一个女人必须倚仗着她的言语来打动一个男人，她也就太可怜了。

宗桢一急，竟说不出话来，连连用手去摇撼她手里的阳伞。她不理他。他又去摇撼她的手，道："我说——我说——这儿有人哪！别！别这样！等会儿我们在电话上仔细谈。你告诉我你的电话。"翠远不答。他逼着问道："你无论如何得给我一个电话号码。"翠远飞快地说了一遍道："七五三六九。"宗桢道："七五三六九？"她又不做声了。宗桢嘴里喃喃重复着："七五三六九，"伸手在上下的口袋里掏摸自来水笔，越忙越摸不着。翠远皮包里有红铅笔，但是她有意地不拿出来。她的电话号码，他理该记得。记不得，他是不爱她，他们也就用不着往下谈了。

封锁开放了。"丁零零零零零"摇着铃，每一个"零"字是冷冷的一点，一点一点连成一条虚线，切断时间与空间。

一阵欢呼的风刮过这大城市。电车当当当往前开了。宗桢突然站起身来，挤到人丛中，不见了。翠远偏过头去，只做不理会。他走了。对于她，他等于死了。电车加足了速力前进，黄昏的人行道上，卖臭豆腐干的歇下了担子，一个人捧着文王神的匣子，闭着眼霍霍地摇。一个大个子的金发女人，背上背着大草帽，露出大牙齿来向一个意大利水兵一笑，说了句玩笑话。翠远的眼睛看到了他们，他们就活了，只活那么一刹那。车往前当当地跑，他们一个个的死去了。

翠远烦恼地合上了眼。他如果打电话给她，她一定管不住她自己的声音，对他分外的热烈，因为他是一个死去了又活过来的人。

电车里点上了灯，她一睁眼望见他遥遥坐在他原先的位子上。她震了一震——原来他并没有下车去！她明白他的意思了：封锁期间的一切，等于没有发生。整个的上海打了个盹，做了个不近情理的梦。

第十四讲 一段尴尬无奈的人生际遇：《封锁》

开电车的放声唱道："可怜啊可怜！一个人啊没钱！可怜啊可……"一个缝穷婆子慌里慌张掠过车头，横穿过马路。开电车的大喝道："猪猡！"

吕宗桢到家正赶上吃晚饭。他一面吃一面阅读他女儿的成绩报告单，刚寄来的。他还记得电车上那一回事，可是翠远的脸已经有点模糊——那是天生使人忘记的脸。他不记得她说了些什么，可是他自己的话他记得很清楚——温柔地："你……几岁？"慷慨激昂地："我不能让你牺牲了你的前程！"

饭后，他接过热手巾，擦着脸，踱到卧室里来，扭开了电灯。一只乌壳虫从房这头爬到房那头，爬了一半，灯一开，它只得伏在地板的正中，一动也不动。在装死么？在思想着么？整天爬来爬去，很少有思想的时间罢？然而思想毕竟是痛苦的。宗桢捻灭了电灯，手按在机括上，手心汗潮了，浑身一滴滴沁出汗来，像小虫子痒痒地在爬。他又开了灯，乌壳虫不见了，爬回窠里去了。

第十五讲

人生哲学的荒诞呈现:《围城》

第一部分　作家简介

　　1910年11月21日,钱锺书出生在无锡钱氏家族,因他周岁"抓周"时抓得一本书,故取名"锺书",字默存,号槐聚。由于钱基博的大哥钱子兰无子,遂将钱锺书送给钱子兰抚养。钱子兰对锺书宠爱有加,经常带他上茶馆,听故事,教他读书识字,钱子兰成了钱锺书的启蒙导师。家境优越的他从小就博览群书,并于1929年秋踏入了清华大学的校门,成为外文系的一名学生。入学考试时,他的数学只得了15分,但是他的国文、英文水平成绩突出,其中英文更是获得满分,被清华大学破格录取,也在同学中获得较高的威望。在清华读书的日子里,钱锺书充分显示出他的过人才华,他很少听课,但是每回考试都名列前茅。他曾扬言:"整个清华,没有一个教授有资格充当钱某人的导师!"从清华毕业后,移居上海担任光华大学讲师。1935年钱锺书携新婚夫人杨绛一起留学英国,在牛津大学攻读英文专业,随后又去往法国巴黎大学进修法国文学一年。1938年回国后,被清华大学破例聘为教授,次年转赴国立蓝田师范学院任英文系主任,并开始了他的文学创作道路,书写了很多脍炙人口的作品。"文化大革命"期间,钱锺书、杨绛均被揪出作为"资产阶级学术权威",受到不小的冲击。1969年,钱锺书夫妇先后去往"五七干校"进行改造。1972年回京后,他继续埋头于自己的文学创作和翻译工作,1982年担任中国社会科学院副院长,同杨绛度过了幸福的晚年生活。1998年12月19日,钱锺书因病在北京逝世。

第十五讲 人生哲学的荒诞呈现：《围城》

用学贯中西来形容钱锺书一点都不为过，正如他的名字一样，钱锺书十分喜欢读书，不好拜客访友。他进入清华后的志愿是：横扫清华图书馆。他的中文造诣很深，又精于哲学及心理学，终日博览中西新旧书籍。在清华大学时，他与吴晗、夏鼐被誉为清华"三才子"。他既有一般才子恃才傲物的性格，同时还具备一定的童心。与生俱来的幽默感更加增添了才子的魅力，他健谈善变、口若悬河，精通英文、法文、德文、意大利文及拉丁文、西班牙文。同时，他也是一名爱国的文人，即使"文化大革命"期间被下放"五七干校"却仍然不悔自己留在国土的选择。而他一生与杨绛执着不悔的爱情也为后人所称颂。

钱锺书作为一名文学大家，为中国文坛留下了很多精彩和宝贵的作品。有外国记者曾说："来到中国，有两个愿望：一是看看万里长城，二是见见钱锺书。"简直把钱锺书看作了中国文化的奇迹与象征。他不能算是一名多产的作家，但是他的每一部作品都是精品。他是以生命的极限去探索人文学术的极致。他最早以旧体诗成名，随后开始了小说、散文的创作，文风集幽默讽刺于一身，通过幽默的笔触来挖掘深层的人性。著名的有散文集《写在人生边上》，短篇小说集《人·鬼·兽》，深刻挖掘知识分子灵魂的《围城》等。除了文学创作，他对文学学术也有很深的研究，他的《管锥编》、《七缀集》、《谈艺录》、《宋诗选注》等到现在还是人们研究文学著作的重要资料。而他与生俱来的语言天赋也推进了他的翻译工作，他翻译出版了《毛泽东诗词》等作品，将毛泽东著作推向了世界。钱锺书通晓中西方文化，他尊重每一种理论学说，并将中国的文化带到国外，为国内外文化的交流做出了巨大的贡献。

第二部分 作品赏读

《围城》作为中国现当代文学史上的经典作品，自问世以来在读者和评论界引起了广泛的关注和反响。夏志清在中国现代小说史中称赞说："《围城》是中国近代文学中最有趣和最用心经营的小说，可能亦是最伟大的一部。"中国香港文艺评论界把《围城》誉为"最杰出的中国现代小说"，将其与中国古代讽刺小说的巅峰之作《儒林外史》相提并论。半个世纪以来它在众多的知识分子中流传下来，各式各样的评论家从艺术技巧以及思想内涵等方面延续着对《围城》的探讨和思索。

《围城》其标题本身便带有哲理寓意，钱锺书的夫人杨绛先生曾有一段对此论述极妙的话为人们经常引用，那便是"围在城里的人想逃出去，城外的人想冲进来，对婚姻也罢，职业也罢，人生的愿望大都如此"。因此，虽然钱锺书表现自己"想写现代中国某一部分社会、某一类人物"，但是读者却可以从那些精巧犀利、洞察世事的机智谈话与描写中感受到层层缕缕的人生哲理。钱锺书依次写了方鸿渐人生阶段中的教育、爱情、事业、婚姻四个阶段，如同一部小小的缩略个人史，我们跟随着主人公既经历了人生的得意时刻也随之体味到了存在之悲凉。

《围城》为人称道的艺术手法之一便是对反讽的高超运用。钱锺书极为擅长从抓住人物的言语谈话入手进而发展到对人物深层认知结构的阐发。他以幽默诙谐的语言讲述了包括方鸿渐在内的中国知识分子的生活和社会的人情世态。与此同时，在轻松幽默的话语笔调下，作者创造出富有张力的反讽情境，还有极富反差意味的文本事实。这种反讽的艺术手法既创造了轻松幽默的话语风格，又使得文本在语境和事实的矛盾中更见深邃。钱锺书借助反讽的艺术手段将方鸿渐等中国现代的一批知识分子置于文字游戏的争论中，同时又将他对笔下人物的考量与批判渗透到对其生存状态的考察里。因此，钱锺书笔下的反讽体现着他对生命及存在的思考，因此值得我们去玩味。

如果说方鸿渐和鲍小姐的感情纯粹是一种冲动和敷衍，那么和苏文纨之间的感情就是一种忽近忽远的纠缠。在归国的船上苏文纨就对方鸿渐暗生情愫，碍于鲍小姐而没能表达。而方鸿渐对苏文纨也不是发自内心的爱恋，只是一种带有暧昧关系的女伴，他经常出入苏文纨的家中，也时常和苏文纨保持着较为亲密的朋友关系。他们之间虽然不像和鲍小姐那样带有欺骗和引诱性质，但却也是一种没有真感情的敷衍性交往，方鸿渐对她并不是真正的爱情，更多的是一种精神上的敷衍。

而方鸿渐对唐晓芙却充满着真情，他喜欢唐晓芙并经常利用苏文纨的关系和唐晓芙交往，但是虽然这是一段真实的爱情，但是却因遭到苏文纨的破坏而失败。唐晓芙无疑是作品中的理想人物，她可爱、单纯，虽然也有小姐脾气，但是在整部作品中，她无疑是最"美"的人，同时她也是方鸿渐的理想爱人，但是人生的困境正是如此，他拒绝了自己不爱的苏文纨，自己的恋爱也同时遭到苏文纨的破坏。这段感情的失败不仅仅是因为苏文纨，也是由于两人之间的猜忌和误会。

在自己的爱情失去之后，他转身追求自己的事业，和赵辛楣一起去了三闾大学，而在自己事业节节败退，处于困境之时，孙柔嘉的陪伴在心理上给了他一定的安慰。在同孙柔嘉的交往中，孙柔嘉用她的手段俘虏了方鸿渐，在如愿以偿同方鸿渐结婚后，两人的矛盾逐渐地凸显出来，性格的不同，经济的差距都给这段婚姻带来了伤害和隔膜。最终两人在不断的吵架、争执中渐渐疏远。

《围城》所揭示的爱情问题、婚姻问题、事业问题，乃至人生万事的"围城"现象都透漏着当时社会的一种现象，伴随着西方文明的进入，人们的精神世界进入了空前的危机。这种人生的虚无和浮躁表现在人与人之间的一种隔阂，一种互相欺骗、互相隐瞒的不真诚上，在这种不真诚的交往中，也将上层知识分子的虚伪和假善表现得淋漓尽致。而这种隔阂体现在人与人之间的关系上——亲人之间、同事之间甚至是爱人之间。在这些最为亲密的关系下隐藏着猜忌、怀疑，存在着灵魂上的距离。

方鸿渐留洋在外多年却只是流连于外国文化之声色，既没有真正习得半点外国文化之精髓，也没有加深对本国文化的认知。在安逸懒惰地度过了大部分留学时光后，方鸿渐突然发现文凭的重要性，"这一张文凭，仿佛有亚当、夏娃下身那片树叶的功用，可以遮羞包丑"，匆忙之中只得花钱办了一个假文凭。然而就是这个毫无意义的假文凭，却为方鸿渐敲开了名利场的大门。他既在家乡赚足了名声，也在死去的未婚妻的家人面前获得了体面的地位。虽然他几乎未曾想念过自己的未婚妻，甚至在她生前还希望退婚，不过他看似知理懂事的书信却为他赢得了出国留洋的资费。他不曾付出半点真心却收获了意外的财富，因此甚为得意。在他抵达自己的家乡时，闻风而来的记者和相继出现的邀约为方鸿渐平添了几分荣耀。虽然在某些时刻，方鸿渐为自己通过不义之举得来的虚假光环感到愧疚，不过那也只是转念之间的想法罢了，他感到"自己是一尊人物，身心庞然膨胀，人格伟大了好些。他才知道住在小地方的便宜，只恨今天没换身比较新的西装，没拿根手杖，手里又挥着大折扇，满脸的汗，照相怕不好"。方鸿渐是当时留洋学生中的一类代表，他所具有的肤浅、虚荣和矛盾之处也清晰地体现在其他人物身上，而钱锺书意欲讽刺的不止是一个人而是一类人。因此，当方鸿渐被迫以"西洋文化在中国历史上的影响极其检讨"为演讲时，他却从《问字堂集》、《七经楼集》、《谈瀛录》之类的古籍中寻找素材，"一下午看的津津有味，识见大涨，明白了中国人品性方正所以说地是方的，洋人品性圆滑，所以主张地是圆的；中国人的心位置正中，西洋人的心位置偏左；西洋进口的鸦片有毒，非禁不可，中国地土性质平和，出产的鸦片，吸食也不会上瘾；梅毒即是天花，来自西洋等等"。钱锺书在此列举的一些例子，都只是古人的想象和陋见，与科学与事实相违背。而方鸿渐在阅读时却颇觉有趣，毫无求真之心，既盲目又肤浅。有一章钱锺书写了方鸿渐、苏文纨、唐晓芙以及一位留洋诗人谈诗的情节，他对那种照搬照抄西方文化与文学形式的一类知识分子做了讽刺，批判了肤浅而哗众取宠的学术行为。然而，正是这一帮人却代表着那个时代自诩为知识分子的阶层，本质上他们与先进的意识无缘，因为他们只是一帮厚颜无耻地暴发户而已。真正让我们体会到反讽意味的却是这些所谓知识分子自视甚高的姿态，是他们相互倾轧、贬低或吹捧的姿态。围城似乎是他们借助彼此的虚荣之心建造起来的，却在现实残酷的考验面前不堪一击。

有评论者从《易经》的角度阐释了主人公方鸿渐名字的寓意，十分有趣，下面如实引用。"'渐'字，用《周易》中关于'渐'卦的诠释，则很好地说明了问题。'渐'卦下有5个义项：于干；于磐；于陆；于木；于陵。将其与'鸿'联系在一起解读，我们不难发现，主人公确像一只四处漂泊，无处落脚的孤雁。他做过银行职员，报馆编辑，大学教授……一个游历欧陆数国、跋涉东南数省的留学生，到头来竟无处立身安命，且不为世所容。相反，那些虚伪、无耻、贪婪、好色、自私、平庸的李梅亭、曹元郎、韩学愈之流，却一个个踌躇满志官运亨通。"因此方鸿渐的人生历程不是快乐的冒险，而是痛苦的历程。在遭遇了爱情上的失意之后，他奔赴内陆的三闾大学谋求发展。然而在这小小的校园里，他既周旋在同事之间的勾心斗角中，又感受到事业的一路受挫。在人生中一座座围城之间辗转奔波，方鸿渐不是一个胜利者，如同西西弗斯将巨石推向山顶而每接近终点便再次体验到失败的苦涩。不过，方鸿渐对生存的感受是极深的，在失恋时他感受到"心理仿佛黑牢里的禁锢者探索着一根火柴，刚划亮，火柴就熄了。眼前没看清的一片又滑回黑暗里。譬如夜里两条船

第十五讲 人生哲学的荒诞呈现：《围城》

相迎擦过，一个在这条船上，瞥见对面船舱的灯光里正是自己梦寐不忘的脸，没来得及叫唤，彼此早离得远了。这一刹那的接近，反见得睽隔的渺茫"，人类的生存孤独而痛苦但我们却无力找到出口。在他看来人生在许多时候"好像是进口，背后藏着深宫大厦，引得人进去了，原来什么也没有，一无可进的进口，一无可去的去处"。

因此，钱锺书借助方鸿渐的人生经历写出了人类存在的孤独和世界的荒诞性。

《围城》揭示了人的存在的悲剧性，方鸿渐在教育、爱情、事业、婚姻的道路上屡遭挫折，不得不一而再再而三地寻求退避的港湾。然而每一次当他试图踏入一个崭新的道路时，换来的不是自由，而是另一座围城的束缚。因此婚后方鸿渐不禁感慨："现在想想结婚以前把恋爱看得那样郑重，真是幼稚。老实说，不管你跟谁结婚，结婚以后，你总发现你娶的不是原来的人，换了另外一个。早知道这样，结婚以前那种追求、恋爱等等，全可以省掉……倒是老式婚姻干脆，索性结婚以前，谁也不认得谁。"人生充满了不确定性，而婚姻看似经过了自由选择却依然脱不了盲目和失望。在方鸿渐这里选择已然丧失了权利的意味，无论如何人生的幸福与乐趣似乎与进取无关，人生或者生命本质上只是一座虚化的围城。在小说的结尾，方鸿渐慢慢沉入了生活的底层，迷失了自我而又陷入了心灰意懒的绝望当中。在各处无法寻获安慰之后，他最终没了感觉也没了希望，只希望有个可以回去睡觉的地方。

方鸿渐和孙柔嘉虽然是夫妻，但是在生活和情感上也存在着欺骗和隐瞒。方鸿渐是在与唐晓芙恋爱失败后，赴三闾大学任教的途中认识孙柔嘉的。孙柔嘉是个极普通的女子，刚大学毕业，长得也不漂亮，书中是这样形容她的："孙小姐长圆脸，旧象牙色的颧骨上微有雀斑，两眼分得太开，使她常带着惊异的表情；怕生得一句话也不敢讲，脸上滚滚不断的红晕。"她也没有什么家庭背景，但却很有心机，善于伪装。赵辛楣受其父所托带她同赴三闾大学任教，一路上她装得很天真幼稚好奇，以博取方鸿渐的同情心与怜爱之情（赵辛楣不吃那一套）。方鸿渐与赵辛楣在船上的谈话，都被她用心地偷听了去。这在后来她感谢方鸿渐和赵辛楣为其争得了旅费时，无意间说了出来："这是你提醒赵先生的，你在船上"，意识到说漏了嘴，话说一半戛然而止。从两人相遇开始孙柔嘉就是很假的，处处假扮清纯,而赵辛楣等人也看出孙柔嘉的这种矫揉造作,甚至是方鸿渐也看得出她的这种假温柔,他明明知道却仍违心地一步步踏了进去。但由于事业上的受挫,使他想要极力逃到婚姻的港湾中去,从而选择了孙柔嘉。婚后二人才发现彼此之间的差距,同时也看到两人在婚前的种种假象与不合适,这就导致了婚后夫妻之间的争吵和埋怨。尤其是沈太太和李妈在其中进行煽风点火使得夫妻二人之间的关系更加恶化,这也充分体现了夫妻之间的互不信任,互不了解,而这些不了解和误会也最终导致了两人的分手。

西方存在主义哲学特别强调自由选择对个体的意义,萨特曾说:"我们应该用行动来证明我们是自由的,我们所完成或未完成的一切行动应当成为所有人获得自由的模范行为,为此必须引天下为己任,不惜牺牲一切,乃至自己的生命。""无论人的处境多么恶劣,人的精神总是自由的,人本可以按照自己的意志去选择行动……人只能通过其行动才得以自我塑造,一个人仅仅是一系列的行动,是构成这些行动关系的总和、组合、整体。"萨特认为人生而自由,人的命运取决于人们自己的选择,人的存在价值有待自己去设计和创造。但是人必须为自己的自由选择承担后果。从这一角度来看方鸿渐的人生遭遇,我们无疑能够感受到钱锺书先生的批判意识。钱锺书在《写在人生边上》里曾写道,"人生虽然痛苦却并不悲观",他认为人应当有一种本能地生活得更好的倾向。而方鸿渐在人生的各种遭遇面前却是懒惰而且缺乏反抗的勇气的,回想他少年时代曾写信给父亲意欲退婚,却被父亲一顿臭骂之后马上写信求饶。归根究底,方鸿渐在爱情、事业和婚姻上所遇到的挫折与个人能力缺失有着莫大的关联。他虽然对现实有着一些较为敏锐的体会,却没有改变现实的能力。方鸿渐虽然有一些刁钻和刻薄的小聪明,但却浮躁而盲目缺乏人生的大智慧。在面对苏文纨、曹元郎之流时,他虽然把他们的浅薄与装腔作势看在眼里,却仍然希望赢得他们的喜爱而周旋于虚假的辞令之中。在面对陆子潇、李梅亭等恶俗之徒时,方鸿渐只是摆出一副无所谓的样子,在假装无知中逃避事实,在他们的百般逼问下无奈地违心地成全了自己和孙柔嘉。这种违背自己内心的决定最终促成了他和孙柔嘉婚姻的悲剧,两个人无法沟通的无奈慢慢发展成渐行渐远地悲哀,而婚姻逐渐变成了一个牢笼甚至连一分清静简单的温暖都无法给予。归根究底,方鸿渐消极怯懦的人生态度是导致

第十五讲　人生哲学的荒诞呈现：《围城》

他人生悲剧的重要因素。在面对虚无的人生和荒诞的处境时，孤独的个人虽然没有逃避的余地，但是唯有鼓起勇气与虚无和荒诞相抗争才能确认自己的存在。也唯有依循内心的自由意志，才能感受到生命的真谛。而方鸿渐安于现状只剩颓败，与此同时既迷失了自我又陷入了无可挽救的境地，我们不难从中感受到钱锺书先生对这一处世态度的批判。

在人生的围城里，亲人、同事、夫妻之间处处存在着猜忌和不信任，这就导致人与人之间的隔阂。这种隔阂拉开了人与人之间的亲密关系，甚至自己的亲人都不了解自己，同时也导致了人们心灵上的孤寂，没有人了解自己，信任自己，甚至连基本的沟通也没有，这就把人困在自己的狭小的圈子中。而这个圈子也是一座围城，别人无法进入你的内心，你也无法进入他人的世界，人们都躲在自己的壳里，不想也不能相互交流，人与人之间存在着交流上的恐惧和隔阂，这就使得人们像困兽一样生活在自己的世界中，不愿与外界的人交流，即使是敷衍的交流也充满了虚假，人们只能躲在自己的围城中，过自己的生活，无法进入他人和彼此的世界。

第三部分　原文：《围城》选段

三闾大学校长高松年是位老科学家。这"老"字的位置非常为难，可以形容科学，也可以形容科学家。不幸的是，科学家跟科学不大相同；科学家像酒，愈老愈可贵，而科学像女人，老了便不值钱。将来国语文法发展完备，终有一天可以明白地分开"老的科学家"和"老科学的家"，或者说"科学老家"和"老科学家"。现在还早得很呢，不妨笼统称呼。高校长肥而结实的脸像没发酵的黄面粉馒头，"馋嘴的时间"（Edax Vetustas）咬也咬不动他，一条牙齿印或皱纹都没有。假使一个犯校规的女学生长得很漂亮，高校长只要她向自己求情认错，也许会不尽本于教育精神地从宽处分。这证明这位科学家还不老。他是二十年前在外国研究昆虫学的；想来二十年前的昆虫都进化成为大学师生了，所以请他来表率多士。他在大学校长里，还是前途无量的人。大学校长分文科出身和理科出身两类。文科出身的人轻易做不到这位子。做到了也不以为荣，准是干政治碰壁下野，仕而不优则学，借诗书之泽，弦诵之声来休养身心。理科出身的人呢，就全然不同了。中国是世界上最提倡科学的国家，没有旁的国

· 271 ·

家肯这样给科学家大官做的。外国科学进步,中国科学家进爵。在外国,研究人情的学问始终跟研究物理的学问分歧;而在中国,只要你知道水电,土木,机械,动植物等等,你就可以行政治人——这是"自然齐一律"最大的胜利。理科出身的人当个把校长,不过是政治生涯的开始;从前大学之道在治国平天下,现在治国平天下在大学之道,并且是条坦道大道。对于第一类,大学是张休息的摇椅;对于第二类,它是个培养的摇篮——只要他小心别摇摆得睡熟了。

高松年发奋办公,亲兼教务长,精明得真是睡觉还睁着眼睛,戴着眼镜,做梦都不含糊的。摇篮也挑选得很好,在平成县乡下一个本地财主家的花园里,面溪背山。这乡镇绝非战略上必争之地,日本人唯一好爽不吝惜的东西——炸弹——也不会浪费在这地方。所以,离开学校不到半里的镇上,一天繁荣似一天,照相铺,饭店,浴室,地方戏院,警察局,中小学校,一应俱全。今年春天,高松年奉命筹备学校,重庆几个老朋友为他饯行,席上说起国内大学多而教授少,新办尚未成名的学校,地方偏僻,怕请不到名教授。高松年笑道:"我的看法跟诸位不同。名教授当然很好,可是因为他的名望,学校沾着他的光,他并不倚仗学校里的地位。他有架子,有脾气,他不会全副精神为学校服务,更不会绝对服从当局的指挥。万一他闹别扭,你不容易找替人,学生又要借题目麻烦。我以为学校不但造就学生,并且应该造就教授。找一批没有名望的人来,他们要借学校的光,他们要靠学校才有地位,而学校并非非有他们不可,这种人才真能跟学校合为一体,真肯出力为公家做事。学校也是个机关,机关当然需要科学管理,在健全的机关里,决没有特殊人物,只有安分受支配的一个个分子。所以,找教授并非难事。"大家听了,倾倒不已。高松年事先并没有这番意见,临时信口胡扯一阵。经朋友们这样一恭维,他渐渐相信这真是至理名言,也对自己倾倒不已。他从此动不动发表这段议论,还加上个帽子道:"我是研究生物学的,学校也是个有机体,教职员之于学校,应当像细胞之于有机体——"这至理名言更变而为科学定律了。

亏得这一条科学定律,李梅亭,顾尔谦,还有方鸿渐会荣任教授。他们那天下午两点多到学校。高松年闻讯匆匆到教员宿舍里应酬一下,回到办公室,一月来的心事不能再搁在一边不想了。自从长沙危急,聘好的教授里十个倒有九个打电报来托故解约,七零八落,开不出班,幸而学生也

第十五讲 人生哲学的荒诞呈现：《围城》

受战事影响，只有一百五十八人。今天一来就是四个教授，军容大震，向部里报上去也体面些。只是怎样对李梅亭和方鸿渐解释呢？部里汪次长介绍汪处厚来当中国文学系主任，自己早写信聘定李梅亭了，可是汪处厚是汪次长的伯父，论资格也比李梅亭好，那时候给教授陆续辞聘的电报吓昏了头，怕上海这批人会半路打回票，只好先敷衍汪次长。汪处厚这人不好打发，李梅亭是老朋友，老朋友总讲得开，就怕他的脾气难对付，难对付！这姓方的青年人是容易对付的。他是赵辛楣的来头，辛楣最初不肯来，介绍了他，说他是留学德国的博士，真糊涂透顶！他自己开来的学历，并没有学位，只是个各国游荡的游学生，并且并非学政治的，聘他当教授太冤枉了！至多做副教授，循序渐升，年轻人做事不应该爬得太高，这话可以叫辛楣对他说。为难的还是李梅亭。无论如何，他千辛万苦来了，决不会一翻脸就走的；来得困难，去也没有那么容易，空口允许他些好处就是了。他从私立学校一跳而进国立学校，还不是自己提拔他的；做人总要有良心。这些反正是明天的事，别去想它，今天——今天晚上还有警察局长的晚饭呢。这晚饭是照例应酬，小乡镇上的盛馔，反来覆去，只有那几样，高松年也吃腻了。可是这时候四点钟已过，肚子有点饿，所以想到晚饭，嘴里一阵潮润。

同路的人，一到目的地，就分散了，好像一个波浪里的水打到岸边，就四面溅开。可是，鸿渐们四个男人当天还一起到镇上去理发洗澡。回校只见告白板上贴着粉红纸的布告，说中国文学系同学今晚七时半在联谊室举行茶会，欢迎李梅亭先生。梅亭欢喜得直说："讨厌，讨厌！我累得很，今天还想早点睡呢！这些孩子热心得不懂道理，赵先生，他们消息真灵呀！"

辛楣道："岂有此理！政治系学生为什么不开会欢迎我呀？"

梅亭道："忙什么？今天的欢迎会，你代我去，好不好？我宁可睡觉的。"

顾尔谦点头叹道："念中国书的人，毕竟知理，我想旁系的学生决不会这样尊师重道的。"说完笑迷迷地望着李梅亭，这时候，上帝会懊悔没在人身上添一条能摇的狗尾巴，因此减低了不知多少表情的效果。

鸿渐道："你们都什么系，什么系，我还不知道是哪一系的教授呢。高校长给我的电报没有说明白。"

· 273 ·

辛楣忙说："那没有关系。你可以教哲学，教国文——"

梅亭狞笑道："教国文是要得我许可的，方先生；你好好的巴结我一下，什么都可以商量。"

说着，孙小姐来了，说住在女生宿舍里，跟女生指导范小姐同室，也把欢迎会这事来恭维李梅亭，梅亭轻佻地笑道："孙小姐，你改了行罢。不要到外国语文系办公室去了，当我的助教，今天晚上，咱们俩同去开会。"五人同在校门口小馆子吃晚饭的时候，李梅亭听而不闻，食而不知其味，大家笑他准备欢迎会上演讲稿，梅亭极口分辨道："胡说！这要什么准备！"

晚上近九点钟，方鸿渐在赵辛楣房里讲话，连打呵欠，正要回房里去睡，李梅亭打门进来了。两人想打趣他，但瞧他脸色不正，便问："怎么欢迎会完得这样早？"梅亭一言不发，向椅子里坐下鼻子里出气像待开发的火车头。两人忙问他怎么啦。他拍桌大骂高松年混账，说官司打到教育部去，自己也不会输的，高松年身为校长出去吃晚饭这时候还不回来，影子也找不见，这种玩忽职守，就该死。原来今天欢迎会是汪处厚安排好的，兵法上有名的"敌人喘息未定，即予以迎头痛击"。先来校的四个中国文学系讲师和助教早和他打成一片，学生也唯命是听。他知道高松年跟李梅亭有约在先，自己迹近乘虚篡窃，可是当系主任和结婚一样，"先进门三日就是大"。这开会不是欢迎，倒像新姨太太的见礼。李梅亭跟随学生代表一进会场，便觉空气两样，听得同事和学生一连声叫"汪主任"，已经又疑又慌。汪处厚见了他，热烈地双手握着他手，好半天搓摩不放，仿佛捉搦了情妇的手，一壁似怨似慕的说："李先生，你真害我们等死了，我们天天在望你来——张先生，薛先生，咱们不是今天早晨还讲起他的——我们今天早晨还讲起你。路上辛苦啦？好好休息两天，再上课，不忙。我把你的功课全排好了。李先生，咱们俩真是神交久矣。高校长拍电报到成都要我组织中国文学系，我想年纪老了，路又不好走，换生不如守熟，所以我最初实在不想来。高校长，他可真会磨人哪！他请舍侄"——张先生，薛先生，黄先生同声说："汪先生就是汪次长的令伯"——"请舍侄再三劝驾，我却不过情，我内人身体不好，也想换换空气。到这儿来了，知道有你先生，我真高兴，我想这系办得好了——"李梅亭一篇主任口气的训话闷在心里讲不出口，忍住气，搭讪了几句，喝

第十五讲 人生哲学的荒诞呈观：《围城》

了杯茶，只推头痛，早退席了。

辛楣和鸿渐安慰李梅亭一会，劝他回房睡，有话明天跟高松年去说。梅亭临走说："我跟老高这样的交情，他还会耍我，他对你们两位一定也有把戏。瞧着罢，咱们取一致行动，怕他什么！"梅亭去后，鸿渐看着辛楣道："这不成话说！"辛楣皱眉道："我想这里面有误会，这事的内幕我全不知道。也许李梅亭压根儿在单相思，否则太不像话了！不过，像李梅亭那种人，真要当主任，也是个笑话，他那些印头衔的讲究名片，现在可不能用了，哈哈。"鸿渐道："我今年反正是倒霉年，准备到处碰钉子的。也许明天高松年不认我这个蹩脚教授。"辛楣不耐烦道："又来了！你好像存着心非倒霉不痛快似的。我告诉你，李梅亭的话未可全信——而且，你是我面上来的人，万事有我。"鸿渐虽然抱最大决意来悲观，听了又觉得这悲观不妨延期一天。

明天上午，辛楣先上校长室去，说把鸿渐的事讲讲明白，叫鸿渐等着，听了回话再去见高松年。鸿渐等了一个多钟点，不耐烦了，想自己真是神经过敏，高松年直接打电报来的，一个这样机关的首领好意思说话不作准么？辛楣早尽了介绍人的责任。现在自己就去正式拜会高松年，这最干脆。

高松年看方鸿渐和颜悦色，不相信世界上会有这样脾气好或城府深的人，忙问："碰见赵先生没有？"

"还没有。我该来参见校长，这是应当的规矩。"方鸿渐自信说话得体。

高松年想糟了！糟了！辛楣一定给李梅亭缠住不能脱身，自己跟这姓方的免不了一番唇舌："方先生，我是要跟你谈谈——有许多话我已经对赵先生说了——"鸿渐听口风不对，可是脸上的笑容一时不及收敛，怪不自在地停留着，高松年看得恨不能把手指撮去——"方先生，你收到我的信没有？"一般人撒谎，嘴跟眼睛不能合作，嘴尽管雄纠纠地胡说，眼睛懦怯不敢平视对方。高松年老于世故，并且研究生物学的时候，学到西洋人相传的智慧，那就是：假使你的眼光能与狮子或老虎的眼光相接，彼此怒目对视，那野兽给你催眠了不敢扑你。当然野兽未必肯在享用你以前，跟你飞眼送秋波，可是方鸿渐也不是野兽，至多只能算是家畜。

他给高松年三百瓦特的眼光射得不安，觉得这封信不收到是自己的过失,这次来得太冒昧了,果然高松年写信收回成命,同时有一种不出所料的满意,惶遽地说:"没有呀!我真没有收到呀!重要不重要?高先生什么时候发的?"倒像自己撒谎,收到了信在抵赖。

"咦!怎么没收到?"高松年直跳起来,假惊异的表情做得维妙维肖,比方鸿渐的真惊惶自然得多。他没演话剧,是话剧的不幸而是演员们的大幸——"这信很重要。唉!现在抗战时间的邮政简直该死。可是你先生已经来了,好得很,这些话可以面谈了。"

鸿渐稍微放心,迎合道:"内地去上海的信,常出乱子。这次长沙的战事恐怕也有影响,一大批信会遗失,高先生给我的信假如寄出得早——"

高松年做了个一切撇开的手势,宽弘地饶赦那封自己没写、方鸿渐没收到的信:"信就不用提了,我深怕方先生看了那封信,会不肯屈就,现在你来了,你就别想跑,呵呵!是这么一回事,你听我说,我跟你先生虽然素昧平生,可是我听辛楣讲起你的学问人品种种,我真高兴,立刻就拍电报请先生来帮忙,电报上说——"高松年顿一顿,试探鸿渐是不是善办交涉的人,因为善办交涉的人决不这时候替自己说许下的条件的。

可是方鸿渐像鱼吞了饵,一钓就上,急接口说:"高先生电报上招我来当教授,可是没说明白什么系的教授,所以我想问一问?"

"我原意请先生来当政治系的教授,因为先生是辛楣介绍来的,说先生是留德的博士。可是先生自己开来的履历上并没有学位——"鸿渐的脸红得像有一百零三度寒热的病人——"并且不是学政治的,辛楣全搞错了。先生跟辛楣的交情本来不很深罢?"鸿渐脸上表示的寒热又升高了华氏表上一度,不知怎样对答,高松年看在眼里,胆量更大——"当然,我决不计较学位,我只讲真才实学。不过部里定的规矩呆板得很,照先生的学历,只能当专任讲师,教授待遇呈报上去一定要驳下来的。我相信辛楣的保荐不会错,所以破格聘先生为副教授,月薪二百八十元,下学年再升。快信给先生就是解释这一回事。我以为先生收到信的。"

鸿渐只好第二次声明没收到信,同时觉得降级为副教授已经天恩高厚了。

"先生的聘书,我方才已经托辛楣带去了。先生教授什么课程,现在很成问题。我们暂时还没有哲学系,国文系教授已经够了,只有一班文法

第十五讲 人生哲学的荒诞呈现：《围城》

学院一年级学生共修的论理学，三个钟点，似乎太少一点，将来我再想办法罢。"

鸿渐出校长室，灵魂像给蒸气碌碡滚过，一些气概也无。只觉得自己是高松年大发慈悲收留的一个弃物。满肚子又羞又恨，却没有个发泄的对象。回到房里，辛楣赶来，说李梅亭的事终算帮高松年解决了，要谈鸿渐的事，他知道鸿渐已经跟高松年谈过话，忙道："你没有跟他翻脸罢？这都是我不好。我有个印象以为你是博士，当初介绍你到这来，只希望这事快成功——""好让你去专有苏小姐。"——"不用提了，我把我的薪水，——，好，好，我不，我不，"辛楣打拱赔笑地道歉，还称赞鸿渐有涵养，说自己在校长室讲话，李梅亭直闯进来，咆哮得不成体统。鸿渐问梅亭的事怎样了的。辛楣冷笑道："高松年请我劝他，纠缠了半天，他说除非学校照他开的价钱买他带的西药——唉，我还要给高松年回音呢。我心上要牵挂着你的事，所以先赶回来看你。"鸿渐本来气倒平了，知道高松年真依李梅亭讨的价钱替学校买他带来的私货，又气闷起来，想到李梅亭就有补偿，只自己一个人吃亏。高松年下帖子当天晚上替新来的教授接风，鸿渐闹别扭要辞，经不起辛楣苦劝，并且傍晚高松年亲来回拜，总算有了面子，还是去了。

辛楣虽然不像李梅亭有提炼成丹，旅行便携的中国文学精华片，也随身带着十几本参考书。方鸿渐不知道自己会来教论理学的，携带的西洋社会史，原始文化，史学丛书等等一本也用不着。他仔细一想，慌张得没工夫生气了，希望高松年允许自己改教比较文化史和中国文学史，可是前一门功课现在不需要，后一门功课有人担任。叫化子只能讨到什么吃什么，点菜是轮他不着的。辛楣安慰他说："现在的学生程度不比从前——"学生程度跟世道人心好像是在这装了橡皮轮子的大时代里仅有的两件退步的东西——"你不要慌，无论如何对付得过。"鸿渐上图书馆找书，馆里通共不上一千本书，老的，糟的，破旧的中文教科书居其大半，都是因战事而停办的学校的遗产。一千年后，这些书准像敦煌石室的卷子那样名贵，现在呢，它们古而不稀，短见浅识的藏书家还不知道收买。一切图书馆本来像死用功的人大考时的头脑，是学问的坟墓；这图书馆倒像个敬惜字纸的老式慈善机关，若是天道有知，办事人今世决不遭雷击，来生一定个个聪明，人人博士。鸿渐翻找半天，居然发现一本中文译本的论理学纲要，借了回房，大有唐三藏取到佛经回长安的快乐。他看了几页论理学纲要，想学生在这地方是买不到教科书的，要不要把这本书公开或油印了发给大家。一转念，这事不必。从前先生另有参考书作枕中秘宝，所以肯用教科书；现在没有参考书，只靠这本教科书来灌输知识，宣扬文化，万不可公诸大众，还是让学生们莫测高深，听讲写笔记罢。自己大不了是个副教授，犯不着太卖力气的。上第一堂先对学生们表示同情，慨叹后方书籍的难得，然后说在这种环境之下，教授才不是个赘疣，因为教授讲学是印刷术没发明以前的应急办法，而今不比中世纪，大家有书可看，照道理不必在课堂上浪费彼此的时间——鸿渐自以为这话说出去准动听，又高兴得坐不定，预想着学生的反应。

鸿渐等是星期三到校的，高松年许他们休息到下星期一才上课。这几天里，辛楣是校长的红人，同事拜访他的最多。鸿渐处就少人光顾。这学校草草创办，规模不大；除掉女学生跟少数带家眷的教职员以外，全住在一个大园子里。世态炎凉的对照，愈加分明。星期日下午，鸿渐正在预备讲义，孙小姐来了，脸色比路上红活得多。鸿渐要去叫辛楣，孙小姐说她刚从辛楣那儿来，政治系的教授们在开座谈会呢，满屋子的烟，她瞧人多有事，就没有坐下。

方鸿渐笑道："政治家聚在一起，当然是乌烟瘴气。"

孙小姐笑了一笑，说："我今天来谢谢方先生和赵先生。昨天下午学校会计处把我旅费补送来了。"

"这是赵先生替你去争来的。跟我无关。"

"不，我知道，"孙小姐温柔地固执着，"这是你提醒赵先生的。你在船上——"孙小姐省悟多说了半句话，涨红脸，那句话也遭到了腰斩。

鸿渐猛记得船上的谈话，果然这女孩子全听在耳朵里了，看她那样子，自己也窘起来。害羞脸红和打呵欠或口吃一样，有传染性，情况粘滞，仿佛像穿橡皮鞋走泥淖，踏不下而又拔不出。忙支吾开玩笑说："好了，好了。你回家的旅费有了。还是趁早回家罢，这儿没有意思。"

孙小姐小孩子般撅嘴道："我真想回家！我天天想家，我给爸爸写信也说我想家。到明年暑假那时候太远了，我想着就心焦。"

"第一次出门总是这样的，过几时就好了。你对你们那位系主任谈过没有。"

第十五讲 人生哲学的荒诞呈现：《围城》

"怕死我了！刘先生要我教一组英文，我真不会教呀！刘先生说四组英文应当各有一个教师，系里连他只有三个先生，非我担任一组不可。我真不知道怎样教法，学生个个比我高大，看上去全凶得很。"

"教教就会教了。我也从来没教过书。我想学生程度不会好，你用心准备一下，教起来绰绰有余。"

"我教的一组是入学考英文成绩最糟的一组，可是，方先生，你不知道我自己多少糟，我想到这儿来好好用一两年功。有外国人不让她教，到要我去丢脸！"

"这儿有什么外国人呀？"

"方先生不知道么？历史系主任韩先生的太太，我也没看见过，听范小姐说，瘦得全是骨头，难看得很。有人说她是白俄，有人说她是奥国归并德国以后流亡出来的犹太人，她丈夫说她是美国人。韩先生要她在外国语文系当教授，刘先生不答应，说她没有资格，英文都不会讲，教德文俄文现在用不着。韩先生生了气，骂刘先生自己没有资格，不会讲英文，编了几本中学教科书，在外国暑期学校里混了张证书，算什么东西——话真不好听，总算高先生劝开了，韩先生在闹辞职呢。"

"怪不得前天校长请客他没有来。咦！你本领真大，你这许多消息，什么地方听来的？"

孙小姐笑道："范小姐告诉我的。这学校像个大家庭，除非你住在校外，什么秘密都保不住，并且口舌多得很。昨天刘先生的妹妹从桂林来了，听说是历史系毕业的。大家都说，刘先生跟韩先生可以讲和了，把一个历史系的助教换一个外文系的教授。"

鸿渐掉文道："妹妹之于夫人，亲疏不同；助教之于教授，尊卑不敌。我做了你们的刘先生，决不肯吃这个亏的。"

说着，辛楣进来了，说："好了，那批人送走了——孙小姐，我不知道你不会就去的。"你说这句话全无用意，可是孙小姐脸红。鸿渐忙把韩太太这些事告诉他，还说："怎么学校里还有这许多政治暗斗？倒不如进官场爽气。"

辛楣宣扬教义似的说："有群众生活的地方全有政治。"孙小姐坐一会去了。辛楣道："我写信给她父亲，声明把保护人的责任移交给你，好不好？"

· 279 ·

鸿渐道:"我看这题目已经像教国文的老师所谓'做死'了,没有话可以说了,你换个题目来开玩笑,行不行?"辛楣笑他扯淡。

上课一个多星期,鸿渐跟同住一廊的几个同事渐渐熟了。历史系的陆子潇曾作敦交睦邻的拜访,所以一天下午鸿渐去回看他。陆子潇这人刻意修饰,头发又油又光,深恐为帽子埋没,与之不共戴天,深冬也光着顶。鼻子短而阔,仿佛原有笔直下来的趋势,给人迎鼻孔打了一拳,阻止前进,这鼻子后退不迭,向两傍横溢。因为没结婚,他对自己年龄的态度,不免落后在时代的后面;最初他还肯说外国算法的十足岁数,年复一年,他偷偷买了一本翻译的 Life Begins at Forty,对人家干脆不说年龄,不讲生肖,只说:"小得很呢!还是小弟弟呢!"同时表现小弟弟该有的活泼和顽皮。他讲话时喜欢窃窃私语,仿佛句句是军国机密。当然军国机密他也知道的,他不是有亲戚在行政院,有朋友在外交部么?他亲戚曾经写给他一封信,这左角印"行政院"的大信封上大书着"陆子潇先生",就仿佛行政院都要让他正位居中似的。他写给外交部那位朋友的信,信封虽然不大,而上面开的地址"外交部欧美司"六字,笔酣墨饱,字字端楷,文盲在黑夜里也该一目了然的。这一封来函,一封去信,轮流地在他桌上妆点着。大前天早晨,该死的听差收拾房间,不小心打翻墨水瓶,把行政院淹得昏天黑地,陆子潇挽救不及,跳脚痛骂。那位亲戚国而忘家,没来过第二次信;那位朋友外难顾内,一封信也没回过。从此,陆子潇只能写信到行政院去,书桌上两封信都是去信了。今日正是去信外交部的日子。子潇等鸿渐看见了桌上的信封,忙把这信搁在抽屉里,说:"不相干。有一位朋友招我到外交部去,回他封信。"

鸿渐信以为真,不得不做出惜别未留的神情道:"啊哟!怎样陆先生要高就了!校长肯放你走么?"

子潇连摇头道:"没有的事!做官没有意思,我回信去坚辞的。高校长待人很厚道,好几个电报把我催来,现在你们各位又来了,学校渐渐上轨道,我好意思拆他台么?"

鸿渐想起高松年和自己的谈话,叹气道:"校长对你先生,当然是另眼相看了。像我们这种——"

子潇说话低得有气无声,仿佛思想在呼吸:"是呀。校长就是有这个毛病,说了话不作准的。我知道了你的事很不平。"机密得好像四壁全挂

第十五讲 人生哲学的荒诞呈现：《围城》

着偷听的耳朵。

鸿渐没想到自己的事人家早已知道了，脸微红道："我倒没有什么，不过高先生——我总算学个教训。"

"哪里的话！副教授当然有屈一点，可是你的待遇算是副教授里最高的了。"

"什么？副教授里还分等么？"鸿渐大有约翰生博士不屑把臭虫和跳虱分等的派头。

"分好几等呢。譬如你们同来，我们同系的顾尔谦就比你低两级。就像系主任罢，我们的系主任韩先生比赵先生高一级，赵先生又比外语系的刘东方高一级。这里面等次多得很，你先生初回国做事，所以搅不清了。"

鸿渐茅塞顿开，听说自己比顾尔谦高，气平了些，随口问道："为什么你们的系主任薪水特别高呢？"

"因为他是博士，Ph. D.。我没有到过美国，所以没听见过他毕业的那个大学，据说很有名。在纽约，叫什么克莱登大学。"

鸿渐吓得直跳起来，宛如自己的阴私给人揭破，几乎失声叫道："什么大学？"

"克莱登大学。你知道克莱登大学？"

"我知道。哼，我也是——"鸿渐恨不得把自己舌头咬住，已经漏泄三个字。

子潇听话中有因，像黄泥里的竹笋，尖端微露，便想盘问到底。鸿渐不肯说，他愈起疑心，只恨不能采取特务机关的有效刑罚来逼取口供。鸿渐回房，又气又笑。自从唐小姐把买文凭的事向他质问以后，他不肯再想起自己跟爱尔兰人那一番交涉，他牢记着要忘掉这事。每逢念头有扯到它的趋势，他赶快转移思路，然而身上已经一阵羞愧的微热。适才陆子潇的话倒仿佛一帖药，把心里的鬼胎打下一半。韩学愈撒他的谎，并非跟自己同谋，但有了他，似乎自己的欺骗减轻了罪名。当然新添上一种不快意，可是这种不快意是透风的，见得天日的，不比买文凭的事像谋杀灭迹的尸首，对自己都要遮掩得一丝不露。撒谎骗人该像韩学愈那样才行，要有勇气坚持到底。自己太不成了，撒了谎还要讲良心，真是大傻瓜。假如索性大胆老脸，至少高松年的欺负就可以避免。老实人吃的亏，骗子被揭破的

· 281 ·

耻辱，这两种相反的痛苦，自己居然一箭双雕地兼备了。鸿渐忽然想，近来连撒谎都不会了。因此恍然大悟，撒谎往往是高兴快乐的流露，也算的一种创造，好比小孩子游戏里的自骗自。一个人身心畅适，精力充溢，会不把顽强的事实放在眼里，觉得有本领跟现状开玩笑。真到忧患穷困的时候，人穷志短，谎话都讲不好的。

这一天，韩学愈特来拜访。通名之后，方鸿渐倒窘起来，同时快意地失望。理想中的韩学愈不知怎样的嚣张浮滑，不料是个沉默寡言的人。他想陆子潇也许记错，孙小姐准是过信流言。木讷朴实是韩学愈的看家本领，现代人有两个流行的信仰。第一：女子无貌便是德，所以漂亮女人准比不上丑女人那样有思想，有品节；第二：男子无口才，就是表示有道德，所以哑巴是天下最诚朴的人。也许上够了演讲和宣传的当，现代人矫枉过正，以为只有不说话的人开口准说真话，害得新官上任，训话时个个都说："为政不在多言，"恨不能只指嘴，指心，指天三个手势了事。韩学愈虽非哑巴，天生有点口吃。因为要掩饰自己的口吃，他讲话少，慢，著力，仿佛每个字都有他全部人格作担保，不轻易开口的人总使旁人想他满腹深藏着智慧，正像密封老锁的箱子，一般人总以为里面结结实实都是宝贝。高松年在昆明第一次见到他，觉得这人诚恳安详，像个君子，而且未老先秃，可见脑子里的学问多得冒上来，把头发都挤掉了。再一看他开的学历，除掉博士学位以外，还有一条："著作散见美国'史学杂志''星期六文学评论'等大刊物中"，不由自主地另眼相看。好几个拿了介绍信来见的人，履历上写在外国"讲学"多次。高松年自己在欧洲一个小国里读过书，知道往往自以为讲学，听众以为他在学讲——讲不来外国话借此学学。可是在外国大刊物上发表作品，这非有真才实学不可。他问韩学愈道："先生的大作可以拿来看看么？"韩学愈坦然说，杂志全搁在沦陷区老家里，不过这两种刊物中国各大学全该定阅的，就近应当一找就到，除非经过这番逃难，图书馆的旧杂志损失不全了。高松年想不到一个说谎者会这样泰然无事；各大学的书籍七零八落，未必找得着那期杂志，不过里面有韩学愈的文章看来是无可疑问的。韩学愈也确向这些刊物投过稿，但高松年没知道他的作品发表在"星期六文学评论"的人事广告栏："中国青年，受高等教育，愿意帮助研究中国问题的人，取费低廉。"和"史学杂志"的通信栏："韩学愈君徵求二十年前本刊，愿出让者请通信

第十五讲 人生哲学的荒诞呈现：《围城》

某处接洽。"最后他听说韩太太是美国人，他简直改容相敬了，能娶外国老婆的非精通西学不可，自己年轻时不是想娶个此国女人没有成功么？这人做得系主任。他当时也没想到这外国老婆是在中国娶的白俄。

跟韩学愈谈话仿佛看慢动电影，你想不到简捷的一句话需要那么多的筹备，动员那么复杂的身体机构。时间都给他的话胶着，只好拖泥带水地慢走。韩学愈容颜灰暗，在阴天可以与周围的天色和融无间，隐身不见，是头等的保护色。他只有一样显著的东西，喉咙里有一个大核。他讲话时，这喉核忽升忽降，鸿渐看得自己的喉咙都发痒。他不说话咽唾沫时，这核稍隐复现，令鸿渐联想起青蛙吞苍蝇的景象。鸿渐看他说话少而费力多，恨不能把那喉结瓶塞头似的拔出来，好让下面的话松动。韩学愈约鸿渐上他家去吃晚饭，鸿渐谢过他，韩学愈又危坐不说话了，鸿渐只好找话敷衍，便问："听说嫂夫人是在美国娶的？"

韩学愈点头，伸颈咽口唾沫，唾沫下去，一句话从喉核下浮上："你先生到过美国没有？"

"没有去过——"索性试探他一下——"可是，我一度想去，曾经跟一个 Dr. Mahoney 通信。"是不是自己神经过敏呢？韩学愈似乎脸色微红，像阴天忽透太阳。

"这人是个骗子。"韩学愈的声调并不激动，说话也不增多。

"我知道。什么克莱登大学！我险的上了他的当。"鸿渐一面想，这人肯说那爱尔兰人是"骗子"，一定知道瞒不了自己了。

"你没有上他的当罢！克莱登是好学校，他是这学校里一个开除的小职员，借着幌子向外国不知道的人骗钱，你真没有上当？唔，那最好。"

"真有克莱登这学校么？我以为全是那爱尔兰人捣的鬼。"鸿渐诧异得站起来。

"很认真严格的学校，虽然知道的人很少——普通学生不容易进。"

"我听陆先生说，你就是这学校毕业的。"

"是的。"

鸿渐满腹疑团，真想问个详细。可是初次见面，不好意思追究，倒见得自己不相信他，并且这人说话很经济，问不出什么来。最好有机会看看他的文凭，就知道他的克莱登跟自己的克莱登是一是二了。韩学愈回家路上，腿有点软，想陆子潇的报告准得很，这姓方的跟爱尔兰人有过交涉，

· 283 ·

幸亏他不像自己去过美国，就恨不知道他是否真的没买文凭，也许他在撒谎。

方鸿渐吃韩家的晚饭，甚为满意。韩学愈虽然不说话，款客的动作极周到；韩太太虽然相貌丑，红头发，满脸雀斑，像面饼上苍蝇下的粪，而举止活泼得通了电似的。鸿渐然研究出西洋人丑跟中国人不同：中国人丑得像造物者偷工减料的结果，潦草塞责的丑；西洋人丑得像造物者恶意的表现，存心跟脸上五官开玩笑，所以丑得有计划，有作用。韩太太口口声声爱中国，可是又说在中国起居服食，没有在纽约方便。鸿渐总觉得她口音不够地道，自己没到过美国，要赵辛楣在此就听得出了，也许是移民到纽约去的。他到学校以后，从没有人对他这样殷勤过，几天来的气闷渐渐消散。他想韩学愈的文凭假不假，管它干么，反正这人跟自己要好就是了。可是，有一件事，韩太太讲纽约的时候，韩学愈对她做个眼色，这眼色没有逃过自己的眼，当时就有一个印象，仿佛偷听到人家背后讲自己的话。这也许是自己多心，别去想它。鸿渐兴高采烈，没回房就去看辛楣："老赵，我回来了。今天对不住你，抛下你一个人吃饭。"

辛楣因为韩学愈没请自己，独吃了一客又冷又硬的包饭，这吃到的饭在胃里作酸，这没吃到的饭在心里作酸，说："国际贵宾回来了！饭吃得好呀？是中国菜还是西菜？洋太太招待得好不好？"

"他家里老妈子做的中菜。韩太太真丑！这样丑的老婆在中国也娶的到，何必去外国去觅宝呢！辛楣，今天我恨你没在——"

"哼，谢谢——今天还有谁呀？只有你！真了不起！韩学愈上自校长，下到同事谁都不理，就敷衍你一个人。是不是洋太太跟你有什么亲戚？"辛楣欣赏自己的幽默，笑个不了。

鸿渐给辛楣那么一说，心里得意，假装不服气道："副教授就不是人？只有你们大主任大教授配彼此结交？辛楣，讲正经话，今天有你，韩太太的国籍问题可以解决了。你是老美国，听她说话盘问她几句，就水落石出。"

辛楣虽然觉得这句话中听，还不愿意立刻放弃他的不快："你这人真没有良心。吃了人家的饭，还要管闲事，探听人家阴私。只要女人可以做太太，管她什么美国人俄国人。难道是了美国人，她女人的成分就加了倍？养孩子的效率会与众不同？"

第十五讲 人生哲学的荒诞呈现:《围城》

鸿渐笑道:"我是对韩学愈的学籍有兴趣,我总有一个感觉,假使他太太的国籍是假的,那么他的学籍也有问题。"

"我劝你省点事罢。你瞧,谎是撒不得的。自己捣了鬼从此对人家也多疑心——我知道你那一会事是开的玩笑,可是开顽笑开出来多少麻烦。像我们这样规规矩矩,就不会疑神疑鬼。"

鸿渐恼道:"说得好漂亮!为什么当初我告诉了你韩学愈薪水比你高一级,你要气得掼纱帽不干呢?"

辛楣道:"我并没有那样气量小——,这全是你不好,听了许多闲话来告诉我,否则我耳根清净,好好的不会跟人计较。"

辛楣新学会一种姿态,听话时躺在椅子里,闭了眼睛,只有嘴边烟斗里的烟篆表示他并未睡着。鸿渐看了早不痛快,更经不起这几句话:

"好,好!我以后再跟你讲话,我不是人。"

辛楣瞧鸿渐真动了气,忙张眼道:"说着玩儿的。别气得生胃病,抽枝烟罢。以后恐怕到人家去吃晚饭也不能够了。你没有看见通知?是的,你不会发到的。大后天开校务会议,讨论施行导师制问题,听说导师要跟学生同吃饭的。"

鸿渐闷闷回房,难得一团高兴,找朋友扫尽了兴。天生人是教他们孤独的,一个个该各归各,老死不相往来。身体里容不下的东西,或消化,或排泄,是个人的事,为什么心里容不下的情感,要找同伴来分摊?聚在一起,动不动自己冒犯人,或者人开罪自己,好像一只只刺猬,只好保持著彼此间的距离,要亲密团结,不是你刺痛我的肉,就是我擦破你的皮。鸿渐真想把这些感慨跟一个能了解的人谈谈,孙小姐好像比赵辛楣能了解自己,至少她听自己的话很有兴味——不过,刚才说人跟人该避免接触,怎么又找女人呢?也许男人跟男人在一起像一群刺猬,男人跟女人在一起像——鸿渐想不出像什么,翻开笔记来准备明天的功课。

鸿渐教的功课到现在还有三个钟点,同事们谈起,无人不当面羡慕他的闲适,倒好像高松年有私心,特别优待他。鸿渐对论理学素乏研究,手边又没有参考,虽然努力准备,并不感觉兴趣。这些学生来上他的课压根儿为了学分。依照学校章程,文法学院学生应该在物理,化学,生物,论理四门之中,选修一门。大半人一窝蜂似的选修了论理。这门功课最容易——"全是废话"——不但不必做实验,天冷的时候,还可以袖手不写笔记。因为这门功课容易,他们选它;也因为这门功课容易,他们瞧不起它,仿佛男人瞧不起容易到手的女人。论理学是"废话",教论理学的人当然是"废物","只是个副教授",而且不属于任何系的。在他们心目中,鸿渐的地位比教党义的和教军事训练的高不了多少。不过教党义的和教军事训练的是政府机关派的,鸿渐的来头没有这些人大,"听说是赵辛楣的表弟,跟着他来的;高松年只聘他做讲师,赵辛楣替他争来的副教授。"无怪鸿渐老觉得班上的学生不把听讲当作一回事。在这种空气之下,讲书不会有劲。更可恨论理学开头最枯燥无味,要讲到三段论法,才可以穿插点缀些笑话,暂时还无法迎合心理。此外有两件事也使鸿渐不安。

一件是点名。鸿渐记得自己老师里的名教授们从不点名,从不报告学生缺课。这才是堂堂大学者的风度:"你们要听就来听,我可不在乎。"他企羡之余,不免模仿。上第一课,他像创世纪里原人阿大(Adam)唱新生禽兽的名字,以后他连点名簿子也不带了。到第二星期,他发现五十多学生里有七八个缺席,这些空座位像一嘴牙齿忽然吊了几枚,留下的空穴,看了心里不舒服。下一次,他注意女学生还固守着第一排原来的座位,男学生像从最后一排坐起的,空着第二排,第三排孤零零地坐一个男学生。自己正观察这阵势,男学生都顽皮地含笑低头,女学生随自己的眼光,回头望一望,转脸瞧着自己笑。他总算熬住没说:"显然我拒绝你们的力量比女同学吸引你们的力量都大。"他想以后非点名不可,照这样下去,只剩有脚而跑不了的椅子和桌子听课了。不过从大学者的放任忽变而为小学教师的琐碎,多么丢脸,这些学生是狡猾不过的,准看破了自己的用意。

一件是讲书。这好像衣料的尺寸不够而硬要做成称身的衣服。自以为预备的材料很充分,到上课才发现自己讲得收缩不住地快,笔记上已经差不多了,下课铃还有好一会才打。一片无话可说的空白时间,像白漫漫一片水,直向开足马达的汽车迎上来,望着发急而又无处躲避。心慌意乱中找出话来支扯,说不上几句又完了,偷眼看手表,只拖了半分钟。这时候,身上发热,脸上微红,讲话开始口吃,觉得学生都在暗笑。有一次,简直像挨饿几天的人服了泻药,话要挤也挤不出,只好早退课一刻钟。跟辛楣谈起,知道他也有此感,说毕竟初教书人没经验。辛楣还说:"现在

第十五讲　人生哲学的荒诞呈现：《围城》

才明白为什么外国人要说'杀时间'，打下课铃以前那几分钟的难过！真恨不能把它一刀两段。"鸿渐最近发明一个方法，虽然不能一下子杀死时间，至少使它受些致命伤。他动不动就写黑板，黑板上写一个字要嘴里讲十个字那些时间。满脸满手白粉，胳膊酸半天，这都值得，至少以后不会早退。不过这些学生作笔记不大上劲，往往他讲得十分费力，有几个人坐着一字不写，他眼睛威胁地注视着，他们才懒洋洋把笔在本子上画字。鸿渐瞧了生气，想自己总不至于比李梅亭糟，但是隔壁李梅亭的"先秦小说史"班上，学生笑声不绝，自己的班上偏这样无精打采。

　　他想自己在学校读书的时候，也不算坏学生，何以教书这样不出色。难道教书跟作诗一样，需要"别才"不成？只懊悔留学外国，没混个专家的头衔回来，可以声威显赫，把藏有洋老师演讲的全部笔记的课程，开它几门，不必像现在帮闲打杂，承办人家剩下来的科目。不过李梅亭这些人都是教授有年，有现成讲义的。自己毫无经验，更无准备，教的功课又非出自愿，要参考也没有书，当然教不好。假如混过这一年，高松年守信用，升自己为教授，暑假回上海弄几本外国书看看，下学年不相信会比不上李梅亭。这样想着，鸿渐恢复了自尊心。回国后这一年来，他跟他父亲疏远得多。在从前，他会一五一十，全禀告方遯翁的。现在他想像得出遯翁的回信。遯翁心境好就抚慰儿子说："尺有所短，寸有所长，学者未必能为良师"，这够叫人内愧了；他心境不好，准责备儿子从前不用功，急时抱佛脚，也许还有一堆"亡羊补牢，教学相长"的教训。这是纪念周上对学生说的话，自己在教职员席里旁听得腻了，用不到千里迢迢去搬来。

　　开校务会议前的一天，鸿渐和辛楣商量好到镇上去吃晚饭，怕导师制实行以后，这自由就没有了。下午陆子潇来闲谈，问鸿渐知道孙小姐的事没有。鸿渐问他什么事，子潇道："你不知道就算了。"鸿渐了解子潇的脾气，不问下去。过一会，子潇尖利地注视着鸿渐，像要看他个对穿，道："你真的不知道么？怎么会呢？"叮嘱他严守秘密，然后把这事讲出来。教务处一公布孙小姐教丁组英文，丁组的学生就开紧急会议，派代表见校长兼教务长抗议。理由是：大家都是学生，当局不该歧视，为什么旁组是副教授教英文，丁组只派个助教来教。他们知道自己程度不好，所以，他们振振有词地说，必需一个好教授来教好他们。亏高松年有本领，

· 287 ·

弹压下去。学生不怕孙小姐，课堂秩序不大好。作了一次文，简直要不得。孙小姐征求了外国语文系刘主任的同意，不叫丁组的学生作文，只叫他们练习造句。学生知道了大闹，质问孙小姐为什么人家作文，而他们偏造句，把他们当中学生看待。孙小姐说："因为你们不会作文。"他们道："不会作文所以要学作文呀。"孙小姐给他们嚷得没法，只好请刘主任来解释，才算了局。今天是作文的日子，孙小姐进课堂就瞧见黑板上写着："Beat down Miss S.！Miss S. is Japanese enemy！"学生都含笑期待着。孙小姐叫他们造句，他们全说没带纸，只肯口头练习，她叫一个学生把三个人称多少数各做一句，那学生一口气背书似的说："I am your husband. You are my wife. He is also your husband. We are your many husbands.——"全课堂笑得前仰后合。孙小姐奋然出课堂，这事不知怎样结束呢。子潇还声明道："这学生是中国文学系的。我对我们历史系的学生私人训话过一次，劝他们在孙小姐班上不要胡闹，招起人家对韩先生的误会，以为他要太太教这一组，鼓动本系学生赶走孙小姐。"

鸿渐道："我什么都不知道呀。孙小姐跟我好久没见面了。竟有这样的事。"

子潇又尖刻地瞧鸿渐一眼道："我以为你们是常见面的。"

鸿渐正说："谁告诉你的！"孙小姐来了，子潇忙起来让坐，出门时歪着头对鸿渐点一点，表示他揭破了鸿渐的谎话，鸿渐没工夫理会，忙问孙小姐近来好不好。孙小姐忽然别转脸，手帕按嘴，肩膀耸动，唏嘘哭起来。鸿渐急跑去叫辛楣，两人进来，孙小姐倒不哭了。辛楣把这事问明白，好言抚慰了半天，鸿渐和着他。辛楣发狠道："这种学生非严办不可，我今天晚上就跟校长去说——你报告刘先生没有？"

鸿渐道："这倒不是惩戒学生的问题。孙小姐这一班决不能再教了。你该请校长找人代她的课，并且声明这事是学校对不住孙小姐。"

孙小姐道："我死也不肯教他们了。我真想回家，"声音又哽咽着。

辛楣忙说这是小事，又请她同去吃晚饭。她还在踌躇，校长室派人送帖子给辛楣。高松年今天替部里派来视察的参事接风，各主任都得奉陪，请辛楣这时候就去招待。辛楣说："讨厌！咱今天的晚饭吃不成了，"跟着校役去了。鸿渐请孙小姐去吃晚饭，可是并不热心。她说改天罢，要回宿舍去。鸿渐瞧她脸黄眼肿，挂着哭的幌子，问她要不要洗个脸，不等她

第十五讲 人生哲学的荒诞呈现：《围城》

回答，捡块没用过的新毛巾出来，拔了热水瓶的塞头。她洗脸时，鸿渐望着窗外，想辛楣知道，又要误解的。他以为给她洗脸的时候很充分了，才回过头来，发现她打开手提袋，在照小镜子，擦粉涂唇膏呢。鸿渐一惊，想不到孙小姐随身配备这样完全，平常以为她不修饰的脸原来也是件艺术作品。

孙小姐面部修理完毕，衬了颊上嘴上的颜色，哭得微红的上眼皮，也像涂了胭脂的，替她天真的脸上意想不到地添些妖邪之气。鸿渐送她出去，经过陆子潇的房，房门半开，子潇坐在椅子里吸烟，瞧见鸿渐俩，忙站起来点头，又半坐下去，宛如有弹簧收放着。走不到几步，听见背后有人叫，回头看是李梅亭，满脸得意之色，告诉他们俩高松年刚请他代理训导长，明天正式发表，这时候要到联谊室去招待部视学呢。梅亭仗着黑眼镜，对孙小姐像望远镜侦查似的细看，笑说："孙小姐愈来愈漂亮了。为什么不来看我，只去看小方？你们俩什么时候订婚——"鸿渐"嘘"了他一声，他笑着跑了。

鸿渐刚回房，陆子潇就进来，说："咦，我以为你跟孙小姐同吃晚饭去了。怎么没有去？"

鸿渐道："我请不起，不比你们大教授。等你来请呢。"子潇道："我请就请，有什么关系。就怕人家未必赏脸呀。"

"谁？孙小姐？我看你关心她得很，是不是看中了她？哈哈，我来介绍。"

"胡闹胡闹！我要结婚呢，早结婚了。唉，'曾经沧海难为水'！"

鸿渐笑道："谁教你眼光那样高的。孙小姐很好，我跟她一路来，可以担保得了她的脾气——"

"我要结婚呢，早结婚了，"仿佛开留声机时，针在唱片上碰到障碍，三番四复地说一句话。

"认识认识无所谓呀。"

子潇猜疑地细看鸿渐道："你不是跟她很好么？夺人之爱，我可不来。人弃我取，我更不来。"

"岂有此理！你这人存心太卑鄙。"

子潇忙说他说着玩儿的，过两天一定请客。子潇去了，鸿渐想着好笑。孙小姐知道有人爱慕，准会高兴，这消息可以减少她的伤心。不过陆

· 289 ·

子潇像配不过她，她不会看中他的。她干脆嫁了人好，做事找气受，太犯不着。这些学生真没法对付，缠得你头痛，他们黑板上写的口号，文理倒很通顺，孙小姐该引以自慰，等她气平了向她取笑。

辛楣吃晚饭回来，酒气醺醺，问鸿渐道："你在英国，到过牛津剑桥没有？他们的 Tutorial system 是怎么一会事？"鸿渐说旅行到牛津去过一天，导师制详细内容不知道，问辛楣为什么要打听。辛楣道："今天那位贵客视学先生是位导师制专家，去年奉部命到英国去研究导师制的，在牛津和剑桥都住过。"

鸿渐笑道："导师制有什么专家！牛津或剑桥的任何学生，不知道得更清楚么？这些办教育的人专会挂幌子唬人。照这样下去，还要有研究留学，研究做校长的专家呢。"

辛楣道："这话我不敢同意。我想教育制度是值得研究的，好比做官的人未必都知道政府组织的利弊。"

"好，我不跟你辩，谁不知道你是讲政治学的？我问你，这位专家怎么说呢？他这次来是不是和明天的会议有关？"

"导师制是教育部的新方针，通知各大学实施，好像反应不太好，咱们这儿高校长是最热心奉行的人——我忘掉告诉你，李瞎子做了训导长了，咦，你知道了——这位部视学顺便来指导的，明天开会他要出席。可是他今天讲的话，不甚高明。据他说，牛津剑桥的导师制缺点很多，离开师生共同生活的理想很远，所以我们行的是经他改良，经部核准的计划。在牛津剑桥，每个学生有两个导师，一位学业导师，一位道德导师。他认为这不合教育原理，做先生的应当是'经师人师'，品学兼备，所以每人指定一个导师，就是本系的先生；这样，学问和道德可以融贯一气了。英国的道德导师是有名无实的；学生在街上闯祸给警察带走，他到警察局去保释，学生欠了店家的钱，还不出，他替他担保。我们这种导师责任大得多了，随时随地要调查，矫正，向当局汇报学生的思想。这些都是官样文章，不用说它，他还有得意之笔。英国导师一壁抽烟斗，一壁跟学生谈话的。这最违背新生活运动，所以咱们当学生的面，绝对不许抽烟，最好压根儿戒烟——可是他自己并没有戒烟。菜馆里供给的烟，他一枝一枝抽个不亦乐乎，临走还袋了一匣火柴。英国先生只跟学生同吃晚饭，并且分桌吃的，先生坐在台上吃，师生间隔膜得很。这也得改良，咱们以后一天三餐都跟学生同桌吃——"

"干脆跟学生同床睡觉得了！"

辛楣笑道："我当时险的说出口。你还没听见李瞎子的议论呢。他恭维了那位视学一顿，然后说什么中西文明国家都严于男女之防，师生恋爱是有伤师道尊严的，万万要不得，为防患未然起见，未结婚的先生不得做女学生的导师。真气得死人，他们都对我笑——这几个院长和系主任里，只有我没结婚。"

"哈哈，妙不可言！不过，假使不结婚的男先生训导女生有师生恋爱的危险，结婚的男先生训导女生更有犯重婚罪的可能，他倒没想到。"

"我当时质问他，结了婚而太太没带来的人做得做不得女学生的导师，他支吾其词，请我不要误会。这瞎子真混蛋，有一天我把同路来什么苏州寡妇，王美玉的笑话替他宣传出去。吓，还有，他说男女同事来往也不宜太密，这对学生的印象不好——"

鸿渐跳起来道："这明明指我和孙小姐说的，方才瞎子看见我和她在一起。"

辛楣道："这倒不一定指你，我看当时，高松年的脸色变了一变，这里面总有文章。不过我劝你快求婚，订婚，结婚。这样，李瞎子不能说闲话，而且——"说时扬着手，嘻开嘴，"你要犯重婚罪也有机会了。"

鸿渐不许他胡说：问他向高松年讲过学生侮辱孙小姐的事没有。辛楣说，高松年早知道了，准备开除那学生。鸿渐又告诉他陆子潇对孙小姐有意思，辛楣说他做"叔叔"的只赏识鸿渐。说笑了一回，辛楣临走道："唉，我忘掉了最精彩的东西。部里颁布的导师规程草略里有一条说，学生毕业后在社会上如有犯罪行为，导师连带负责——"

鸿渐惊骇得呆了。辛楣道："你想，导师制变成这么一个东西。从前明成祖诛方孝孺十族，听说方孝孺的先生都牵连杀掉的。将来还有人敢教书么？明天开会，我一定反对。"

"好家伙！我在德国听见的纳粹党教育制度也没有这样利害。这算牛津剑桥的导师制么？"

"哼，高松年还要我写篇英文投到外国杂志去发表，让西洋人知道咱们也有牛津剑桥的学风。不知怎么，外国一切好东西到中国没有不走样的，"辛楣叹口气，想中国真厉害，天下无敌手，外国东西来一件，毁一件。

鸿渐说:"你从前常对我称赞你这位高老师头脑很好,我这次来了,看他所作所为,并不高明。"辛楣说:"也许那时候我年纪轻,阅历浅,没看清人。不过我想这几年来高松年地位高了,一个人地位高了,会变得糊涂的。"事实上,一个人的缺点正像猴子的尾巴,猴子蹲在地面的时候,尾巴是看不见的,直到他向树上爬,就把后部供大众瞻仰,可是这红臀长尾巴本来就有,并非低位爬高了的新标识。

跟孙小姐扰乱的那个中国文学系学生是这样处置的。外文系主任刘东方主张开除,国文系主任汪处厚反对。赵辛楣因为孙小姐是自己的私人,肯出力而不肯出面,只暗底下赞助刘东方的主张。训导长李梅亭出来解围,说这学生的无礼,是因为没受到导师熏陶,愚昧未开,不知者不罪,可以原谅,记过一次了事。他叫这学生到自己卧房里密切训导了半天,告诉他怎样人人要开除他,汪处厚毫无办法,全亏自己保全,那学生红着眼圈感谢。孙小姐的课没人代,刘东方怕韩太太乘虚而入,亲自代课,所恨国立大学比不上私立大学,薪水是固定的,不因钟点添多而加薪。代了一星期课,刘东方厌倦起来,想自己好傻,这气力时间费得冤枉,博不到一句好话。假使学校真找不到代课的人,这一次显得自己做系主任的人为了学生学业,不辞繁剧,亲任劳怨。现在就放着一位韩太太,自己偏来代课,一屁股要两张坐位,人家全明白是门户之见,忙煞也没处表功。同事里赵辛楣的英文是有名的,并且只上六点钟的功课,跟他情商请他代孙小姐的课,不知道他答应不答应。孙小姐不是他面上的人么?她教书这样不行,保荐她的人不该负责吗?当然,赵辛楣的英文好像比自己都好——刘东方不得不承认——不过,丁组的学生程度糟得还不够辨别好坏,何况都是旁系的学生,自己在本系的威信不致动摇。刘东方主意已定,先向高松年提议,高松年就请赵辛楣来会商。辛楣为孙小姐关系,不好斩钉截铁地拒绝,灵机一动,推荐方鸿渐。松年说:"嗯,这倒不失为好办法,方先生钟点本来太少,不知道他的英文怎样?"辛楣满嘴说:"很好,"心里想鸿渐教这种学生总绰有余裕的。鸿渐自知在学校的地位不稳固,又经辛楣细陈利害,刘东方恳切劝驾,居然大胆老脸低头小心教起英文来。这事一发表,韩学愈来见高松年,声明他太太绝不想在这儿教英文,表示他对刘东方毫无怨恨,愿意请刘小姐当历史系的助教。高松年喜欢道:"同事们

第十五讲 人生哲学的荒诞呈现:《围城》

应当和衷共济,下学年一定聘你夫人帮忙。"韩学愈高傲地说:"下学年我留不留,还成问题呢。统一大学来了五六次信要我和我内人去。"高松年忙劝他不要走,他夫人的事下学年总有办法。鸿渐到外文系办公室接洽功课,碰见孙小姐,低声开玩笑道:"这全是你害我的——要不要我代你报仇?"孙小姐笑而不答。陆子潇也没再提起请吃饭。

在导师制讨论会上,部视学先讲了十分钟冠冕堂皇的话,平均每分钟一句半"兄弟在英国的时候"。他讲完看一看手表,就退席了。听众喉咙里忍住的大小咳嗽声全放出来,此作彼继,——在一般集会上,静默三分钟后,和主席报告后,照例有这么一阵咳嗽。大家咳几声例嗽之外,还换了较舒适的坐态。高松年继续演说,少不得又把细胞和有机体的关系作第N次的阐明,希望大家为团体生活牺牲一己的方便。跟着李梅亭把部颁大纲和自己拟的细则宣读付讨论。一切会议上对于提案的赞成和反对极少是就事论事的。有人反对这提议是跟提议的人闹意见。有人赞成这提议是跟反对这提议的人过不去。有人因为反对或赞成的人和自己有关系所以随声附和。今天的讨论可与平常不同,甚至刘东方也不因韩学愈反对而赞成。对导师跟学生同餐的那条规则,大家一致抗议,带家眷的人闹得更利害。没带家眷的物理系主任说,除非学校不算导师的饭费,那还可以考虑。家里饭菜有名的汪处厚说,就是学校替导师出饭钱,导师家里照样要开饭,少一个人吃,并不省柴米。韩学愈说他有胃病的,只能吃面食,跟学生同吃米饭,学校是不是担保他生命的安全。李梅亭一口咬定这是部颁的规矩,至多星期六晚饭和星期日三餐可以除外。数学系主任问他怎样把导师向各桌分配,才算难倒了他。有导师资格的教授副教授讲师四十余人,而一百三十余男学生开不到二十桌。假使每桌一位导师、六个学生,要有二十位导师不能和学生同吃饭。假使每桌一位导师、七个学生,导师不能独当一面,这一点尊严都不能维持,渐渐地会招学生轻视的。假使每桌两位导师、四个学生,那末现在八个人一桌的菜听说已经吃不够,人数减少而桌数增多,菜的质量一定更糟,是不是学校准备多贴些钱。大家有了数字的援助,更理直气壮了,急得李梅亭说不出话,黑眼镜摘下来戴上去,又摘下来,白眼睁睁望着高松年。赵辛楣这时候大发议论,认为学生吃饭也应当自由,导师制这东西应当联合旁的大学向教育部抗议。

最后把原定的草案,修改了许多。议决每位导师每星期至少和学生吃饭两顿，由训导处安排日期。校长因公事应酬繁忙，而且不任导师，所以无此义务，但保有随时参加吃饭的权利。因为部视学说，在牛津和剑桥，饭前饭后有教师用拉丁文祝福，高松年认为可以模仿。不过，中国不像英国，没有基督教的上帝来听下界通诉，饭前饭后没话可说。李梅亭搜索枯肠，只想出来"一粥一饭，要思来处不易"二句，大家哗然失笑。儿女成群的经济系主任自言自语道："干脆大家像我儿子一样，念：'吃饭前，不要跑；吃饭后，不要跳——'"高松年直对他眨白眼，一壁严肃地说："我觉得在坐下吃饭以前，由训导长领学生静默一分钟，想想国家抗战时期民生问题的艰难，我们吃饱了肚子应当怎样报效国家社会，这也是很有意义的举动。"经济系主任忙说："我愿意把主席的话作为我的提议，"李梅亭附议，高松年付表决，全体通过。李梅亭心思周密，料到许多先生陪学生挨了半碗饭，就放下筷溜出饭堂，回去舒舒服服的吃，他定下饭堂规矩：导师的饭该由同桌学生先盛学生该等候导师吃完，共同退出饭堂，不得先走。看上来全是尊师。外加结合了孔老夫子的古训"食不语"，吃饭时不得讲话，只许吃哑饭，真是有苦说不出。李梅亭一做训导长，立刻戒香烟，见同事们照旧抽烟，不足表率学生，想出来进一步的师生共同生活。他知道抽烟最利害的地方是厕所，便借口学生人多而厕所小，住校教职员人少而厕所大，以后师生可以通用厕所。他以为这样一来彼此顾忌面子，不好随便吸烟了。结果先生不用学生厕所，而学生拥挤到先生厕所来，并且大胆吸烟解秽，因为他们知道这是比紫禁城更严密的所在。在这儿各守本位，没有人肯管闲事或能摆导师的架子。照例导师跟所导学生每星期谈一次话，有几位先生就借此请喝茶吃饭，像汪处厚韩学愈等等。

赵辛楣实在看不入眼，对鸿渐说这次来是上当，下学年一定不干。鸿渐说："你没来的时候，跟我讲什么教书是政治活动的开始，教学生是训练干部。现在怎么又灰心了？"辛楣否认他讲过那些话，经鸿渐力争以后，他说："也许我说过的，可是我要训练的是人，不是训练些机器。并且此一时，彼一时。那时候我没有教育经验，所以说那些话；现在我知道中国战时高等教育是怎么一回事，我学了乖，当然见风转舵，这是我的进步。话是公的，人是活的；不是人照着话做，是话跟着人变。假如说了一句话，就至死不变的照做，世界上没有解约、反悔、道歉、离婚许多事了。"鸿渐道："怪不得贵老师高先生打电话聘我做教授，来了只给我个

第十五讲 人生哲学的荒诞呈现:《围城》

副教授。"辛楣道:"可是你别忘了,他当初只答应你三个钟点,现在加到你六个钟点。有时候一个人,并不想说谎话,说话以后,环境转变,他也不得不改变原来的意向。办行政的人尤其难守信用,你只要看每天报上各国政府发言人的谈话就知道。譬如我跟某人同意一件事,甚而至于跟他订个契约,不管这契约上写的是十年二十年,我订约的动机总根据着我目前的希望、认识以及需要。不过,'目前'是最靠不住的,假使这'目前'已经落在背后了,条约上写明'直到世界末日'都没有用,我们随时可以反悔。第一次欧战,那位德国首相叫什么名字?他说'条约是废纸',你总知道的。我有一个印象,我们在社会上一切说话全像戏院子的入场券,一边印着'过期作废',可是那一边并不注明什么日期,随我们的便可以提早或延迟。"鸿渐道:"可怕,可怕!你的话要小心了。"辛楣听了这反面的赞美,头打着圈子道:"这就叫学问哪!我学政治,毕业考头等的。吓,他们政客玩的戏法,我全懂全会,我现在不干罢了。"说时的表情仿佛马基雅弗利的魂附在他身上。鸿渐笑道:"你别吹。你的政治,我看不过是理论罢。真叫你抹杀良心去干,你才不肯呢。你像外国人所说的狗,叫得凶恶,咬起人来并不利害。"辛楣向他张口露出两排整齐有力的牙齿,脸作凶恶之相。鸿渐忙把支香烟塞在他嘴里。

鸿渐添了钟点以后,倒兴致恢复了好些。他发现他所教丁组英文班上,有三个甲组学生来旁听,常常殷勤发问。鸿渐得意非凡,告诉辛楣。苦事是改造句卷子,好比洗脏衣服,一批洗干净了,下一批还是那样脏。大多数学生瞧一下批的分数,就把卷子扔了,老师白改得头痛。那些学生虽然外国文不好,卷子上写的外国名字很神气。有的叫亚利山大,有的叫伊利沙白,有的叫迪克,有的叫"小花朵"(Florrie),有个人叫"火腿"(Bacon),因为他中国名字叫"培根"。一个姓黄名伯仑的学生,外国名字是诗人"拜伦"(Byron),辛楣见了笑道:"假使他姓张,他准叫英国首相张伯伦;假使他姓齐,他会变成德国飞机齐伯林,甚至他可以叫拿坡仑,只要中国有跟'拿'字声音相近的姓。"

阳历年假早过了,离大考还有一星期。一个晚上,辛楣跟鸿渐商量寒假同去桂林玩儿,谈到夜深。鸿渐看表,已经一点多钟,赶快准备睡觉。他先出宿舍到厕所去。宿舍楼上楼下都睡得静悄悄的,脚步就像践踏在这些睡人的梦上,钉铁跟的皮鞋太重,会踏碎几个脆薄的梦。门外地上全是霜。竹叶所剩无几,而冷风偶然一阵,依旧为了吹几片小叶子使那么大的傻劲。虽然没有月亮,几株梧桐树的秃枝骨鲠地清晰。只有厕所前面所挂的一盏植物油灯,光色昏浊,是清爽的冬夜上一点垢腻。厕所的气息也像怕冷,缩在屋子里不出来,不比在夏天,老远就放著哨。鸿渐没进门,听见里面讲话。一人道:"你怎么一回事?一晚上泻了好几次!"另一人呻吟说:"今天在韩家吃坏了——"鸿渐辨声音,是一个旁听自己英文课的学生。原来问的人道:"韩学愈怎么老是请你们吃饭?是不是为了方鸿渐——"那害肚子的人报以一声"嘘"。鸿渐吓得心直跳,可是收不住脚,那两个学生也鸦雀无声。鸿渐倒做贼心虚似的,脚步都鬼鬼祟祟。回到卧室,猜疑种种,韩学愈一定在暗算自己,就不知道他怎样暗算,明天非公开拆破他的西洋镜不可。下了这个英雄的决心,鸿渐才睡著。早晨他还没醒,校役送封信来,拆看是孙小姐的,说风闻他上英文,当著学生驳刘东方讲书的错误,刘东方已有所知,请他留意。鸿渐失声叫怪,这是那里来的话,怎么不明不白,添了个冤家。忽然想起那三个旁听的学生全是历史系而上刘东方甲组英文的,无疑是他们发的问题里藏着陷阱,自己中了计。归根到底,总是韩学愈那混蛋捣的鬼,一向还以为他要结交自己,替他守秘密呢!鸿渐愈想愈恨。盘算了半天,怎样先跟刘东方解释。

鸿渐到外国语文系办公室,孙小姐在看书,见了他,满眼睛都是话。鸿渐嗓子里一小处干燥,两手微颤,跟刘东方略事寒暄,就鼓足勇气说:"有一位同事在外面说——我也是人家传给我听的——刘先生很不满意我教的英文,在甲组上课的时候,常对学生指摘我讲书的错误——"

"什么?"刘东方跳起来,"谁说的?"孙小姐脸上的表情更是包罗万象,假装看书也忘掉了。

"——我本来英文是不行的,这次教英文一半也因为刘先生的命令,讲错当然免不了,只希望刘先生当面教正。不过,这位同事听说跟刘先生有点意见,传来的话我也不甚相信。他还说,我班上那三个旁听的学生也是刘先生派来侦探的。"

"啊?什么三个学生——孙小姐,你到图书室去替我借一本书,呃,呃,商务出版的'大学英文选'来,还到庶务科去领——领一百张稿纸来。"

孙小姐怏怏去了,刘东方听鸿渐报了三个学生的名字,说:"鸿渐

第十五讲 人生哲学的荒诞呈现：《围城》

兄，你只要想这三个学生都是历史系的，我怎么差唤得动，那位散布谣言的同事是不是历史系的负责人？你把事实聚拢来就明白了。"

鸿渐冒险成功，手不颤了，做出大梦初醒的样子道："韩学愈，他——"就把韩学愈买文凭的事麻口袋倒米似的全说出来。

刘东方又惊又喜，一连声说"哦"！听完了说："我老实告诉你罢，舍妹在历史系办公室，常听见历史系学生对韩学愈说你上课骂我呢。"

鸿渐发誓说没有，刘东方道："你想我会相信么？他捣这个鬼，目的不但是撵走你，还要叫他太太来顶你的缺。他想他已经用了我妹妹，到那时没有人代课，我好意思不请教他太太么？我用人最大公无私，舍妹也不是他私人用的，就是她丢了饭碗，我决计尽我的力来维持老哥的地位。喂，我给你看件东西，昨天校长室发下来的。"

他打开抽屉，拣出一叠纸给鸿渐看。是英文丁组学生的公呈，写"呈为另换良师以重学业事"，从头到底说鸿渐没资格教英文，把他改卷子的笔误和忽略罗列在上面，证明他英文不通。鸿渐看得面红耳赤。刘东方道："不用理它。丁组学生的程度还干不来这东西。这准是那三个旁听生的主意，保不定有韩学愈的手笔。校长批下来叫我查复，我一定替你辨白。"鸿渐感谢不已，临走，刘东方问他把韩学愈的秘密告诉旁人没有，叮嘱他别讲出去。鸿渐出门，碰见孙小姐回来，她称赞他跟刘东方谈话的先声夺人，他听了欢喜，但一想她也许看见那张呈文，又羞惭了半天。那张呈文牢牢地贴在他意识里，像张粘苍蝇的胶纸。

刘东方果然有本领。鸿渐明天上课，那三个旁听生不来了。直到大考，太平无事。刘东方教鸿渐对坏卷子分数批得宽，对好卷子分数批得紧，因为不及格的人多了，引起学生的恶感，而好分数的人太多了，也会减低先生的威望。总而言之，批分数该雪中送炭，万万不能悭吝——用刘东方的话说："一分钱也买不了东西，别说一分分数！"——切不可锦上添花，让学生把分数看得太贱，功课看得太容易——用刘东方的话说："给穷人至少要一块钱，那就是一百分，可是给学生一百分，那不可以。"考完那一天，汪处厚碰到鸿渐，说汪太太想见他和辛楣，问他们俩寒假里哪一天有空，要请吃饭。他听说他们俩寒假上桂林，摸着胡子笑道："去干吗呀？内人打算替你们两位做媒呢。"

第十六讲

个人生活与民族命运的表现:《寒夜》

第一部分 作家简介

巴金,原名李尧棠,字芾甘。笔名还有佩竿、余一、王文慧等。四川成都市人,1904年11月25日生于成都一个旧式的大家庭中。从小在封建的旧式大家庭里成长使得巴金对于封建家庭制度有了深刻的体会,当然这种体会更多的是一种批判与痛恶。而且这样的家庭背景为其以后创作《激流三部曲》提供了很好的创作原型以及指导思想。

在五四新文化运动的大潮推动下,巴金在成都学习时开始接触西方文学,并大量阅读了西方社会科学著作,受社会主义思潮中的无政府共产主义理论影响颇深。1923年4月巴金终于走出封建家庭到上海南京等地求学,与朋友组织民众社,办《民众》半月刊,开始从事无政府主义的理论探索和社会活动。

1927年,巴金赴法国巴黎求学,这期间积极参与营救被美国政府陷害的意大利工人领袖萨坷、凡宰特的国际性活动,从众多的理论探索和社会活动中,巴金吸收了大量的创作养分,并受在巴黎的社会活动的影响终于开始了文学创作之路,写作了处女作中篇小说《灭亡》,热情地歌颂为理想而勇于献身的革命青年。1929年回国后,因无政府主义运动已经失败,将绝望与愤怒的心情寄托于文学虚构,迎来了其创作的高峰期,这期间还是有其不舍的探索青年人追求理想和信仰道路主题的作品如《新生》、《爱情的三部曲》(《雾》、《雨》、《电》)等。这一时期巴金已经看到社会的种种黑暗,但是其自身的努力和理想也渐行渐远,这种满含愤

第十六讲　个人生活与民族命运的表现：《寒夜》

懑、痛苦、失望的情绪在他以揭露封建家庭制度弊害、影射社会专制制度的罪恶主题的作品中表现得尤为明显，如《春天里的秋天》、《激流三部曲》中的《家》等。从回国到抗战爆发前，巴金还创作了他的短篇小说代表作《神·鬼·人》，这一时期他的作品风格独特，被鲁迅称为"一个有热情的有进步思想的作家，在屈指可数的好作家之列的作家"（《答徐懋庸并关于抗日统一战线问题》）。

抗日战争爆发后，巴金在各地致力于抗日救亡文化活动，编辑《呐喊》、《救亡日报》等报刊，完成了《激流三部曲》中的《春》、《秋》，创作了《抗战三部曲》（又名《火》）。在抗战后期和抗战结束后，巴金将创作的重心转向对国统区黑暗现实的批判，以手中之笔化为革命的力量，对行将覆灭的旧社会旧制度进行了有力的控诉和无情的抨击，中篇小说《憩园》、《第四病室》，长篇小说《寒夜》就是其中的代表作。

中华人民共和国成立后，巴金出任中国文联副主席、中国作家协会主席、中国笔会中心主席、全国政协副主席等职务，并主编《收获》杂志。此时的巴金开始频繁的出国进行国际性的文学交流。出版有短篇小说集《英雄的故事》，随笔集《随想录》五集，散文集《爝火集》，创作种类繁多，仍然保持了一如既往的高产。

巴金小说中最为著名的当属《家》。在《家》中人们能够读到一个青年人的反抗觉醒和一个时代的崩溃。巴金以他细腻的描写、娓娓道来的叙述和充沛激昂的感情，形成了其独特的艺术魅力，而《家》则集中表现了这一特点，使得这一作品成为其代表作，并激动着数代青年读者的心灵。正如《感动中国》的颁奖词所描述的那样："穿越一个世纪，见证沧桑百年，刻画历史巨变，一个生命竟如此厚重。他在字里行间燃烧的激情，点亮多少人灵魂的灯塔；他在人生中真诚地行走，叩响多少人心灵的大门。他贯穿于文字和生命中的热情、忧患、良知，将在文学史册中永远闪耀着璀璨的光辉。"

第二部分　作品赏读

《寒夜》叙述的是 1944 年秋到 1945 年底陪都重庆，战争背景下汪文宣一家悲欢离合的故事。它既是一个家庭的故事，又是社会的故事；既可以进行心理学解读,也可以进行社会学解读。每一种不同的解读,都能够看到战争环境中小人物的悲剧。

《寒夜》描写的是小人物的悲剧。汪文宣一家生活在"物价飞涨,生活困难,战场失利,人心惶惶"的境遇之中,战事发展与家庭矛盾的展开如影随形。军队节节败退、重庆邻近城市接连失守,人们纷纷准备逃离,覆巢之下,汪文宣的家庭也岌岌可危。战事吃紧是曾树生随陈主任离开重庆的契机,强化了她"出走"的动作,打开了家庭解体的缺口。

汪文宣供职的"半官半商"的图书公司是其在家庭之外的第二生存空间,这里等级森严、人情冷漠,汪文宣处于底层,被压得喘不过气来。单调的工作、上司的欺压和同事的鄙夷冷漠给汪文宣沉重的压抑感。正是公司的解雇(第十九章)、同事拒绝共餐的联名信(第二十八章)连连给汪文宣以打击,使他的生存状况极度恶化。一种无处不在的"活不下去"的黑暗氛围挤压着汪文宣。"死"的叙述由远及近地不断逼来——汪文宣见证并感应着种种的死:同学唐柏青死后他吐血,从此陷入重病;对面裁缝店里人的死,使他产生对灵魂有无的疑问;参加完公司唯一的朋友钟老的葬礼,他开始失声,病入膏肓;隔壁年轻人的死亡直接是他的死亡前奏。这些社会地位或处境相似人物死亡的反复书写,形成不断压迫的浓重的黑暗氛围,把汪文宣推向生命终点。

汪母以明媒正娶的妇道观念取消儿媳地位的合法性("儿子的姘头"),贬低其人格("花瓶"),始终怀有为儿子另行择娶的意愿,但因儿子对儿媳的深爱而不能实现。汪母对儿子的关怀可谓细致入微,但她不明白或者不愿承认儿媳对儿子的重要作用,曾树生如其所愿离开后,她费尽心血也只能眼睁睁地看着儿子迅速走向死亡。

曾树生秉承五四现代价值观念,追求现代生活方式,不能忍受婆婆的辱骂与鄙视,而丈夫"孝子"立场上的妥协更使她感受到家庭的压抑与排斥。她逃避与婆婆的正面冲突,也逃避与丈夫的交流,家之外的交际、娱乐更能释放她被压抑的生命力,以逃离的方式回避家庭冲突是她的心理取向。战事恶化使曾树生有了去兰州的机会,面对汪母(第十八章)的怨怒驱逐("你给我滚"),看着丈夫仍一如既往地"敷衍",她最终决定了"我要走自己的路,我要飞",而走出了家庭。

家庭内无法调解的矛盾加速了汪文宣从病到死的生命内耗过程,一次

第十六讲　个人生活与民族命运的表现：《寒夜》

次平衡婆媳冲突的努力使他精疲力尽。汪文宣"挽留"妻子的努力非常执着，也常常暂时奏效，其病态、软弱的挽留方式是——醉酒、哭泣、咳血、噩梦，浪漫地预支薪水订蛋糕。这些方式是汪文宣对自己虚弱生命的不断消耗，暂时让曾树生感动、怜悯、自责，息事宁人地结束与婆婆的争执，留在家中。汪文宣的让步努力延宕着悲剧，但不能阻止其爆发。第十八章，曾树生面对熟睡的丈夫的病容，看清了丈夫的努力只是拖延，"这种生活"、"这个人"不能带给她什么，不值得再守，她终于下定了"飞"的决心。而在这场具有决定意义的思索之前，汪文宣刚刚以痛苦制止了婆媳二人最激烈的一次争吵。曾树生的出走和那封要求离婚的信致使汪文宣身心崩溃，"家破"正是"人亡"的前提。他对妻子的"挽留"和对婆媳冲突的"破解"都失败了，"我要活"的愿望终也成空。

　　战争中生活的艰难，增加了夫妻间感情冲突和婆媳矛盾，母亲看不惯儿媳的作派，总是不放过每一个可以伤害媳妇的机会，不断地挑起争吵，甚至是大声的咒骂，借故发泄自己的怨气。儿媳偏偏不是一个逆来顺受的人，反感婆婆的顽固和保守，要起来维护自己的尊严，给婆婆钉子碰。夹在中间作为丈夫和儿子的小公务员汪文宣被两个深爱着他的女人事实上一步步逼上了绝路。故事至此，无非是平常人生的庸常悲剧，最坏的结局无非是妻离子散，一个家庭的毁灭。但在阅读中，我们发现，文本的叙述出现了裂隙。首先是曾树生。她爱好热闹，喜欢打扮，在外面有很多交际，凭着漂亮和热情洋溢的个性，她在银行里谋得一个"花瓶"的位置。可是她的所有努力招来了婆婆的忌恨。每当她婆婆辱骂她是儿子的姘头时，她的胆小怕事的丈夫只是哀求她忍受和屈从，不能给其丝毫的安慰。她为了从这行将毁灭的家里先救出自己，无法断然拒绝大川银行的陈主任的追求。但要她一下子投入陈主任的怀抱，她又做不到，因为她毕竟还爱着丈夫。就在这种矛盾犹豫的心态中，她一步步走向了她不愿意去可又难以拒绝的方向。她不想承担道义的责任，期待能阻止这一进程的力量的出现，甚至希望丈夫出面反对，可是她又清楚地知道一切无可改变，因为她丈夫是不会反对她去兰州的，婆婆巴不得她能远走高飞。她最后好像是无奈地与陈主任一起飞赴兰州，其实这一结果又正是她早就清醒地预感到的。到兰州后，她仍然给丈夫写信、寄钱，但信越写越短，表明她虽然还没有完全割断夫妻之情，但选择已经难以改变。因此当汪文宣写信要求她先向婆婆表示她做媳妇的歉意时，她长久压抑的愤怒爆发了："你希望我顶着'姘头'的招牌，当一个任她辱骂的奴隶媳妇，好给你换来甜蜜的家庭生活。你真是在做梦。"到此为止，巴金的描写都是经得起推敲的，而且事态的发展方向非常明确，即两人的分手不可避免。一方面是不可避免的共同毁灭，一方面是或许可能自救的机会，她的选择非常清楚，而且坚定到几乎没有考虑亲生儿子的因素。按这样的逻辑，曾树生在结尾的时候突然回到重庆，探望两个月不见音讯的丈夫，就显得非常突兀了。是她的良心不安？是她对丈夫和儿子的牵挂？是她为自己赎罪？都不是理由。因为这些都是她离家出走时已经存在的因素，她当时就应该已经预见到或者已经考虑过的。她早就明白丈夫在走向死亡，她从丈夫那里不可能得到她想要的东西。如果她仅仅是回来尽一点义务，安排孩子的生活的话，那她的心情也就不应该是现在作品里所写的那样充满梦想，而是应该有明确的打算的。就是说，她不是不可能回来，但问题是她即使回来，也不应该是现在作品所写的那种心情、那种状态。所以可以说，曾树生的回来超出了一般的规则，按一般的经验是难以解释得通的。从某种意义上说，她的回来是她此前的情感倾向和理性选择的大逆转，她此前的行为逻辑被完全颠覆了。《寒夜》的结尾让曾树生回来，让曾树生怀着热切的期待，又旋即跌入绝望的深谷，家破人亡，孤独地徘徊于寒夜的重庆街头。只有这样，才能造成他想要的具有极强烈震撼力的悲剧效果。这样的效果与小说开头的"寒夜"相呼应，非常完美地形成了一个艺术整体。可以设想，如果按照人物的心理逻辑，不让曾树生回来，或者让她回来仅仅是因为她预感到汪文宣的死亡，觉得有一分责任来料理丈夫的后事，安置好儿子的生活，这样固然合理，但显然不再有现在作品所具有的那种悲剧效果了。从深层意义上说，曾树生的归来也是为了寻找，只是寻找的东西有所不同，她要寻找那些已经被现实消磨掉的青春、爱情以及对生命的激情，而当这一切都没有可能时，她很快跌入一个绝望之谷。一种阴森和寒冷侵袭了她的身心，当她带着一点渺茫的期望向过去靠岸时，河床与河身整个陷落了，这就是曾树生在回来时所感受到的悲凉。另外，有一个深层的文本结构，即从汪文宣在萧瑟的秋夜寻找因吵嘴而出走的妻子曾树生到曾树生在"寒夜"中寻找像在幻梦中的汪文宣，此时被裹挟在这个封闭的"寻找"文本结构中的是一对年轻的、曾经有梦想和抱负的青年，没路了，唯有寒夜

第十六讲　个人生活与民族命运的表现：《寒夜》

由身浸入心。至此作者有意安排的裂缝被这种自我封闭的象征氛围笼罩了，弥合了。而且这种情感逻辑与叙事逻辑与错位空间越大，整篇作品的情感张力也越大。我们才发现一种被电击一般的悲剧震荡力潜隐在渐变的文本裂缝中。这让每个人都感到冷得发紧的寒夜，也很自然地想到在那个特殊时代的知识分子所面临的处境。汪文宣如此，曾树生如此，巴金如此，每个读者如此；似乎每个人都逃不脱这种被寒夜所包围的命运和处境，这样看来，寒夜则有了普遍的意义

再看汪母，她是一个昆明的才女，读过书，有文化，可到老时她的命运却沦为"二等老妈子"，给儿子家当保姆。儿子是她最后的依靠，她宁愿代替儿子去死。但她却毫无道理地要跟媳妇争夺儿子的爱。她的思想保守，瞧不起媳妇的生活方式。在作为婆婆的权威受到挑战时，她咒骂媳妇是儿子的姘头。她觉得使用这样的儿媳挣来的钱是一种耻辱，可是生活又逼着她非使用这笔钱不可。这是一个充满矛盾的老人，这矛盾是可以理解的。但问题在于，她超越了作为母亲所应有的理智底线，她不应过分地干扰儿子与媳妇的生活。因为她应该明白这个媳妇实际上是她病入膏肓的儿子的生命支柱，他们是深深相爱的，如此辱骂媳妇等于掐断了儿子与媳妇之间的感情纽带，逼走了媳妇也就意味着要了儿子的性命。她如果是一个还未失去理性的母亲，她是不应该这样对待儿媳的，至少她应把自己对儿媳的厌恶和反感限制在一定的范围内，不致推动这个家庭走向解体。可是她没有这样做，反而一次次故意地、毫无道理地挑起与媳妇的争吵，一次次残忍地伤害儿媳的心，一步步把这个家庭推向深渊。一个母亲可以为儿子去死，可是她居然愚蠢到看不清自己的行动恰恰是在要儿子的命。

阅读《寒夜》是一个非常痛苦的过程，那些小人物之间无谓的争吵，彼此折磨，缺乏信任，自私而又可怜地挣扎，无论是汪文宣、汪母、曾树生，包括那个缺少孩子气的小宣，都在混乱和烦琐的小事中消磨着生命。在阅读之初，你为他们惋惜，可是看下去，看下去，你会感觉到无法回避的沉重——真实面对生活的沉重。《寒夜》不再像《激流》有绝对的坏人或好人，如冯乐山或瑞珏，让人单纯到只有憎恨或喜欢，有的只是似曾相识的无奈，汪文宣、曾树生和汪母是我们每个人在镜子中看到的自己——想爱别人，却又忙不迭地保护自己，在滚滚红尘中慌慌张张地走着，永远没有内心的安宁却无力自拔。汪文宣爱自己的妻子，却又不能不嫉妒她健

康的身体和生活，他以哀求——这种世界上看似最软弱的方式无意识地折磨着妻子，使得她永远生活在心灵的忏悔中。曾树生爱自己的丈夫，可不能停止和婆婆无休止的争执，这种争执是她寻找到的唯一离开丈夫却又不"伤害"丈夫的"正当"的理由，她"假想式"地救出了自己，却毁坏了丈夫心中唯一的希望。汪母爱自己的儿子，却梦想主宰儿子的一切，她表面保护着儿子实质是在保护自己的利益，而这种保护加速了儿子的毁灭。汪文宣、曾树生和汪母都不是坏人，他们都看重别人的生命，却又在无意中折磨着别人的生命，破坏着别人生命的和谐，这是凡人日常生活的悲剧性所在，巴金细腻地发掘着这种人性永恒的悲哀，将自己对世俗生命的关怀推入深层。

第三部分　原文：《寒夜》选段

　　紧急警报发出后快半点钟了，天空里隐隐约约地响着飞机的声音，街上很静，没有一点亮光。他从银行铁门前石级上站起来，走到人行道上，举起头看天空。天色灰黑，像一块褪色的黑布，除了对面高耸的大楼的浓影外，他什么也看不见。他呆呆地把头抬了好一会儿，他并没有专心听什么，也没有专心看什么，他这样做，好像只是为了消磨时间。时间仿佛故意要跟他作对，走得特别慢，不仅慢，他甚至觉得它已经停止进行了。夜的寒气却渐渐地透过他那件单薄的夹袍，他的身子忽然微微抖了一下。这时他才埋下他的头。他痛苦地吐了一口气。他低声对自己说："我不能再这样做！"

　　"那么你要怎样呢？你有胆量么？你这个老好人！"马上就有一个声音在他的耳边反问道。他吃了一惊，掉头往左右一看，他立刻就知道这是他自己在讲话。他气恼地再说：

　　"为什么没有胆量呢？难道我就永远是个老好人吗？"

　　他不由自主地向四周看了看，并没有人在他的身边，不会有谁反驳他。远远地闪起一道手电的白光，像一个熟朋友眼睛的一瞬，他忽然感到一点暖意。但是亮光马上就灭了。在他的周围仍然是那并不十分浓的黑暗。寒气不住地刺他的背脊。他打了一个冷噤。他搓着手在人行道上走了两步，又走了几步。一个黑影从他的身边溜过去了。他忽然警觉地回头去

第十六讲　个人生活与民族命运的表现：《寒夜》

看，仍旧只看到那不很浓密的黑暗。他也不知道他的眼光在找寻什么。手电光又亮了，这次离他比较近，而且接连亮了几次。拿手电的人愈来愈近，终于走过他的身边不见了。那个人穿着灰色大衣，身材不高，是一个极平常的人，他在大街上随处都可以见到。这时他的眼光更不会去注意那张脸，何况又看不清楚。但是他的眼睛仍然朝那个人消失的方向望着。他在望什么呢？他自己还是不知道。但是他忽然站定了。

飞机声不知道在什么时候消失了。他到这一刻才想起先前听到过那种声音的事。他注意地听了听。但是他接着又想，也许今晚上根本就没有响过飞机的声音。"我在做梦罢，"他想道，他不仅想并且顺口说了出来。"那么我现在可以回去了，"他马上接下去想道。他这样想的时候，他的脚已经朝着回家的路上动了。他不知不觉地走出这一条街。他继续慢慢地走着。他的思想被一张理不清的网裹住了。

"我卖掉五封云片糕，两个蛋糕，就是这点儿生意！"一个沙哑的声音从墙角发出来。他侧过脸去，看见一团黑影蹲在那儿。

"我今晚上还没有开张。如今真不比往年间，好些洞子都不让我们进去了。在早我哪个洞子不去？"另一个比较年轻的声音接着说。

"今晚上不晓得炸哪儿，是不是又炸成都，这们（么）久还不解除警报，"前一个似乎没有听明白同伴的话，却自语似地慢慢说，好像他一边说一边在思索似的。

"昨天打三更才解除，今晚上怕要更晏些，"另一个接腔道。

这是两个小贩的极不重要的谈话，可是他忽然吃了一惊。昨天晚上……打三更！……为什么那个不认识的人要来提醒他！

昨天晚上，打三更……究竟发生了什么事情？解除警报，他跟着众人离开防空洞走回家去。

昨天那个时候，他不止是一个人，他的三十四岁的妻子，他的十三岁的小孩，他的五十三岁的母亲同他在一起。他们有说有笑地走回家，至少在表面上他们是有说有笑的。

可是以后呢？他问他自己。

他们回到家里，儿子刚睡下来，他和妻谈着闲话，他因为这天吃晚饭时有人给妻送来一封信，便向妻问起这件事情，想不到惹怒了她。她跟他吵起来。他发急了，嘴更不听他指挥，话说得更笨拙。他心里很想让步，但是想到他母亲就睡在隔壁，他又不得不顾全自己的面子。他们夫妇在一间较大的屋子里吵，他母亲带着他儿子睡在另一间更小的屋里。他们争吵的时候他母亲房门紧闭着，从那里面始终没有发出来什么声音。其实他们吵的时间也很短，最多不过十分钟，他妻子就冲出房去了。他以为她会回来。起初他赌气不理睬，后来他又跑楼下去找她，他不仅走出了大门，并且还走了两三条街，可是他连一个女人的影子也没有看见，更不用说她。虽说是在战时首都的中心区，到这时候街上也只有寥寥几个行人，街两旁的商店都已关上铺门，两三家小吃店里电灯倒燃得雪亮，并且有四五成的顾客。他在什么地方去找她呢？这么大的山城他走一晚都走不完！每条街上都可以有她，每条街上都可以没有她。那么他究竟在哪里找得到她呢？

不错，他究竟在哪里找得到她呢？他昨天晚上这样问过自己。今天晚上，就在现在他也这样问着自己，为什么还要问呢？她今天不是派人送来一封信吗？可是信上就只有短短的几句话，措辞冷淡，并且只告诉他，她现在住在朋友家里，她请他把她随身用的东西交给送信人带去。他照样做了。他回了她一封更短更冷淡的信。他没有提到他跑出去追她的事，也不说请她回家的话。他母亲站在他的身边看他写信，她始终不曾提说什么。关于他妻子"出走"的事（他在思想上用了"出走"两个字），他母亲除了在吃早饭的时候用着怜惜的语调问过他几句外，就没有再说话，她只是皱着双眉，轻轻摇着头。这个五十三岁的女人，平素多忧虑，身体不太好，头发已经灰白了。她爱儿子，爱孙儿，却不喜欢媳妇。因此她对媳妇的"出走"，虽说替他儿子难过，可是她暗中高兴。儿子还不知道母亲的这种心理，他等着她给他出主意，只要她说一句话，他就会另外写一封热情的信，恳切地要求他妻子回来。他很想写那样的一封信，可是他并没有写。他很想要求他妻子回家，可是他却在信里表示他妻子回来不回来，他并不关心。信和箱子都被人带走了，可是他同妻子中间的隔阂也就增加了一层。这以后，他如果不改变态度写信到他妻子服务的地方去（他不愿意到那里去找她），他们两个人就更难和解了。所以他到这时候还是问着那一句老问话，还是找不到一个满意的答复。

"说不定小宣会给我帮忙，"他忽然想道，他觉得松了一口气，但是也只有一分钟。以后他又对自己说："没有用，她并不关心小宣，小宣也不关心她。他们中间好像没有多大的感情似的。"的确小宣一清早就回到

第十六讲　个人生活与民族命运的表现：《寒夜》

学校去了。这个孩子临走并没有问起妈，好像知道了昨天晚上发生的事情似的。无论如何，向父亲告别的时候，小宣应该问一句关于妈的话。可是小宣并没有问！

他在失望中，忍不住怨愤地叫道："我这是一个怎样的家呵！没有人真正关心到我！各人只顾自己。谁都不肯让步！"这只是他心里的叫声。只有他一个人听见。但是他自己并没有注意到这一点，他忽然以为他嚷出什么了，连忙掉头向四周看。四周黑黑的，静静的，他已经把那两个小贩丢在后面了。

"我站在这里干什么呢？"这次他说出来了，声音也不低。这是他的思想完全集中在"自己"两个字上面，所以他会这样发问。这句问话把他自己惊醒了。他接着就在想像中回答道："我不是在躲警报吗？——是的，我是在躲警报。——我冷，我在散步。——我在想我跟树生吵架的事。——我想找她回来——"他马上又问（仍然在思想上）："她会回来吗？我们连面都见不到，我怎么能够叫她回家呢？"

没有人答话。他自己又在想像中回答："妈说她自己会回来的。妈说她一定会回来的。"接着："妈显得很镇静，好像一点也不关心她。妈怎么知道她一定会回来呢？为什么不劝我去找她呢？"接着："妈现在在什么地方？是不是妈趁着我出去的时候到那里去了呢？说不定现在她们两个在一块儿躲警报。那么什么问题都解决了。我在警报解除后慢慢走回家去，就可以看见她们在家里有说有笑地等着我。——我对她先讲什么话呢？"他踌躇着。"随便讲两句她高兴听的话，以后话就会多起来了。"

他想到这里，脸上浮出了笑容。他觉得心上的重压一下子就完全去掉了。他感到一阵轻松。他的脚步也就加快了些。他走到街口，又转回来。

"看，两个红球了！快解除了罢？"这不是他的声音，讲话的是旁边两个小贩中的一个，他们的谈话一直没有中断，可是他早已不去注意他们了，虽然他几次走过他们的身边。他连忙抬起头去看斜对面银行顶楼上的警报台，两个灯笼红亮亮地挂在球杆上。他周围沉静的空气被一阵人声搅动了。

"我应该比她们先回去，我应该在大门口接她们！"他忽然兴奋地对自己说。他又看了球杆一眼。"我现在就回去，警报马上就会解除的。"他不再迟疑，拔步往回家的路上走了。

街道开始醒转来，连他那不注意的眼睛也看得见它的活动了。虽然那一片墨黑的夜网仍然罩在街上，可是许多道手电光已经突破了这张大网。于是在一个街角，有人点燃了电石灯，那是一个卖"嘉定怪味鸡"的摊子，一个伙计正忙着收拾桌面，另一个在发火，桌子前聚集了一些人，似乎都是被明亮的灯光招引来的。他侧过头朝那里看了两眼，他也不知道自己为什么要看那个地方。他又往前面走了。

　　他大约又走了半条街的光景。眼前突然一亮，两旁的电灯重燃了。几个小孩拍手欢叫着。他觉得心里一阵畅快。"一个梦！一场噩梦！现在过去了！"他放心地想着。他加快了他的脚步。

　　不久他到了家。大门开着。圆圆的门灯发射出暗红光。住在二楼的某商店的方经理站在门前同他那个大肚皮的妻子讲话。厨子和老妈子不断地穿过弹簧门，进进出出。"今晚上一定又是炸成都，"方经理跟他打过了招呼以后，应酬地说了这一句。他勉强应了一声，就匆匆地走进里面，经过狭长的过道，上了楼，他一口气奔到三楼。借着廊上昏黄的电灯光，他看见他的房门仍然锁着。"还早！"他想道，三楼的廊上只有他一个人。"他们都没有回来。"他在房门前站了一会儿。有人上来了。这是住在他隔壁的公务员张先生，手里还抱着两岁的男孩。孩子已经睡着了。那个人温和地对他笑了笑，问了一句："老太太还没有回来？"他不想详细回答，只说了一句："我先回来。"那个人也不再发问，就走到自己的房门口去。接着张太太也上来了。她穿的那件褪色的黑呢大衣，不仅样式旧，而且呢子也磨光了。永远是那张温顺的瘦脸，苍白色，额上还有几条皱纹，嘴唇干而泛白。五官很端正，这一个二十六七岁的女人，现在看起来，还是并不难看。她一路喘着气，看见他站在那儿，向他打个招呼，就一直走到她丈夫的身边。她俯下头去开锁，他小声同她丈夫说话。门开了，两个人亲密地走了进去。他目送着他们。他用羡慕的眼光看他们。

　　然后他收回眼光，看看自己的房门，看看楼梯口。他并没有看出什么来。"怎么还不回来？"他想，他着急起来了。其实他忘记了他母亲往常出去躲警报，总是比别人回家晚一点，她身体不太好，走路慢，出去时匆匆忙忙，回来时从从容容，回到家里照例要倒在他房间里那把藤躺椅上休息十来分钟。他妻子有时同他母亲在一块儿。有时却同他在一块儿。可是现在呢？……

第十六讲 个人生活与民族命运的表现:《寒夜》

他决定下楼到外面去迎接他母亲,他渴望能早见到她,不,他还希望他妻子同他母亲一块儿回来。

他转身跑下楼去。他一直跑到门口。他朝街的两头一望,他看不清楚他母亲是不是在那些行人中间。有两个女人远远地走过来,其实并不远,就在那家冷酒馆前面。高的像他妻子,也是穿着青呢大衣;矮的像他母亲,穿一件黑色棉袍。一定是她们!他露出笑脸,向着她们走去。他的心跳得很厉害。

但是快要挨近了,他才发觉那两个人是一男一女,被他误认作母亲的人确是一个老头儿。不知道怎样,他竟然会把那个男人看作一个上了年纪的女人,他的眼睛会错得这样可笑!

"我不应该这样看错的,"他停住脚失望地责备自己道。"并没有一点相像的地方。"

"我太激动了,这不好,等会儿看见她们会不会又把话讲错。——不,我恐怕讲不出话来。不,我也许不至于在她面前讲不出话。我并没有对不起她的地方。不,我怕我会高兴得发慌。——为什么要发慌?我真没用!"

他这样地在自己心里说了许多话。他跟自己争论,还是得不出一个结论。他又回到大门口。他听见有人在叫他的名字:"宣。"他抬起头。他母亲正站在他的前面。

"妈!"他忍不住惊喜地叫了一声。但是他的喜色很快地消失了。接着他又说:"怎么你一个人——"以后的话他咽在肚里去了。

"你还以为她会回来吗?"他母亲摇摇头低声答道,她用一种怜悯的眼光看他。

"那么她没有回来过?"他惊疑地问。

"她回来?我看她还是不回来的好,"她瞅了他一眼,含了一点轻蔑的意思说。"你为什么自己不去找她?"她刚说了这句责备的话,立刻就注意到他脸上痛苦的表情,她的心软了,便换了语调说:"她会回来的,你不要着急。夫妻间吵架没有什么大不了的事。还是回屋里去罢。"

他跟着她走进里面去。他们都埋着头,不作声。他让她提着那个相当沉重的布袋,一直走到楼梯口,他才从她的手里接过它来。

他们开了锁,进了房间,屋子里这晚上显得比往日空阔,零乱。电灯光也比往常更带昏黄色。一股寒气扑上他的脸来，寒气中还夹杂着煤臭和别的窒息人的臭气。他忍不住呛咳了两三声。他把布袋放到小方桌上去。他母亲走进她的房里去了。他一个人站在方桌前，茫然望着白粉壁，他什么也看不见，他的思想像飞絮似地到处飘。他母亲在内房唤他，对他讲话，他也没有听见。她后来便出来看他。

"怎么你还不休息？"她诧异地问道。"你今天也够累了。"她走到他的身边来。

"哦，……我不累，"他说，好像从梦里醒过来似的。他用茫然的眼光看了她一眼。

"你不睡？你明天早晨还要去办公，"她关心地说。

"是，我要去办公，"他呆呆地小声说。

"那么你应该睡了，"她又说。

"妈，你先睡罢，我就会睡的，"他说，可是他皱着眉头。

他母亲站在原处，默默地望了他一会儿，她想说话，动了动嘴，却又没有说出什么来。他还是不动。她又站了几分钟，忽然低声叹了两口气，就回到自己的房里去了。

他还是站在方桌前。他好像不知道他母亲已经去了似的。他在想，在想。他的思想跑得快。他的思想很乱。然后它们全聚在一个地方，纠缠在一起，解不开，他越是努力要解，越是解不开。他觉得脑子里好像被人塞进了一块石头一样，他支持不住了。他踉跄地走到床前，力竭地倒下去。他没有关电灯，也没有盖被，就沉沉地睡去了。

这不是酣睡。这是昏睡。

后　　记

　　要编选一套《中国现代文学作品选》的想法由来已久。

　　这些年来，我开设的《中国现代文学经典赏读》课，作为青岛大学国家大学生文化素质教育基地的通识教育课程进行建设，得到了学校教学部门的支持和学生的广泛欢迎。选修该课的学生很多，据说因为课容量的问题，有许多学生想选而无法选上。这让我感觉十分对不起那些热爱文学、喜欢文学而又想选修文学课的学生。尽管我知道这门课并不能真正使当代大学生全面了解中国现代文学，也无法满足他们欣赏文学作品的需求，但我想努力通过对经典作家和经典文本的解读，让学生们尽可能地认识中国现代文学，欣赏经典作家的经典作品，建立起文学欣赏的基本方法和审美感受力，通过作品赏鉴加强当代大学生对社会人生的认识。我所设计的课程目标是，不求对一位作家有全面的了解，也不期望学生在一个学期的有限课时中阅读太多的作品，而只期望他们能够细读文本，对作家和作品有更深刻的认识。于是我以中国现代16位作家的16篇作品为讲授的主要内容，对每一位作家力求有比较透彻的了解，对每一部作品有更深刻的认识。这些作家和作品根据学生的接受情况略有调整，经过多年的教学实践其内容已基本稳定下来。本书还按照不同的类型对内容进行了分类，以便于学生学习和把握。

　　也正是在课堂教学的基础上，为了能使学生有一部可以阅读的文学读本，我们编撰了这部《中国现代文学经典赏读》，供选修该课的学生以及文学爱好者阅读参考。参与本课教学工作的部分青年教师和研究生参加了本书的选编和作品赏读的撰写工作。

　　在组织编撰和出版本书的过程中，青岛大学有关领导和相关部门在项目安排和经费投入等方面给予了大力支持，为本书能够顺利交付出版提供了保证。在此表示感谢。

本书随教学过程而成书，历时漫长，在此期间又不断对之予以修订补充，其行文风格难免发生若干变化。编者虽然努力统一之，但不免会因人因时不同而有所不同，编撰中所存在的问题，有待同行专家和读者的批评指正。

周海波

2013 年 11 月 19 日记于青岛